Die Mäuse von Deptford

Das letzte Gefecht

Robin Jarvis

Die Mäuse von Deptford

Das letzte Gefecht

Ins Deutsche übertragen von
Johanna Ellsworth

KOSMOS

INHALT

Die Mäuse 8
Die anderen Tiere 10
Was bisher geschah 12
Der Händler 14
1 Das Winterfest 22
2 Verrückt und durchtrieben 42
3 Der alte Stumpi 66
4 Mord im Park 89
5 Der Ruf des Feuers 109
6 Das Buch des Hrethel 131
7 Ein teuflischer Dieb 157
8 Wieder im Dienst 184
9 Der Weg zurück 214
10 Duell im Schneesturm 249
11 Der Wintertod 283
12 Verfolgt 310
13 Die Schlacht an Deck 334
14 Das letzte Gefecht 358
Der Ruf des Silbers 380

DIE MÄUSE

ARTHUR BROWN
Ist kein Futterverächter und bemüht sich, stets positiv zu denken.

GWEN BROWN
Die Mutter von Arthur und Audrey. Sie ist Witwe und mag Thomas Triton sehr gern.

ARABEL CHITTER
Dumme alte Klatschbase, die allen hinter den Leisten auf die Nerven geht.

OSWALD CHITTER
Arabels Sohn ist ein Albino-Mischling. Vor kurzem wurde er durch die Sternfrau von einer gefährlichen Krankheit kuriert und muss sich seitdem immer warm anziehen.

DIE HOLEBORNER
Sie leben in der Stadt unter der Regierung des Thane, eines gütigen, weisen Mäuserichs. Ihm unterstehen seine Minister, die ihn in allen Fragen des Alltags beraten.

KEMPE
Ein Handelsreisender, der gern dreckige Lieder singt. Er hat Audrey und Arthur auf ihrer Reise nach Fennywolde begleitet.

MARTY
Ein junger Kadett aus der Stadt, der genau so mutig wie sein Vorbild Piccadilly sein möchte.

PICCADILLY
Ein frecher Stadtjunge, der nach Holeborn zurückgekehrt ist, nachdem er von Audrey zurückgewiesen worden ist.

AUDREY SCUTTLE
Seit kurzem mit der Feldmaus Twit verheiratet, doch sie kann Piccadilly einfach nicht vergessen und bereut bitter, wie schlecht sie ihn behandelt hat.

THOMAS TRITON
Eine pensionierte Schiffsmaus. Er wohnt auf dem Schiff *Cutty Sark* und ist allzeit bereit, seinen Feinden mit dem Schwert in der Pfote gegenüberzutreten.

DIE ANDEREN TIERE

SCHEPPER
Eine verrückte alte Ratte, mit der Piccadilly sich anfreundet, doch hinter Schepper steckt viel mehr, als man vermuten würde.

DER RAT DER FLEDERMÄUSE
Vier weise alte Fledermäuse: Ashmere, der Weiseste von allen; Ingeld, der Gehilfe der Lady; Heardred, der Hüter der versteckten Wege, und Othere, der Herr der Dämmerung.

DIE GRÜNE MAUS
Ein mystischer Geist des Frühlings und neu erwachten Lebens, dessen Kräfte im Herbst nachlassen und zu Winteranfang versagen.

JUPITER
Der teuflische Geist der grässlichen Abwasserkanäle ist zurückgekehrt. Er hat den Tod besiegt und sinnt auf Rache.

KELLY
Eine fette Ratte mit scharfen Fängen, die nur dann ihr Maul aufmacht, wenn es etwas zum Hineinstopfen gibt.

DER ALTE STUMPI
Ein Neuer in den unterirdischen Stadtbezirken. Niemand weiß, woher er kommt, doch er stachelt die harmlosen Ratten zum Krieg auf.

ORFEO UND ELDRITCH
Zwei Fledermausbrüder, die in die Zukunft schauen können. Sie leben auf dem Dachboden und erteilen denjenigen, die darum bitten, verwirrende Ratschläge.

SCHNIEF
Ein rotznäsiger Anhänger des alten Stumpi und ein gemeiner Rohling. Nur er und sein Kumpel Kelly kennen die Herkunft des alten Stumpi.

DIE STERNFRAU
Ein hochbetagtes Eichhörnchen, das unter dem Planetarium von Greenwich wohnt und im Besitz des magischen Sternglases ist.

WAS BISHER GESCHAH

Das letzte Gefecht *ist der dritte Band der Trilogie* Die Mäuse von Deptford. *Im ersten Band* Das düstere Portal *wird erzählt, wie Audrey und Arthur Brown in die Abwasserkanäle hinuntersteigen und dort Audreys Mäusemedaillon suchen, einen magischen Schutzanhänger, den sie von der geheimnisvollen Grünen Maus erhalten hat. In den finsteren Kanälen begegnen sie der Ratte Madame Akkikuyu, einer Wahrsagerin, und werden später von einer gefährlichen Rattenarmee gejagt, die von Morgan angeführt wird, dem Leutnant des mächtigen unsichtbaren Jupiters. Mit Hilfe ihrer Freunde Oswald, Twit, Piccadilly und Thomas Triton können Audrey und Arthur Jupiters teuflischen Plan vereiteln, die Schwarze Pest über London zu bringen. Der Rattengott kommt aus seinem Versteck und entpuppt sich zum Entsetzen aller als riesengroßer Kater. Audrey schleudert ihm ihr Mäusemedaillon ins Gesicht; es explodiert und schickt ihn in seinen sicheren Tod in die Tiefen der Abwasserkanäle.*

Im zweiten Band Das Kristallgefängnis *zwingt die Sternfrau, ein sehr altes und weises Eichhörnchen, Audrey, die übergeschnappte Madame Akkikuyu aufs Land zu begleiten. Zusammen mit ihrem Bruder Arthur und Twit reist sie nach Fennywolde – in die Heimat der Feldmaus. Doch sehr bald werden mehrere junge Feldmäuse ermordet aufgefunden, und Madame Akkikuyu quält eine Stimme, die nur sie hören kann. Die Landmäuse halten Audrey für die Täterin und wollen sie als Hexe verbrennen, doch dann rettet Twit das Mädchen, indem er es heiratet. Voller Entsetzen stellt Mada-*

me Akkikuyu fest, dass die mysteriöse Stimme dem unruhigen Geist Jupiters gehört, der sie zu einer Zeremonie drängt, die ihn aus dem Jenseits befreien soll. Sie schwört, seine Rückkehr zu verhindern, und springt in das Feuer, das ganz Fennywolde in Flammen aufgehen lässt. Doch die Mäuse können sich rechtzeitig in Sicherheit bringen. Ahnungslos, dass Jupiters rachsüchtiger Geist befreit und noch mächtiger als zuvor ist, kehren Audrey und Arthur nach Deptford zurück.

DER HÄNDLER

Die Hecken trugen blutrote Beeren und schwarze Krähen mit ausgefransten Flügeln flogen über die abgeernteten Felder und kreischten mit krächzenden Stimmen.

Die Pracht des Herbstes war schon fast vergangen. Das strahlende Kupferrot der Buchen war einem stumpfen Braun gewichen und die Zahl der Schlammpfützen nahm täglich zu.

Eine plötzliche Brise bewegte ein paar trockene Blätter, die für einen Augenblick wie lebendige Wesen in der Luft tanzten.

Ein Igel streckte die Schnauze aus einem rotbraunen Laubhaufen heraus und schnüffelte vorsichtig. Seine kleinen runden Knopfaugen spähten in die Welt hinaus und blinzelten müde. Neugierig schnupperte die feuchte Nase: Irgendetwas näherte sich. Die Luft roch anders als sonst, und nun brachte die Brise ein seltsames Klappern. Ängstlich wich der Igel zurück, doch er behielt den Uferweg im Auge. Das Geräusch kam näher, und dann ertönte eine Stimme, die ein Lied sang.

Wenn die Blätter fallen und die Sonne verschwunden,
greif ich nach meinem Krug und
vertreib mir die Stunden,
denn der Beerensaft macht mich fröhlich und locker.
Die Beine in der Luft,
mit dem Kopf unterm Hocker
rülps ich, bis der Frühling dreht neue Runden.

Der Igel wartete den Refrain ab, der aus lauter Rülpsern in den verschiedensten Tönen bestand, bevor er sich mit gespielter Entrüstung abwandte. Dieses Handelsvolk war wirklich eine Schande! Er watschelte weg, um ein paar Schnecken zu verspeisen.

Fröhlich schlenderte Kempe daher. Er hatte blendende Laune. Die Woche war gut gelaufen und seine Taschen waren so voll wie nie zuvor. Er freute sich schon auf die Messe in vierzehn Tagen. Alle Handelsmäuse würden da sein, um Neuigkeiten auszutauschen, ihre Waren zu verkaufen, sich nach Schnäppchen umzusehen und alte Freunde und Konkurrenten wiederzusehen. Es war die einzige Gelegenheit im Jahr, bei der sich alle treffen und erfahren konnten, wie es den anderen erging. Kempe liebte den Trubel; sein schwungvoller Gang und das aufgeregte Zucken in seinem Schwanz waren der Beweis dafür.

In Gedanken ging er alles durch, was er zu erledigen hatte. Natürlich musste er sich einen Vorrat an bestimmten Waren zulegen, schließlich war dies seine wichtigste Jahreszeit – die Weihnachtssaison stand bevor. Kempe kicherte in sich hinein und nahm sich vor, größere Rucksäcke für seine Ware zu kaufen.

Er dachte an die Feste, die in der Weihnachtszeit gefeiert wurden, und fragte sich, wo er sie verbringen sollte. Er hatte viele Einladungen bekommen und hatte allen freundlichen Mäusen zugesagt, doch insgeheim wusste er längst, wo er über Weihnachten sein würde: bei Milly Poopwick. Sie war eine warmherzige, rundliche Maus. Als dreifache Witwe hielt sie jetzt Ausschau nach Ehemann Nummer Vier und hieß Kempe immer herzlich willkommen. Er grinste, als er an sie dachte. Ein Leben mit Milly wäre gar nicht so übel; in ihrer Nähe wurde es ihm nie langweilig. Der Handelsreisende schüttelte missbilligend den Kopf. Es war ihm noch nie in den Sinn gekommen, sich irgendwo niederzulassen. Es erschreckte ihn. Er war mit Leib und Seele ein fliegender Händler und hasste es, zu lange an einem Ort zu verweilen.

»Junge, du wirst wohl langsam alt«, sagte er sich. »Bleib einfach mal ein paar Tage bei der süßen Milly und sieh, wie es läuft. Danach gibt es viel Arbeit. Sobald Weihnachten rum ist, werden die Leute schon wieder an den Frühling und an die Herstellung der Mäusemedaillons denken.«

Er seufzte zufrieden. Es sah aus, als würde er viel zu tun haben, und wenn die nette Mrs Poopwick ihn einfangen wollte, müsste sie damit halt noch warten. Kempe kickte die Blätter weg, die auf den Pfad geweht worden waren, und lachte in sich hinein.

Die blasse Sonne stand schon tief am grauen Herbsthimmel und glitzerte auf der sich kräuselnden Oberfläche des Flusses. Kempe betrachtete die immer länger werdenden Schatten der Bäume und beschloss, schlafen zu gehen. Er kannte eine Unterkunft, die perfekt und ganz in der Nähe war.

Es war eine alte Steinmauer nahe am Flussufer. Sie war sehr dick und hatte hier und da Hohlräume, die ausgezeichnete Unterkünfte boten. Bald hatte Kempe die Mauer erreicht und das Loch gefunden, das er gewöhnlich benutzte. Es war nahe am Boden und zum Teil von Moos bedeckt. Der Handelsreisende schob das Moos beiseite und versuchte durch das Loch zu klettern.

Ein Ausdruck von Überraschung trat auf sein pelziges Gesicht, als sein Rucksack im Spalt stecken blieb; er hatte ganz vergessen, dass er mehr Gepäck hatte als sonst. Fluchend und stöhnend versuchte er, den Sack durch das Loch zu bekommen.

»Donner und Doria! So ein Mist!«, stieß er keuchend aus, während er an den Riemen zerrte.

All seine Töpfe und Pfannen, Löffel und Gabeln, Schnallen und Perlen klapperten und klirrten. Die Öffnung war zu schmal für den dicken, vollgestopften Rucksack. Und da er ihn sich umgeschnallt hatte, konnte er sich weder umdrehen noch sonst irgendetwas tun, was seine Lage verbessert hätte. Er drehte und wand sich, zog und zerrte und fluchte laut.

»Hol's die Pest!«, schnaubte er wütend. Der Rucksack steckte fest und weigerte sich, auch nur einen Millimeter nachzugeben. Der Händler wurde rot bis zu den Ohrenspitzen und sah aus, als würde er gleich platzen. »'nem ehrlichen Kaufmann so 'n miesen Streich zu spielen!«, fluchte er in sich hinein. Mit letzter Kraft zog er noch einmal. Aus den Steinen um ihn herum rieselte der Sand, und dann geschah das Unvermeidliche. Mit einem lautem »Ratsch!« riss der Rucksack und platzte auf.

»Verflucht!«, jammerte Kempe, als er mit dem Kopf voran in das Loch fiel. Seine Waren klapperten und schepperten, als er auf den Boden stürzte. Der Inhalt seines Rucksacks ergoss sich über ihn und begrub ihn unter sich.

Stöhnend hob Kempe den Kopf und blies gereizt eine rosa Schleife weg, die über seinem Auge hing. Als er das Chaos um sich herum sah, stieß er einen erschöpften

Seufzer aus. Wieder klapperte es, als er sich an den Riemen und Schnallen zu schaffen machte, die ihn an den trostlos aussehenden Rucksack banden, der leer von seinen Schultern hing.

»Kempe, mein Junge, eines ist sicher«, murmelte er betrübt. »Du hast noch eine Menge Arbeit vor dir, bevor du dich schlafen legen kannst.« Er fing an, alle Bänder, Seidentücher, Perlen, Andenken und Schmucksachen einzusammeln, die im Staub verstreut lagen.

Im Inneren der Mauer war es trocken und windgeschützt, doch es war auch dunkel. Kempe langte in eine Tasche und fischte einen Kerzenstummel heraus. Er zündete ihn an und sah sich nach Schätzen um, die er vielleicht übersehen hatte. In einer Ecke glitzerte etwas und reflektierte das Kerzenlicht.

»Aber hallo«, sagte Kempe nachdenklich. »Und was bist du?« Er blieb stehen und hob den Gegenstand behutsam auf. Ein kleines, zartes Silberglöckchen rollte auf seiner Pfotenfläche herum und klingelte lieblich. Er hielt die Kerze näher an das Glöckchen und betrachtete es; dabei redete er mit ihm wie mit einem vermissten und wiedergefundenen Kind.

»Du bist keiner meiner Schätzchen, nicht wahr?«, sagte er zu dem winzigen Ding. »Aber irgendwie hab ich das Gefühl, dich schon mal gesehen zu haben, Kleine.« Er schüttelte das Silberglöckchen und lauschte befriedigt. Zweifellos hatte sie einmal dem jungen Mäusemädchen aus Deptford gehört, dem er vor nicht allzu langer Zeit begegnet war. Es war eines der beiden Glöckchen, das sie als Schwanzschmuck trug. Kempe fragte sich, was aus dem Mädchen und ihren Freunden wohl geworden war.

Als er sie kennen gelernt hatte, waren sie zu einem Ort namens Fennywolde aufgebrochen – sie mussten nach Deptford zurückgekehrt sein und das Glöckchen unterwegs verloren haben.

»Ich komme bald nach Deptford«, sagte Kempe zu dem Glöckchen. »Ich wette, dieser Altschnauze will sich mit Vorräten eindecken. Dann werde ich dich deiner Besitzerin zurückgeben. Vertrau auf Kempe – der wird dich sicher nach Hause bringen.«

Der Händler schauderte. Es war plötzlich sehr kalt geworden. Eine Totenstille hatte sich über die Welt gelegt. Er hörte weder die Vögel noch den Wind in den Baumwipfeln.

»Es muss wohl ein Sturm aufziehen«, sagte er und trat noch einmal durch die Öffnung, um einen Blick auf das Wetter zu werfen. Doch alles wirkte wie zuvor, am Himmel hingen keine dunklen Wolken. Dennoch lag eine seltsame Spannung in der Luft, als würde die Welt den Atem anhalten und darauf warten, dass etwas passierte. Ein Liedchen summend spazierte Kempe hinunter ans Flussufer.

Junge, bohr nicht in der Nase
und wisch sie nicht am Ärmel ab.
Ich bin ein alter Hase
und sage dir, sie fällt sonst ab.

Es war schrecklich kalt geworden und ein eisiger Wind schien über den Fluss zu wehen. Kempe schüttelte den Kopf über die Unberechenbarkeit des Wetters und machte kehrt, um seine halbwegs bequeme Höhle aufzusuchen, in der er sich über der Kerze die Pfoten wärmen konnte.

Seine Bewegung ließ das Silberglöckchen in seiner Pfote klingeln, und als wäre dies das Signal gewesen, brach der Sturm los.

Ein eiskalter, heimtückischer Wind jagte ihn und ein seltsamer dichter Nebel stieg vom Fluss auf. Bevor Kempe die Mauer erreicht hatte, war der Nebel über das Ufer gekrochen und hatte ihn eingehüllt. Dem Händler wurde es unheimlich – das war kein gewöhnlicher Nebel. Das Fell in seinem Nacken sträubte sich, als er von Angst und Panik ergriffen wurde.

Der Nebel war undurchdringlich und hatte ihn ganz umschlossen. Er krallte sich mit kalten, feuchten Fingern in sein Fleisch. Kempe stampfte verzweifelt mit dem Fuß auf, während er die Mauer nach dem rettenden Loch abtastete, doch es war sinnlos.

Ein Grollen ertönte, erst leise drohend, dann immer tiefer und beängstigender. Kempes Beine zitterten und er spürte das wilde Herzklopfen in seiner Brust. Im Nebel versteckte sich ein Monster – irgendein schreckliches Ungeheuer aus den kalten Abgründen der Tiefe war gekommen, um ihn zu holen. Kempe war sich seiner Handlungen kaum noch bewusst, er spürte nur das Grauen und fuchtelte verzweifelt mit den Armen, als er den eisigen Atem des Biestes auf seiner Haut spürte. Das kleine Glöckchen in seiner Pfote klingelte – ein widersinnig zarter und schöner Klang.

Dann ertönte ein grausames Heulen, und Kempe schrie auf. Das Silberglöckchen wurde ihm von einer unsichtbaren Macht aus der Faust gerissen, und er weinte vor Angst, als er sah, wie es im Nebel schwebte, in dem ein riesiger dunkler Schatten auftauchte.

»Nein!«, schrie der Händler und stolperte nach hinten. »Verschone mich bitte ... ich hab nichts Böses getan ... ich ...«

Aus den Umrissen, die sich vor seinen Augen formten, ertönte ein höhnisches Lachen. Es endete in einem bösartigen Fauchen, und Kempe verschlug es den Atem, als er sah, welche Form die Umrisse annahmen.

Dann blitzte ein kaltes blaues Licht hoch oben in dem erdrückenden Nebel auf und ein Speer aus Eis raste auf ihn nieder. Das war das Letzte, was Kempe sah. Er spürte einen scharfen Schmerz in der Brust, bevor er in die Knie ging und leblos zu Boden fiel. Der Schatten schnurrte zufrieden, und irgendwo in der dicken, grauen Nebeldecke klingelte ein zartes Silberglöckchen.

DAS WINTERFEST

Das leere, alte Haus in Deptford schaute auf eine winterliche, frostige Landschaft. Das heruntergekommene Gebäude bot zwar vielen Mäusen ein Zuhause, doch nur zu besonderen Gelegenheiten versammelten sich alle, um die Feste gemeinsam zu feiern. Es gab das große Frühlingsfest, bei dem die Jungmäuse, die volljährig geworden waren, ihre Medaillons erhielten. Dann gab es die Mittsommernacht – ein magisches Fest – und schließlich das Winterfest.

Dieses Fest findet mitten im Winter statt, wenn die kalten Stürme wüten. Für die meisten Lebewesen ist es eine harte Zeit und umso beängstigender, weil das Futter rar ist. Es ist die Jahreszeit, in der der Wintertod die Alten und ganz Jungen tötet. Seit vielen Jahren ist es Tradition unter den Mäusen, sich während der Winterzeit zu versammeln und Feuer anzuzünden, um die Geister der Kälte und des Eises zu vertreiben.

Während dieser Jahreszeit sind die Mäuse besonders verwundbar, da die Grüne Maus, ihr Schutzgeist und Lebenssymbol, tot ist. In jedem Herbst, wenn die Ernte eingefahren ist und die letzten Früchte von den Bäumen fallen, wird die Grüne Maus schwächer und schwächer, bis sie schließlich stirbt. In den langen, dunklen Wintermonaten ist ihr Geist weder sichtbar noch spürbar, weil der Tod sie fest an sich bindet, und erst bei den ersten Anzeichen des Frühlings erlebt sie eine Wiedergeburt.

Die düsteren und gefährlichen Monate müssen die Mäuse allein überleben, und diejenigen, die draußen wohnen, fürchten sich davor.

Hinter den Leisten freuten die Hausmäuse sich jedoch auf das Winterfest. Sie hatten reichlich Vorräte in der Speisekammer der blinden alten Dame, die nebenan wohnte. Sie konnten Kastanien am Feuer rösten und ihr Beerenbräu zubereiten. Die Festmahle und das Geschichtenerzählen am Feuer ließen sie die Härte und die Gefahren der kalten Jahreszeit vergessen.

In diesem Jahr war der Flur mit Immergrün-Zweigen und bunten Bändern geschmückt. Sie nahmen sich viel Zeit, die Gerichte vorzubereiten, und viele ungeduldige Männer bekamen von ihren gestressten Frauen einen Klaps, wenn sie heimlich die Köstlichkeiten probieren wollten. Die Kinder, die keine Bänder bastelten, wanderten herum und sogen die vielen Gerüche ein, die durch das Haus wehten: von Mrs Kaltpfotes Mandarinengelee und Mrs Chitters würzigen Fruchtschnitten, von Miss Poots Mandelkuchen und Mr Cockles Beerenbräu. So viele herrliche Düfte! Die Kinder leckten sich die Lippen und konnten es kaum erwarten, bis der Festtag endlich kam.

Ein großer Dachziegel wurde aus dem Schrank geholt, in dem auch die Vorräte des Frühlings und des Sommers aufbewahrt wurden. Die Mäuse schleppten ihn in die Mitte des Flurs und stapelten Holzscheite darauf. In dieser Nacht versammelten sich alle Mäuse, die hinter den Leisten und die am oberen Treppenabsatz wohnten, um das knisternde Feuer, wärmten sich die Pfoten und lauschten den Geschichten, die erzählt wurden. Einige überlegten, während sie sich die Barthaare säuberten, ob sie das Festbüfett nochmals überfallen sollten, andere dösten satt und zufrieden vor sich hin und dachten über vergangene Zeiten nach. Die meisten jedoch wollten Gruselgeschichten hören, und die Jungen baten die stämmige pensionierte Schiffsmaus Thomas Triton, ihnen etwas zu erzählen.

»Bitte, Mr Triton, nehmen Sie den Hut!«, bettelten sie. »Erzählen Sie uns eine spannende Geschichte aus Ihrem Leben auf See. Hey, reicht ihm den Hut rüber!«

Der besagte Hut war eine alte, abgewetzte Kappe aus dunkelrotem Samt mit goldenen Stickereien und roten Glasperlen. Irgendwann war er der traditionelle Hut des Geschichtenerzählers im Haus geworden, und nur derjenige, der ihn aufsetzte, konnte die Aufmerksamkeit aller auf sich ziehen.

Widerstrebend trat Thomas Triton in die Mitte des gelben Feuerscheins und setzte sich den Hut auf. Er kniete sich hin und fing an zu erzählen. Alle Augen richteten sich auf ihn, und seine Geschichte erinnerte sie an die Dunkelheit draußen vor der Haustür.

»Es war in einer Nacht wie dieser«, begann er in einem tiefen, vollen Flüsterton, »kurz bevor ich zur See ging. Ich wohnte in einem alten Farmhaus. Der Mond war hinter Wolken verborgen und es war bitterkalt. Damals war ich noch jung – und unbesonnen. Den ganzen Abend über hatte ich Geschichten gelauscht, genauso wie ihr jetzt, und es wurmte mich ziemlich, dass ich keine eigene Geschichte zu erzählen hatte. Deswegen überredete ich den besten Freund, den ich je gehabt habe, mit mir zu der alten Scheune zu gehen, in der es spukte.«

Ein aufgeregtes Raunen ging durch die Zuschauermenge.

»Na ja, der Dachboden der Scheune galt unter uns Mäusen als unheimlich – keiner ist je hinaufgegangen, wenn er es nicht unbedingt musste. Es wurde erzählt, dass der schreckliche Geist einer ermordeten Maus dort herumspuke, und so hatten wir alle große Angst vor der Scheune.« Thomas hielt inne und schaute feierlich in die Gesichter der jungen Mäuse, die ihn mit offenen Mündern anstarrten, während ihre Barthaare im Feuerschein glänzten.

»Also«, fuhr er fort, »haben mein Kumpel und ich die Sicherheit des Farmhauses verlassen und sind zur Scheune gegangen. Uns klopfte das Herz bis zum Hals und wir hielten uns fest an den Pfoten. Wir zitterten beide vor Angst, aber wir sind trotzdem weitergegangen. Wie ich schon sagte, war es sehr dunkel, aber die Umrisse der Scheune waren noch schwärzer als die Nacht. Es war ein unheimlicher Ort und eine der mutigsten Taten, die wir je vollbracht haben, war, über den einsamen Hof zu dem großen düsteren Gebäude zu gehen. Als wir dort ankamen, betrat ich die Scheune als Erster. Sie war schon seit Jahren nicht mehr benutzt worden und roch nach Moder und Fäulnis. Ich fragte mich, ob hier wohl Ratten lebten, aber mein Freund schnupperte und meinte, es gäbe keine Ratten. Ja, der konnte einen Ostwind Stunden voraus riechen – Mann, hatte der eine gute Nase! Nun ja, wir lauschten also angestrengt zum Heuboden hinauf. Alles war totenstill; das Einzige, was wir hören konnten, war unser Atmen. Dann ging ich zur Leiter und begann hochzuklettern.

›Steig nicht da rauf, Tom!‹, zischte mein Freund plötzlich. ›Lass uns zurückgehen!‹

›Nie im Leben‹, erwiderte ich, ›komm schon, Woodget, alter Kumpel! Mach dir nicht in die Hose! Es gibt keine Gespenster.‹

Also kletterte ich hinauf auf den Dachboden und sah mich um. Aus irgendeiner Ecke kam der Wind rein und brachte die verrotteten Heuhaufen zum Rascheln. Es war pechschwarz da oben und ich war froh, als ich Woodgets Pfote in meiner spürte. ›Komm, Kumpel‹, sagte ich zu ihm, ›lass uns ein bisschen rumschnüffeln.‹ Wir gingen durch das stinkende alte Stroh und fürchteten uns vor dem, was hinter der nächsten Ecke auf uns lauern könnte. Doch außer dem Rascheln konnte man nur das Atmen zweier Mäuse hören. Wir wanderten auf dem ganzen Heuboden herum und sahen kein einziges Gespenst. Ich wusste nicht, ob ich erleichtert oder enttäuscht sein sollte. Schließlich gingen wir zu der Bodenluke zurück, und ich ließ Woodgets Pfote los, um die Leiter runterzusteigen.

›Was für eine Zeitverschwendung‹, sagte ich. ›Hab ich dir nicht gesagt, dass es keine Gespenster gibt, Woodget!‹ «

Hier unterbrach Thomas seine Geschichte. Seine Augen traten hervor, als er die Augenbrauen hob. »Und dann«, fuhr er mit bebender Stimme fort, »hörte ich zu meinem Entsetzen meinen Freund von unten rufen: ›Kommst du jetzt endlich runter, Tom? Ich fürchte mich allein hier unten!‹ Mein Fell sträubte sich und einen Augenblick war ich wie erstarrt. Ich wagte nicht, nach links oder rechts zu schauen, und die Stille – die hätte man mit einem Messer zerschneiden können. Ich weiß nicht, wie lange ich so dastand, ohne mich zu rühren. Vielleicht war es nur eine Sekunde, aber es kam mir wie eine Ewigkeit vor. Dann zuckte Woodget mit dem Schwanz und unten raschelte das Stroh – und da war der gespenstische Moment vorbei.«

Die Zuhörer hielten den Atem an und pfiffen anerkennend durch die Zähne. »Aber wessen Pfote haben Sie gehalten, Mr Triton?«, fragte eine der jungen Mäuse mit heller Stimme.

»Das weiß ich nicht, mein Junge«, erwiderte Thomas, »und ich bin auch nicht in der Scheune geblieben, um es rauszufinden. Woodget und ich waren wie der Blitz wieder draußen, das könnt ihr mir glauben!«

Die Mäuse, die sich um ihn versammelt hatten, schauderten. Sie liebten seine Geschichten – er war schon überall auf der Welt gewesen und sie hörten gern von seinen Abenteuern.

»Erzählen Sie uns noch eine«, baten sie.

Lachend schüttelte die Schiffsmaus den Kopf. »Nein«, wehrte Thomas sanft ab, »ich hab den Hut schon zu lang auf der Birne und ihr kennt die Regeln. Eine Geschichte pro Hut – lasst jetzt einen anderen zu Wort kommen.« Er zog sich die abgewetzte Samtkappe vom Kopf und reichte sie an Meister Altschnauze weiter, der schon seit geraumer Zeit darauf wartete. Er war früher der Haupterzähler gewesen und hatte viele Abende damit verbracht, sich extra für das Winterfest neue Geschichten auszudenken. Ihm behagte Tritons Beliebtheit nicht und er nahm den Hut steif entgegen. Mehrere junge Mäuse stöhnten unhöflich und verließen die Feuerstelle, als

Meister Altschnauze mit seiner »Geschichte von Bohart und den guten Mondgeistern« begann.

Thomas streckte sich und winkte beim Weggehen seinen Anhängern zu. Eine junge Albinomaus rannte aufgeregt zu ihm.

»Ach, Mr Triton«, sagte der Junge und knetete begeistert die Enden eines grünen Schals, »das war echt toll! Haben Sie danach ruhig schlafen können?«

»Nicht sehr ruhig, Oswald«, antwortete die Schiffsmaus mit einem amüsierten Augenzwinkern.

Der Albino blinzelte mit seinen roten Augen und nickte. »Das war die beste Gespenstergeschichte, die wir hier seit Jahren gehört haben, und dann ist sie auch noch wahr – Sie haben sie wirklich erlebt! Wow!«

»Das ist richtig, Kumpel, aber zieh jetzt bloß nicht wieder los, um so ein gefährliches Abenteuer wie das letzte zu erleben. Du weißt, wie schlimm das sein und wohin das führen kann.«

Oswald nickte. Vor einigen Monaten war er in die Abwasserkanäle hinuntergestiegen. Er hatte sich dabei eine so schlimme Grippe zugezogen, dass alle glaubten, er würde sie nicht überleben. Jetzt verschränkte er die Arme und sog die Luft ein. »Was ist eigentlich aus Ihrem Freund Woodget geworden, Mr Triton?«, fragte er. »Ist er mit Ihnen zur See gefahren oder blieb er in dem Farmhaus?«

Schlagartig verschlechterte sich Thomas Tritons Laune. Er verzog schmerzhaft das Gesicht. »Ich wünschte mir bei Neptun, dass er dort geblieben wäre«, sagte er mit belegter Stimme, bevor er sich entschuldigte und rasch weglief.

»Oje«, stammelte Oswald und starrte ihm nach. »Hoffentlich habe ich nichts Falsches gesagt.«

Ein dicker Mäusejunge schlich sich mit breitem Grinsen von hinten an. »BUUH!«, schrie er plötzlich.

Der arme Oswald sprang vor Schreck in die Luft und heulte auf. Als er sah, wer es war, sagte er sauer: »Ach, Arthur, du hast mich zu Tode erschreckt – und das nach den vielen Gruselgeschichten!«

Arthur knabberte an einer Kastanie und grinste frech. »Schtimmt«, nuschelte er mit vollem Mund, »die Geschichten des alten Triton sind klasse, was? Er besucht uns ziemlich oft und fascht immer quetschen wir eine Schtory aus ihm raus.«

»Habt ihr Glück«, seufzte Oswald neidisch. »Ihr konntet mit Vetter Twit aufs Land reisen und dort lauter Abenteuer erleben. Und obendrein kommt auch noch Mr Triton und besucht euch!«

Nachdenklich leckte Arthur sich die Lippen. Er wollte nicht zugeben, dass die Besuche der Schiffsmaus seiner Meinung nach nicht nur ihm und seiner Schwester galten. Er war zu der Überzeugung gelangt, dass Thomas vor allem ihre Mutter sehen wollte.

Arthur und seine Schwester Audrey waren vor zwei Monaten aus Fennywolde zurückgekommen. Bei ihrer Rückkehr hatten sie festgestellt, dass Thomas sich während ihrer Abwesenheit um ihre Mutter gekümmert hatte und sie jetzt Gwen nannte – was die Geschwister ziemlich verunsicherte. Der Mutter war es offensichtlich peinlich, als er sie vor den Kindern beim Vornamen anredete. Gwen Brown sagte zwar immer noch »Mr Triton« zu der Schiffsmaus, doch sie sprach seinen Namen mit einer solchen Herzlichkeit aus, die Arthur und Audrey seit dem Tod des Vaters nicht mehr in ihrer Stimme gehört hatten.

»Wo steckt eigentlich Audrey?« Oswald starrte auf die Gruppe, die sich um das Feuer versammelt hatte, und dann auf die Männer, die dahinter standen und Beerenbräu tranken. Ihre ausgelassenen Ehefrauen klatschten und tratschten in einer Ecke, und Mrs Chitter, seine eigene Mutter, war die Eifrigste. Doch von Audrey war keine Spur zu sehen.

Arthur zuckte mit den Schultern. »In ihrem Zimmer, nehme ich an. Sie hat gesagt, sie würde runterkommen, aber du kennst sie ja. Seit wir wieder hier sind, wird es mit ihr immer schlimmer – sie will für sich sein und isst kaum noch was. Mutter macht sich Sorgen um sie.«

»Glaubst du, sie vermisst Twit?«, fragte Oswald.

Arthur schüttelte den Kopf. »Nein, ich habe dir doch gesagt, dass Twit Audrey bloß geheiratet hat, damit sie nicht gehenkt wurde – mehr war nicht dabei.«

»Ja, ja, hast du«, murmelte Oswald. »Aber weißt du, ich kann mich immer noch nicht daran gewöhnen, sie Mrs Scuttle zu nennen – irgendwie passt der Name nicht zu ihr.«

Arthur nickte und schaute zu den Zuhörern am Feuer. Meister Altschnauze hatte gerade seine Geschichte zu Ende erzählt – zur großen Erleichterung aller außer den Raddle-Schwestern, die laut klatschten und ihn überschwänglich lobten. Der Hut wurde für die nächste Maus hochgehalten, die eine Geschichte erzählen wollte. Algy Kaltpfote trat vor.

»Das könnte gut werden«, sagte Arthur. »Algys Geschichten sind immer lustig.« Die beiden Freunde wanderten hin und setzten sich in den tanzenden Schein des Feuers.

Audrey saß allein in ihrem Zimmer und spielte gedankenverloren mit ihrem Band. Sie hatte es sich noch nicht ins Haar gebunden und starrte es geistesabwesend an. Nach den Abenteuern und schrecklichen Erlebnissen in Fennywolde fand sie das Leben hinter den Leisten sehr langweilig, und die Neugierde einiger Mäuse ging ihr furchtbar auf die Nerven. Alle wollten unbedingt wissen, warum Twit sie geheiratet hatte. Mrs Chitter hatte sie sogar gefragt, ob sie schon anfangen sollte, Babymützen und kleine Schuhe zu stricken. Audrey hatte klargestellt, dass das völlig unnötig war. Und einige neugierige Schnüffelnasen hatte sie ziemlich verärgert, und so war sie im Augenblick im Haus nicht besonders beliebt.

Der Klang einer Barthaarfidel drang in ihr Zimmer und brachte Audrey allmählich in die Gegenwart zurück. Es wurde Zeit, auf die Feier zu gehen. Sie knüpfte sich das Band ins Haar, steckte sich das einzige Silberglöckchen, das sie noch besaß, an den Schwanz und sprang vom Bett.

Im Flur knisterte das Feuer nach wie vor fröhlich vor sich hin, und Audrey traf auf einige Mäuse, die immer noch über Algys Geschichte lachten. Der Hut war an Arthur weitergegangen, und Algy hatte sich in eine Ecke zurückgezogen, um auf seiner Fidel zu üben, während Mr Cockle ihn auf der Rindentrommel begleitete. Am anderen Ende des Flurs stand ihre Mutter, die mit Thomas Triton in ein Gespräch vertieft war. Audrey ging zu ihr hinüber. Als sie an einigen Frauen vorbeikam, die sich angeregt unterhielten, verstummten diese plötzlich. Ein paar von ihnen stießen sich mit den Ellbogen an und flüsterten miteinander, und sobald Audrey vorbei war, fing das Geschnatter wieder an.

»Audrey, da bist du ja«, sagte Gwen Brown lächelnd. »Hast du schon was gegessen?« Das Mäusemädchen schüttelte den Kopf und stellte sich neben seine Mutter. Gwen legte die Arme um ihre Tochter. »Liebling, seit du von Fennywolde wieder zurück bist, isst du nicht genug. Bitte hol dir etwas. Da drüben steht eine große Schüssel mit köstlicher Suppe.«

Audrey nahm sich einen Keks und knabberte daran, während sie die anderen, die offensichtlich ihren Spaß hatten, beobachtete. Ihre Gedanken wanderten zurück zum Frühjahr, als Oswald von der Heilkraft der Sternfrau gerettet worden war. Damals hatte Piccadilly, der graue Mäusejunge aus der Stadt, bei den Browns gewohnt. Audrey vermisste ihn.

Algy und Mr Cocke schlugen eine Tanzmelodie an, und da nach Arthur niemand den Hut nahm, hatten viele Lust zu tanzen. Sie bildeten einen großen Kreis und tanzten um das Feuer herum. Thomas zog Gwen und Audrey auf die Tanzfläche, und bald waren alle außer Atem. Die Raddle-Schwestern schauten aus der Nähe zu und flüsterten hinter vorgehaltenen Pfoten – für ihren Stammplatz auf der Treppe war es zu kalt.

Arthur tanzte nicht gern und Oswald war das Lied zu fetzig. So standen die beiden Freunde etwas abseits und heckten einen Plan aus.

»Aber Arthur«, protestierte Oswald, »sicher kriegt

meine Mutter es mit, wenn ich mitten in der Nacht aufstehe.«

»Nicht, wenn du vorsichtig bist«, gab Arthur zurück. »Aber wenn du zu viel Angst hast ...«

»Nein, das ist es nicht«, unterbrach Oswald ihn eilig. »Ich verstehe bloß nicht, warum wir dorthin gehen müssen? Warum können wir nicht einfach ein paar Sachen von hier mitnehmen?«

»Weil das zu einfach wäre. Hör zu, Oswald – willst du heute Nacht ein heimliches Picknick veranstalten oder nicht?«

Der Albino zupfte an seinem Schal herum, dann nickte er. »Aber renn mir bloß nicht wieder davon!«

»Versprochen. Wir treffen uns in der großen Küche, wenn alle schlafen gegangen sind.«

»Also gut«, stimmte Oswald bedrückt zu.

Audrey verließ den Kreis der Tanzenden. Es war erstaunlich, wie gut Thomas Triton sich bewegte. Sein wuscheliges weißes Haar glänzte im Feuerschein wie Gold, und dieselben Flammen brachten auch das lebendige Kastanienrot im Haar ihrer Mutter zum Leuchten. Zu ihrer Verwunderung musste Audrey eingestehen, dass die beiden ein schönes Paar waren. Sie fragte sich, ob ihre Mutter die Schiffsmaus heiraten würde: Beide waren einsam und Audrey hatte das Gefühl, dass ihr verstorbener Vater der Verbindung zustimmen würde.

Die Nacht schritt voran. Das Feuer brannte herunter und ein paar freche Gören kamen auf die Idee, ganze Kastanien in die glimmenden Scheite zu werfen. Nach wenigen Minuten krachte und knallte es laut, als die Kastanien explodierten. Die Mäuse stoben vor Schreck quiekend in alle Richtungen davon, doch als sie herausfanden, was los war, wurden die Rotznasen mit versohlten Hintern ins Bett geschickt.

Die Musik wurde allmählich langsamer und das Feuer zu einem Haufen glühender Asche. Mr Cockle schwankte auf unsicheren Beinen daher, und seine Frau sah streng auf den leeren Krug, der vor ihm stand.

»Komm nach Hause, du dummer alter Mäuserich«, zischte sie ihn an. »Jedes Mal das Gleiche! Ach, ist das peinlich.«

»Oh, Schatz, du bischd so schööön«, lallte er und spitzte die Lippen. Biddy Cockle scheuchte ihren Gatten aus dem Flur, und nun beschlossen alle, ins Bett zu gehen.

»Dann werd ich mich auch mal auf mein Schiff begeben«, sagte Thomas und verabschiedete sich von Gwen. Er zog seine blaue Wollkappe auf und ging hinunter in den Keller, wo er durch das Gitter schlüpfte und die Abkürzung nach Greenwich durch die Kanäle nahm.

Gwen lächelte und ging zurück hinter die Leisten. Sie steckte den Kopf in Audreys Zimmer, doch ihre Tochter schlief schon fest. Arthur war damit beschäftigt, sein Bett in der kleinen Küche aufzuschlagen. Früher hatte er mit Audrey das Zimmer geteilt, doch jetzt, da sie verheiratet war, schien das irgendwie unpassend zu sein.

»Gute Nacht, Arthur«, sagte Gwen liebevoll.

»Gute Nacht, Mutter«, antwortete er und zog sich die Decke bis unters Kinn. Sie blies die Küchenkerze aus und ging in ihr Zimmer.

Arthur wartete eine Stunde, bis er sicher war, dass seine Mutter eingeschlafen war. Dann stand er auf und schlich sich auf Zehenspitzen aus den Leisten.

Der Flur war noch von dem matten Licht der verglühenden Holzscheite beleuchtet und gespenstische Schatten huschten über die Wände. Arthur schluckte nervös. Gruselgeschichten waren schön und gut, sofern man hinterher gleich ins Bett ging. Hatte man Angst vor der Dunkelheit, konnte man sich die Decke über den Kopf ziehen. Aber danach um Mitternacht auf Essensuche zu gehen – das war beunruhigend, vor allem, wenn aus den Schatten unheimliche Gestalten wurden. Grimmige Dämonen schienen sich in der Dunkelheit zu verstecken, die nur darauf warteten, ihn mit scharfen Fängen anzufallen. Arthur atmete tief durch und schlich sich hinunter in den düsteren Flur.

In der Küche war es stockfinster. Arthur sprang die Stufe hinunter und spürte unter seinen Fußsohlen das glatte Linoleum. Ein kalter Luftzug fuhr durch sein Fell. Er kam von dem Gang, der nach draußen führte – er war am Morgen freigelegt worden, um die Immergrün-Zweige hereinzuholen, mit denen der Flur geschmückt worden war. Anscheinend hatte jemand vergessen, ihn wieder zu verschließen. Der Luftzug ließ ihn schaudern und er fragte sich, ob ein geheimes Picknick das alles wirklich wert war.

»Psst! Arthur!« Eine große dunkle Gestalt winkte ihm aus der Finsternis zu. Oswald wartete schon seit zehn Minuten auf ihn und fühlte sich sehr unbehaglich. »Wo warst du so lange?«

»Jetzt bin ich doch hier, oder?«, erwiderte Arthur. »Bist du bereit?«

Oswald nickte hastig. »Wir sollten uns beeilen. Mir ist kalt.«

Arthur tastete sich bis an die gegenüberliegende Wand vor. Dann sprang er auf eine alte Holzkiste und kletterte ein Rohr hinauf. »Du hättest dir die Sachen anziehen sollen, die deine Mutter für dich gestrickt hat«, rief er dem Albino zu.

»Das hab ich doch«, gab Oswald verlegen zurück. Vor kurzem hatte Mrs Chitter eine Wollmütze und Handschuhe für ihren Sohn gestrickt, die zu seinem Schal passten, doch er hatte sich geschämt, die Sachen anzuziehen. »Ich will mir nicht noch eine Erkältung einfangen«, keuchte er, während er ungeschickt auf die Kiste stieg und sich am Rohr hochzog.

Arthur legte den Finger auf den Mund. »Pssst – von jetzt an dürfen wir nur noch flüstern«, warnte er den Albino. »Komm schon.«

Sie kämpften sich durch losen Putz und trockene, splitternde Holzbalken hindurch und hüpften dann im Hohlraum der Wand entlang.

»Hier ist es«, sagte Arthur, als er eine Öffnung zwischen den Mauersteinen erreicht hatte. Die beiden Mäuse zwängten sich durch das Loch und fanden sich in einem großen, hallenden Raum wieder.

»Das ist die Speisekammer«, flüsterte Arthur, sehr mit sich zufrieden, und rieb sich erwartungsvoll den Bauch. »Hier ist das Gemüseregal, das ist für uns uninteressant. Darüber ist noch ein Regal mit lauter leckren Sachen. Wir können dort drüben raufklettern.« Er ging zu einer Wand, auf der eine Reihe von herausstehenden Nägeln, die sich als Leiter eigneten, nach oben führte.

Verwirrt sah Oswald ihn an und hielt sich fragend eine behandschuhte Pfote an den Mund. »Aber Arthur«, sagte er bedächtig, »auf dem Regal ist kein Gemüse, das ist leer!«

Von oben ertönte ein lautes, enttäuschtes Stöhnen. »Ach, Oswald«, seufzte Arthur niedergeschlagen, »das Regal hier oben ist auch leer, nicht ein Krümel oder Sahnetopf – Fehlanzeige.«

»Oje«, seufzte Oswald, »also kein heimliches Picknick.«

»Viel schlimmer«, sagte Arthur beunruhigt. »Kapierst du denn nicht? Die Speisekammer war noch nie leer! Hier gab es immer irgendwas für uns – oh Gott, was werden wir jetzt tun? Von hier haben wir doch all unsere Lebensmittel geholt! Wir müssen sofort zurück und es den anderen sagen. Wir müssen die Reste der Festmahlzeit aufheben und uns davon ernähren, bis wir neues Futter finden.«

Oswald fing an zu heulen. Er schluchzte den ganzen Weg zurück durch den Hohlraum in der Wand, und als sie in der Küche ankamen, brach er erneut in Tränen aus. »Wir werden alle sterben«, jammerte er.

»Sei still!«, ermahnte Arthur ihn. »Hörst du das Gepolter im Flur? Was ist da bloß los?«

Eilig liefen Oswald und er zur Küchentür, sprangen die Stufe hinauf und rannten in den Flur. Dort blieben sie fassungslos stehen.

Alle Mäuse, die hinter den Leisten wohnten, waren im Flur und bewegten sich auf die Treppe zu. Einige von ihnen waren noch im Halbschlaf und blinzelten müde; sie gähnten herzhaft hinter vorgehaltenen Pfoten. Andere schlurften umher und wirkten besorgt, wieder andere liefen ungeduldig zum Treppengeländer. Die Raddle-

Schwestern hatten die Haare in Lockenwickler aus Papier gelegt und Meister Altschnauze kommandierte alle herum und versuchte, Ordnung in die Massenwanderung zu bringen. Einige Mäuse sagten: „Ach, ist das nicht fantastisch? Ich wüsste nicht, dass so etwas jemals zuvor passiert ist.« Andere brummten verdrossen: »Das ist das erste Anzeichen des Weltuntergangs – lasst euch das gesagt sein!«

Arthur entdeckte seine Schwester und drängte sich durch die Menge, um mit ihr zu reden. Als er Audrey beim Namen rief, drehte sie sich um und sah ihn erleichtert an. »Wo bist du gewesen?«, fragte sie. »Mutter hat schon befürchtet, du hättest was damit zu tun.«

»Was meinst du?«, fragte Arthur verständnislos. »Was ist hier los?«

»Es hat vor ungefähr einer halben Stunde angefangen«, erklärte Audrey. »Da kam ein lautes Geräusch vom Dachboden – ich habe es sogar in meinem Zimmer gehört und bin davon aufgewacht. Alle Nachbarn vom Treppenabsatz sind herausgestürzt, um zu sehen, was los war, und dann ist einer von ihnen heruntergekommen und hat uns alle nach oben gerufen, damit wir nachschauen, was das zu bedeuten hat.«

»Aber was ist denn los?«, wollte Arthur ungeduldig wissen.

»Komm und schau es dir selber an. Wir gehen an eines der oberen Fenster.«

»Aber das wird ja eine Ewigkeit dauern – so langsam wie die Raddle-Schwestern kriechen!«

Plötzlich rief Oswald aus der Küche: »Hier entlang durch den Gang, der nach draußen führt!«

»Super«, erwiderte Arthur, »das geht viel schneller.« Die Geschwister rannten in die Küche und gingen mit Oswald durch den kurzen Tunnel, der in den kleinen Garten hinausführte.

Es war eine bitterkalte Nacht und der helle, abnehmende Vollmond trug einen frostigen Heiligenschein. Die Luft war so kalt, dass sie den drei Mäusen in die Nasen biss und Oswald seine Schnauze rasch in den Schal steckte.

»Dort«, sagte Audrey und zeigte nach oben.

Sie schauten hinauf in den schwarzen Winterhimmel. Hunderte von Fledermäusen waren aus den Dächern aller Häuser der Umgebung geschlüpft. Die beflügelten Nachtwesen kamen aus den viktorianischen Häuserreihen, aus den hohen Villen, aus dem alten Kirchturm im Park von Deptford und sogar aus den Hochhäusern. Sie flogen in Schwärmen um die Schornsteine und im Tiefflug über die Zäune. Sie streiften die Baumwipfel im Park von Deptford und stiegen dann in die Höhe, wo sie sich zu der flatternden Schar gesellten, die sich dort schon versammelt hatte.

»Da oben müssen Tausende von ihnen sein!«, stieß Arthur verwirrt aus.

»Ich habe noch nie gehört, dass Fledermäuse so was tun«, sagte Oswald verwundert. »Und ich wusste auch nicht, dass es hier so viele von ihnen gibt.«

Der Himmel war ein wogendes Meer aus Fledermäusen und ihre hohen Stimmen erfüllten die Nacht, als sie Rufe in ihrer Geheimsprache ausstießen, in die sie niemanden einweihten. Für eine Weile verweilten sie über Deptford und warteten, bis alle Verwandten zusammen waren. Dann flogen sie plötzlich davon, verließen unter lautem Rauschen eilig die Stadt, und unten auf der Erde spürte Audrey den Luftzug ihrer Flügel im Gesicht.

Dann waren sie fort. Am Himmel waren nur noch der Mond und die frostig blauen Sterne zu sehen. Stille legte sich über Deptford.

Audrey, Arthur und Oswald drehten die Hälse, um Ausschau nach Nachzüglern zu halten, doch es kamen keine mehr. Oswald, der die schärfsten Augen von allen Mäusen hinter den Leisten hatte, konnte die riesige dunkle Wolke des Fledermausschwarms erkennen, die auf die Stadt zuflog. Dann vereinigte sie sich mit der Nacht und verschwand. Arthur sagte als Erster etwas.

»Was kann das bloß zu bedeuten haben?«, fragte er atemlos.

Weder Audrey noch Oswald hatten darauf eine Antwort. Sie hatten so etwas noch nie erlebt und betrachteten beide voller düsterer Vorahnung den Himmel.

»Ich nehme an, die Fledermäuse aus unserem Dachboden, Orfeo und Eldritch, sind auch mitgeflogen«, sagte Arthur nachdenklich.

»Es gefällt mir gar nicht«, meinte Oswald. »Fledermäuse wissen Dinge, die wir nicht wissen. Sie können in die Zukunft schauen. Wenn sich alle davonmachen, hat das nichts Gutes zu bedeuten, oder?«

»Das glaube ich auch«, stimmte Audrey ihm zu. »Wenn wir nur wüssten, was los ist. Hoffentlich heißt es nicht, dass etwas Schreckliches passieren wird.«

Erst jetzt fiel Arthur ein, was er entdeckt hatte. Mit besorgter Miene wandte er sich an Audrey und sagte: »Schwesterherz, das hab ich völlig vergessen. Oswald und ich waren vorhin in der Speisekammer und die ist ganz leer.«

Oswald legte die Pfoten auf seine Ohren, die vor Kälte kribbelten. »Das ist das Ende«, sagte er. »Wir haben keine Vorräte mehr, um über den Winter zu kommen, und die Fledermäuse haben uns verlassen, weil uns noch was viel, viel Schlimmeres bevorsteht. Wir müssen bald alle sterben!«

VERRÜCKT UND DURCHTRIEBEN

Piccadilly wischte sich eine Haarsträhne aus den Augen und wandte sich seinem Freund zu. »Hast du schon was gefunden?«, rief er.

Marty hielt ein angebissenes Stück Nougat hoch, an dem lauter Fusseln klebten.

»Igitt!« Piccadilly verzog das Gesicht. »Lass das den Schleimfressern übrig – so 'n Dreckzeug brauchen wir nicht zu essen.« Die graue Maus hatte sich wieder in der Stadt eingelebt. Piccadilly war ein guter Futtersucher und kannte die besten Plätze, an denen man »was Essbares« grub, das heißt Fressalien finden konnte.

Die Stadtmäuse waren gut organisiert. Sie lebten in einem weitläufigen System von unterirdischen Gängen, das allgemein als »Holeborn« bekannt war. Es war eine seit Urzeiten bestehende Gemeinschaft mit strengen Regeln und Gesetzen, die von allen eingehalten wurden.

Die Einwohner von Holeborn wurden von dem Großen Thane regiert. Er war ein ehrwürdiger Mäuserich, dessen Familie schon seit Jahrhunderten die Herrschaft ausübte. Direkt unter ihm standen die Minister – das waren Mäuse mit ausgezeichneten Verwaltungsfähigkeiten, die alle ihre eigenen Abteilungen unter sich hatten. Der Minister für Straßen- und Wohnungsbau leitete die Grabungen neuer Tunnel, wenn diese benötigt wurden, und wies den Obdachlosen, die gelegentlich nach Holeborn kamen, leer stehende Wohnungen zu. Dann gab es den Minister für das Handwerk, der die Kinder in einer großen, hellen Kammer ausbildete. Dort lernten sie alles, was notwendig war, um in der rauen Großstadt zu überleben. Der Minister für Vorräte kümmerte sich um das Sammeln von Lebensmitteln und anderen nützlichen Gütern, die an alle verteilt wurden. Jeder bekam seinen Anteil – in Holeborn gab es keine »Privilegierten«. Die scharfsinnigen und geschickten Mäuse wurden seiner Truppe von Futtersuchern zugeteilt.

Es war eine der vollkommensten Mäusegesellschaften im ganzen Land. Jeder hatte Spaß an seiner Arbeit und niemand hielt sich für besser als die anderen – sogar der Große Thane wurde trotz seiner adeligen Herkunft von allen »Henry« genannt. Die Holeborner wussten, dass das Funktionieren ihrer Gesellschaft von jedem einzelnen abhing. Schon Hunderte von Mäusegenerationen hatten hier ein glückliches und vor allem zufriedenes Leben geführt.

Piccadilly ging den Bahnsteig der U-Bahn entlang und schwenkte dabei seinen Sack in einer Pfote. Die ganze Woche war er einer Gruppe von Kadetten zugeteilt gewesen. Es waren junge Mäuse noch ohne Medaillons, die gerade erst mit der Arbeit angefangen hatten. Er war gern mit ihnen zusammen. Einer von ihnen, Marty, war ein besonders sensibler Junge. Er hatte große braune Augen und eine schmale, lange Schnauze mit Barthaaren, die ständig zuckten, und ein ungewöhnlich dunkles Muttermal im Rückenfell, das wie ein Blitz gezeichnet war. Auch wenn Marty wie alle anderen Stadtmäuse grau war, erinnerte er Piccadilly stark an Oswald, und er hatte ihn in dieser Woche schon mehrmals versehentlich »Weißer« gerufen. Mittlerweile hatte Marty Routine bei der Futtersuche bekommen, und bei Schichtende war sein Sack schon fast so voll wie Piccadillys.

Piccadilly schickte die anderen nach Hause und blieb allein auf dem Bahnsteig stehen. Es war spät am Abend und die Züge fuhren schon eine ganze Weile nicht mehr. Nur die Lichter waren noch an und ließen den Bahnsteig unheimlich erscheinen. Die Tunnel waren zwar viel größer als die Abwasserkanäle, in denen er sich damals verlaufen hatte, doch die abgerundeten Wände erinnerten Piccadilly immer wieder daran. Oft ließ er die anderen vorausgehen, um ungestört an die Zeit in Deptford und die guten Freunde zu denken, die er dort zurückgelassen hatte.

Er seufzte betrübt. Hätte Audrey ihn doch gemocht! Nun ja, dieser Teil seines Lebens war Vergangenheit und er musste ihn einfach vergessen. Er hoffte, dass er sich eines Tages ohne Schmerzen daran erinnern könnte.

Während Piccadilly so da stand, fielen ihm zwei kleine Lichter auf, die tief in der Dunkelheit glimmten, dort, wo die Bahnschienen verliefen, und erst als die Lichter blinkten, wurde ihm klar, dass es sich um Augen handelte. Er schrak zusammen, doch als er sich von seinem Schreck erholt hatte, rief er mit fester Stimme: »Hey, wer is denn da unten? Komm sofort rauf!«

Die Augen verschwanden, als der andere, wer immer es auch war, sich umdrehte und davonhuschte.

»Oh nein, du bleibst hier!«, schrie Piccadilly und sprang vom Bahnsteig. Er landete zwischen den Schienen und rannte dem Fremden hinterher.

Der Unbekannte, den er verfolgte, war ziemlich flink und flitzte in die tiefschwarze Dunkelheit des U-Bahn-Tunnels. Piccadilly raste, so schnell er konnte, hinterher und versuchte dabei, einen Blick auf den Flüchtenden zu erhaschen. Doch er sah nur eine gebückte, pelzige Gestalt mit einem dünnen auf und ab schwingenden Schwanz, die über die endlosen silbrig glänzenden Schienen schlitterte.

Piccadilly machte noch größere Schritte, sprang über die Schwellen und ignorierte die spitzen Kieselsteine unter seinen schmerzenden Fußsohlen. Allmählich holte er den Fliehenden ein. Er streckte die Pfoten aus und packte den kalten Schwanz, der vor ihm ausschlug.

»Aauuu!«, kreischte eine heisere Stimme, als Piccadilly kräftig an dem Schwanz zog.

Die Kreatur verlor ihr Gleichgewicht und stürzte mit blechernem Getöse gegen das Geländer.

»Au, au, mein Schädel!«, klagte die Stimme verdrossen. »Autsch, tut das weh, ah!«

Piccadilly strengte seine Augen an, um trotz der Dunkelheit zu sehen, was für einen Fang er gemacht hatte. Eine alte braune Ratte lag vor ihm auf dem Boden. Ihr schmales, hartes Gesicht war von vielen Falten durchzogen und das Fell an ihren Schläfen war ergraut. Der Fremde hielt sich den Kopf und stieß empörte Schreie aus – er hatte verschmierte Lippen und nur noch einen Zahn.

»Warum zum Teufel haste das getan?«, jammerte er vorwurfsvoll. »Ich hab doch nix ausgefressen.«

Piccadilly betrachtete ihn angeekelt – er konnte Ratten nicht ausstehen. Es hatte eine Zeit gegeben, als er jede

Ratte liebend gern verdroschen und hinter ihr her geflucht hatte, doch seit seiner Erlebnisse in Jupiters Reich machten Ratten ihn nervös. Dieses Exemplar wirkte jedoch harmlos – der Kerl war zu alt, um ihm gefährlich werden zu können. Trotzdem beobachtete Piccadilly ihn aufmerksam. In letzter Zeit waren in Holeborn ein paar unangenehme Gerüchte über die Stadtratten herumgegeistert. Piccadilly hielt dies für eine gute Gelegenheit, Antworten auf ein paar Fragen zu bekommen.

»Warum hast du mich ausspioniert?«, fragte er in scharfem Ton.

Die Ratte murmelte etwas und verschränkte schmollend die Arme. »Jetzt hab ich Kopfweh«, sagte sie stur. »Schepper wird schon wieder 'ne Beule kriegen. Er kann Beulen nich ausstehen. Beulen, Beulen, nix als Beulen. Schepper kriegt dauernd Beulen, von *denen* – und von dir. Schepper kann sich selber den Kopf anhauen, dann kannste dir die Mühe sparen – und *die* auch.« Mürrisch verzog die Ratte den Mund und wiederholte noch einmal: »Beulen, Beulen, nix als Beulen.«

Piccadilly stöhnte – er konnte Jammerlappen nicht leiden. Dennoch streckte er seine Pfote aus, um der Ratte auf die Beine zu helfen. »Du heißt also Schepper?«, fragte er. Die Ratte antwortete nicht. »Is dein Name Schepper?«

Der andere hatte unhöflich den Blick abgewandt und blieb stur liegen. »Beulen, Beulen, nix als Beulen«, brummte er verdrießlich.

»Steh auf, sonst verpass ich dir noch mehr Beulen, über die du jammern kannst«, sagte Piccadilly, der allmählich die Geduld verlor.

Sofort sprang die Ratte auf, ohne die angebotene Pfote zu nehmen. »Kann Schepper jetzt gehen?«, knurrte sie.

»Nicht so schnell, Kumpel.« Piccadilly packte die Ratte am Fell. »Du hast noch nicht gesagt, warum du mich ausspioniert hast.«

»Ich hab dich bloß beobachtet, mehr nich, hab nix Schlimmes ausgefressen, Schepper is ganz okay, ehrlich, er hat mit dem neuen Blut nix zu tun.«

Bei diesen Worten hob Piccadilly die Augenbrauen und beschloss, mehr aus der alten Ratte herauszuholen. »Hast du Hunger?«

Sofort strahlten Scheppers kleine Augen; er nickte eifrig und rieb sich den Bauch. »Ja«, jammerte er traurig. »Schepper hat schon seit Tagen nix mehr zu futtern gekriegt, und das Letzte war auch bloß eine mickrige Orangenschale. Er hat den Sack voll leckerer Sachen gesehen, den der Mäusejunge dabei hat – deswegen hat er so gestarrt, weißt du.«

»Dann komm mit.« Piccadilly machte kehrt, um durch den Tunnel zurückzugehen. »Ich schau mal, was ich entbehren kann.«

Schepper schmatzte genüsslich und folgte der Stadtmaus, allerdings nach wie vor misstrauisch. Seine glänzenden kleinen Augen huschten hin und her, doch sie kehrten immer wieder zu der grauen Maus vor ihm zurück und achteten auf jede plötzliche Bewegung oder Anzeichen einer Gefahr.

Als sie den Tunnel verlassen hatten, kletterte Piccadilly auf den Bahnsteig und durchsuchte seinen Sack nach etwas, das er Schepper geben könnte. Er fand zwar alles zu gut, um es an eine Ratte zu verschwenden, doch da er hoffte, von Schepper etwas Nützliches zu erfahren, holte er schließlich zwei ganze Kekse heraus und gab sie ihm.

Schepper griff gierig danach und schlang sie derart unappetitlich herunter, wie Piccadilly es noch nie gesehen hatte. Kaum hatte er die Kekse gefressen, suchte er den Boden schnüffelnd und laut schmatzend nach Krümeln ab. Als er damit fertig war, starrte er hoffnungsvoll auf den Sack.

»Das reicht erst mal«, sagte Piccadilly, der Scheppers Blick gefolgt war. Es war an der Zeit, Klartext zu reden. »Warum bist du so hungrig? Es gibt genug Futter hier unten, das ihr Ratten verschlingen könnt.« Scheppers magere Gestalt verwunderte ihn – in der Stadt litten Tiere selten Hunger.

Schepper verzog das Gesicht. »Bah!«, machte er verächtlich. »Es gibt nix mehr.«

Piccadilly war erstaunt über die Heftigkeit, mit der er die Worte ausstieß, und er erinnerte sich an etwas, das die Ratte vorhin gesagt hatte. »Schepper«, begann er vorsichtig, »was hast du damit gemeint, als du ›neues Blut‹ gesagt hast?«

Erschrocken schlug der andere sich mit der Klaue auf den faltigen Mund, als hätte er Angst, sich verplappert zu haben, und weigerte sich, noch ein Wort zu sagen. Piccadilly tätschelte wie beiläufig den Sack, was der Ratte nicht entging.

Schepper senkte den Kopf, verdrehte nervös die Augen und flüsterte schließlich Piccadilly heiser zu: »*Die* sind das neue Blut. Sie machen Schepper das Leben schwer, weil er nich mitmachen will. Die nehmen ihm sein Essen weg, die Drecksäcke! Wenn Schepper sich darüber beschwert, verpassen sie ihm 'ne Beule. Das sind keine netten Ratten, die sind gefährlich. Schepper hat Angst vor ihnen. Sie feilen sogar ihre Krallen und Fänge! Halt dich bloß fern von denen, Mäusejunge!«

Piccadilly hörte der alten Ratte aufmerksam zu und überlegte angestrengt. Es musste einen Grund für die unangenehme Veränderung im Verhalten der Stadtratten geben. Woher kam ihre plötzliche Dreistigkeit? Er stellte Schepper diese Frage, und die alte Ratte hatte keine Zweifel an der Ursache.

»Der alte Stumpi ist dran Schuld«, flüsterte Schepper schaudernd. »Er mag uns nicht – er hetzt die jungen Ratten auf und macht böse Schlägertypen aus ihnen. Er erzählt ihnen schlimme Sachen und verdreht die Wahrheit. Er mag Schepper nich. Er lacht immer, wenn er Schepper 'ne Beule verpasst – is nich fair, kein Stück.«

»Der alte Stumpi ...«, wiederholte Piccadilly nachdenklich. Der Name weckte irgendeine Erinnerung in ihm – eine unangenehme, hässliche Erinnerung. Er runzelte die Stirn und beugte sich vor. »Erzähl mir mehr«, verlangte er, »erzähl mir was über diesen Stumpi. Wo kommt der her?«

Schepper begann, am ganzen Körper zu zittern, und ließ vor Angst seine dünnen Ohren hängen. »Ich kann nich«, weigerte er sich und schüttelte heftig den Kopf. »Schepper sagt nix! Das ist ein großes Geheimnis, keiner darf es verraten.«

Wieder klopfte Piccadilly auf den Sack, doch die Ratte machte den Mund nicht auf, bis ein neuer Keks herausgeholt wurde.

Gierig griff Schepper danach und sagte hastig: »Er is

seit ein paar Monaten wieder da, er hat gesagt, er kommt aus –«

»Hey, was geht denn hier ab?«

Eine fremde Stimme ertönte aus der Dunkelheit unter ihnen. Schepper sprang mit angstverzerrtem Gesicht in die Höhe. Er ließ den Keksrest fallen und schlug die Pfoten vors Gesicht. Piccadilly sah, wie vier Krallen auf der Kante des Bahnsteigs auftauchten. Dann wurden zwei große, hässliche Rattenköpfe sichtbar, die den wimmernden Schepper böse anstarrten.

Einer der Ratten hatte ein stumpfes, schmieriges braunes Fell, von dem ein widerlicher Gestank ausströmte. Der Kerl hatte dichte, buschige Augenbrauen und eine Schnauze, die der eines Ferkels glich und aus deren Nasenlöcher der Rotz lief. Die andere Ratte war dick und hatte ein verdrecktes schwarzes Fell. Sie kaute auf einem Nougatstück herum und sagte zunächst nichts.

Der stinkende Braune knurrte erst Schepper drohend an und wandte sich dann höhnisch grinsend an Piccadilly. »Abend, Graustiefel«, sagte er und hielt inne, um den grünen Rotz hochzuziehen. »Hat der Schwachkopf Schepper dich belästigt?«

Piccadilly gefiel der Anblick der beiden Ratten ganz und gar nicht – sie traten viel zu selbstsicher auf. Doch er wollte keine Angst vor ihnen zeigen.

»Was juckt dich das, Stinky?«, gab er frech zurück.

Die Ratte blinzelte mit ihren rot umränderten Augen und hielt es für das Klügste, die Beleidigung zu ignorieren. Stattdessen wandte sie sich wieder an Schepper. »Na, altes Pockengesicht, was haste deinem jungen Kumpel hier für Märchen erzählt?«

Schepper wich zurück und heulte: »Ich hab gar nix erzählt – ehrlich, Jungs. Schepper erzählt nie niemandem irgendwas.«

Der Braune knurrte böse und Schepper quietschte vor Angst.

»Also dann, mein Hübscher«, zischte die Ratte, sich wieder an Piccadilly wendend, »was immer der alte Socken dir gesagt hat – am Besten vergisst du es pronto.«

Piccadilly ließ sich davon nicht einschüchtern und erwiderte gelassen: »Warum sollte ich das, Stinkstiefel?«

Die Ratte knurrte und kratzte mit den Krallen den Bahnsteig entlang, was auf dem Beton ein unangenehmes Geräusch verursachte. »Ich heiße Schnief, mein Junge – das solltest du dir gut einprägen.«

»Und wie heißt der Fettsack, der sich den Bauch voll stopft?«, fragte Piccadilly lächelnd.

»Das ist Kelly. Er sagt nich viel. Der macht das Maul nur auf, wenn's was Gutes zu essen gibt.« In diesem Augenblick öffnete Kelly den Mund und bleckte stolz seine scharf gefeilten Zähne. Er stierte Piccadilly auf eine höchst beunruhigende gierige Art an.

Der Stadtmaus wurde es langsam unbehaglich, doch ihr war klar, dass sie es nicht zeigen durfte. »Na, ihr seid mir ein hübsches Pärchen!«, sagte Piccadilly und lachte spöttisch. »Stinker und Dicker.«

Schnief knirschte mit den Zähnen. Seine Augen funkelten mordlustig, doch er beherrschte sich. »Du solltest echt höflicher sein, Kleiner«, zischte er. »Und nich nur das – du solltest auch nich glauben, was Schepper dir sagt.«

»Und warum nicht, Schweinchen Stink?«

»Weil der 'nen Dachschaden hat – stimmt's, Schepper, alter Kumpel?«

Schepper sah Schnief mit Tränen in den Augen an.

»Erzähl dem netten kleinen Mäusejungen, warum wir dich Schepper nennen«, fuhr die Ratte bösartig fort.

Schepper zitterte. Er wusste nicht, was er tun sollte.

»Sag's ihm schon!«, schnappte Schnief. »Wir nennen dich Schepper, weil ...«

»Weil ...«, von Scheppers Nase tropften die Tränen, während er sagte: »... weil ... weil bei mir 'ne Schraube locker is.«

Kelly und Schnief gluckstеn höhnisch. Kelly bleckte wieder die Zähne und schokoladenbrauner Speichel rann sein Kinn herab.

Piccadilly sah sie mit versteinerter Miene an. »Ich finde das gar nicht witzig«, sagte er streng. »Einen Schwächeren zu quälen – hey, das is echt feige.«

Schnief sog hörbar die Luft ein und rümpfte wütend seine Rüsselschnauze. Mit zusammengebissenen Zähnen sagte er: »Na, du bist aber eine unverschämte kleine Maus, hä? Ich glaub, wir sollten dir ein paar Manieren beibringen. Willste es etwa mit mir aufnehmen, Sommersprossengesicht?« Er hievte sich auf den Bahnsteig und leckte sich voller Vorfreude die Lippen.

Piccadilly sprang auf die Füße und griff sofort nach dem kleinen Messer, das er an der Hüfte trug. »Versuch's doch«, erwiderte er mit tödlichem Ernst.

Schnief kroch näher, doch da mischte Kelly sich zum ersten Mal ein. »Lass den Drecksack, Schnief. Du kennst doch unsere Anweisungen – kein Zoff, bis Er sein Okay gibt.«

Wütend drehte Schnief sich um. »Ich lass den verdammten Zwerg nich laufen, nach dem, was er zu mir gesagt hat!«

Kelly hievte sich neben die braune Ratte hoch; seine dicken Backen bebten. »Lass ihn! Befehl is Befehl. Du weißt doch, was Er gesagt hat: ›Wartet, dafür ist später noch genug Zeit.‹ «

»Aber ich will ihn jetzt!«

»Das kannste nich machen!«

Einen Augenblick sah es so aus, als würden die beiden Ratten aufeinander losgehen, doch schließlich beruhigte Schnief sich und drehte sich schmollend um.

Kelly wandte sich an Piccadilly. »Kleiner, du solltest lieber die Fliege machen, solange du das noch kannst.«

Piccadilly hob seinen Sack auf und erwiderte: »Ich hab keine Angst vor euch, Dicky.«

Kelly hielt Schnief zurück und rief: »Hau ab, sonst kriegste Angst! Du weißt noch nicht, was Angst ist.«

Piccadilly hielt es für das Klügste zu verschwinden. Er hängte sich den Sack über die Schulter und ging so ruhig er konnte den Bahnsteig entlang. In seinem Kopf schwirrten die Gedanken. Es gab so vieles, über das er nachdenken musste. Ihm war klar, dass er den Ministern sagen musste, was er gehört hatte. Langsam wurden die Ratten gefährlich. Sobald er außer Sichtweite war, fing er an zu rennen.

Die beiden Ratten auf dem Bahnsteig drehten sich zu Schepper um. Die alte Ratte wich bis zu der gekachelten Wand zurück und sah sich verzweifelt um. Die beiden Gesichter wirkten grimmig und bedrohlich.

»Haste wieder Storys erzählt, Schepper?«, fragte

Schnief. »Du weißt doch, was Er dann mit dir macht, stimmt's?«

»Nein, nein«, heulte die alte Ratte. »Schepper hat nix erzählt. Ihr könnt euch auf Schepper verlassen.«

»Du hast doch hoffentlich den Plan nich verraten?«, fragte Schnief und hob seine geballte Klaue.

»Nicht Schepper schlagen – bitte keine Beulen«, flehte der Alte.

»Ich werd dir beibringen, das Maul zu halten.«

»Polier ihm die Fresse«, grinste Kelly schadenfroh.

Die Schreie der alten Ratte hallten durch die Tunnel, bis sie in Gelächter untergingen – zwei grauenhafte Stimmen voller Hohn.

»Identifiziere dich!«, sagte die Maus.

»Piccadilly – Abteilung Futtersuche.«

»Tritt ein, mein Freund.« Der Mäuserich trat beiseite und klopfte an die alte Holztür hinter sich. »Futtersucher«, rief er dem auf der anderen Seite zu. Piccadilly hörte gedämpft, wie ein Eisenriegel am Holz zurückgeschoben wurden, dann öffnete sich die Tür einen Spalt. Eine freundliche junge Maus steckte den Kopf heraus und winkte Piccadilly hinein.

Beim Eintreten warf Piccadilly einen Blick auf den einzigen Wachposten und machte eine besorgte Miene. Der Wachmann hatte nur einen alten Speer, eine uralte, stumpfe Waffe, die er von seinem Urgroßvater geerbt hatte, und trug einen zerbeulten Blechhelm auf dem Kopf. Für jeden entschlossenen Feind wäre es ein Leichtes, an ihm vorbeizukommen. Die große Tür war uralt; sie stammte aus der Zeit, als Holeborn vor mehreren

Jahrhunderten gegründet worden war. Es würde nicht schwierig sein, sie aufzubrechen. Piccadilly machte sich ernsthafte Sorgen. Eilig lief er durch den schummerigen Flur zur Sammelstelle. Die befand sich in der Tunnelwand, und hier lieferten alle Futtersucher ihre Säcke ab. Drei lustige Mausfrauen sammelten die Lebensmittel ein und sortierten die Vorräte.

»Hallo, Piccadilly«, sagte Agnes Trumper. »Na, war es ein guter Tag?« Sie lächelte ihn freundlich an, während er ihr seine Beute reichte.

»Nicht unbedingt«, antwortete er. »Wo sind denn Flo und Edna?«

Mrs Trumper schlug die Pfoten zusammen. »Ach, mein Junge«, stieß sie aus, »das hab ich dir ja gar nicht gesagt! In der großen Halle findet eine wichtige Besprechung statt. Die hat schon vor einer ganzen Weile begonnen. Flo und Edna sind hingegangen. Ich wäre auch längst dort, aber da ich wusste, dass du noch nicht zurück bist, habe ich auf dich gewartet.«

»Worum geht es bei der Besprechung?«, fragte Piccadilly.

»Um Ratten, mein Lieber – und was wir gegen sie tun können. Du hast wohl noch nicht mitgekriegt, was mit Charlie Coppit passiert ist.«

Piccadilly schüttelte den Kopf. »Der ist doch in der mittleren Schicht, oder? Was ist mit ihm?«

Agnes verschränkte die Arme. »Das wirst du dort erfahren. Ich sortiere deine Vorräte, dann komme ich nach.«

Piccadilly winkte ihr zum Abschied zu und machte sich auf den Weg.

Er lief durch die unterirdischen Gänge, die ihm so vertraut waren. Das Tunnelsystem von Holeborn war außerordentlich kompliziert und verschachtelt. Zahllose Generationen von Mäusen hatten willkürlich neue Gänge hinzugefügt, und nur der Minister für Wohnungs- und Straßenbau kannte sämtliche Wege. Doch selbst er war sich nicht immer sicher und musste des Öfteren verschiedene Karten und Straßenpläne zu Hilfe nehmen.

Piccadilly lief eilig weiter. Im Vorbeigehen warf er einen Blick in die Kapelle – niemand hielt sich dort auf, nicht einmal der Grüne Minister, dessen Aufgabe es war, alle Feiern zu organisieren, die im Zusammenhang mit der Grünen Maus standen. Heute Abend sollte hier eigentlich eine Winterpredigt stattfinden – es musste ziemlich ernst stehen, wenn sogar der streng gläubige Percy sie versäumte. Schließlich hatte Piccadilly die große Halle erreicht. Er schob den Vorhang beiseite und ging hinein.

Es war die größte Halle in Holeborn. Sie wurde nur selten genutzt, da Versammlungen wie diese nicht oft stattfanden. Es war ein großer, langer Raum mit einer hohen Decke, an der sich Eichenbalken kreuzten, von denen viele Lampen hingen. In der Mitte der Halle war ein Podium, auf dem der Thane saß. Er war ein weise wirkender Mäuserich mit kleinen Ohren und einem gepflegten Schnurrbart. Er nickte ernst zu allem, was gesagt wurde. Die sieben Minister standen um ihn herum und jeder von ihnen wollte unbedingt zu Wort kommen.

Unzählige Mäuse standen um das Podium herum und füllten die ganze Halle. Fast alle Einwohner von Holeborn hatten sich hier versammelt. Piccadilly hatte nicht gewusst, dass es so viele Mäuse waren. Alle blickten auf den Thane, von dem sie die Lösung ihrer Probleme erwarteten.

Eine Pfote zog an Piccadillys Arm. Es war sein junger Freund Marty. Er saß im Schneidersitz auf dem Boden, und Piccadilly setzte sich zu ihm.

»Was hab ich versäumt?«, fragte er flüsternd.

Marty zuckte mit den Schultern. »Nicht viel. Es hat ewig gedauert, bis alle endlich da waren und einen Platz gefunden haben. Jetzt soll Mr Coppit erzählen, was ihm passiert ist.«

»Gut«, sagte Piccadilly und lehnte sich zurück, um zuzuhören.

Der Minister für Vorräte, eine kleine, kräftige Maus, fummelte an seinem Medaillon herum und räusperte sich. »Mr Charles Coppit«, rief er dann.

Eine Gestalt kam hinter dem Thron hervor und hielt sich die Pfote auf die Wange. »Hier bin ich«, sagte Coppit.

»Also, Mr Coppit, wollen Sie bitte mit Ihren eigenen Worten berichten, was Ihnen heute Abend zugestoßen ist?«

»Na sicher will ich das«, erwiderte die Maus, »und ich will auch wissen, was wir dagegen tun werden.«

»Hm, bitte mit Ihren eigenen Worten – wenn Sie so weit sind.«

Charlie Coppit stand vor der versammelten Menge und nahm die Pfote vom Gesicht. Es war voller böser blauer Flecken und sein Auge war blutunterlaufen. Ein schockiertes Raunen ging durch die Reihen der Mäuse, die die Nachricht noch nicht gehört hatten.

»Ich war mit meinen Kadetten auf Schicht«, begann

Mr Coppit, »und wir wollten gerade einpacken, als wir auf eine Horde widerlicher Ratten stießen – elendes Gesocks. Also, eine von ihnen, ein großer, kräftiger Kerl, kam zu uns und machte sich an unsere Säcke ran. ›Lass das‹, hab ich zu ihm gesagt, aber der faule Nichtsnutz hat das Ding einfach aufgemacht, sich etwas rausgesucht und aufgegessen.«

»Was haben Sie dann getan, Mr Coppit?«, fragte der Minister.

»Ich hab ihm gesagt, er soll aufpassen, sonst knall ich ihm eine. Aber der Kerl hat mich bloß ausgelacht und mir den Sack aus den Pfoten gerissen, und sein Kumpel hat die anderen Säcke genommen. Also das wollte ich mir nicht gefallen lassen, deswegen hab ich denen gesagt, sie sollen sie zurückgeben. Dann hat die große Ratte etwas zu mir gesagt, was ich hier vor den Damen nicht wiederholen möchte, und hat mich verprügelt.«

»Und dann sind Sie mit Ihren eingeschüchterten Kadetten zurückgekommen. Wie geht es Ihrem Gesicht?«

»Es tut verdammt weh.«

Der Minister wandte sich an die versammelte Menge. »Ihr habt gehört, was heute passiert ist. Die Ratten werden immer aggressiver, und es ist nicht mehr sicher, Vorräte zu sammeln.«

Der Thane sah mit ernster Miene auf seine Untertanen herab. »Wir stecken in einer Krise«, sagte er. »Die Kreaturen, die einst duckmäuserisch und dumm umhergeschlichen sind, erheben sich nun gegen uns.«

Tausende erschrockene Schreie erfüllten die Halle. Der Lärmpegel stieg an, als sie aufgeregt über diese Nachricht und ihre möglichen Folgen redeten. Die Männer pressten ihre Frauen eng an sich, und ein paar Kinder fingen an zu weinen. Andere Mäuse unterhielten sich düster murmelnd mit ihren Nachbarn und einige begannen sogar zu beten.

Piccadilly konnte seine eigenen Gedanken nicht mehr hören. Der Lärm wurde immer stärker, bis alle nur noch durcheinander schrien. Der Graue schaute über die Köpfe der aufgeregten Mäuse zum Podium, auf dem der Thane saß. Es wirkte wie eine einsame Insel in einem tosenden Meer von besorgten Gesichtern. Plötzlich erhob sich die Adelsmaus und hob die Arme, um Ruhe herzustellen. Ein Zischen wie von tausend Schlangen ertönte, dann wurde es ganz still im Saal.

»Meine Freunde«, begann der Thane sanft, »was wir hier gehört haben, ist zweifellos alarmierend, aber wir müssen uns in Ruhe überlegen, was wir tun können.« Er setzte sich wieder hin und wandte sich dem Minister für Vorräte zu. »Bert, sage mir, wie lange können wir überleben, wenn wir heute Abend unser Tor zuschließen und Holeborn nicht mehr verlassen, um Vorräte zu sammeln?«

Der Minister entrollte eine Pergamentrolle und studierte sie sorgfältig. »Die verderblichen Lebensmittel, die wir vorrätig haben, reichen für höchstens zwei bis drei Tage«, verkündete er grimmig. »Danach haben wir Konserven für ... ungefähr zwei Wochen – wenn wir sparsam damit umgehen.«

Wieder summte es aufgeregt in der Halle.

Nachdenklich strich der Thane sich über seinen Schnurrbart. »Wenn die Ratten wirklich gefährlicher sind als früher, wie werden sie sich verhalten? Genügt es ihnen, unsere Futtersucher zu belästigen? Werden sie es dabei belassen oder bereiten sie sich gar auf einen Krieg vor?«

Der Minister für Wohnungswesen und Straßenbau meldete sich zu Wort. »Henry«, rief er aufgeregt, »wozu dieses ganze Gerede über Bedrohung und Untergang? Ein einzelnes Ereignis im U-Bahn-Tunnel macht diesen noch nicht zu einem gefährlichen Ort. Ich glaube nicht, dass die Ratten sich gegen uns gewandt haben. Woher wissen wir überhaupt, ob es hiesige Ratten waren – vielleicht waren es Wegelagerer auf der Durchreise. Du weißt doch, wie das im Winter ist – da lungern alle möglichen Streuner in der Stadt herum. Ich finde, wir müssen noch mehr eindeutige Beweise der Gewalt abwarten, bevor wir unser Tor verrammeln und verhungern – dann würden die Ratten, ob bösartig oder nicht, sich ins Fäustchen lachen.«

»Ich kann deine Einstellung verstehen, Ned«, sagte der Thane nachdenklich, »doch ich mache mir schon seit einiger Zeit Sorgen. Wir dürfen die Zeichen nicht ignorieren.«

»Dann sag den Futtersuchern, sie sollen noch härter arbeiten, damit wir anfangen können, unsere Vorräte aufzustocken.«

»Sag bloß nichts gegen meine Futtersucher, Ned Fidjit«, warnte der Minister für Vorräte ihn.

»Meine Herren, bitte!«, unterbrach der Thane freundlich. »Ich glaube, hier ist jemand, der etwas zu der Angelegenheit beisteuern kann.« Er zeigte auf das andere Ende des Raums, wo ein Mäuserich schon seit längerem den Arm in die Höhe streckte. »Du da drüben, was hast du uns zu sagen?«

Die angeredete Maus erhob sich. »Du lieber Himmel«, sagte der Minister für Vorräte, »das ist ja einer von meinen Jungs – Piccadilly. Ein sehr guter Arbeiter.«

Der Thane beugte sich vor und fragte leise: »Ist das nicht der Junge, der vor ein paar Monaten verschwand und mit einer unglaublichen Geschichte zurückkehrte?«

»Genau der.«

Der Thane richtete sich auf und murmelte: »Na, vielleicht hat er dann etwas Wichtiges zu berichten.« Er trommelte mit den Fingern an die Seiten seines Stuhls und rief: »Sprich, mein Junge.«

Piccadilly hatte der Debatte mit wachsender Unruhe zugehört. Er wollte allen erzählen, was er erlebt hatte. Dieses ganze Gerede, das Tor zu verschließen, um die Ratten fernzuhalten, war lächerlich. Vor Ungeduld fast platzend, hatte er die Pfote gestreckt, was Marty sehr überrascht hatte.

»Nimm die Pfote runter«, hatte sein junger Freund gezischt. Doch da hatte der Thane ihn schon bemerkt und es war zu spät. Marty schlug sich die Pfoten vors Gesicht. »Oje, jetzt hast du den Salat«, sagte er, als Piccadilly sich erhob.

Als Piccadilly da stand, starrten alle Mäuse in der Halle ihn an. Er hüstelte nervös, doch sobald er anfing zu reden, war sein Lampenfieber verschwunden.

»'tschuldigung, Henry«, sagte er, »aber ich glaube, ihr solltet wissen, was mir heute Abend passiert ist.«

Der Thane gluckste amüsiert über den frechen Ton der jungen Maus und gab ihr das Zeichen fortzufahren.

»Also, Folgendes ist passiert«, begann Piccadilly und berichtete, wie er Schepper getroffen hatte, was er von der Ratte über das »neue Blut« in der Rattengemeinde gelernt hatte und dass er den Eindruck hatte, der Drahtzieher sei der »alte Stumpi«, wer immer das auch sei.

Als er fertig war, dankte der Thane ihm und wandte sich an den Minister für Wohnungs- und Straßenbau. »Nun, Ned, zweifelst du noch immer an der Gefährlichkeit der Ratten?« Düster schüttelte der Minister den Kopf. »Das heißt«, bemerkte der Thane, »wir müssen die Gefahr eines Kriegs ernsthaft in Erwägung ziehen.« Er zeigte auf den Minister für das Handwerk und sagte: »Sid, du musst anfangen, Waffen zu produzieren. Die alten Waffen, die wir geerbt haben, reichen nicht aus. Stelle Speere, Messer und alles andere her, was dir einfällt und was einer Ratte die Lektion ihres Lebens erteilt. Außerdem müssen wir uns in der teuflischen Kunst der Kriegführung üben. Ab morgen müssen die Vorräte rationiert werden, doch die Futtersucher werden weiterhin ausgeschickt, bis es zu gefährlich für sie wird.« Er seufzte müde. »Was können wir sonst noch tun? Ich fürchte, ich habe nicht viel Erfahrung in diesen Dingen. Vielleicht sollte ich die Chroniken meines viel gerühmten Vorfahren studieren – er hatte eine Schwäche für Kämpfe.«

»'tschuldigung«, ertönte eine Stimme.

Der Thane hob den Kopf. »Was gibt es noch, mein Junge?« Piccadilly hatte sich erneut gemeldet. »Sprich aus, was du zu sagen hast. Möchtest du etwas hinzufügen?«

»Eigentlich schon«, sagte Piccadilly und stand wieder auf. »Ich glaub einfach nicht, dass das alles is, was euch einfällt!«

Alle in der Halle hoben die Augenbrauen und staunten über seinen unhöflichen Ton, doch der Thane nahm es mit Humor. »Und was würdest du an unserer Stelle tun?«, fragte er.

»Na ja, fürs Erste könntet ihr die Wachposten an unseren Grenzen verstärken und dann ein besseres Tor bauen. Es ist so alt, dass sogar ein fest entschlossener Regenwurm es einschlagen könnte.«

Der Thane beugte sich vor. »Was noch?«, fragte er, nun völlig ernst. Er sprach mit Piccadilly, als wäre er nicht ein frecher Mäusejunge, sondern einer der Minister.

Der Junge fuhr fort. »Wenn ich Sie wär, würde ich Ned Fidjit dazu kriegen, den Osttunnel über unsere Grenze hinaus auszubauen.«

Der Minister für Wohnungs- und Straßenbau keuchte vor Empörung über diesen Vorschlag. »Den Osttunnel! Was hat der alte Tunnel damit zu tun? Der Junge ist verrückt.«

»Lass ihn ausreden«, sagte der Thane.

»Seht mal«, erklärte Piccadilly, »wir haben in Holeborn viele kleine Zugänge und geheime Ausgänge, aber nur ein Haupttor. Die Ratten wissen, wo es is, und wenn sie da durchstürmen, haben wir keine Chance gegen sie. Dann stecken wir voll in der Patsche. Wir könnten uns nicht alle rechtzeitig durch die kleinen Ausgänge quetschen.«

»Ich verstehe, was du meinst«, sagte der Thane. »Wenn der Osttunnel erweitert und geöffnet wird, hätten wir einen großen Hinterausgang, von dem die Ratten nichts wissen.«

»Jetzt haben Sie's kapiert.«

Die adlige Maus gluckste. »Was für ein außergewöhnlicher junger Mann du bist! Hast du noch einen weiteren Vorschlag?«

»Ja, den hab ich, Henry. Wir könnten rausfinden, was die Ratten planen, um ihnen 'nen Schritt voraus zu sein.«

»Und wie sollen wir das anstellen?«

»Ganz einfach: Wir spionieren sie aus.«

Der Thane sah seine Minister der Reihe nach an und fasste einen Entschluss. »Junger Mann«, sagte er, »komm mal her.«

Piccadilly zwängte sich durch zahlreiche Reihen von Mäusen und baute sich vor dem Podium auf. Der Thane erhob sich und schlug dem Mäuserich auf die Schulter. »Piccadilly«, verkündete er feierlich, »hiermit ernenne ich dich zum Minister für Kriegsführung.«

Ein Raunen ging durch die Menge, irritierte Blicke wurden gewechselt. Die sieben anderen Minister protestierten lauthals, doch der Thane gebot ihnen zu schweigen.

»Ihr alle seid ernannt worden, weil ihr das eine oder andere gut organisieren könnt«, sagte er. »Dieser junge Mann hat seine Fähigkeiten für den Posten mehr als bewiesen. Er hat Mut und Fantasie. Wir sind zu alt und zu sehr an unseren Komfort gewöhnt, um über Kriege und Strategien nachzudenken – die Jungen sind dazu in der Lage; lasst sie das übernehmen.« Er sah Piccadilly direkt in die Augen und fragte, ob er den Posten annehmen würde.

»Na klar, Henry.«

Der Thane hielt die Pfote hoch und verkündete den Tausenden von versammelten Mäusen: »Hier ist euer neuer Minister für Kriegsführung!« Ein junger Kadett ganz hinten im Saal führte den Jubel und Beifall an.

»Was wird deine erste Handlung als Minister sein?«, fragte der Thane.

Piccadilly schnalzte mit der Zunge und dachte über die verschiedenen Möglichkeiten nach. Schließlich antwortete er: »Das Wichtigste ist herauszufinden, wer dieser alte Stumpi ist und wie mächtig die Ratten sind.«

»Die Maus, die sich in das Rattennest wagt, ist mutig«, bemerkte der Thane.

»Oder dumm«, fügte Ned Fidjit hinzu. »Sag mir, Minister, wen hast du für diese gefährliche Mission vorgesehen?«

»Mich«, gab Piccadilly nüchtern zurück.

Von hinten rief eine helle Stimme: »Und mich.«

DER ALTE STUMPI

Die Türen der letzten U-Bahn glitten zu und der Zug verließ die Haltestelle. Das kalte weiße Licht, das aus den Abteilfenstern strömte, verschwand im dunklen Tunnel. Irgendwo über der Erde schlossen sich die Tore der Station und eine unheimliche Stille legte sich über den Bahnsteig.

Er war leer. Nur etwas Bonbonpapier bewegte sich; es wurde von dem Luftzug, der von den Rolltreppen kam, hin und her geweht. Ein Stück Papier rollte über den Rand und schwebte wie eine Spirale hinunter auf die glänzenden Schienen.

Eine Klaue schoss aus der Dunkelheit und grapschte gierig nach dem Einwickelpapier. Ein unangenehmes Schlürfen und Schmatzen folgte, danach ein knisterndes Kauen.

Pling! Ein winziges, feuchtes Stück Rollsplit wurde ausgespuckt und prallte am Geländer ab.

»Igitt!«, knurrte eine Stimme. »Nix dran am Papier.«

Schnief reckte seinen hässlichen Kopf über die Bahnsteigkante. Aus seiner Schweinsnase triefte wieder der Rotz. Mit einer blitzschnellen Bewegung stand er auf dem Bahnsteig; sein Schwanz schlug nervös und sein hungriger Blick huschte hin und her.

Ein zweiter Kopf tauchte auf, dann hievte Kelly seinen dicken Körper unbeholfen über den Rand. Seine lange rote Zunge hing ihm zwischen den geschärften gelben

Zähnen aus dem Maul und fuhr über seine pelzigen Wangen.

Schnief schnupperte vorsichtig in der Luft und flitzte dann auf die andere Seite, wo ein überfüllter Abfalleimer an der Wand hing. Mit einem gierigen Schrei sprang Schnief an der Seite hoch und kletterte hinauf auf den Rand. Dort steckte er die Schnauze in den Mischmasch aus alten Zeitungen, Orangenschalen, Schokoladenpapier und zerknüllten Taschentüchern.

Seine krächzende Stimme hallte in dem Behälter, als er rief: »Aha! Da ham wir's ja!« Dann stürzte sein pelziger brauner Körper kopfüber in den Abfall.

Unten wartete Kelly ungeduldig. Schnief hatte etwas Leckeres gefunden und schien es offensichtlich mit niemandem teilen zu wollen. Kelly knurrte und sah sich nach einem Gegenstand um, den er gegen den Blecheimer werfen konnte. Er hob einen ovalen grauen Kieselstein auf und schleuderte ihn gegen die Seite des Behälters. »Was haste denn gefunden, Schnief, du alter Stinksack? Bring's runter!«

Kelly donnerte den Stein ein weiteres Mal gegen den Abfalleimer, so dass der wie ein Gong dröhnte und von innen ein erschrockenes Quietschen ertönte. Schnief sah mit einem Ausdruck verletzter Unschuld auf Kelly hinunter. »Hey, Kumpel, was soll denn das?«

»Bring's her, Schnief!«, forderte die fette Ratte. »Hat keinen Zweck zu leugnen, an deinem Maul kleben lauter Pommes-Krümel!«

Schnief brummelte vor sich hin und fischte widerstrebend ein fettiges Bündel weißes Papier heraus. Er warf es hinunter und sprang hinterher.

Kelly kniete schon auf dem Boden und war dabei, es auseinander zu reißen. Innen war ein kalter, klebriger Klumpen aus Pommes Frites und einer halb gegessenen Bratwurst. Als Kelly ihn sah, krähte er vor Entzücken und hieb seine Zähne hinein.

Schnief huschte herbei und schlang mit seinem Kameraden den Klumpen herunter. Bald darauf leckten sie das Papier sauber, schauten sich nach weiteren Köstlichkeiten um und rülpsten zufrieden. An ihren Barthaaren klebte Fett, und ihre Krallen glänzten schmierig. Kelly stocherte in seinen Zähnen herum und stierte in den dunklen Tunnel. Er sah, dass sich dort etwas bewegte, und stieß Schnief mit dem Ellbogen an, der sofort erstarrte.

»Wer is da?«, schnappte er. »Komm raus! Oder soll ich reinkommen und dich holen?« Dabei hob er drohend seine Krallen mit den spitzen Nägeln.

»Nein, nein«, jammerte eine klägliche Stimme. »Ich komm ja schon!«

Der ausgemergelte alte Schepper trottete ergeben ins Licht. Auf seinem Kopf schimmerten grässliche blaue Flecken und an seinen Schläfen waren mehrere schmerzhafte Beulen zu sehen. Kelly schnaubte verächtlich, als er ihn erkannte, hustete und spuckte Schleim aus.

Schnief grinste und winkte die alte Ratte heran. Als Schepper auf den Bahnsteig kletterte, zwinkerte Schnief dem Dicken zu und wickelte rasch etwas in das fettige Papier ein.

»Was macht ihr hier, Jungs?«, fragte Schepper neugierig, als er das Päckchen entdeckte. Er konnte das köstliche Aroma von kaltem Fett riechen. Ihm lief das Wasser im Mund zusammen und er rieb sich den knurrenden Magen.

»Wir ham uns die Bäuche vollgeschlagen, Kumpel, und jetzt is bloß noch ein Fischstäbchen übrig – stimmt's, Kelly?«

Die fette Ratte nickte glucksend. Schepper schluckte und schaute sehnsüchtig auf das Päckchen. Der alten Ratte stiegen Tränen in die Augen. »Schepper hat seit gestern nix mehr gegessen, und das war schon nicht viel. Mein Bauch is eingeschrumpft wie 'ne alte Socke. Ich fühl mich ganz schwach.« Er wrang die Klauen und fügte leise hinzu: »Fischstäbchen mag ich am liebsten.«

Schnief schnaubte verächtlich. »Von unserm Festmenü kriegste nix ab, alter Schwachkopf – es sei denn, du hast was zum Tauschen.«

»Ich hab nix«, gab Schepper traurig zu.

»Dann verpiss dich!«, zischte Kelly.

Schepper warf einen letzten Blick auf das verlockende Päckchen und schlurfte unglücklich den Bahnsteig entlang. Die beiden anderen Ratten schauten ihm mit einem höhnischen Grinsen hinterher.

Die elende Gestalt blieb vor einem Abfallhaufen stehen und bückte sich. Schnief und Kelly runzelten die Stirn und blinzelten angestrengt, um zu sehen, was passieren würde.

»Er hat was gefunden«, murmelte Kelly sauer.

Schepper war überglücklich. Er klatschte in die Pfoten und rieb sich ungläubig die Augen. Vor seinen Füßen lag mitten in den bunten Papierabfällen ein fast noch kompletter Schokoladenriegel, sogar einer mit Rosinen und Haselnüssen. Schepper konnte sein Glück kaum fassen und seufzte aufgeregt. Als er ihn aufhob, dröhnte Schniefs Stimme in seinem Ohr.

»Was haste denn da, Schepper?«

Die alte Ratte zuckte zusammen und drückte den Riegel fest an die Brust. »Nix, Schnief«, antwortete er ängstlich, »gar nix, ganz ehrlich.«

»Sieht aus wie Schokolade«, bemerkte Schnief, dem schon der Speichel aus dem Mundwinkel lief.

»Is bloß ein winziges Stückchen – wahrscheinlich hat einer draufgetreten und draufgespuckt«, wimmerte Schepper kläglich.

Schniefs Augen glitzerten gierig und Schepper sah, dass der Schokoriegel sich in ihnen spiegelte. »Sieht nich schlecht aus, Schepper, gar nich übel.«

Die alte Ratte keuchte und protestierte: »Den kannste nicht haben, der gehört mir, der gehört Schepper, da kannste mir so viele Beulen verpassen, wie du willst, den kriegste nich.«

Schnief hob die Krallen, um ihn zum Schweigen zu bringen. »Keine Angst, den nehm ich dir nich weg. Wofür hältste mich eigentlich? Ich würde doch nie einen alten Kumpel wie dich beklauen.« Lächelnd legte er den Arm um Scheppers Schulter. »Wir sind doch Kumpels, oder?«

Schepper sah ihn zweifelnd von der Seite an. »Sind wir das?«, fragte er.

»Klar sind wir das, logisch, und als dein Freund möchte ich nich, dass du deinen letzten Zahn verlierst – du kriegst verdammtes Zahnweh, wenn du die ganze Schokolade isst.«

Scheppers Unterlippe fing an zu zittern. »Aber Schepper hat solchen Hunger!«

»Klar haste den, und deswegen hab ich gedacht, dass wir tauschen könnten, wie ich vorhin gesagt hab. Hättste nich lieber ein leckeres Fischstäbchen als diese elende Schokolade?«

»Ein Fischstäbchen?«, wiederholte die alte Ratte verunsichert.

Schnief wedelte ihm mit der Kralle vor der Schnauze herum. »Ja, ein köstliches, saftiges Fischstäbchen. Stell dir nur vor, Schepper – eine knusprige Hülle, die vor Fett trieft, und innen drin das weiche Fischfleisch. Ach, ich kann mich kaum noch zurückhalten.« Er wischte sich unsichtbare Tränen aus den Augen.

Ein lautes Knurren ertönte aus Scheppers Bauch. »Ohhh«, stöhnte er unglücklich.

Auf Schniefs Signal hin tauchte Kelly mit dem Päckchen aus fettigem Papier auf. Die dicke Ratte starrte mit unverblümter Gier auf die Schokolade.

Der Geruch, den das Papier ausströmte, war zu viel für Schepper. Er gab nach. »Nimm ihn, nimm ihn«, rief er und drängte Schnief den Schokoladenriegel auf.

»Guter Junge«, grinste Schnief. »Kelly, gib unserem Kumpel das Fischstäbchen.« Das Päckchen wurde Schepper überreicht, doch bevor er es aufmachen konnte, packte Schnief seine Klauen und sagte: »Schepper, vergiss bloß nich die Rede, die der alte Stumpi nachher halten wird. Wenn dir an deinem Kopf was liegt, kommst du besser auch.« Den Mund voll Schokolade sprangen die beiden Ratten vom Bahnsteig und rannten lachend in den Tunnel.

Schepper riss das fettige Papier auf und blinzelte ungläubig. Langsam wurde ihm klar, dass er ausgetrickst worden war. Denn in dem Päckchen war kein Fischstäbchen – nur ein ovaler grauer Stein. Jämmerlich sank die alte Ratte in sich zusammen. Schepper dachte an die Schokolade, die er gefunden hatte, ließ den Kopf nach hinten fallen und stieß einen lauten, bitteren Schrei der Wut und Verzweiflung aus.

»Was war das?« Marty klammerte sich ängstlich an Piccadillys Arm, als das grauenhafte Heulen wie eine Verkündigung von nahendem Unheil durch die einsame U-Bahn-Station drang.

Piccadilly schauderte. Es klang nach Trauer und Hoffnungslosigkeit. Der Schmerz und die Enttäuschung in der gequälten Stimme schnitt ihm ins Herz und ließ ihn den Atem anhalten. »Ich weiß nicht, was es is, Marty«, gab er zu, »aber wir werden es rausfinden.«

Die beiden Mäuse folgten dem schrecklichen Heulen. Piccadilly ging voraus; er hielt sein kleines Messer in der Pfote und war auf alles vorbereitet. Marty trippelte hinter ihm her; seine Augen waren vor Angst und Aufregung weit aufgerissen. Er hatte so etwas noch nie getan und all seine Sinne waren geschärft. Er fragte sich, was sie erwartete. Würden sie in große Gefahr geraten und in blutigen Schlachten kämpfen? Marty hoffte, dass er tapfer sein würde, egal was passierte – er wollte sich vor seinem Helden Piccadilly keine Blöße geben.

Sie kamen an eine Kurve; die Quelle des Geräuschs lag direkt dahinter. Piccadilly umklammerte sein Messer noch fester und spähte um die Ecke. Marty hielt ängstlich den Atem an, bis er erstaunt bemerkte, dass sein Freund sich entspannte und kicherte.

»Was ist dort?«, fragte er.

»Nichts, was uns gefährlich werden kann«, antwortete Piccadilly und verschwand hinter der Kurve.

Scheppers Tränen waren versiegt, und jetzt war sein Heulen in ein raues Schluchzen übergegangen. Er beugte sich erschöpft über das zerrissene Papier; sein magerer Brustkorb schmerzte vom Weinen. Mit brennenden, geröteten Augen starrte er auf den runden Stein und fuhr sich mit der Zunge traurig über seinen einzigen Zahn.

»Armer Schepper«, krächzte er heiser, »er kriegt nie was – bloß Beulen. Beulen auf'm Kopf und Beulen aus Stein zum Essen. Armer Schepper.« Sein knochiger Schwanz klopfte langsam auf den Boden, als ihm eine Idee kam. »Aber eines Tages, eines Tages wird der alte Schepper es ihnen zeigen, nich wahr? Er wird ihnen eine Lektion erteilen, die sich gewaschen hat, und dann wird es ihnen allen Leid tun. Wenn die wüssten –« Die Ratte kicherte hämisch in einer ihr fremden Stimme und merkte gar nicht, dass Piccadilly sich angeschlichen hatte.

»Wie geht's, Schepper, alter Freund!«, rief die Maus.

Die Ratte quiekte vor Schreck und verkroch sich zitternd unter dem fettigen Papier.

»Es ist okay, ich bin's bloß!«, versuchte Piccadilly ihn zu beruhigen. Ein trübes Auge spähte vorsichtig unter dem Bündel hervor.

»Mäusejunge«, sagte die Ratte. »Bist du das? Bist du allein?«

»Nein, ich hab einen Freund dabei. Komm raus, Marty.«

Raschelnd wich das Papierbündel zurück, als Martys

schmächtige Gestalt auf dem Bahnsteig auftauchte. Der junge Kadett starrte nervös auf das zitternde Bündel.

»Das is Marty«, stellte Piccadilly ihn vor.

Scheppers Kopf lugte unter dem fettigen Papier hervor und seine Barthaare zuckten. Misstrauisch beäugte die Ratte den Mäusejungen und schnalzte mit seinem einzigen Zahn. Dann kam sie aus ihrem Versteck und ging langsam zu dem Kadetten hinüber. Marty sah Piccadilly hilflos an, doch der Ältere gab ihm ein Zeichen, sich still zu verhalten.

Schepper ging einmal um Marty herum und beschnupperte ihn.

»Er ist ein Freund«, erklärte Piccadilly.

Die Ratte kratzte sich an den Ohren. »Das sagst du, Mäusejunge, das sagst du, aber Schepper mag ihn nich. Der Kleine hat ein Mal auf dem Rücken.« Er zeigte auf das Blitzmuster auf Martys Rückenfell. »Eines Tages lässt der dich im Stich, Mäusejunge. Schepper weiß das. Vertrau ihm nix Wichtiges an – der geht seine eigenen Wege und bringt Unheil über alle, vor allem über sich selber.«

Marty machte den Mund auf, um zu widersprechen, doch Piccadilly lächelte und sagte: »Halt die Luft an, Schepper. Ich bin hergekommen, um dich zu treffen.«

Die Ratte blinzelte und vergaß ihr Misstrauen gegen Marty. »Du bist hier, um Schepper zu treffen, Mäusejunge? Warum – er hat nix angestellt.«

»Ich will bloß mit dir reden.«

Schepper schüttelte mürrisch den Kopf. »Nix Reden, wir sind keine Klatschbase.« Doch dann fiel ihm wieder ein, wie hungrig er war, und er sah Piccadilly hoffnungsvoll an. »Es sei denn, der nette Mäusejunge hat ein Mitbringsel für Schepper – vielleicht ’nen Keks oder zwei, ja? Nein?«

Piccadilly hätte sich ohrfeigen können, weil er daran nicht gedacht hatte. »Tut mir Leid, Schepper, aber ich hab nichts dabei.«

Die Ratte machte ein enttäuschtes Gesicht und schnaubte wütend.

»Aber wenn du mir sagst, was ich wissen will«, fuhr Piccadilly hastig fort, »bringe ich dir genug Kekse, dass sie dir für den Rest deines Lebens reichen!«

Doch das beeindruckte Schepper nicht. »Schepper will jetzt Futter, nich nächstes Mal oder morgen – oder er sagt nix!« Er verschränkte die Arme und presste entschlossen die Lippen aufeinander.

»Erzähl mir von dem alten Stumpi, du blöder alter Schleimfresser«, sagte Piccadilly in scharfem Ton. »Was plant er?«

Schepper wich verdrossen zurück. »Nein, Schepper lässt Mieze nich aus dem Sack – er will nich noch mehr Beulen am Kopf, verschwinde, Mäusejunge. Schepper weiß nix!«

Piccadilly stürzte sich auf die Ratte und packte sie an den Schultern. Schepper fuchtelte wild mit den Armen und versuchte zu fliehen.

»Beim letzten Mal wolltest du mir erzählen, wer der alte Stumpi ist«, schrie Piccadilly wütend. »Warum kannst du es mir jetzt nicht sagen?«

Schepper keuchte und jammerte; in seinem verzweifelten Versuch, sich loszureißen, drehte und wand er sich wie ein Wurm am Angelhaken. »Man hat uns gesagt, dass wir nix verraten dürfen, bis Er es uns sagt. Es gibt da große Geheimnisse an dunklen Orten – sie gefallen Schepper gar nich. Lass ihn los, Mäusejunge, Schepper muss jetzt gehen, er darf nich zu spät kommen.«

»Du bleibst hier, bis du mir gesagt hast, was ich wissen will.«

Die Ratte bekam Todesangst und schrie voller Panik: »Nein, nein! Schepper muss jetzt gehen, alle müssen zur Versammlung kommen. Er sagt, alle müssen da sein, sonst schneiden sie uns die Gurgel durch.« Und mit größter Kraftanstrengung riss er sich von der Maus los und sprang vom Bahnsteig hinunter in den Tunnel.

Marty rannte zu Piccadilly, der ärgerlich mit dem Fuß aufstampfte.

»Was hat das zu bedeuten?«, fragte er und sah der verrückten Ratte hinterher, die die Schienen entlang rannte. »Was meint er mit Versammlung? Ich hab noch nie gehört, dass Ratten Versammlungen abhalten. Der spinnt total.«

Piccadilly drehte sich um und packte seinen Freund an der Pfote. »Das ist sie!«, stieß er aus. »Das ist unsere Gelegenheit herauszubekommen, was da läuft. Wenn wir Schepper heimlich zu der Versammlung folgen, können wir rausfinden, wer der alte Stumpi is und was er für Pläne hat.«

»Oje«, murmelte Marty überrascht, »ist das nicht unheimlich gefährlich?«

»Wenn du nicht willst, brauchst du nicht mitzukommen, Marty«, sagte Piccadilly und sprang vom Bahnsteig.

Marty wünschte sich nach Hause zu seinen drei Schwestern. Jetzt, da es ernst wurde, wollte er überhaupt nicht mehr mutig und tapfer sein. Zögernd blieb er am

Rand des Bahnsteigs stehen und wusste nicht, was er tun sollte. Doch mit einem Mal wurde ihm bewusst, dass er hinuntergestiegen war und zwischen den glänzenden Schienen stand.

»Ich hab doch gewusst, dass du dabei bist«, sagte Piccadilly neben ihm. »Komm, lass uns gehen.«

Schnief hielt eine brennende Fackel hoch und schaute prüfend in den Raum. Alles war vorbereitet. In der Mitte des Raumes war ein Podium aus Steinen und Kisten errichtet worden, auf dem der Redner seine Ansprache vor den versammelten Ratten halten konnte. Überall waren Fackeln aufgestellt, deren heller Lichtschein mit grellen, tanzenden Zungen über die schmutzigen Wände huschte. Alle würden den großen Anführer gut sehen können.

Der Versammlungsraum war ein stillgelegter Wartungstunnel mit dicken Rohren und Kabeln, die vom Boden bis zur Decke führten. Ein stinkender Stofffetzen hing über dem Eingang. Erwartungsvoll schnalzte Schnief mit der Zunge. Bald würde der alte Stumpi seine Pläne offenbaren.

Schnief zog kräftig die Nase hoch, und die zwei grünen Zapfen aus Rotz, die herunterhingen, verschwanden wieder in seinen Nasenlöchern. Das schlurfende Geräusch von vielen Füßen und halb so vielen dicken, starken Schwänzen, die hinterher geschleift wurden, ertönte. Schnief zog den Vorhang zur Seite und die gesamte Rattenbevölkerung der Stadt strömte wie eine riesige pelzige Flutwelle hinein.

Sogar Schnief staunte über die Masse, die sich versammelte. Er hatte noch nie so viele Ratten an ein und demselben Ort gesehen. Es waren junge und alte, starke, hagere und runzlige alte Sünder mit scharfen Gesichtszügen, die lästerten und fluchten. Zahlreiche zwielichtige Gestalten standen nervös herum, immer auf der Hut für den Fall, dass sie ausgetrickst werden sollten. Keiner kannte alle anderen und niemand kannte den wahren Grund der Versammlung. Eine kleine Gruppe hinten im Raum begann ein Kartenspiel, und Schimpfwörter füllten die verpestete Luft. Die Atmosphäre war angespannt und erwartungsvoll zugleich.

Schließlich hatte sich all die scheußlichen Kreaturen in den stinkenden Raum gezwängt. Ein paar waren die Wand hochgeklettert und hatten sich auf die Kabel gehockt, um das Podium besser sehen zu können. Mehrere tausend bösartig glitzernde Augen erfüllten die Halle, und alle spiegelten wie ein Schatz teuflischer Edelsteine die Fackeln wider. Ihre verdreckten, schwitzenden Körper strömten einen grauenhaften Gestank aus.

Schnief lehnte an der Wand, froh, dass er die Nachzügler in dem überfüllten Raum untergekriegt hatte. Er steckte zwei Krallen in den Mund und stieß einen lauten Pfiff aus, um Kelly mitzuteilen, dass er ihren Anführer hereinholen konnte.

In diesem Moment vernahm Schnief ein eiliges Trippeln. Verärgert sah er auf den Gang und fragte sich, wer es wagen konnte, so spät zu kommen.

»Du lahme Ente!«, schimpfte er, als er Schepper erkannte, der keuchend angerannt kam. »Wo haste gesteckt? Wir ham dir doch gesagt, du sollst nicht zu spät kommen!« Er versetzte der alten Ratte einen brutalen

Schlag mit der Kralle. Schepper schrie vor Schmerz, duckte sich und rannte heulend durch den Vorhang.

Piccadilly und Marty waren in sicherem Abstand hinter ihm hergelaufen – er hatte nichts davon mitgekriegt. Sie waren ihm durch finstere Gänge und Tunnel gefolgt, waren durch eiskalte, stinkende Pfützen gewatet und hatten sich durch lange Schlammrinnen gekämpft. Ihnen war klar, dass sie sich tief im Herzen des Rattenterritoriums befanden; widerlicher Gestank hing wie Nebel in der Luft, glitschiger Schleim tropfte von den Wänden und breitete sich auf dem Boden aus.

»Ich glaube, wir sind fast da«, flüsterte Piccadilly, »da vorne is ein schwaches Licht.«

In einiger Entfernung erspähten sie den Eingang zum Versammlungsraum. Sie hörten, wie grob Schnief Schepper empfing, und sahen einen helleren Lichtkegel, als die alte Ratte in den Raum schlüpfte.

»Was war das für ein Pfiff?«, fragte Marty.

Piccadilly war sich nicht sicher. »Klang wie ein Signal – nur wofür, frage ich mich? Wir müssen unbedingt rausfinden, was da drin vorgeht.«

»Aber wir können nicht einfach hineingehen und zuhören, da steht jemand Wache.«

Ihre Überlegungen wurden jäh unterbrochen, als sie ein Geräusch hörten, das ihnen das Blut in den Adern gefrieren ließ. Schwere Rattenschritte ertönten hinter ihnen im Tunnel.

Marty kniff die Augen zu und wartete darauf, von groben Krallen gepackt zu werden, doch Piccadilly tastete nach seiner Pfote und zog ihn auf die Seite. Die Ratten kamen näher, und die Mäuse hörten Kellys Stimme.

»Jetzt sollten alle da sein, Boss. Sie lechzen danach, endlich zu erfahren, was du ihnen zu sagen hast.«

Marty huschte ängstlich an der Wand entlang, weg von den sich nähernden Ratten. Piccadilly und er saßen in der Falle und es gab kein Entrinnen. Doch plötzlich schien die Wand hinter seinem Rücken zu zerbröckeln und sich aufzulösen.

Piccadilly wunderte sich, wo sein Freund geblieben war. Gerade hatte er noch neben ihm gestanden, und nun war er verschwunden. Der Graue wagte es nicht, ihn zu rufen, denn Kelly und der alte Stumpi waren jetzt ganz nahe und würden ihn hören. Da zog etwas an seinem Schwanz und er fiel rückwärts in ein Loch in der Wand.

Kelly und der alte Stumpi liefen vorbei, ohne die Mäuse zu bemerken. Piccadilly war auf Marty gelandet, und beide rieben sich die schmerzenden Stellen. Piccadilly sah sich um.

»Ich glaube, es ist irgendein Rohr«, flüsterte Marty, als die Ratten außer Hörweite waren. »Mann, was für ein Glück!«

Piccadilly wünschte, einen Blick auf den alten Stumpi geworfen zu haben, doch Kellys dicke Gestalt hatte ihn verdeckt. Nun fuhr er nachdenklich mit den Pfoten über das Rohr. »Wo führt das wohl hin?«

»Zerbrich dir darüber nicht den Kopf, lass uns nach Hause gehen«, bat Marty.

»Nein, wir haben noch nichts Nützliches rausgefunden. Ich schau mal nach, wo dieses Rohr hinführt. Ich glaube, da oben is ein Licht.« Er kniete sich hin, denn das Rohr war sehr schmal, und zwängte sich hinein. Marty stieß einen resignierten Seufzer aus und folgte ihm.

Piccadilly kroch über unzählige Schutthaufen, bis er das Ende des Rohrs erreicht hatte und sein Gesicht vom Schein heller Fackeln beleuchtet wurde.

Unter Piccadilly lag der Versammlungsraum und er schaute von ganz oben aus einer Wand hinunter. Er wurde teilweise von dicken Kabeln verdeckt, die in der hohen Decke verschwanden. Verwundert und ängstlich sah Piccadilly auf die Rattenversammlung. Er hatte sich nie vorgestellt, dass es in London so viele Ratten gab. Schaudernd wich er ein Stückchen in das Rohr zurück.

»Was ist da?«, fragte Marty, der ihn eingeholt hatte, und reckte seinen Hals, um über Piccadillys Schulter zu sehen. »Oje!«, stieß er erschrocken aus, als er den Raum und die vielen Ratten erblickte. Er spürte, wie seine Knie weich wurden und sah Piccadilly voller Angst an.

»Mach dir keine Sorgen«, sagte sein Freund gelassen, »hier oben sehen sie uns nicht, die sind viel zu sehr mit dem alten Stumpi beschäftigt.«

Ein aufgeregtes Raunen ließ die beiden Mäuse wieder einen Blick nach unten werfen. Das Meer aus Ratten vor dem Vorhang teilte sich, als Schnief ihren Anführer in den Raum führte.

»Macht Platz, macht Platz«, schrie er und stieß sich den Weg frei.

Dann bestieg er das Podium und wischte sich die laufende Nase am Arm ab. »Rattenbrüder«, rief er voller Stolz, »ich hab die Ehre, euch unsern großen Anführer vorzustellen, den ein paar von uns Jungs den alten Stumpi nennen!« Ein gewaltiger Tumult entstand, als die Ratten jubelten und voller Begeisterung mit den Schwänzen auf den Boden schlugen.

Dann betrat der alte Stumpi die Bühne; irgendwo in der Menge zuckte Schepper zusammen, und hoch über ihm im Rohr unterdrückte Piccadilly einen entsetzten Schrei.

Der alte Stumpi war eine hässliche gescheckte Ratte. Er trug einen Ohrring und etwas Glitzerndes hing um seinen Hals. Sein Schwanz war nur noch ein Stummel und der Grund für seinen Spitznamen. Piccadilly hatte ihn sofort erkannt.

»Morgan!« Voller Verachtung spuckte er den Namen aus. Dort unten stand Jupiters ehemaliger Leutnant – der Meister der Verschlagenheit, den alle für tot gehalten hatten, nachdem der Schwanz seines teuflischen Herrn ihn mit einem Peitschenschlag in den Abwasserkanal geschleudert hatte. Piccadillys Gesichtszüge verhärteten sich; er erinnerte sich daran, dass es Morgan gewesen war, der seinen Freund Albert Brown an Jupiter ausgeliefert hatte.

»Kennst du ihn?«, fragte Marty erstaunt.

»Ich hab mal geschworen, dass ich ihn umbringe«, sagte Piccadilly. »Ich dachte, das Schicksal hätte mir die Gelegenheit genommen, aber jetzt ... wer weiß?« Marty sah Piccadillys grimmige Miene und erschrak. So hatte er seinen Freund noch nie erlebt, und es machte ihm Angst.

Unten auf dem Podium begrüßte Morgan seine Untertanen. Er watschelte auf der Bühne herum und rieb sich die Klauen.

»Jungs«, rief er, »wie ich mich freue, eure potthässlichen Gesichter zu sehen!«Die Ratten johlten und mochten ihn auf Anhieb. Er breitete die Arme aus und begann seine Rede.

»Ihr seid wegen des Blutes hier«, brüllte er. »Ihr habt keins! Wo ist das kochend heiße Blut der raubgierigen Ratten? Es fließt nicht in euren Adern – ich muss es wissen, schließlich komme ich aus Deptford.« Die Menge murmelte bewundernd. Jeder hatte von den Ratten aus Deptford gehört und wie gewalttätig sie waren. »Als ich herkam, hab ich kaum meinen Augen getraut«, fuhr Morgan fort. »Ihr wart Würmer ohne Rückgrat, Duckmäuser und Kriecher – die Angst vor Mäusen und ihrem eigenen Schatten hatten! Ich hab fast gekotzt, so entsetzt war ich.«

Er zeigte auf Schnief und Kelly und ein paar andere brutal wirkende Gestalten. »Seht, was aus euch werden kann, wenn ihr aufhört, Memmen zu sein, und mir folgt. Begebt euch auf den Pfad der Zähne und Krallen! Lasst in den Tunneln Blut fließen!«

Die Menge fing an zu raunen. Einige Ratten nickten eifrig und sperrten die sabbernden Mäuler auf. Morgan tanzte auf dem Podium herum und brachte seine Zuhörer zur Raserei.

»Warum sollen wir den mickrigen Mäusekammern fernbleiben? Was für 'n Recht haben die eigentlich auf die besten Happen? Ratten sind stark – Ratten haben Macht. Unsere Zähne beißen und reißen, unsere Krallen kratzen und töten. Hört mich an, ihr Ratten – habt ihr noch nie Lust auf Blut gehabt? Haben eure Augen noch nie vor Hass auf alle außer euch selber gebrannt? Habt ihr noch nie geschlachtet und euch am warmen Blut betrunken?«

Die Ratten wurden von Morgans Gier und Hass entfesselt. Wie wütende Tiger fuhren sie mit ihren Klauen durch die Luft. Diejenigen, die vor der Bühne standen, schlugen mit den Fäusten darauf ein.

Morgan grinste. Alles verlief genau nach Plan. Jetzt würde er eine ganze Rattenarmee anführen – genau das, was er sich immer gewünscht hatte. Seine kleinen roten Augen huschten über seine Anhänger und er nickte zufrieden. Plötzlich ertönte aus der Ecke ein Schrei, und alle drehten sich danach um.

Eine schwarze Ratte mit narbigem Gesicht versuchte, den Lärm zu übertönen. »Wartet mal, wartet mal«, schrie sie. »Warum hört ihr auf den? Uns geht's doch gut, oder nich? Was soll's, wenn die Mäuschen uns beschimpfen und erste Wahl bei der Futtersuche ham – ich mag das Zeug, das sie nich wollen, eh lieber. Wir sind doch keine Mörder! Du solltest lieber nach Deptford zurückgehen, wo du hingehörst, statt hier die Leute aufzustacheln!«

Die Menge sah Morgan erwartungsvoll an, doch er lächelte nur. »Komm her, mein Freund«, sagte er mit entwaffnender Freundlichkeit. »Komm hier rauf, wo ich dich richtig sehen kann. Ich möchte mit dir reden.« Sein Schwanzstummel schlug ungeduldig auf den Boden.

Die räudige Ratte zwängte sich durch die Menge und wurde neben Morgan auf die Bühne gehoben.

»Sag mir«, fragte die gescheckte Ratte in einschmeichelndem Ton, »was hab ich an mir, was dir so gegen den Strich geht?«

Der andere zuckte mit den Schultern. »Es is ja nich persönlich gemeint – es is bloß, dass ich nich der Meinung bin, wir sollten nur so aus Spaß durch die Gegend laufen und morden. Warum können wir nich so weitermachen wie bisher?«

Blitzschnell drehte Morgan sich um und packte ihn am Nacken. »So was macht mich ganz krank!«, schrie er in die Menge. »Solche feigen, dreckigen Weicheier, das is doch keine richtige Ratte, der verdient es nich zu leben!« Er warf den erstaunten Nager zu Boden, stürzte sich auf ihn und tötete ihn mit einem Schlag.

Piccadilly und Marty hielten sich schockiert die Augen zu. Ihnen wurde schlecht.

Die Menge war völlig durcheinander. Die Ratten wussten nicht, ob sie wütend werden oder sich fürchten sollten.

»Das geschieht mit den Schwachen und den Feiglingen!«, donnerte Morgan. »Folgt mir, dann werdet ihr süßes Blut trinken – Mäuse schmecken gut, Mäusefleisch ist zart und saftig.«

Die Ratten wurden rasend.

»Wir ziehen in den Krieg!«, schrie Morgan triumphierend. »Tod allen Mäusen!«

»Tod, Tod, Tod«, wiederholten die Ratten und leckten sich die Lippen. Sie spürten den Hass in ihren Augen brennen. Morgan hatte ganze Arbeit geleistet.

Piccadilly und Marty klammerten sich entsetzt aneinander. Marty war bleich und zitterte am ganzen Körper.

»Was sollen wir tun?«, schluchzte er. »Sie werden uns alle auffressen.«

»Wir müssen die Holeborner warnen, Marty«, sagte Piccadilly.

Vorsichtig begannen sie, rückwärts aus dem Rohr zu kriechen, doch dabei stieß Marty gegen etwas losen Mörtel. Er rieselte hinunter in den Versammlungsraum und ließ die Fackeln Funken sprühen. Die Ratten blickten nach oben und sahen Piccadillys erschrockenes Gesicht.

»EINE MAUS!«, kreischten sie, so laut sie konnten.

»Fangt sie«, befahl Morgan, »sonst kommt sie uns zuvor und warnt die anderen.«

Und schon begannen die Ratten, die Wand hinaufzuklettern. Piccadilly duckte sich, doch er wusste, dass es zu spät war. Er hörte ihre Flüche und das Kratzen ihrer Krallen an den Backsteinen. Wild entschlossen wandte er sich zu Marty um. »Dich haben sie noch nicht gesehen – du musst verschwinden und alle Holeborner warnen. Ich werde sie ablenken.«

»Ich lass dich nicht allein, Piccadilly«, quiekte Marty.

»Doch, das musst du, aber versprich mir, dass du den Umweg über den Osttunnel nimmst. Die Ratten werden ganz sicher den Haupteingang nach Holeborn überwachen.«

»Ich verspreche es«, sagte Marty und umarmte seinen Helden ein letztes Mal. »Möge der Grüne uns beschützen«, betete er.

Piccadilly schubste ihn weg. »Los, beeil dich!« Marty rutschte das Rohr hinunter und verschwand. »Möge der Grüne uns beschützen«, murmelte Piccadilly kopfschüttelnd. »Ich glaube an keinen Grünen. Glaube an dich selber, Junge – so hast du bisher noch alles geschafft. Ich werde die Ratten für ihr Abendessen arbeiten lassen.«

Er holte sein kleines Messer heraus und steckte den Kopf wieder aus dem Rohr. Die Wände waren voller kletternder Ratten, die alle versuchten, ihn als Erster zu fangen.

»Hey, ihr Strohköpfe!«, schrie Piccadilly ihnen zu. »Hier bin ich – worauf wartet ihr?«

Morgan, der auf dem Podium geblieben war, erkannte

die Stadtmaus wieder und brüllte wütend: »Tötet ihn, tötet ihn!«

Piccadilly bewarf die näher kommenden Ratten mit Steinen. Eine von ihnen traf er mitten zwischen die Augen; sie fiel tot zu Boden. Doch es waren zu viele, und Piccadilly gingen bald die Wurfgeschosse aus. Als die ersten Ratten in Reichweite waren, stach er mit dem Messer auf sie ein. Krallen splitterten und einige seiner Verfolger stürzten ab, doch der Mäuserich konnte seine Angriffe nicht endlos fortsetzen. Sein Arm tat weh, und so beschloss er, dass es Zeit war zu verschwinden.

Marty müsste jetzt das Rattengebiet verlassen haben, dachte Piccadilly. Er stieß ein letztes Mal zu und schnitt dabei ein riesiges geflecktes Ohr ab, dann flitzte er das Rohr entlang und in den Tunnel.

»Wo is er hin?«, jammerten die Ratten enttäuscht.

»Er flüchtet durch den Tunnel, ihr Idioten«, schrie Morgan ungeduldig. Der Vorhang wurde heruntergerissen und die Rattenhorde trampelte hinaus.

»Da is er«, brüllte die Meute, »fangt ihn!«

Piccadilly rannte um sein Leben. Er raste wie der Blitz durch den Tunnel. Die Steine zerschnitten seine Fußsohlen, doch er kümmerte sich nicht darum – die Ratten waren dicht hinter ihm, und nur das zählte. Er schoss durch die glitschigen Gänge hinaus in die Tunnel der U-Bahn, sprang über die Schienen und wagte es nicht sich umzudrehen.

Die erzürnten Schreie der ihn jagenden Ratten hallten in seinen brennenden Ohren. In einiger Entfernung sah Piccadilly einen Lichtbogen. Das war eine Haltestelle. Wenn er es bis dorthin schaffen würde, könnte er sie abschütteln. Mit wild hämmerndem Herzen rannte er weiter. Und dann machte er einen Fehler.

Piccadilly schaute über seine Schulter und sah Tausende von glühenden Augen, die ihn verfolgten – er hatte verloren. Er hatte keine Chance, ihnen zu entkommen. Doch er konnte nicht aufhören zu rennen. Ein scharfer Schmerz fuhr durch seinen Fuß, als er gegen einen Schienenstrang stieß und falsch aufkam. Piccadilly heulte auf, verlor das Gleichgewicht und fiel kopfüber auf eine der Betonschwellen. Mit lautem Krachen schlug sein Kopf an der Kante auf, und er rollte bewusstlos unter die Schiene. Dunkelheit hüllte ihn ein.

MORD IM PARK

Thomas Triton wälzte sich im Schlaf und träumte tief. Bewaffnete silberne Fische glitten über sein Bett und tauchten in die Holzwand ein, während seine Stirn sich kräuselte. Grüner Seetang schlängelte sich über die Decke und salzige Blasen stiegen blubbernd durch die Kissen an die Oberfläche. Seemöwen stießen gellende Schreie aus, als er auf seinem Bettlaken wie auf einem Floß durch die Nacht trieb. Die Vögel zogen ihre Kreise und stiegen immer höher und ihre Stimmen wurden leise und klagend.

Die Schiffsmaus segelte weit hinaus auf das dunkle Meer. Ihre weißen Barthaare wurden zu schäumenden Wellen, die sich im Kielwasser seines Bettfloßes kräuselten. Schattengesichter schimmerten im schwarzen Wasser, Gesichter aus dem Strudel der Vergangenheit, als Thomas noch jung war und zarter Flaum auf seinen Wangen spross.

»Woodget«, rief er im Schlaf und griff verzweifelt mit den Pfoten ins Leere.

Wie die Sirenen lockten die Gesichter den schlafenden Thomas zu sich. Die See schwoll an und toste, als der Regen aus der Holzdecke herabprasselte. Aus der Maserung schaute ein düsteres Gesicht auf ihn herunter; es war ein teuflischer, schlitzäugiger Geist, der auf dem schuppigen Rücken einer Schlange ritt und mit dem Zorn des Sturms lachte.

»Nein! Nein!«, flehte die Schiffsmaus und kämpfte mit den Segeln aus Betttuch, die in Fetzen flatterten und ihm vom Wind aus den Pfoten gerissen wurden.

Der Sturm wütete und das Bett drehte sich. Von den tobenden Wogen durchnässt hielt er sich verzweifelt am Kopfkissen fest. Blasse, dünne Fische mit leuchtenden Augen stiegen aus der Tiefe und schnappten nach seinem Schwanz, während der Sturm in seinen Ohren brauste. Eine riesige Welle mit einer Schaumkrone stürzte auf ihn herab. Das Bett kenterte.

»Hilfe, Hilfe«, keuchte er und strampelte, um nicht unterzugehen. Er schnappte nach Luft, als die See ihn nach unten zog und sich über seinem Kopf schloss. Die Maus sank in die kalte Tiefe, aus der niemand zurückkehrt.

Thomas fiel aus seiner Koje und stürzte auf den Boden. Mit einem erschrockenen Grunzen wachte er auf. Die Decken lagen auf ihm, und einen Augenblick glaubte er noch zu träumen. Benommen rieb er sich den Kopf und blinzelte.

»Tom, du oller Dummkopf«, seufzte er und schüttelte sich. Doch der Schrecken des Albtraums steckte ihm noch in den Knochen und in seinen Augen standen salzige Tränen. Thomas stand langsam auf und beschloss, sich nicht wieder hinzulegen. Er durchquerte das Zimmer und zündete eine Kerze an. Das Innere seiner Galionsfigur wurde von einem warmen Lichtschein erhellt, doch er war nach wie vor unruhig. Er nahm sich eine Prise Tabak und begann, seine Pfeife zu stopfen.

Die *Cutty Sark* zitterte und Thomas knurrte verdrossen. Draußen tobte tatsächlich ein Sturm. Die Schiffsmaus nahm einen Zug aus der Pfeife und dachte nach. Es donnerte, dann zog das Gewitter weiter.

»Keine gute Nacht«, sagte Thomas schaudernd und blies blaue Rauchwolken aus dem Mundwinkel. »Bin nur froh, dass ich hier unten sicher bin.« Doch er fühlte sich nicht sicher. Irgendwo braute sich Unheil zusammen – seine Barthaare zuckten, und das war immer ein schlechtes Zeichen.

»Es bringt nichts«, murmelte er und legte die Pfeife weg, »so nützt du niemandem, Tom. Wenn du schon nicht schlafen kannst, kannst du genauso gut einen Blick auf das Wetter werfen.« Er setzte seine Mütze auf und band sich ein rotes Tuch um den Hals. Er wollte sich nicht eingestehen, dass er nicht wieder einschlafen wollte und nur eine Ausrede suchte.

In ihrem Trockendock lag die *Cutty Sark* unsicher auf ihren Eisenstützen. Thomas Triton kletterte auf das Deck, ging zur Reling hinüber und betrachtete die winterliche Welt.

Die Nacht war kalt und die Sterne glitzerten hell am klaren Himmel. Der Fluss war ruhig und plätscherte leise gegen den Pier. Ein gutes Stück links vom Trockendock stand das alte Elektrizitätswerk, eingehüllt in grauen Nebel, am Park von Deptford. Es wirkte unnatürlich, wie der Nebel an dem alten, verlassenen Gebäude klebte, seine stumpfen Fenster verhüllte und sich zum Fluss hin auflöste. Der hohe Schornstein ragte wie ein langes, weißes Fernrohr aus der geheimnisvollen grauen Wolke. Das erregte Tritons Aufmerksamkeit.

»Erst hat es gedonnert«, murmelte er, »obwohl der Himmel ganz klar war, und jetzt hängt dort drüben der

Nebel. Ich wette, irgendwas liegt in der Luft ...« Nachdenklich kaute er auf seiner Unterlippe herum.

Die Luft wurde kalt und ein eisiger Wind blies vom Fluss herauf. Tritons Lunge schmerzte, als er die eiskalte Brise einatmete. Es war nicht normal. Er schauderte und beschloss, wieder unter Deck zu gehen, wo er in behaglicher Atmosphäre über das Problem nachdenken konnte.

»Was du brauchst, ist ein Becher Rum, Kumpel«, sagte er sich, während er die Stufen hinunterstieg. Er ging zu seiner Galionsfigur, einem weiß angestrichenen Mädchen, das einen goldenen Turban trug.

»Hallo, Prinzessin«, sagte er und tätschelte die Holzfalten ihres Kleids, »hast du mich vermisst?« Er schlüpfte durch das Eingangsloch in sein Quartier.

Die kleine Kerze brannte immer noch fröhlich. Thomas goss etwas Rum aus einer Karaffe in eine Schüssel und setzte sich auf seine Koje. Er nahm einen Schluck und rollte ihn auf der Zunge. Die Flüssigkeit drang bis in seine Schwanzspitze und er wackelte vor Vergnügen mit den Zehen. Der Anblick des in Nebel gehüllten Elektrizitätswerks verwirrte ihn; er konnte sich nicht daran erinnern, so etwas in all den Jahren auf hoher See gesehen zu haben. Doch er vergaß darüber seinen Albtraum, und noch bevor er einen zweiten Schluck nehmen konnte, gähnte er herzhaft. Thomas zog Mütze und Tuch ab, löschte die Kerze und stieg wieder ins Bett. Die köstlichen Ranken des Schlafs wanden sich um ihn. Er nickte ein und fing an zu schnarchen.

KLOPF!

Die Schiffsmaus drehte sich auf die andere Seite und überhörte das laute Geräusch.

KLOPF!

Thomas zog sich das Kissen über die Ohren.

KLOPF!

Nun setzte er sich verdrossen auf. Und wieder ertönte es: ein nervtötendes Klopfen am Schiffsrumpf.

»Was zum Donnerwetter ist hier los?«, fragte er erbost. »Kann eine Maus denn nicht ihre wohlverdiente Nachtruhe haben?« Er schleuderte die Decke weg, setzte seine Wollmütze auf und stürmte aus der Galionsfigur.

»Wer auch immer mich mitten in der Nacht weckt – dem zeig ich's aber! Verflucht noch mal – hört dieser Lärm denn überhaupt nicht mehr auf?« Wieder ging er an Deck, doch dieses Mal war seine Miene zornig und seine buschigen Augenbrauen sträubten sich wütend.

KLOPF!

Thomas stürzte in die Richtung, aus der das Klopfen kam. Er schaute über die Schiffswand auf den Betonboden. Was er erblickte, brachte ihn vor Ärger und Verwunderung ins Stottern. Denn dort unten hockte ein scheues Eichhörnchen in der Dunkelheit und warf ängstlich Steine gegen die Schiffswand.

»Was zum Teufel noch mal treibst du da, Junge?«, polterte Thomas.

Das Eichhörnchen quietschte vor Schreck, sprang mit einem Schwanzschlag hinter ein Geländer und verschwand in den Büschen. Die Schiffsmaus seufzte und trommelte ungeduldig mit den Fingern – Eichhörnchen waren immer so nervös. Thomas fragte sich, warum eines von ihnen aus dem Park gekommen war, um ihn aus dem Bett zu scheuchen.

Ein ängstliches Gesicht tauchte zwischen den Blättern

auf. »Mr Triton«, fragte es zögernd in leisem Jammerton, »sind Sie es?«

Thomas murmelte in sich hinein: »Klar bin *ich* es, du dummes Viech!«, doch dann rief er laut: »Ja, ich bin Triton. Komm aus den Büschen raus – du bist hier nicht in Gefahr.«

Das Eichhörnchen schlich sich ins Licht und kroch über den Betonboden. Es blickte an den überwältigenden dunklen Umrissen der *Cutty Sark* hoch und fuchtelte nervös mit den Pfoten. Am ganzen Körper zitternd sagte es: »Sie müssen kommen ... Ich ... Sie will ... Wir, oje, so was ist noch nie ... Es ist so schrecklich – oje, oje ...« Das Tier begann zu schluchzen.

Thomas knirschte mit den Zähnen. Sich mit einem heulenden Eichhörnchen auseinandersetzen zu müssen war das Allerletzte, was er sich wünschte. »Sag mir einfach, was los ist«, rief er.

Das Eichhörnchen wrang die Pfoten. »Was los ist? Oje, es ist alles so schrecklich und grauenhaft. Die sind tot und ich bin hier – oje, warum gerade ich?«, heulte es voller Selbstmitleid.

Thomas schlug laut aufs Deck und rief: »Zum letzten Mal, Junge: Sag mir klar und deutlich, was passiert ist – sonst geh ich wieder ins Bett!«

Das Eichhörnchen blinzelte. Dieser Triton war ziemlich blöd – schließlich hatte es doch alles längst erklärt, oder? Hörte er denn nicht zu? Es räusperte sich und stieß aus: »Mord! Im Park sind Morde geschehen!«

Thomas beugte sich noch weiter über den Schiffsrand. »Mord?«, wiederholte er leise. »Na, das ist aber 'ne schöne Bescherung.«

»Ich bin hergeschickt worden, um Sie zu holen, Mr Triton«, erklärte das Eichhörnchen. »*Sie* will gleich mit Ihnen reden.«

»Bleib, wo du bist, ich bin in einer Sekunde unten«, sagte Thomas. Er rannte unter Deck und zwängte sich hinter die hohe, bedrohlich aussehende Galionsfigur des Neptun. Als er die enge, nach Teer riechende Passage entlang lief, dachte er angestrengt nach. Ein Mord – er fragte sich, wer von wem umgebracht worden war. Er brauchte nicht zu fragen, wer *sie* war. Thomas wusste, dass nur die Sternfrau es schaffte, einen ihrer Untertanen in diesem Zustand loszuschicken. Grimmig brütete er über die möglichen Gründe, die sie haben könnte, mit ihm reden zu wollen, doch ihm fiel kein einziger ein.

Er kam ins Freie und kletterte am Schiffsruder hinab. Auf dem Boden angelangt, stieg Thomas die Stufen hinauf, die aus dem großen Trockendock führten, und rannte zu dem Eichhörnchen.

»Sag mir«, fragte er, »was hat es mit dem Mord auf sich und warum will die Sternfrau mich sehen?«

Das Eichhörnchen huschte unter den Busch. »Keine Zeit, keine Zeit«, piepste es, »folgen Sie mir.« Dann lief es eilig an einer Hecke entlang.

Thomas gefiel das nicht – er wollte Antworten. Er sah, wie das Eichhörnchen den ganzen Weg zum Park von einem Versteck ins nächste huschte. Mit einem resignierten Kopfschütteln lief die Schiffsmaus hinter ihm her.

Das Eichhörnchen duckte sich unter parkenden Autos, lief im Zickzack über Schienen, schlüpfte hinter summende Straßenlaternen und kroch unter dem verschlossenen Parktor durch. Keuchend folgte Thomas ihm. Er duckte sich unter das Eisentor und das Eichhörnchen rief ihm aus einem sicheren Baumwipfel zu: »Beeilen Sie sich, beeilen Sie sich!« Die Schiffsmaus sah einen kleinen, langen Schatten, der über ihm von Ast zu Ast hüpfte.

Er warf einen Blick auf den Hügel des Planetariums und atmete tief ein. Dort oben herrschte Chaos, und er hörte leise, weinende Stimmen. Der Hügel war schrecklich zugerichtet: Bäume waren umgerissen worden und in der Erde klafften große Spalte. Beunruhigt fragte er sich, wie das hatte passieren können.

Überall rannten Eichhörnchen umher. Sie nahmen die Schiffsmaus nicht wahr, die auf dem steilen Pfad den Hügel hinaufkletterte. Auf dem Rasen lagen entwurzelte Rhododendrenbüsche, und der Pfad war mit Erdklumpen übersät. Und über alles hatte sich glitzernder Raureif gelegt.

Die Nacht war von entsetzten Schreien und trauernden Stimmen erfüllt. Thomas kam an einer Gruppe von Eichhörnchen vorbei, die weinend beieinander kauerten. Zu ihren Füßen lag die Leiche einer ihrer Freunde – er war mit einem dünnen Speer aus Eis erstochen worden. Sein Körper war steif gefroren und mit Raureif bedeckt. Die stumpfen Augen quollen wie zwei schwarze Glasperlen hervor und das starre Gesicht war angstverzerrt.

Während Thomas seine Mütze abnahm, entdeckte er weitere Gruppen, die von Trauer überwältigt waren. Insgesamt waren dreiundzwanzig junge Eichhörnchen mit Eisspeeren getötet worden. Überall auf dem gefrorenen Rasen lagen die traurigen kleinen Leichen. Thomas ging langsam zwischen den Eichhörnchen hindurch, die sich in bitterem Schmerz versammelt hatten; er sah blass und verwirrt aus.

»Triton«, sagte eine heisere Stimme.

Er schaute von dem Elend hoch und sah die Sternfrau, die sich auf ihren Stock stützte und vor Kälte zitterte. Die uralte Herrin der Eichhörnchenkolonie wirkte noch erschöpfter und sorgenvoller, als Thomas sie je gesehen hatte. Müde betrachtete sie die Zerstörung ihres Reichs; die letzte Lebenskraft, die sie noch gehabt hatte, war entwichen.

»Ma'am?«, fragte er entsetzt. »Was ist hier geschehen?«

Die Sternfrau wandte ihre fast erblindeten, milchigen Augen von der Zerstörung ab und sagte dumpf: »Wir sind angegriffen worden.« Sie wirkte zart und gebrochen und Thomas empfand großes Mitgefühl mit ihr. Das einst stolze und herrische Eichhörnchen, das so vielen Angst gemacht hatte – auch ihm –, war zu einer zitternden, tragischen Gestalt geworden, deren Sorgen und Trauer eine unerträgliche Last waren.

Sie klopfte mit dem Stock auf den gefrorenen Boden und schauderte vor Kälte. »Triton?«, fragte sie leise. »Würden Sie mich bitte wegbringen? Führen Sie mich in meine Kammern.« Er nahm ihren Arm und geleitete sie durch den verwüsteten Park.

Eine hohle Eiche lag zersplittert und zerstört auf dem frostigen Gras, und unter dem Wirrwarr ihrer herausgerissenen Wurzeln wurde ein großes Loch sichtbar. Das war der Eingang zu den unterirdischen Wohnungen der Eichhörnchen gewesen, wo sie ihre ganzen Wintervorräte und ihre Schriften über Geschichte, alte Lehren und

Astrologie aufbewahrten. Thomas und ein paar Eichhörnchen halfen der Sternfrau durch den Eingang. Sie konnte keine Tränen mehr weinen, denn sie hatte längst alle vergossen; sie schaute sich nur noch voller Bitterkeit um. Sie gingen durch die Tunnel, und dabei erzählte die Sternfrau Thomas von den schrecklichen Ereignissen der Nacht.

»Ich war nervös«, begann sie. »Die Nacht kam und eine starke Unruhe legte sich auf mein Herz. Irgendetwas stimmte nicht, und ich war schlechter Laune, weil ich nicht wusste, was es war.« Sie tippte sich mit ihrer knorrigen Hand an die Stirn. »Ich studierte die Sternkarten, um vorauszusehen, was sich zutragen könnte, doch sie waren nutzlos, als würde etwas außerhalb der Natur die Dinge beeinflussen. Ich legte die Papierrollen weg und stieg von meinem Thron. Ich fühlte mich so hilflos – ich, die Sternfrau, die alles wissen sollte. Ich war wütend auf mich selbst.« Hier warf sie mit einem ironischen Lächeln ein: »Ich bin eine alte Schreckschraube.« Thomas erinnerte sich, dass er sie einmal so genannt hatte, und nickte.

Die Sternfrau fuhr fort: »Ich dachte, ich würde irgendwas übersehen. Nun, wenn ich Dinge vergesse und mir geradezu senil vorkomme, mache ich gewöhnlich einen Spaziergang und prüfe unsere Vorräte – das hilft mir dann, wissen Sie. Ich habe also meinem Diener Piers gesagt, er solle mir aus dem Weg gehen, und bin allein zu den Vorratskammern gehinkt. Erinnern Sie sich noch an Piers, Triton?«

Thomas antwortete, dass er sich sehr wohl erinnere. »Wo ist er denn?«, fragte er.

Die Sternfrau senkte den Blick und humpelte entschlossen weiter. »Piers ist in meiner Kammer. Sie werden ihn früh genug sehen.« Sie schwieg eine Weile und fuhr dann mit ihrem Bericht fort. »Ich war gerade in einem der Vorratsräume und überprüfte die Liste, als plötzlich die Temperatur fiel und eine Eiseskälte durch die Tunnel zog. Ich wusste nicht, woher sie kam – es war nicht natürlich. Ich ging zu einem Ausguck und schaute hinaus in die Dunkelheit. Selbst meine schwachen Augen konnten sich nicht irren. Direkt über mir hing eine große, dunkle Wolke am Himmel, durch die lauter purpurne Blitze schossen. Dann kam plötzlich Nebel auf; ein dichter Nebel, der sich langsam ausbreitete. Ich hörte einige meiner Wachposten schreien, und danach ertönte ein ohrenbetäubendes Splittern und Krachen. Ich muss gestehen, Triton, ich hatte große Angst – und ich habe sie immer noch. Mein Magen drehte sich vor Schreck um, als ich merkte, dass ... nun, wir sind da.«

Sie waren an ein Sternenbanner gekommen, das quer über den Gang hing. Dies war der Eingang zu ihrer Kammer. Die Sternfrau bedeutete Thomas einzutreten. Zögernd gehorchte die Schiffsmaus. Die Sternfrau wartete einen Augenblick, bevor sie folgte.

Das Zimmer der Sternfrau war völlig zerstört; der aus Eiche geschnitzte Thron war in zwei Stücke gespalten und das Dach war heruntergerissen. Alles war mit Eis und Raureif bedeckt – noch mehr als im Park. Tritons Füße versanken tief in der beißenden weißen Decke, und er schrie leise auf, als sie schmerzhaft zu brennen begannen und blau anliefen.

Betroffen sah er sich in der zerstörten Kammer um.

Trümmer des Daches war heruntergefallen und häuften sich in den Ecken, und die vielen glänzenden Teile, die früher wie die Sternkonstellationen an der Decke gehangen hatten, lagen überall verstreut. Er konnte kaum glauben, dass dies das Zimmer der Sternfrau gewesen war. Es schien mutwillig geschehen zu sein – aus reinem Zerstörungswillen. Thomas stöhnte ungläubig. Doch dann fiel sein Blick auf eine Schnee bedeckte Erhöhung vor dem Thron. Er rannte hin und kniete sich davor. Ein Eisspeer steckte mitten im Herzen des Umrisses.

»Armer Piers«, murmelte die Sternfrau leise, »du hast mir bis zum Ende treu gedient. Verzeih mir.« Ihr blieben die Worte im Hals stecken und sie starrte mit trockenen, leeren Augen vor sich hin.

Thomas wandte sich zu ihr. »Es tut mir so Leid, Ma'am«, sagte er unsicher. »Ich weiß nicht, was ich für Sie tun kann, aber ich werde Ihnen helfen, wo ich nur ...«

»Es tut Ihnen Leid!«, rief sie, und etwas von ihrem alten Feuer kehrte in ihre Stimme zurück. »Es tut Ihnen Leid! Triton, ich habe Sie nicht kommen lassen, damit ich und mein Volk Ihnen Leid tut! Schauen Sie sich doch um – können Sie es denn nicht sehen?«

Thomas erschrak. Er sah sich um – ja, in der Kammer schien etwas zu fehlen, doch er konnte nicht genau sagen, was es war. Aufgebracht klopfte die Sternfrau mit ihrem Stock auf den Boden. »Mein Sternglas, Sie Idiot!«, fuhr sie ihn an. »Mein Sternglas ist gestohlen worden!«

Tatsächlich, das alte Glas, das der Sternfrau Macht verlieh, war nirgendwo zu sehen. Der Schiffsmaus war klar, dass das ein großes Unglück war, denn das Sternglas besaß starke magische Kräfte.

Die Schultern der Sternfrau sanken nach vorn und sie wirkte wieder todmüde. »Ich habe noch nicht alles erzählt«, sagte sie ruhig. »Das will ich jetzt nachholen.« Sie kratzte mit ihrem Stock den Raureif vom zerbrochenen Sitz ihres Throns und ließ sich darauf nieder. Von dort aus betrachtete sie Piers leblosen Körper und setzte ihren Bericht fort.

»Mir war klar, dass, was auch immer sich in dem Nebel versteckt hatte, in meine Kammer eingebrochen war. Ich hörte Piers schreien und dann ein tiefes Rumoren; es klang wie ein zufriedenes Schnurren, das durch die Nebelwand dröhnte. Der Nebel stieg langsam auf, und dann sah ich etwas, das mein Herz aussetzen ließ.«

»Was war es?«, fragte Thomas atemlos.

Die Unterlippe der Sternfrau zitterte und sie schüttelte den Kopf. »Mitten in dem dichten Nebel sah ich die Umrisse einer riesigen Katze. Sie war so groß wie ein Baum und durch sie hindurch sah ich die Sterne am Himmel.«

»Ich verstehe nicht«, stammelte die Schiffsmaus. »Wollen Sie etwa sagen, dass sie durchsichtig war?«

»Ja, sie war nicht aus Fleisch und Blut.« Das alte Eichhörnchen packte ihren Stock so fest, dass ihre verkrüppelten und geschwollenen Knöchel ganz weiß wurden. »Ich glaube«, sagte sie mit bebender Stimme, »es war der Geist des Jupiter.«

»Grüner, beschütze uns!«

»Lassen Sie uns hoffen, dass er das kann, Triton, denn wenn Jupiter tatsächlich die Fesseln des Todes gesprengt und die Welt der Lebenden noch einmal betreten hat, ist seine Macht wirklich unvorstellbar groß.«

»Und jetzt hat er auch noch Ihr Sternglas.«

Sie ließ den Kopf hängen. »So ist es«, murmelte sie traurig. »Was er damit vorhat, ist ungewiss. Er ist nun ein Unbiest – ein rastloser Geist, der von den Gesetzen der Lebewesen nicht kontrolliert werden kann. Seine Gegenwart in unserer Welt hat sämtliche alten Prophezeiungen durcheinander gebracht. Er hat die natürliche Ordnung der Dinge derart verändert, dass ich nicht weiß oder voraussehen kann, was er tun wird. Er ist ein Feind und hat zweifellos vor, das Sternglas für seine teuflischen Zwecke zu missbrauchen.«

Es wurde still in der winterlichen Kammer, während Thomas das verdaute, was das Eichhörnchen ihm erzählt hatte. Es war so kalt, dass seine Nasenlöcher dampften und sein Atem wie Wolken aus dem Mund entwich. Wenn Jupiter wirklich zurückgekommen war, würde er zweifellos diejenigen suchen, die für sein Ende verantwortlich waren. Die Schiffsmaus dachte mit besorgter Miene an die Familie Brown und an alle anderen Mäuse, die hinter den Leisten lebten.

Vergeblich klatschte Thomas in die Hände, um sie aufzuwärmen, und sagte: »Ma'am, ich muss gehen, um meine Freunde zu warnen. Sie müssen es erfahren. Wenn dieser üble Dämon tatsächlich von den Toten auferstanden ist, wird er sich an ihnen rächen wollen.«

Die Sternfrau schien ihn nicht gehört zu haben. Ihr runzliges Kinn ruhte auf dem glatten, abgewetzten Griff ihres Stocks. Thomas berührte sie vorsichtig an der Schulter.

»Ich habe Sie verstanden, Triton«, brummte sie. »Ich stimme Ihnen zu, das Mädchen Audrey muss es wissen

– aber noch nicht gleich, bleiben Sie noch eine Weile hier. Ich habe Pflichten zu erfüllen, und die Vorstellung behagt mir ganz und gar nicht.« Sie hievte sich auf ihre Füße und alle alten Knochen knackten aus Protest. »Diese verdammte Kälte«, murmelte sie, »und mein verfluchter alter Körper – er hätte längst das Zeitliche segnen sollen. Bringen Sie mich bitte wieder hinaus, Triton.« Thomas nahm ihren Arm und führte sie langsam aus der eiskalten Kammer und zurück durch die unterirdischen Gänge.

Die Nacht war immer noch grimmig kalt. Die hellen Sterne funkelten auf das Planetarium herab und der blasse Mond badete alles in einem kühlen silbrigen Licht. Nachdem Thomas und die Sternfrau weggegangen waren, hatten die Eichhörnchen ihre toten Kameraden ringförmig auf den gefrorenen Boden gelegt. Die Eisspeere steckten noch immer in den leblosen Körpern, da es unmöglich war, sie herauszuziehen. Die Pfoten, die diese tödlichen Waffen berührt hatten, schmerzten noch lange danach.

Viele Eichhörnchen waren damit beschäftigt, Säcke voller Steine aus dem Tunnel hinaus zu tragen und sie etwas weiter weg zu einem großen Haufen aufzutürmen. Die Sternfrau stützte sich erschöpft auf ihren Stock und ließ Tritons Arm los, als sie in die stille Nacht hinaustraten. Sie schlurfte langsam in die Mitte des Kreises aus den Körpern der Eichhörnchen und schaute in ihre gepeinigten toten Gesichter. Dann begann sie schroff Befehle zu erteilen.

»Hey, du!«, rief sie und zeigte auf ein Eichhörnchen, das mit einem Arm voller Pergamentrollen vorbeilief.

»Was machst du da? Lass die Chroniken und den ganzen Quatsch liegen, wo sie sind. Ja, sogar die Diagramme, bring sie alle dahin zurück, wo du sie gefunden hast. Das wird alles nicht mehr gebraucht – wenigstens nicht von mir.« Das Eichhörnchen eilte davon, doch verdrossen rief sie es zurück. »Renn nicht gleich weg, Junge, ich bin noch nicht fertig mit dir. Also, wenn du das getan hast, hol den armen Piers und leg ihn hier in die Mitte des Kreises. Der Grüne weiß, dass er diese Ehre verdient hat, er war mehr wert als ihr alle zusammen, auch wenn das nicht viel aussagt. Worauf wartest du noch? Mach schon!«

Dann drehte sich die Sternfrau zu einer Gruppe von Trauernden um, die hoffnungslos schluchzten. Sie schlurfte zu ihnen und fuchtelte ungeduldig mit ihrem Stock. »Macht euch nützlich, ihr Schlafmützen«, schnappte sie. »Sucht das Öl und helft beim Aufschichten. Später habt ihr noch Zeit genug zum Weinen.«

Thomas beobachtete sie mit einem trockenen Lächeln. Er konnte nicht umhin, die alte Schachtel zu bewundern – sie schonte sich nie. Es war eine Inspiration für ihn, wie sie beharrlich weitermachte, egal was geschehen war. Noch vor nicht allzu langer Zeit hatte er geglaubt, sie hätte keine Lebenskraft mehr, doch jetzt kommandierte sie wieder alle herum und tat, was für ihre Untertanen das Beste war, ob es ihnen gefiel oder nicht.

Auch wenn er über Eichhörnchen nur wenig wusste, war ihm bekannt, dass sie ihre Toten auf einem Scheiterhaufen verbrannten. Das war auch jetzt der Grund für ihre Anstrengungen: ein großer Scheiterhaufen, um die Ermordeten zu verbrennen. Kein Außenseiter hatte jemals eine solche Beerdigung miterlebt, und Thomas fühlte sich geehrt, dabei sein zu dürfen.

Trockene Zweige und Äste wurden herbeigeschafft und von jungen Eichhörnchenmädchen mit Silberbändern auf der Stirn sorgfältig zwischen die Toten gelegt. Dann wurde altes Laub und in Öl getränkte Lumpen zwischen das Holz gestopft, und alle Eichhörnchen versammelten sich um den Kreis.

Eine feierliche kleine Truppe tauchte am Eingang zu den Tunneln auf; sie trug Piers' steif gefrorenen Körper. Als sie den Toten in die Mitte des Scheiterhaufens legte, wurde die Menge still.

Thomas fragte sich, ob er nun lieber gehen sollte, doch die Sternfrau fing seinen Blick ein und gab ihm das Zeichen zu bleiben. Den Kopf zu den Sternen erhoben, humpelte sie um den großen Kreis herum. Die Bestattungsfeier begann.

»Unter den Sternen sind wir vereint«, rief sie aus. »Sie haben die Macht der unzähligen Jahre. Sie sehen unsere Trauer und kennen unseren Schmerz, und dennoch scheinen sie und ihr Licht gibt uns Hoffnung.« Die Sternfrau hielt inne und winkte die Mädchen herbei. Jedes von ihnen trug eine Lampe, in der eine kleine züngelnde, silbrige Flamme brannte – für jeden Toten eine. Die Mädchen senkten die Köpfe und hielten mit ausgestreckten Pfoten die Lampen vor die Toten.

Dann nahm die Sternfrau ihr Amulett vom Hals. Es war das Symbol ihrer Macht – eine silberne Eichel. Sie hielt es hoch und das Licht der Sterne funkelte und schimmerte auf dem Silber. »Von der Eichel zur Eiche«, verkündete sie feierlich, »doch selbst die höchste Eiche wird fallen. Daran erkennen wir den großen Kreislauf von Leben und Tod und neuem Leben. Unter den Sternen übergeben wir unsere Verstorbenen, möge der Grüne sie zu sich nehmen.« Sie küsste das Amulett, und sogleich fingen die Mädchen leise an, ein wehmütiges Lied zu singen. Während ihres Gesangs knieten sie sich vor den Scheiterhaufen und schoben die Lampen zwischen das Laub und die getränkten Tücher.

Alle traten einen Schritt zurück und warteten darauf, dass das Feuer sich entzündete. Das Lied der Mädchen wurde lauter, und nun sangen auch die anderen Eichhörnchen mit. Mit gesenktem Kopf hörte Thomas respektvoll zu; das Lied schien keinen Text zu haben und nur aus einer traurigen Melodie zu bestehen, die er nie wieder vergessen würde.

Die Zweige und Äste knisterten und knackten, als das Feuer sich ausbreitete und der ganze Ring zu lodern begann. Die Flammen waren silbrig weiß und sprangen so hoch, dass schließlich ein großer Kegel aus kaltem Licht den Abhang beleuchtete. Nun fassten alle Eichhörnchen sich an den Pfoten und gingen langsam um den Scheiterhaufen herum. Eines der Mädchen brachte der Sternfrau einen kleinen Sack. Er war aus dunkelblauem Samt, auf den ein einziger Stern gestickt war.

»Möge der Grüne sie rasch holen«, sagte die Sternfrau und steckte die Pfote in den Sack. Sie holte eine Pfote voll Blätter und Kräuter heraus, die sie ins Feuer warf. Die Flammen loderten hellgrün und rauschten in Tritons Ohren.

Thomas staunte. Die Jahre schienen von dem uralten Eichhörnchen abzufallen. Ihm war, als würde ihr Geist und nicht ihr gebeugter, alter Körper vor dem Feuer stehen, und jener war eine stolze und noble Kraft. Sie wirkte majestätischer und schöner als alles, was Thomas jemals gesehen hatte – eine beinahe göttliche Herrin mit einer silbernen Eichel, die hell auf ihrer Brust strahlte.

Und dann war alles vorbei. Mit einem letzten Auflodern blendeten die grünen Flammen seine Augen und verloschen. Das Feuer verwandelte sich in Kohle und schwarze Asche schwebte in die Höhe. Die Körper der Toten waren verschwunden und die ganze Welt wirkte düster und grau. Die Mädchen verließen in einer anmutigen Reihe die Feier, und auch die anderen Eichhörnchen wandten sich ab. Thomas drehte seine Mütze in den Pfoten und wartete auf die Sternfrau.

Sie war wieder alt und kam herbei gehumpelt. Dabei murmelte sie vor sich hin: »So viele hab ich noch nie begraben müssen – sogar während des Aufruhrs gab es weniger Tote.« Sie hielt immer noch den Samtsack in der Pfote und schickte diejenigen, die ihr helfen wollten, weg. Dann stellte sie sich vor Thomas hin und stieß ihn mit ihrem Stock in den Bauch. »Schwören Sie bei Ihrem Leben: Sie werden dafür sorgen, dass ich auch so eine Abschiedsfeier bekomme.«

Thomas runzelte die Stirn. »Ich?«, fragte er. »Was ist mit Ihrem Volk? Das wird sich doch sicher darum kümmern!«

Die Sternfrau schnaubte verächtlich. »Seien Sie kein Idiot, Triton – warum, glauben Sie, habe ich Sie zusehen lassen? Mein ›Volk‹, wie Sie es nennen, wird von hier verschwinden. Haben Sie nicht gesehen, dass es zusammengepackt hat und zum Aufbruch bereit ist?«

»Verschwinden?«, fragte die Schiffsmaus überrascht. »Aber warum?«

»Weil ich es angeordnet habe. Ich schicke sie alle weg, denn hier sind sie nicht mehr sicher – eigentlich sind sie nirgendwo sicher, aber es wird sie ablenken, während ich alles tue, was in meiner Macht steht.«

Langsam dämmerte es Thomas, was die Sternfrau vorhatte. »Und Sie, gehen Sie nicht mit?«

Das alte Eichhörnchen stieß ihm den Stock in die Rippen. »Seien Sie kein Schwachkopf! Warum habe ich Sie wohl hergeholt? Sie werden mich hinter die Leisten bringen.«

»Aber ... aber ... wozu?«, stotterte Thomas widerstrebend.

»Ich muss dort was erledigen«, schnappte sie. »Sie müssen die Browns warnen, und da ich nicht voraussehen kann, was die Zukunft bringt, muss ich die Fledermäuse aufsuchen und sie um Rat bitten.«

DER RUF DES FEUERS

Der Morgen war kalt und trübe. Große, blasse Wolken hingen am grauen Himmel und ein unheimlicher Raureif bedeckte alles. Das Gras im Park von Deptford war weiß und die Äste der Bäume schienen vor Kälte zu zittern. Die Sonne versteckte sich hinter einer dicken Wolkendecke und das Licht, das auf die Erde schien, war schwach und leblos.

Audrey aß nur wenig zum Frühstück. Die Neuigkeit über die Essenvorräte hatte alle Mäuse im Haus schockiert und die Erwachsenen dachten angestrengt über neue Futterquellen nach. Das Mäusemädchen verließ den Frühstückstisch, an dem Arthur betrübt auf seine leere Schüssel starrte, und ging hinaus in den Flur.

Dort fand gerade eine hitzige Diskussion über die gegenwärtige Situation statt. Meister Altschnauze bat wiederholt um Ruhe, doch alle ignorierten ihn. Sie schlugen mit den Schwänzen auf den Boden und schrien, so laut sie konnten.

»Ohne Lebensmittel halten wir nicht lange durch«, rief Tom Cockle.

»Ich habe keine Lust, wochenlang von Krautsuppe zu leben«, stöhnte Algy Kaltpfote verzweifelt.

Audrey blieb nicht bei ihnen stehen. Sie würden auch ohne ihre Hilfe eine Lösung finden. Außerdem wollte sie einen Blick auf die Welt draußen und das Wetter werfen. Seit sie aus Fennywolde zurückgekehrt war, vermisste sie es, unter freiem Himmel zu schlafen, und die Atmosphäre im Haus von Deptford kam ihr nun bedrückend und erstickend vor.

Sie ging in die Küche und lief schnell zu dem schmalen Gang, der in den Garten führte. Er war immer noch offen, für den Fall, dass die Mäuse gezwungen sein würden, bei Verschlechterung der Lage nach Futter zu suchen. Ein schrecklicher, eiskalter Luftzug blies durch den Gang, und Audrey rieb sich die Arme, als sie ins Freie trat.

Der Hof wirkte nackt und hässlich; der Asphaltboden war mit einer dünnen, trockenen Eisschicht bedeckt und die Hagedornbüsche waren ein gefährlicher Dschungel aus dornigen Ästen und stachligen Zweigen. Die feinen Spinnweben zwischen den scharfen Dornen waren von Frost gezeichnet und wirkten wie Fetzen eines Gespenstergewands. Unter dem Hagedorn hackte ein Zaunkönig hungrig auf dem steinharten Boden herum. Audrey schaute ihm zu, während er hin und her hüpfte, um eine weichere Stelle zu finden.

»Der arme Kerl«, sagte eine Stimme hinter ihr.

Erschrocken drehte sie sich um, doch es war nur Oswald. In seinem Schal mit passender Strickmütze und Handschuhen wirkte er sehr komisch.

»Es wird ein harter Winter«, sagte Oswald grimmig voraus.

Audrey stimmte ihm zu. Gewöhnlich freute sie sich auf die langen Winternächte, wenn der scharfe Wind ums Haus heulte und sich eine zarte weiße Schneedecke auf die Dächer legte und sie in märchenhafte Berge verwandelte. Es war angenehm zu hören, wie die tobenden

Elemente gegen die Hauswände schlugen, während sie gemütlich in ihrem warmen Bett oder vor einem Feuer saß und mit einer Schale heißer Milch zwischen den Pfoten den Geschichtenerzählern zuhörte. Sie erinnerte sich gern an vergangene Winter, als ihr Vater noch gelebt und seinen starken Arm um sie gelegt hatte, während sie sich an ihn schmiegte und vor sich hin träumte. Damals hatte sie geglaubt, dass nichts auf der Welt ihr jemals was anhaben könnte, denn er war da gewesen, um für die Familie zu sorgen und sie zu beschützen.

Oswald kuschelte sich in seinen Schal und stieß durch seine klappernden Zähne den Atem aus. Audrey schüttelte die traurigen Gedanken ab und betrachtete das Wetter. Es war nicht wie in vergangenen Wintern; es hatte nichts von der früheren Schönheit – selbst der Raureif war nicht hübsch anzusehen. Es gab keine zarten Eismuster auf den Fensterscheiben, nur ein gespenstisches Grau, das sich über den Hof gelegt hatte, und die Welt wirkte tot und düster.

»Lass uns wieder ins Haus gehen«, schlug sie vor und Oswald nickte zustimmend.

Als sie in die Küche kamen, hörten sie aufgeregte Stimmen und erstaunte Rufe aus dem Flur.

»Was ist denn da los?«, fragte Oswald und flitzte schon über das Linoleum in der Küche. Audrey eilte ihm hinterher und sie halfen einander die Stufen hinauf, die zum Flur führten. Dort war die Diskussion unterbrochen worden; alle Mäuse hatten sich rings um die Kellertür versammelt.

Oswald sah Audrey verwirrt an. Nur wenige Bewohner der Leisten trauten sich jemals in die Nähe des Kellers;

dort unten war das Gitter und darunter die Abwasserkanäle, die einst Jupiters schreckliches Reich gewesen waren. Alle Mäuse hatten Angst vor dem Keller. Vorsichtig näherte Oswald sich der Menge und zupfte nervös an seinem Schal.

Eine beherzte Stimme erschallte dröhnend hinter der Kellertür. »Rückt zusammen, Leute, und macht Platz für uns!« Es war Thomas Triton.

Oswald stieß einen erleichterten Seufzer aus, doch zu seiner Überraschung fügte eine zweite Stimme streng hinzu: »Aus dem Weg, ihr blöden Mäuse!«

Audrey ballte die Pfoten und wich ängstlich zurück – sie hatte die Stimme erkannt und sie hasste sie.

»Was geht hier vor?«, fragte Oswald Algy.

»Es ist Mr Triton«, antwortete der Mäuserich mit großen aufgeregten Augen. »Er hat die Königin der Eichhörnchen mitgebracht.«

Thomas zwängte sich durch die Kellertür und führte das alte Eichhörnchen hinter sich her. Es hatte lange gedauert, es aus Greenwich durch die Abwasserkanäle hierher zu bringen. Zum ersten Mal seit vielen Jahren hatte die Sternfrau das Planetarium verlassen, und ihre alten Beine waren nicht mehr an lange Strecken gewöhnt. Humpelnd hatte sie ihren verkrüppelten Körper verflucht und war immer wieder stehen geblieben, um sich auszuruhen. Als sie schließlich am Gitter angelangt waren, hatte sie mit ihren Gicht zerfressenen Fingern über das Eisenmuster gestrichen und geschaudert. »Die bösen Kräfte, die hier geherrscht haben, waren sehr stark«, hatte sie gesagt und sich angeekelt die Pfote abgewischt. »Das Eisen erinnert sich an seinen Herrn, und jetzt, da er zurückgekehrt ist, werden die dunklen Mächte vielleicht wieder erwachen.«

Sie blinzelte in das Licht des Flurs und sah sich der Reihe nach die erwartungsvollen und neugierigen Gesichter an, die ihr zugewandt waren.

»Was starrt ihr mich so an?«, fragte sie hochmütig. »Habt ihr noch nie ein Eichhörnchen gesehen?«

Das hatten die Mäuse tatsächlich noch nicht, und alle wollten sie sich genauer anschauen. Sie stießen einander die Ellbogen in die Rippen, um einen besseren Blick auf das Eichhörnchen zu werfen, und starrten es mit offenem Mund unhöflich an.

Die Sternfrau klopfte heftig mit dem Stock auf den Boden. »Habt ihr denn nichts Besseres zu tun, ihr Schwachköpfe?«, rief sie. »Los, aus dem Weg!« Sie schwang ihren Stock vor sich her. Überrascht wichen die Mäuse zurück und machten ihr den Weg frei. Tom Cockle war nicht schnell genug und der Gehstock des alten Eichhörnchens versetzte ihm einen harten Schlag gegen das Schienbein. Vor Schmerz heulend humpelte er davon.

Die Sternfrau bahnte sich ihren Weg durch die Menge und schaute verdrossen auf die Stufen. »Noch mehr davon«, murmelte sie und rieb sich den schmerzenden Rücken.

In diesem Augenblick trat Meister Altschnauze vor, um sie zu begrüßen. »Herzlich willkommen«, sagte er und strahlte übers ganze Gesicht. »Was für eine Ehre, die große Sternfrau in unserer Mitte begrüßen zu dürfen!«

Mit zusammengekniffenen Augen sah sie ihn an und zog die Nase hoch. »Sie müssen Altschnauze sein – von

Ihnen hab ich schon viel gehört.« Geschmeichelt verbeugte er sich und lächelte noch breiter, bis sie hinzufügte: »Es stimmt – Sie sind tatsächlich ein blöder, aufgeblasener, alter Schleimer, dessen Einbildung größer als seine Hirnmasse ist.« Er klappte den Mund auf und zu wie ein Goldfisch. Aber die Sternfrau ließ ihn stehen. Sie hatte Audrey erblickt, die langsam zurückgewichen war und sich unauffällig wegschleichen wollte.

»Bleib da, Mädel«, befahl das alte Eichhörnchen bissig. »Und schmoll nicht so, das steht dir nicht.« Sie klopfte nachdenklich mit dem Stock auf den Boden. »Ich habe von Fennywolde gehört«, sagte sie. »Du musst mir nachher in allen Einzelheiten erzählen, was dort geschehen ist.« Audrey nickte höflich, doch die Sternfrau hatte sich schon wieder abgewandt und sah sich suchend nach Thomas um. »Wohin hat sich der alte Schwachkopf von einem Seefahrer verdrückt?«, knurrte sie ärgerlich.

Die Schiffsmaus war hinausgeschlüpft, um Audreys Mutter zu begrüßen. Gemeinsam kamen sie nun aus der Wohnung der Browns. Gwen sah die Sternfrau mit festem Blick an. Sie hatte ihr nicht verziehen, dass sie damals Audrey aufs Land geschickt hatte. »Hallo«, sagte sie höflich, aber nicht so freundlich wie sonst, »können wir irgendetwas für Sie tun?«

»Keine Angst«, versicherte das Eichhörnchen, »ich nehme Ihnen Ihre Tochter nicht weg, aber Sie können mir helfen – könnte ich bitte irgendwo Platz nehmen? Ich glaube, meine Beine versagen, wenn ich mich nicht bald setze.«

Gwen Brown wies Arthur an, einen Stuhl zu holen. In der Zwischenzeit hatten sich alle Mäuse im Flur versammelt, um den ungewöhnlichen Gast zu sehen. Die Snobs vom Treppenabsatz schlichen sich hinunter und stierten sie schamlos an. Die Raddle-Schwestern nahmen ihren Stammplatz auf der zweiten Stufe ein und stießen sich kichernd an. Auch Oswalds Mutter kam aus der Wohnung, doch sie schaffte es nicht, sich durch die Menge zu Mrs Brown vorzukämpfen und sich der Sternfrau vorzustellen. Das machte sie ganz wütend und sie schimpfte ihren Mann aus, weil er sie nicht früher geholt hatte. Arthur tauchte mit einem Stuhl auf und brachte ihn der Sternfrau. Sie dankte ihm und setzte sich vorsichtig hin. Alle verstummten. Außer Mrs Chitters Geschwätz war kein Laut zu hören; anscheinend wollte die Sternfrau eine Ansprache halten. Das Eichhörnchen betrachtete die Mäuse und klopfte heftig mit dem Stock auf den Boden. Mrs Chitter zuckte zusammen und hörte auf zu reden.

»Mäuse von Deptford«, begann das Eichhörnchen, »ich bringe euch schlechte Nachrichten. Ich glaube, euer größter Feind Jupiter ist aus dem Jenseits zurückgekehrt.«

Für einen Augenblick schwiegen die Mäuse schockiert, dann redeten alle durcheinander. »O Schreck!«, sagte Mrs Chitter. »So ein Quatsch!«, lachte Tom Cockle.

Audrey sagte nichts. Ein düsterer Schatten fiel über sie und alle anderen, die in der Altarkammer gewesen waren, als den Herrn der Abwasserkanäle sein Schicksal ereilt hatte. Audrey, Arthur, Mrs Brown, Thomas und Oswald schwiegen und warteten darauf, dass die Sternfrau weitersprach.

»Das reicht!«, rief sie wütend. »Hört sofort auf damit! Wagt ihr es, meine Worte anzuzweifeln? Die ganze Welt weint, die Natur wird von einem dunklen Geist gequält, der aus der Finsternis des Jenseits aufgestiegen ist. In seinem Leben wurde er Jupiter genannt – nun ist er ein Geist, ein Unbiest, mächtiger als alles, was diese geplagte Welt bisher erlebt hat. Ihr lächerlichen, nutzlosen, dummen Geschöpfe habt keine Ahnung, welche Macht dieses Ungeheuer besitzt, jetzt da es mein Sternglas hat.«

Erschrocken hielt Audrey den Atem an, und auch die anderen Mäuse hörten die Dringlichkeit und Angst in der Stimme des Eichhörnchens. Sie begannen allmählich, ihm zu glauben, und flüsterten besorgt miteinander.

»Was sollen wir bloß tun?«, jammerte Biddy Cockle hysterisch.

»Ich weiß es nicht«, erwiderte die Sternfrau und schüttelte den Kopf. »Ohne mein Sternglas kann ich nicht sehen, wie wir die Welt von diesem dunklen Feind befreien können. Wie kann man etwas zerstören, das längst zerstört worden ist? Jupiter ist tot, und trotzdem quält er uns noch. Das ist das Problem. Wir können niemanden töten, der nicht mehr lebt.«

»Aber dann sind wir verloren«, stammelte Meister Altschnauze. »Wir haben keine Hoffnung mehr.«

Die Sternfrau hob ihren Stock, um der wachsenden Panik der Mäuse Einhalt zu gebieten. »Vielleicht auch nicht«, sagte sie. »Meine Macht ist zwar verschwunden, doch bin ich nicht die Einzige, die mit solchen Kräften ausgestattet ist. Es gibt andere, die die Fähigkeit besitzen, in die Zukunft zu sehen und die die Geheimnisse kennen, die sie so eifersüchtig bewacht.«

»Meinen Sie etwa die Fledermäuse?«, fragte Arthur plötzlich.

»Ja, genau die meine ich«, verkündete sie. »Ich bin aus Greenwich hergekommen, um bei den beiden Fledermäusen vorzusprechen, die unter eurem Dach leben. Sie werden mir sagen können, was ich wissen muss, und gemeinsam finden wir vielleicht eine Lösung.« Die Sternfrau hielt inne. Alle stöhnten verzweifelt. Ungeduldig klopfte sie mit dem Stock auf den Boden. »Was ist los?«, fragte sie.

»Die Fledermäuse sind weg«, antwortete Gwen. »Sie haben uns vorgestern Nacht verlassen! Ich glaube, es gibt keine einzige Fledermaus mehr in Deptford.«

Die Sternfrau starrte sie an, als sei sie verrückt geworden. »Dann sind wir wirklich verloren«, murmelte sie. »Ohne ihre Hilfe werden wir alle untergehen.« Jetzt war ihre letzte Hoffnung zerstört, und sie ließ mutlos den Kopf hängen.

Die beiden Raddle-Schwestern fingen an zu weinen und mehrere andere Mäuse ließen sich von ihnen anstecken. Audrey fragte sich, was nun geschehen würde. Sicher würde Jupiter sie suchen, um sich an ihr zu rächen. Zu ihrem Erstaunen hatte sie keine Angst und war eher zornig, als den Tränen nahe. Eine seltsame Stimmung überkam sie, die sie nicht begreifen konnte. Sie hatte das Gefühl, dass ihr Schicksal mit Jupiters und merkwürdigerweise auch mit dem Schicksal der Sternfrau verbunden war. Sie sah das Eichhörnchen an, das vor ihr saß, und empfand tiefes Mitgefühl mit ihm. Der Hass, den sie auf die Kreatur gehabt hatte, wich plötzlich dem Bedürfnis, ihr ihre Sorgen zu nehmen.

Audrey kniete sich vor der Sternfrau hin und nahm ihre Pfoten. »Machen Sie sich keine Sorgen«, sagte sie,

»irgendwas wird geschehen. Vertrauen Sie auf die Grüne Maus – das hat mein Vater immer gesagt.«

Die Sternfrau sah sie mit milchigen Augen an und strich ihr übers Haar. »Mein Kind«, sagte sie, »es ist Winter, und da schläft die Grüne Maus. Sie wird erst im Frühling wieder erwachen.« Sie schüttelte traurig den Kopf. »Und ich glaube nicht, dass wir den Frühling erleben werden.«

»Das wissen Sie nicht«, beharrte Audrey. »Allein die Fledermäuse sind jetzt noch in der Lage zu sagen, was geschehen wird. Wenn wir ihnen doch nur eine Nachricht schicken könnten – ich bin sicher, sie würden uns helfen.«

Bei ihren Worten begannen die Ohren der Sternfrau zu zittern und sie richtete sich auf. »Natürlich«, rief sie und klatschte aufgeregt in die Pfoten, »du schlaues Kind! Wo war mein Verstand? Ich bin zu alt für so etwas, meine Zeit ist wirklich vorbei, wenn ich mich noch nicht einmal mehr an die Geschichte der Eichhörnchen erinnern kann. Triton, helfen Sie mir sofort auf die Beine. Es bleibt uns nur wenig Zeit.«

»Was wollen Sie tun?«, fragte Audrey.

»Ich werde die Fledermäuse rufen«, erklärte die Sternfrau triumphierend. »In letzter Zeit bin ich so vergesslich geworden. Vor langer Zeit, als unsere Kolonie in Greenwich in höchster Not war, wurde ein großes Feuer entzündet, um sie herbeizurufen. Damals kamen die Fledermäuse – lasst uns hoffen, dass es auch dieses Mal gelingt.« Sie schaute die verwirrten Mäuse an und teilte Befehle aus. »Du da drüben, steh nicht wie ein Idiot rum, hole Holz – du, lauf los und suche ein Seil – und du, geh mir aus den Augen, mir gefällt deine Visage nicht!«

Der Rest des Vormittags wurde damit verbracht, das Feuer vorzubereiten. Das war nicht so leicht, wie es klang, denn die Sternfrau ordnete es auf dem Dach an. Arthur und Thomas Triton kletterten durch die hohle Wand hinauf und sprangen die Dachbalken entlang bis zu der Stelle, an der Arthur einmal mit Orfeo und Eldritch gesprochen hatte. Ohne die beiden Fledermäuse wirkte der Dachboden leer. Die beiden Mäuse kletterten die heruntergestürzten Balken hinauf und krochen durch das Loch aufs Dach. Dort oben war es schrecklich kalt und windig, doch irgendwie schafften sie es, aus kaputten Dachziegeln und Holzblöcken eine Plattform zu bauen.

Sie ließen ein Seil zu dem Wandloch hinunter, wo Algy Kaltpfote mit gebündelten Zweigen wartete. Er band sie an das Seilende und ruckte zweimal kräftig daran. Das Seil wurde mit den Zweigen nach oben gezogen und verschwand in der Dunkelheit. Als mehrere Bündel hinaufgebracht waren, setzten sich Thomas und Arthur keuchend hin, lehnten ihre Rücken an die Schornsteine und rieben ihre wunden Pfoten.

Dann tauchte Meister Altschnauzes Gesicht im Loch auf. Er räusperte sich und sagte ihnen, dass die Sternfrau ungeduldig im Flur wartete und hinaufkommen wollte. Thomas lächelte amüsiert. Das alte Eichhörnchen würde es niemals schaffen, auf den Dachboden zu steigen. Er glaubte, Meister Altschnauze hätte sich einen Scherz erlaubt, bis er von unten eine Stimme vernahm, die seinen Namen rief.

Vom Boden der Leisten aus schrie die Sternfrau wütend zur Schiffsmaus hinauf, dass er einen Sitz an das Ende des Seils binden solle. Dann schickte sie mehrere

Mäuse hinauf, die ihm dabei helfen sollten. Algy, Mr Cockle, Reggie und Bart aus den Leisten kletterten so schnell sie konnten auf den Dachboden.

Nach einer Weile wurde ein seltsames Dreieck hinuntergelassen. Das Seilende war an ein Stück Holz gebunden worden, das gerade groß genug war, um darauf zu sitzen. Darüber war es festgeknotet worden und bildete nun eine Art Schaukel. Die Sternfrau setzte sich vorsichtig hinein. Den Stock immer noch in der Pfote, packte sie das Seil und rief, dass man sie hinaufziehen solle.

Oben im Dachstock nahmen die Mäuse das andere Seilende. Sie zogen die Sternfrau langsam durch die hohle Wand in die Höhe. Mit ihrem Stock wehrte sie Stöße gegen das Mauerwerk ab. Es schien ihr Spaß zu machen und sie summte in der Dunkelheit eine alte Eichhörnchenmelodie. Schließlich hatte sie den Dachboden erreicht, und die Mäuse halfen ihr auf das Dach hinauf.

Der Nachmittag kam und ging und der bleigraue Himmel wurde langsam dunkel. Die Mäuse hatten es satt, unten zu warten, und so kletterten die Männer hinauf, und ihre Frauen ließen sich mit der Seilschaukel der Sternfrau nach oben ziehen. Am Ende waren alle entweder auf dem Dachboden oder balancierten vorsichtig auf dem Dach herum, wo das alte Eichhörnchen damit beschäftigt war, die Zweige zu einer Pyramide zusammenzubinden.

Als der Rahmen fertig war, durchsuchte die Sternfrau den Samtbeutel, den sie aus Greenwich mitgebracht hatte. »Gut«, murmelte sie, »ich habe alles, was ich brauche.« Den Beutel fest an sich gedrückt, hob sie den Kopf und verkündete: »Wir werden das Feuer erst bei Einbruch der Nacht anzünden. Es wird nicht mehr lange dauern.«

Audrey saß neben ihrer Mutter. Sie schloss die Augen, um sie vor dem beißenden Wind zu schützen, und schmiegte sich enger an Gwen. Oswald war in der Nähe und Mrs Chitter zupfte an seinem Schal herum. »Hol dir ja nicht wieder so eine Erkältung wie das letzte Mal«, ermahnte sie ihn.

Staunend betrachtete Arthur die Welt von oben. In Fennywolde war er die Kornstängel hinaufgeklettert und hatte es genossen, so hoch über der Erde zu sein. Doch verglichen mit dieser Höhe war das nichts. Er spürte die Kälte nicht, da er zu sehr in die Aussicht vertieft war, die sich ihm bot. In der Ferne konnte er die verschwommenen Umrisse der Großstadt sehen, und nicht allzu weit entfernt erhob sich der Turm der St.-Nicholas-Kirche zwischen den Häusern. Und dahinter ... Arthur legte die Pfote an die Stirn. Ja, dahinter ragte der hohe Schornstein des Elektrizitätswerks von Deptford aus einem seltsamen weißen Nebel auf. Der Mäusejunge runzelte die Stirn, kratzte sich am Kopf und schauderte, doch es war nicht das Wetter; das Gebäude strahlte etwas Unheimliches aus. Arthur hatte das Gefühl, beobachtet zu werden. Ihm war unbehaglich zumute und er wollte wegsehen, doch das Elektrizitätswerk zog wie magisch seinen Blick an. Es schien lebendig zu sein – fast konnte er hören, wie es atmete und lauerte. Wieder lief ihm ein Schauer über den Rücken.

Der kurze Wintertag neigte sich dem Ende zu. Tiefe Schatten sammelten sich unter den umliegenden Häusern und die Straßenlampen klickten und summten, als sie angingen. Die Dämmerung brach herein und die Mäuse auf dem Dach mussten ihre Augen anstrengen, um einander noch sehen zu können.

»Es wird Zeit«, sagte der undeutliche Umriss der Sternfrau.

Für einen Augenblick wurde Thomas Tritons Gesicht erhellt, als er ein Streichholz anzündete. Er reichte es dem Eichhörnchen, das sich über das aufgeschichtete Holz beugte und geduldig wartete, bis es Feuer fing.

Die Zweige knisterten und ein warmer, gelber Feuerschein beleuchtete den Kreis aus Mäusen, die sich den wärmenden Flammen näherten.

Die Sternfrau holte einen Glasflakon aus ihrem Beutel, der mit einem dunkelroten Sirup gefüllt war. Es war der Saft von ganz besonderen Beeren. Sie besprengte das Feuer damit. Sofort knackte es und sprühte Funken. Die Mäuse hielten den Atem an und wichen erschrocken ein paar Schritte zurück. Dann nahmen die Flammen ein leuchtendes dunkles Lila an und schossen hoch über die Dächer hinaus.

»Jetzt müssen wir warten«, sagte die Sternfrau und hockte sich hin.

Das Feuer brannte lichterloh, doch die Flammen schienen das Holz nicht zu verbrennen. Es blieb unberührt vom Feuer in seiner glühend heißen Mitte liegen. Es war das höchste Feuer, das die Mäuse je gesehen hatten, ein schmaler violetter Feuerstrahl, der bis in den Himmel reichte.

Das Feuer wurde von vielen gesehen. Weit entfernt vom alten Haus schauten die Untertanen der Sternfrau, die sich unter einer Hecke zur Ruhe begeben hatten, verwundert hoch; in ihren Unterschlüpfen plusterten Tauben ihre Federn; ein Fuchs, der sich an eine Mülltonne heranschlich, blieb stehen und hob die Augenbrauen. Und aus dem Elektrizitätswerk von Deptford ertönte ein tiefes, dröhnendes Schnurren.

Auf dem Dach warteten alle angespannt. Die Augen waren auf den Himmel gerichtet und suchten ihn nach der flatternden Bewegung von Fledermausflügeln ab. Die Sternfrau rührte sich nicht. Ihre Pfoten ruhten auf ihren Knien und die Flammen ließen ihr silbriges Fell wie einen Brillanten strahlen. Schweigend starrte sie in das Feuer.

Die Stunden zogen sich in die Länge. Die Mäuse rieben sich ihre brennenden Augen und wärmten sich die Pfoten. Die Dachziegel waren kalt und schrecklich unbequem. Ein paar Mäuse gaben es auf, weiter nach den Fledermäusen Ausschau zu halten, und flüsterten enttäuscht miteinander.

Audrey lag auf dem Rücken und schaute nach oben. Sie konnte nur den schwarzen Himmel und die lebhafte Flamme sehen, die sich über ihr in die Höhe streckte.

Arthurs Interesse galt nicht mehr den Fledermäusen; er konzentrierte sich jetzt nur noch auf den Nebel, der das Elektrizitätswerk einhüllte. Hin und wieder glaubte er, einen schwachen blauen Schein im Inneren des Gebäudes zu erkennen. Vielleicht bildete er es sich bloß ein, doch er fuhr fort, das ferne Gebäude misstrauisch zu beobachten.

Thomas Triton dachte an den Rum, der in seiner Wohnung stand. Er strich sich langsam über seine Barthaare, während seine Gedanken auf den Seewegen seiner Jugend wanderten – er musste husten und rasch sein Gesicht verstecken.

Das Feuer spuckte Funken und die hohe Flamme schrumpfte und färbte sich gelb. Die Flammen knisterten und verschlangen gierig die Zweige. Die Sternfrau seufzte und ihr rann eine Träne die Wange hinunter. »Sie werden nicht kommen«, flüsterte sie heiser. »Wir sind allein und müssen sterben.«

Nach und nach standen die Mäuse auf und gingen zu dem Loch im Dach.

Oswald war der Einzige, der immer noch den leeren, dunklen Himmel beobachtete. Er rieb sich mit seinen Pfoten, die in den Handschuhen steckten, die kalte rosa Schnauze. »Ach, wären die Fledermäuse doch nur zurückgekommen«, seufzte er sehnsüchtig.

»Oswald, Oswald«, rief seine Mutter, »die Vorstellung ist vorbei, Liebling. Komm jetzt bitte sofort rein.«

Widerstrebend wandte der Albino den Blick vom Himmel ab, während er langsam aufstand und seiner Mutter folgte. Dann, als er schon ein Bein durch das Loch zum Dachboden gesteckt hatte, hob er ein letztes Mal den Kopf und hielt ungläubig den Atem an. Hinten am Horizont waren zwei dunkle Schatten zu erkennen, die auf das Haus zuflogen.

»Seht mal!«, brüllte Oswald und sprang vor Freude auf und ab. »Die Fledermäuse! Die Fledermäuse kommen!«

Die Mäuse, die noch auf dem Dach waren, spähten in den Himmel, und da ihre Augen längst nicht so gut wie Oswalds waren, dauerte es eine Weile, bis auch sie die flatternden Umrisse hoch oben in der Luft erkannten.

»Er hat Recht«, rief Audrey freudig, »sie kommen wirklich!«

Die Mäuse bejubelten die Ankunft der Fledermäuse und beklatschten die Klugheit der Sternfrau. Das alte Eichhörnchen nickte nur und berührte voller Dankbarkeit ihr silbernes Amulett.

Diejenigen, die schon auf den Dachboden hinuntergestiegen waren, steckten die Köpfe aus dem Loch und kletterten wieder aufs Dach.

»Triton«, bat die Sternfrau, »helfen Sie mir auf die Beine. Meine Knochen sind so steif. So kann ich unsere Vettern nicht begrüßen. Aaah, das ist besser.« Ihr Rückgrat knarrte hörbar, als sie gestützt von Thomas aufstand.

Jetzt waren die Fledermäuse schon deutlich zu erkennen; das gelbe Licht der Straßenlampen beleuchtete sie von unten. Es war Arthur, der sie wiedererkannte. »Es sind Orfeo und Eldritch«, schrie er und winkte den Ankommenden zu.

»Willkommen, ihr Reisende der Dämmerung«, rief die Sternfrau feierlich.

Die beiden Geschöpfe ließen sich anmutig auf den Dachziegeln nieder und wickelten sich in ihre lederartigen Flügel, als seien es Mäntel. Orfeo hob sein Fuchsgesicht mit der langen Schnauze und blickte herablassend auf die Sternfrau.

»Mit welchem Recht ruft Orions Geweihte uns herbei?«, fragte er hochmütig. »Wurde die Schuld, in der unsere Vorfahren einst standen, nicht längst beglichen?« Er schwieg und wartete ihre Antwort ab.

Die Sternfrau schwang launisch ihren Stock in seine Richtung. »Komm mir bloß nicht damit, mein Junge, das hier hat nichts mit dem zu tun, was damals passiert ist, und das weißt du ganz genau. Ich habe euch wegen Jupiter hergebeten.«

Orfeo schnaubte verächtlich und breitete seine Flügel aus. »Hüte dich vor dem flüsternden Ohr – haben wir es dem Fettsack nicht gesagt?« Vorwurfsvoll zeigte er auf Arthur und übergab das Wort an seinen Bruder.

Eldritch hob seinen vornehmen Kopf und veränderte seine Stellung. »Alte Dame der Nacht«, sagte er zu der Sternfrau, »du hast uns nicht ›hergebeten‹, sondern uns herzitiert, und das durch einen uralten Trick einer deiner verehrten Vorfahren. Sie war schlauer als du und ihre Macht war größer – ist das nicht die Wahrheit? Du hast deinen Tand verloren, jenes Geheimnis, das du unter der Eiche versteckt hattest, ist geraubt worden.«

»Ha«, mischte Orfeo sich verächtlich ein, »was für ein lustiger Scherz, die Königliche wurde ihrer Zaubermittel beraubt – was für ein Unglück!« Er lachte laut. »Keine Tricks mehr, sie sitzt nicht länger auf ihrem Thron, ihre Herrschaft ist zu Ende.«

Die Sternfrau ertrug die Hänseleien und hasserfüllten Bemerkungen der beiden wortlos, doch Audrey konnte es nicht. Es war das erste Mal, dass sie die Fledermäuse sprechen hörte, und sie empfand sie als genauso unverschämt wie früher die Sternfrau.

Sie drängte sich vor und unterbrach ihre Spötteleien. »Ach, wie witzig«, sagte sie. »Hört auf damit, es ist nicht fair, sie fertig zu machen – warum seid ihr so gemein? Sie hat euch doch gar nichts getan.«

Die Fledermäuse starrten die Maus an, die es gewagt hatte, sie zu unterbrechen. Orfeo versteckte seinen Mund hinter den Flügeln und murmelte: »Nun hat auch sie ihre Meisterin gefunden.«

»Das reicht«, sagte die Sternfrau schließlich. »Ihr habt euren Spaß gehabt. Bitte sehr, lacht mich aus – ich bin nichts, nur ein altes Eichhörnchen, das zu stolz wurde und sich für unbesiegbar hielt. Ich bezahle immer noch für meine Fehler; macht ihr nichts, was ihr später bereuen müsst.«

Die Fledermäuse beruhigten sich und wurden ernst. »Hast du etwa geglaubt, wir wüssten nichts von dem Unbiest?«, fragte Eldritch. »Wir wissen, dass Er als Geist zurückgekehrt ist, deswegen versammeln sich all unsere Brüder und Schwestern in diesem Augenblick, um die größte Besprechung in unserer langen Geschichte abzuhalten.«

»Der Weg ist finster, Sternfrau«, warnte Orfeo. »Es gibt Pfade, die wir nicht sehen. Die Zukunft bleibt auch uns verschlossen, und dennoch muss eine Lösung gefunden werden. Der Feind muss vernichtet werden, und zwar schnell.«

Die Sternfrau hörte aufmerksam zu und ihr faltiges Gesicht nahm einen entschlossenen Ausdruck an. »Also gut«, sagte sie, als die Brüder ihre Rede beendet hatten. »Eigentlich hatte ich gehofft, ihr könntet mich beraten, aber es scheint, als wärt ihr genauso machtlos wie ich.« Sie konnte sich ein kurzes überlegenes Lächeln nicht verkneifen. »Wir müssen uns wohl zusammentun.«

Die Fledermäuse warfen sich einen Blick zu. »Sie meint doch nicht etwa ...«, stotterte Orfeo.

»Ich befürchte, sie meint es doch«, lachte sein Bruder amüsiert. »Sie erwartet tatsächlich, dass wir sie zu unserer Versammlung mitnehmen.« Er stieß das Eichhörnchen mit dem Flügel an. »Das meinst du doch, oder?«

»Ich kann nichts Lustiges an dem Vorschlag finden«, erwiderte die Sternfrau kalt. »Sicher ist es das Einzige, was wir tun können – wenn wir mein Wissen mit eurem vereinen, haben wir vielleicht eine Chance.«

Eldritch wischte sich die Lachtränen aus den Augen und schüttelte den Kopf. »Ich bedauere es zwar sehr, wunderliche Dame, aber nein, wir werden dich nicht auf unsere Versammlung mitnehmen, das hatten wir nicht vor – es sei denn ...« Erwartungsvoll hob die Sternfrau die Augenbrauen. »Es sei denn ... du warst diejenige, die uns als Erste gesehen hat.«

»Was soll der Unsinn?«, fragte sie. »Der Albino hat euch zuerst gesehen, aber was bedeutet das schon?«

»Meine liebe Dame«, riefen beide gleichzeitig, »das bedeutet, dass Meister Pinkauge unser Ehrengast bei der Versammlung sein wird.« Die Fledermäuse wandten ihre Aufmerksamkeit Oswald zu, der schluckte und an seinem Handschuh kaute.

»Glaubst du wirklich, es war das Feuer, das uns hergeholt hat?«, fragte Orfeo. »Wir wussten sehr wohl, wer dahintersteckt: Deine Tricks ziehen bei uns nicht mehr, Tantchen, aber es hat gereicht, den Weißen aufs Dach zu bringen. *Er* ist derjenige, den wir gesucht haben, er ist das Bindeglied. Wir brauchen *ihn* bei unserer Versammlung, nicht *dich*.«

Oswald fing an zu stammeln und die Sternfrau rauchte vor Zorn. Aufgebracht darüber, dass dieser ewig zaudernde Albino statt ihrer für die große Versammlung ausgewählt werden sollte, verfluchte sie die Fledermäuse und ihre Prophezeiungen. »Ihr Idioten«, fauchte sie wütend.

Doch die Fledermäuse beachteten sie nicht. Sie flatterten zu Oswald und legten ihre Flügel um ihn. »Der ist es«, krächzten sie. »Komm und flieg mit uns in die Nachtluft, Meister Pinkauge, fliege hinauf und vergiss, dass deine Füße jemals den Boden berührt haben.«

»Ich ... ich«, stotterte Oswald , »ich weiß nicht ...«

Mrs Chitter hatte mit steigernder Besorgnis der Unterhaltung zugehört. Jetzt konnte sie es nicht länger ertragen und versuchte, ihren Sohn wegzuziehen. »Lasst bloß meinen Jungen in Ruhe, ihr widerlichen Kreaturen«, sagte sie. »Komm her, Oswald, lass sie, sie werden wegfliegen und dich im Stich lassen.«

Oswald wurde fast erwürgt, als seine Mutter versuchte, ihn an seinem Schal von den Fledermäusen wegzuzerren. In seinem Kopf drehte sich alles und er hörte sich sagen: »Ja, okay, ich komme mit.« Mrs Chitter kreischte vor Schreck und sank ihrem Mann in die Arme.

»Mach dir keine Sorgen, Mutter«, rief Oswald, als die Fledermäuse hochflogen und ihm ihre Krallen hinhielten. Er streckte seine Arme aus und versuchte, eines der Beine zu packen, doch in seinen Handschuhe schaffte er es nicht. Also zog er sie mit den Zähnen aus und versuchte es noch einmal.

»Oje«, stöhnte er, als seine Füße sich von den Dachziegeln hoben. »Du liebe Güte« war alles, was er noch sagen konnte, als das Dach unter ihm immer kleiner wurde.

»Auf Wiedersehen, mein Sohn«, rief sein Vater.

»Aaaahh!«, heulte seine Mutter.

»Bis bald!« Arthur winkte seinem Freund fröhlich zu.

Die Dächer segelten vorbei, als Oswald und die Fledermäuse immer höher in die schwarze Nacht aufstiegen. Der Albino hielt sich an ihren Füßen fest und fragte sich, ob er das Richtige getan hatte, doch jetzt war es zur Umkehr zu spät. Vor ihnen breitete sich die glitzernde Großstadt aus.

»Das ist es«, sagte er sich, »ein richtiges Abenteuer – ich erlebe allein ein richtiges Abenteuer.« Er starrte hinunter. Sie flogen nun sehr hoch und die Häuser wirkten so klein wie Streichholzschachteln. Plötzlich wurde ihm schrecklich zumute. Oje, dachte er, auf was habe ich mich da bloß eingelassen?

DAS BUCH DES HRETHEL

Der beißende Wind schnitt Oswald durch das Fell bis auf die Haut und sein Schal flatterte und schlug wild hin und her. Eine plötzliche eisige Böe riss ihm die Mütze vom Kopf. Als er sie in der dunklen Ferne verschwinden sah, stieß er einen Schrei aus.

»Meine Mütze«, stöhnte er, als seine großen, nackten Ohren vor Kälte pochten.

Die Fledermäuse schienen nichts bemerkt zu haben. Sie redeten in ihrer Geheimsprache miteinander, die für den Albino wie ein Wirrwarr aus hohen Quiektönen klang. Oswald kam sich allein und verlassen vor und bereute seine vorschnelle Entscheidung zutiefst.

Die Welt war viel größer, als er sie sich vorgestellt hatte. Sie schimmerte und glitzerte tief unter ihm – ein riesiges Netz aus winzigen Lichtern, die sich in jede Richtung ausdehnten, soweit seine scharfen Augen sehen konnten. Die breite Themse schlängelte sich dunkel um die Werften und verschwand wie eine gläserne Straße unter schmalen Brücken. Die Lichter der Stadt tanzten hell über ihre glatte Oberfläche und die funkelnden weißen Sterne, die sich in ihr spiegelten, schienen wie glitzernde Diamanten im Flussbett.

»Was hältst du von der Nacht, Meister Pinkauge?«, fragte Orfeo unvermutet.

»Toll«, erwiderte Oswald und sah sich atemlos um.

»Er hört die Musik nicht«, sagte Eldritch zu seinem Bruder. »Anders als bei seinem Vetter, dem Hexengatten, spricht die Nacht nicht zu ihm.«

»Sie wird auch nicht mehr zu uns sprechen, wenn das Unbiest in unserer Welt bleibt«, fügte Orfeo hinzu. »Lass uns zur Versammlung eilen.«

Sie flogen über den Fluss und steuerten auf eine große Kuppel zu, über der, wie Oswald sah, Tausende von Fledermäusen kreisten.

»Was ist das denn für ein Gebäude?«, fragte Oswald neugierig.

»Dort unten ist die heilige Halle der vielen Fledermausgilden«, antwortete Eldritch gewichtig. »Seit unzähligen Jahren treffen wir uns dort in Zeiten der Not, doch noch nie war die Gefahr so groß wie jetzt.«

Sie umkreisten die riesige Kuppel drei Mal und riefen den Tausenden von Fledermäusen etwas in ihrer Sprache zu. Oswald, der an ihren Beinen hing, hatte den Eindruck, dass sie über ihn sprachen. Mehrere schwarze Gestalten flogen nahe zu ihm heran und helle, unheimliche Augen starrten den Albino für einen Moment an und waren wieder verschwunden. Ihre Gesichter waren unglaublich hässlich und unterschieden sich von Orfeos und Eldritchs wie Tag und Nacht. Die fremden Fledermäuse flogen um das goldene Kreuz auf der Kuppel, kamen zurück und redeten mit rauen Stimmen miteinander. Eine Schnauze mit breiten Nasenlöchern stupste der Maus in den Bauch und schnupperte an ihrem Gesicht. Oswald kniff entsetzt die Augen zu und bekam eine Gänsehaut, als die ekelhafte nasse Schnauze ihn berührte. Doch da er wusste, dass er überprüft wurde, ließ er es zu. Das waren die Fledermauswachen, eine strenge Truppe, die den Luftraum patrouillierte und sicherstellte, dass keine Eindringlinge oder Spione sich in die Versammlung einschmuggelten.

»Halt ganz still, Weißer«, flüsterte Orfeo hastig. »Wenn du eine plötzliche Bewegung machst, reißen sie dich in die Tiefe.«

Oswald biss sich auf die Lippe und versuchte, sich nicht zu rühren, als der Rohling an seinem Kopf schnupperte. Doch der schleimige Fledermausspeichel tropfte in sein Ohr und ihn überkam das verzweifelte Verlangen, ihn wegzuwischen und die hässliche Kreatur zu verscheuchen.

Anscheinend hatte er die Prüfung bestanden, denn in diesem Augenblick ließ der Wachmann von ihm ab und flog davon. Orfeo und Eldritch folgten ihm. Oswald wischte sich das Ohr am Ärmel ab und verzog angeekelt das Gesicht. Er hoffte, dass er keinen weiteren Wachen begegnen würde.

Sie kreisten hinunter und kamen an mächtigen Säulen und Statuen aus Stein vorbei. Oswald sah den Wachmann vor ihnen zum Sturzflug ansetzen und dann auf einem breiten Balkon landen, der rund um den Fuß der Kuppel verlief.

»Mach dich bereit, Meister Pinkauge«, rief Orfeo, »deine Luftreise ist zu Ende.« Mit weit ausgebreiteten Flügeln segelten sie auf den Balkon hinab und setzten die Maus sanft ab.

Der Wachmann warf Oswald einen finsteren Blick zu und marschierte mit gebeugten Flügeln zu einer Spalte in der Steinwand. Knurrend gab er der Maus das Zeichen, hindurch zu kriechen. Eldritch flüsterte Oswald zu: »Keine Angst, Weißer, ich gehe als Erster hinein und mein Bruder wird hinter dir gehen. Jetzt sind wir in Sicherheit.« Er verschwand in dem Spalt und Oswald folgte ihm.

Sie zwängten sich durch einen schmalen Raum, und Oswald hörte, dass Orfeo etwas zu dem Wachmann sagte, bevor er sich ihnen anschloss. Der Gang war eng, und ein paar Mal glaubte der Albino festzustecken, doch die Vorstellung, für immer an dem dunklen Ort bleiben zu müssen, zwang ihn weiter.

Irgendwann führte der Gang ins Innere der Kuppel. Etwas Schöneres hatte Oswald noch nie gesehen. Der Raum glich einer riesigen Höhle. Unter der Galerie, auf der er stand, befanden sich acht hohe Bögen, die mit Mosaiken von Engeln reich verziert und von glänzenden Goldrahmen eingefasst waren. In den Nischen zwischen den hohen Fenstern standen gewaltige Heiligenfiguren, die ihre Hände zur Danksagung erhoben hatten, und darüber hingen prächtige Gemälde. Doch wo Oswald auch hinschaute, überall waren Fledermäuse, Tausende von Fledermäusen, die sich an den vergoldeten Schnitzereien festhielten, in den Schatten der Statuen hockten, am Geländer hingen und unter den Figuren saßen. Sie waren überall: Die schönen Wände waren vollständig verdeckt von den pelzigen Kreaturen, und ihr gedämpftes Flüstern hallte wie ein tosendes Meer, das gegen die Felsen kracht, schwoll an und fiel ab wie das Rauschen der Gezeiten.

Oswald staunte. Die Fledermäuse füllten das Gebäude und hingen in Trauben an jedem Sims und jedem Vorsprung. Orfeo rief laut und feierlich: »Er ist da, der Blasse ist eingetroffen.«

Sofort stieg der Lärmpegel an, als die versammelten Fledermäuse schrill zu quieken begannen. Oswald musste sich die Finger in die Ohren stecken, da ihm von dem Krach fast das Trommelfell platzte. Ein paar Fledermäuse riefen: »Er ist da, er ist da«, und andere: »Zeigt ihn uns, wo ist er?«

»Meister Pinkauge«, sagte Eldritch, »wir müssen dich unseren Brüdern und Schwestern vorstellen. Alle möchten dich sehen, komm mit.« Die Fledermaus flog in die Höhe; wieder hielt Oswald sich an ihren Füßen fest. Langsam stiegen sie hinauf, und Eldritch kreiste in der Kuppel umher, damit alle einen Blick auf die Maus werfen konnten. Neugierige, glänzende Augen funkelten Oswald an, der genauso zurückstarrte. Ernste Stimmen flüsterten etwas und stolze Köpfe nickten, als die Maus an ihnen vorbeiflog.

Eldritch stieg noch höher und beugte ehrfürchtig den Kopf. Vor ihnen hockten in einer Reihe vier alte weißhaarige Fledermäuse. Ihre Flügel waren zerfranst und ihre großen Ohren hingen herab, ihre Stirn war von vielen Falten durchzogen, doch ihre Augen waren so scharf und so einschüchternd hell, wie sie es immer gewesen waren.

Eldritch blieb vor ihnen in der Luft stehen. »Sei gegrüßt, Othere, Herr der Dämmerung; sei gegrüßt, Heardred, Hüter der verschlungenen Pfade; sei gegrüßt, Ingeld, Gehilfe der Lady; und sei auch du gegrüßt, Ashmere, weisester Rat von allen.«

Die ehrwürdigen Fledermäuse hießen ihn willkommen. »Sei gegrüßt, Eldritch«, rief die Fledermaus, die er

Heardred genannt hatte, »du hast gute Arbeit geleistet.« Seine Stimme klang wie das Rascheln von Laub und er hielt Oswald einen dünnen, trockenen Flügel hin. »Das ist also der Pinkäugige, dessen Kommen schon vor langer Zeit vorausgesehen wurde.«

Eine andere der alten Fledermäuse hustete und starrte den Albino mit verächtlichem Blick an. »Er sieht zu kränklich aus«, sagte Othere, »er wird es niemals schaffen – ich bin derselben Meinung wie Ingeld und befürchte, dass Ashmere sich in dieser Sache irrt.«

Oswald verzog das Gesicht – er mochte es gar nicht, wenn andere ihn kränklich nannten. Er beschloss, dass es an der Zeit war, etwas zu sagen. »Entschuldigen Sie«, widersprach er, doch die weisen Fledermäuse ignorierten seinen Zwischenruf und redeten weiter über ihn, als sei er gar nicht anwesend.

»Ich glaube nicht, dass er es schafft«, bemerkte der, der Ingeld genannt wurde, »wir können uns nicht auf Außenstehende verlassen. Ich habe es von Anfang an für eine dumme Idee gehalten, und es ist immer noch eine dumme Idee.«

»Friede«, sagte Heardred, »der Kleine ist ausgewählt worden – daran lässt sich nichts ändern.«

Wieder verzog Oswald das Gesicht, und dieses Mal rief er laut: »Entschuldigen Sie!«

Die Fledermäuse blickten überrascht hoch, und um sie herum ertönten Tausende von empörten Stimmen. »Hat er das wirklich gesagt?«, fragten sie entsetzt. »So ein frecher Bengel!« Demonstrativ schlugen sie mit den Flügeln und riefen erbost: »Sei still, du Bauernsohn!«

Ashmere, der einzige der Räte, der noch kein Wort

gesagt hatte, musterte die Maus prüfend, und die Andeutung eines Lächelns huschte über sein bärtiges Gesicht. »Meister Weißhaut«, sagte er sanft, »vergib meinen Brüdern. Es ist ihre Art zu reden, sie meinen es nicht böse. Bedenke, dass es schon lange her ist, seit wir mit einem Fremden gesprochen haben.« Er breitete seine Flügel aus und rückte zur Seite. »Komm her«, sagte er, »setz dich hierher und höre unserer Besprechung zu – denn du bist für die Ausführung unserer Pläne sehr wichtig.«

Eldritch stieß einen Seufzer der Erleichterung aus, als er Oswald neben Ashmere absetzte, doch bevor er zu Orfeo zurückflog, zwinkerte er der Maus ermutigend zu.

Oswald war schrecklich nervös. Er nahm an der wichtigsten Besprechung aller Zeiten teil, um über den schlimmsten Feind zu reden, den die Welt je gekannt hatte, und das mit der größten Ansammlung von Fledermäusen, die einer jemals gesehen hatte. Er kam sich sehr klein und allein vor. Wie konnte er ihnen schon nützen? Er sah die vier stolzen Weisen an und sein Herz bebte. Was für ein Erlebnis! Wäre doch nur Arthur hier oder sein Freund Piccadilly – die hätten keine Angst.

»Meister Schmächtig«, sagte Ingeld plötzlich, und Oswald riss sich rasch zusammen, »kennst du den Grund für diese Versammlung?«

»Ich glaube schon«, erwiderte die Maus scheu, »sie findet wegen *ihm* statt, nicht wahr? Ihr überlegt euch, wie ihr *ihn* loswerden könnt.«

Die Weisen gluckten und schüttelten die Köpfe. »Ihn ›loswerden‹ sagst du«, begann Heardred belustigt. »Als wäre das möglich – vor allen anderen solltest du doch wissen, dass das unmöglich ist. Warst du nicht dabei, als

Jupiter starb? Hast du damals nicht geglaubt, dass er für immer verschwunden sei? Sein Geist ist viel zu stark, als dass wir mit ihm fertig werden könnten. Unsere Vorfahren hatten vor langer Zeit das nötige Wissen, doch wir haben es nicht. Viele Fähigkeiten sind längst vernachlässigt und vergessen worden, und die Kräfte, die damals angewandt wurden, haben in der heutigen Zeit keinen Platz mehr.« Traurig ließ er den ergrauten Kopf hängen.

»Doch Jupiter ist eine Kreatur der alten Zeit«, sagte Ashmere. »Er hat sein Leben durch geheime Künste verlängert und sich viele Jahrhunderte in der Finsternis unter Deptford versteckt. Sein Geist kann nur durch die alten Zauberkräfte ausgelöscht und für immer in die tiefste Tiefe verbannt werden.«

»Das glaubst du«, unterbrach Ingeld ihn, »aber sicher sind wir uns nicht. Heardred hat gesagt, dass die Verborgenen Wege uns verschlossen bleiben. Wir können also nicht herausfinden, wie dieser unheilige Geist verbannt werden kann.«

Ashmere wandte sich an Oswald und erklärte: »Weißer, das Problem ist, dass wir versucht haben, in die Zukunft zu sehen und zu erfahren, was uns bevorsteht, aber wir können es nicht.«

»Deswegen haben wir all unsere Verwandten zu dieser Besprechung gerufen«, sagte Ohthere. »Seit zwei Nächten versuchen wir mit vereinten Kräften, unsere Seelen über diese Stunden der Verzweiflung hinaus zu schicken, doch bisher ohne Ergebnis.«

»Aber warum könnt ihr nicht voraussehen, was passieren wird?«, fragte Oswald.

»Weil es keine voraussehbare Zukunft gibt«, erwiderte

Heardred düster. »Jupiter hält die Erde in einem ewigen Winter gefangen. Es wird keine Jahreszeiten mehr geben, keinen Frühling oder Sommer, mit denen die Tage gezählt und die Jahre eingeteilt werden können. Er friert alles ein und schließt uns alle in ewige Dunkelheit ein. Niemand wird eine Zukunft haben – weder Fisch noch Fleisch, weder Federn noch Fell – alles wird verenden.«

»Und zwar bald«, sagte Ohthere und nickte. »Es bleiben uns nur noch wenige Tage – so viel können wir voraussehen.«

»Aber das ist ja schrecklich!«, rief Oswald unglücklich. »Wenn alles endet, will ich bei meiner Familie und meinen Freunden sein – warum habt ihr mich dann überhaupt hergeholt?«

»Wegen der Hoffnung, die Ashmere hat«, antwortete Ingeld; er streckte sich und schnüffelte hochmütig. »Ich bitte zur Kenntnis zu nehmen, dass ich persönlich seine Theorie nicht vertrete.«

»Das ist uns hinlänglich bekannt«, sagte Heardred vorwurfsvoll, und sie schauten sich an, als sei dies ein Thema, über das sie schon heftig gestritten hätten.

Ashmere legte seinen Flügel um Oswald und kratzte sich nachdenklich am Bart. »Es ist schwierig, es dem Nichteingeweihten zu erklären, aber ich werde es versuchen.« Er räusperte sich und begann. »Als ich noch jung war, hatte ich eine Vision. Es ist für uns normal, unseren Geist immer mal wieder durch die Zeit zu schicken, um in die Zukunft zu sehen, doch das war es damals nicht. Ich flog durch die samtige Nacht, und ihr Lied war wehmütig und traurig, als ich vor mir ein schneebedecktes Land erblickte und die Stimme der Lady mir sagte, dass eine Maus mit rosa Augen alle retten würde. Es war das einzige Mal, dass ich die Lady gehört habe, und ich habe den Augenblick nie vergessen. Dann erreichte uns die Nachricht von Jupiters Ende, doch schon bald wurden wir gewahr, dass er wieder auferstanden und mächtig geworden ist. Ich glaube, du bist derjenige, der ihn aufhalten kann.«

Oswald fühlte sich sehr schwach. Ihm behagte die Richtung, die das Ganze nahm, überhaupt nicht. »Aber ich bin nicht mutig«, protestierte er. »Ich kann nicht kämpfen.«

»Dergleichen ist auch nicht erforderlich«, versicherte Ingeld ihm säuerlich.

Heardred schlurfte vor und rieb sich die Flügel. »Was immer auch geschieht«, sagte er, »muss bald geschehen – wir haben nur noch wenig Zeit. Es wird nicht mehr lange dauern, bis Jupiter versucht, das Sternglas der Königin der Eichhörnchen zu missbrauchen, um alle Macht zu erlangen. Wir müssen vorher zuschlagen.«

»Aber was soll ich tun?«, fragte Oswald. Die Vorstellung, Jupiter gegenüberzutreten, jagte ihm Todesangst ein.

»Lasst Ashmere ihm das sagen«, sagte Ingeld bissig. »Schließlich ist es seine idiotische Hoffnung.«

Ashmere senkte die Stimme und sagte gütig zu Oswald: »Ich habe gesagt, dass die alten Künste angewandt werden müssen, um mit dem bösen Geist fertig zu werden, und dass niemand hier die Fähigkeit oder das Wissen hat, ihn zu vertreiben. Hör zu, Weißer: Unterhalb dieses Gebäudes ist eine Kammer, in der unsere Vorväter ein Buch, das alle überlieferten Lehren enthält, aufbewahrt haben. Dort findest du Zaubersprüche und Prophezeiungen aus den alten Zeiten. Bring uns das Buch und –«

»Einen Augenblick«, unterbrach Oswald ihn, »was meinen Sie mit ›dort finde ich‹?«

»Ganz einfach, Kleiner!«, rief Ingeld ungeduldig. »Deine erste Aufgabe ist es, durch die dunklen, engen Gänge zu laufen. *Wir* eignen uns nicht dazu, zu kriechen und zu tasten – das ist die Aufgabe von Nagern.«

»Bitte tu es«, bat Ashmere ihn inständig. »Wir können dich natürlich nicht dazu zwingen, aber um das Leben aller Geschöpfe willen musst du die Zaubersprüche finden, die Jupiter für immer verbannen werden.«

Oswald schaute in Ashmeres Augen, die ihn besorgt und flehend ansahen, und das Vertrauen, das diese weise, alte Fledermaus in ihn setzte, machte ihm Mut. »Also gut«, sagte er kleinlaut. »Ich gehe hin und finde euer Buch.«

Ashmere wandte sich an die Tausende von Fledermäusen und rief laut: »Er wird es tun! Der Pinkäugige hat zugestimmt!« Die ganze Kuppel hallte von ihren Jubelschreien. Oswald errötete und starrte verlegen auf seine Füße.

»Es wird nicht gelingen«, murmelte Ingeld und schüttelte grimmig den Kopf. »Der Diener der Lady weiß, dass dieser Unsinn in einem Desaster enden wird – wir können unserem Schicksal nicht entrinnen.«

Doch da niemand ihm zuhörte, steckte er den Kopf unter seine Flügel.

»Geh jetzt«, sagte Ashmere zu Oswald, »denn die Zeit ist kostbar – wir dürfen keine Minute mehr verlieren.« Er wandte sich zur Galerie und stieß drei schrille Pfiffe aus.

»Die beiden, die dich hergebracht haben, sollen dich in die Gruft hinunterbringen, aber du musst das Buch des Hrethel selbst finden. Sei vorsichtig und möge die Gnade der Lady dir beistehen.«

Zwei Gestalten erhoben sich aus der dunklen Masse der Fledermäuse und flatterten herbei. Es waren Orfeo und Eldritch. Sie näherten sich dem Steinvorsprung, auf dem die Weisen hockten, und flogen über die Maus.

»Bringt ihn hinunter und zeigt ihm den Eingang zur unterirdischen Kammer«, wies Heardred sie an.

»Komm, Meister Pinkauge«, lachte Orfeo. »Fliege noch einmal mit uns.«

Oswald griff nach ihren Füßen und sie hoben ihn vom Vorsprung. Die alten Weisen sahen mit grimmigen Mienen zu, wie die drei durch die Kuppel flogen, sich tiefer und tiefer schraubten, an den vergoldeten Bogenpfeilern und den geschnitzten Holzengeln vorbeisegelten, die um die prächtige Orgel tanzten. Oswald hätte eine ganze Woche damit zubringen können, alles zu bewundern, doch da stießen sie zwischen zwei mächtigen Säulen hinab und landeten auf dem kalten Marmorboden.

»Hier entlang«, sagte Eldritch. Er hüpfte zu einer Holztür und öffnete sie. Eine steile Treppe führte in eine vollständige Finsternis. »Dort unten in der Gruft«, erklärten die beiden Fledermäuse Oswald, »gibt es kein Licht. Du wirst stolpern und hinfallen.«

»Meister Pinkauge«, sagte Orfeo ernst, »mein Bruder und ich haben beschlossen, dir die Sehkraft der Fledermäuse zu leihen – sieben Stunden lang wirst du alles sehen, was wir sehen können. Du wirst die Fähigkeit besitzen, ›im Dunkeln zu sehen‹, wie dein Volk es nennen würde. Doch das ist noch nicht alles, denn wenn du die Sehkraft von uns Mondreitern annimmst, musst du auf alles vorbereitet sein, was ungebeten auf dich zukommt.«

»Dies wird nicht leichtfertig gewährt«, fügte Eldritch hinzu, »denn wir erlauben einem Fremden nur selten den Zugang zu unserer geheimen Schattenwelt, und du hast schon so viel davon gesehen, Weißer.«

»Das, was heute Nacht geschieht, wird jedoch auf das Leben aller Einfluss nehmen«, sagte Orfeo. »Lass uns beginnen, wenn die Maus dazu bereit ist – ich leihe ihr meine Sehkraft.«

Aufgeregt fragte Oswald sich, wie es sein würde, wenn er wie eine Fledermaus sehen könnte. Die Nacht würde ihm keine Angst mehr einjagen, er würde durch die Schatten hindurch sehen und den Schleier der Dunkelheit lüften können. »Ja, ich nehme die Sehkraft an«, sagte er atemlos.

»So sei es denn«, erwiderten sie.

Die Fledermäuse umkreisten ihn und breiteten ihre Flügel aus. Orfeo hob den Kopf und begann fremde Worte zu singen. Eine Krone aus Mondlicht schien sich auf seine Stirn zu setzen. Anfangs hielt Oswald sie für eine Täuschung des Lichts, das durch den großen Türrahmen fiel, doch dann erschien ein goldener Schimmer in den Augen der Fledermaus. Er wurde immer größer und heller, bis die Augen strahlten und die ganze Treppe erleuchteten.

»Oh!«, rief Oswald verwundert aus. Er war begeistert von der Zauberkraft der Fledermäuse. Meister Altschnauze hatte schon oft Geschichten aus längst vergangenen

Zeiten erzählt, in denen die Fledermäuse noch viel mächtiger waren als jetzt.

»Nimm das Geschenk an«, flüsterte Eldritch ihm zu.

Die Maus streckte ihre zitternde Pfote aus und berührte Orfeos glühendes Gesicht. Das Licht, das aus dessen Augen schien, fuhr plötzlich in Oswalds Arm. Sein Fell sträubte sich und das Licht strömte in seinen Kopf. Für einen Augenblick brannte ein Feuerring um seine Ohren und Funken sprühten unter seinen Augenbrauen, dann war es vorbei und das Licht war verloschen, als wäre nichts passiert.

»Was siehst du jetzt?«, fragte Eldritch leise.

Oswald blinzelte. Seine Augen waren feucht und er rieb sie. Er sah sich vorsichtig um. Was für ein Unterschied: Die Welt war nun in ein silbergraues Licht getaucht, und trotzdem konnte er alles ganz klar erkennen. Dort stand Eldritch und lächelte; da drüben war Orfeo. Er wirkte müde und erschöpft; die Übergabe seiner Sehkraft hatte ihn anscheinend viel Kraft gekostet. Als Oswald sich umsah, entdeckte er, dass nichts seinen Augen entging. Er sah Spinnen, die hoch über ihnen ihre silbernen Netze spannen und die klebrigen Fäden mit ihren haarigen Beinen aus dem Körper zogen. Aber das war noch nicht alles. Zu seiner Überraschung bemerkte er, dass die Wände zu schmelzen schienen, wenn er sich nur stark genug auf sie konzentrierte. Er konnte in die nächste Kammer und sogar nach draußen sehen. Und als er zur Decke hinaufstarrte, lösten sich die Balken und Steine, der Putz und das Blei auf und Oswald sah die Fledermauspatrouillen hoch oben am Himmel. Er schaute gen Süden und die Dächer zoomten heran. Über den

Fluss, durch die Häuser hinaus bis nach Deptford schickte er seine Gedanken, und das leere alte Haus tauchte vor seinen Augen auf. Er sah hinter die Leisten, wo die Sternfrau gerade mit Audrey redete und seine Mutter mit seinem Vater schimpfte. Dann wieder hinaus über die Türme, durch die Kirche, bis sich das in Nebel eingehüllte Elektrizitätswerk vor ihm erhob und zwei riesige dämonische Augen ihn anstarrten ...

»Genug!«, schrie Orfeo keuchend, »sonst sterbe ich.« Erschöpft war er zu Boden gesunken.

»Was habe ich getan?«, fragte Oswald, und seine Gedanken kehrten zu den beiden Fledermäusen zurück.

Eldritch antwortete für seinen elenden Bruder: »Du bist zu schnell. Das Geschenk ist dir nur verliehen worden. Orfeo hat dir seine Sehkraft übertragen und damit auch viel von seiner Energie – du musst aufpassen, damit du sie nicht verschwendest. Benutze seine Sehkraft diszipliniert und wie deine eigene. Erlaube ihr nicht, dich zu vereinnahmen und zu kontrollieren, sonst rennt sie mit dir davon, und mein Bruder wird sterben.«

»Es tut mir Leid«, beeilte Oswald sich zu sagen. »Das hab ich nicht gewusst, ich dachte, sie sei eine Zauberkraft und könnte alles ermöglichen.«

»Es ist ... bloß ... ein Austausch«, keuchte Orfeo unter Schmerzen, »eine Begabung ... die wir haben. Die wahre magische Kraft liegt in der alten Kammer des Hrethel unter den Steinen dieses ... Gebäudes.«

»Orfeo hat Recht«, sagte Eldritch hastig, »wir verschwenden Zeit! Mein Bruder bleibt hier – er nützt uns dort unten nicht mehr. Er ist jetzt so blind wie eine Maus. Komm mit.«

Oswald verabschiedete sich von Orfeo und dankte ihm für das Geschenk der Sehkraft, dann begann er, die vielen Stufen hinunterzusteigen. Er bemühte sich mit aller Macht, sich auf die Aufgabe zu konzentrieren, die vor ihm lag, und musste seine ganze Willenskraft aufwenden, um hinunterzuklettern. Wie verlockend es war, seine neue, wunderbare Sehkraft zu benutzen! Sobald er daran dachte, konnte er alles sehen und seinen Blick überall hinlenken. Kein Geheimnis ließ sich vor ihm verbergen – alle würden ihn »Oswald den Scharfblick« nennen; sie würden vor Staunen die Luft anhalten und fragen: »Wie um alles in der Welt hast du das gesehen?« Es wäre ein Leichtes, sich der Sehkraft hinzugeben und seine Gedanken von hier nach dort springen zu lassen – wenn er wollte, konnte er sogar seinen Vetter Twit weit weg in Fennywolde sehen. Keine Entfernung war mehr zu groß. Es überforderte Oswald, diese erstaunliche Sehkraft zu besitzen, ohne sie ganz ausschöpfen zu können. Doch plötzlich fiel ihm Orfeos erschöpfter, elender Gesichtsausdruck wieder ein, und schlagartig verschwanden alle Gedanken an eine Verschwendung seines kostbaren Geschenks – er wollte nicht, dass die Fledermaus seinetwegen leiden musste. Er senkte den Kopf und kämpfte sich weiter die Stufen hinunter.

Unten wartete Eldritch auf ihn. »Beeil dich«, flüsterte er, »hier entlang«, und schon hastete die Fledermaus halb springend und halb fliegend davon.

Die Gruft war eine düstere Kammer, daran änderte auch Oswalds Sehkraft nichts. Sie hatte eine gewölbte Decke, von der zerfranste Tücher wie angekettete Gespenster herunterhingen. Vor sich erblickte Oswald riesige Statuen, die auf dicken Marmorplatten lagen und friedlich zu schlafen schienen. Einen Augenblick hielt er sie für echte Menschen, doch bald merkte er, dass auch sie aus Stein gemeißelt waren. Die Gruft war voller solcher einschüchternder Figuren, und er fragte sich, ob er ohne Orfeos Geschenk nicht doch besser dran wäre. Die starren, stummen Statuen waren ihm unheimlich und der Gedanke, ihnen den Rücken zuzukehren, behagte ihm gar nicht. Vielleicht würden sie ja plötzlich zum Leben erwachen und sich von hinten anschleichen.

Eldritch kam ungeduldig herbei gehüpft. »Spute dich, wir müssen weiter«, sagte er drängend.

»Was ist das?«, fragte Oswald. »Wer sind die vielen Leute hier drin?«

»Das ist eine Grabstätte, in der die Toten aufgebahrt sind. Die großen und berühmten Menschen liegen hier: Krieger, Philosophen, Künstler und die ganz Reichen. All ihre Mühen, Hoffnungen, Siege, Leistungen und Träume sind nun ohne Bedeutung – sie liegen stumm und machtlos in ihrem eigenen Staub. Der Tod ist der Größte von allen – niemand entkommt ihm.«

»Außer Jupiter«, warf Oswald leise ein.

»Genau, und jetzt folge mir.« Eldritch eilte weiter und die Maus folgte ihm, da sie nicht mit den düsteren Marmorportraits allein gelassen werden wollte.

Die beiden sprangen über glatte Steinplatten und Namensschilder aus Messing, die nach Politur rochen. Die Gruft war wie ein Labyrinth mit lauter Öffnungen und Seitengängen, doch Eldritch rannte geradeaus durch die Mitte, an einem hohen, schwarzen Steinsarg vorbei bis zu einer geweißten Wand.

»Irgendwo hier muss es sein«, murmelte er und klopfte den Wandsockel mit dem Flügel ab. »Der Eingang war hier, hoffentlich ist er nicht verschlossen worden.«

Oswald stand hinter ihm und sah zu, wie die Fledermaus die Steinwand abtastete. »Wann wart ihr das letzte Mal hier unten?«

»Es ist schon viele Jahre her, seit einer aus meinem Volk die Kammer des Hrethel betreten hat – wir haben die alten Wege vor langer Zeit aufgegeben. Keine Fledermaus, die diese Schwelle übertritt, kann überleben.«

»Was meinst du damit?«, fragte Oswald, der immer nervöser wurde. »Stimmt mit der Kammer irgendwas nicht?« Eldritch konzentrierte sich darauf, den Eingang zu finden, und gab keine Antwort. Stark beunruhigt wiederholte Oswald seine Frage. Die Fledermaus zuckte mit den Schultern und drehte sich nicht um. Irgendwas verheimlichte sie. »Wenn ich da runter gehe, will ich es wissen«, sagte Oswald aufgebracht, doch als er die Stirn runzelte, zeigte seine neue Sehkraft ihm seltsame Dinge. Eine gebückte, runzlige, beflügelte Kreatur tauchte vor seinen Augen auf. Sie beugte sich in einem dunklen Zimmer über ein großes Buch und lächelte hämisch. Oswald bekam Angst. Er wusste zwar nicht, was sich da vor seinen Augen auftat, doch ihm lief ein eiskalter Schauer über den Rücken. Die bösartig wirkende Fledermaus blätterte im Buch und warf unter wildem, verrücktem Gelächter den Kopf zurück.

Eldritch erstarrte; er spürte, was die Maus sah. Er drehte sich um und schüttelte Oswald grob. »Komm zurück, Weißer«, schrie er. Der Albino hielt sich den Kopf, in dem sich alles drehte.

»Was habe ich gesehen?«, stammelte er mit zitternden Beinen und stützte sich an der Wand ab.

»Das war Hrethel«, antwortete die Fledermaus mit bebender Stimme. »Vor langer Zeit war er der Hüter des Großen Buches. Er hatte die höchste Stellung in unserer Hierarchie. Damals waren unsere Vorväter noch mächtiger und richteten sich nach dem Buch, um ihre Position zu erhalten.« Eldritchs Augen wurden feucht und er wandte fast beschämt den Blick ab. »Doch Hrethel war seiner Stellung nicht würdig – er war ein Tyrann und missbrauchte das Buch für seine eigenen Zwecke. Er vernachlässigte seine Pflichten und nahm nicht mehr an den Versammlungen teil. Stattdessen zog er sich in seine unterirdische Kammer zurück, sprach einen Fluch über seine Schwelle aus und verweigerte allen anderen den Zugang. Es bedurfte des ganzen Wissens meiner Vorväter, ihn unschädlich zu machen. Viele wurden getötet und ihre Fähigkeiten gingen verloren. Hrethel kam ums Leben, doch der Fluch über seiner Schwelle hat überlebt und niemand konnte das Große Buch herausholen. Damals beschritten wir neue Wege und ließen die alten hinter uns, denn wir glaubten, dass sie auch andere so wie Hrethel verderben könnten. Es ist besser, bescheiden zu leben, als durch Angst Macht auszuüben. Das ist die Lehre, die meine Vorfahren daraus gezogen haben, und wir haben sie nie bereut. Hrethel war ein wahnsinniges Ungeheuer und wir sprechen nicht über ihn. Jetzt kennst du all unsere Geheimnisse, Weißer.« Er seufzte. »Gibt es denn gar nichts, was du uns nicht aus der Nase ziehen kannst? Geh jetzt, ich habe den Eingang gefunden. Gehe hinein und bringe uns das Große Buch.«

Eldritch hatte ein kleines Loch entdeckt, an dem der Putz dünn und brüchig war. Rasch erweiterte er die Öffnung, damit Oswald hindurchkriechen konnte, und umarmte die Maus ein letztes Mal. »Nun kann ich dir nicht mehr helfen, denn ich darf die Kammer nicht betreten. Du bist auf dich gestellt und musst deine Furcht allein überwinden.«

»Wünsche mir Glück«, wimmerte der Albino ängstlich. Eldritch nickte. Oswald bückte sich, zwängte sich durch das Loch und verschwand hinter der Wand.

Mühsam kroch er durch den Gang. Die niedrige Steindecke war dicht über seinem Kopf, und er fragte sich, wie weit es bis zur Kammer war. Die Vorstellung, sich allzu lang durch diese Enge zwängen zu müssen, behagte ihm überhaupt nicht. Gleich darauf kam er an einen Steinvorsprung und schaute hinunter. Es ging steil nach unten zum Fundament des Doms und es schien der einzige Weg zu sein, den er nehmen konnte.

»Oje«, stöhnte Oswald. Er drehte sich um und ließ seine Beine über die Kante hängen. »Ich werde mir das Genick brechen.«

Er ließ sich soweit wie möglich hinunter und suchte mit den Füßen Halt in der Mauer, wobei er sich mehrmals die Zehen anstieß, bevor er einen Vorsprung fand. Vorsichtig begann er hinabzuklettern, ohne daran zu denken, wie er mit einem Buch unter dem Arm den Rückweg antreten konnte. Plötzlich rutschte er ab, seine Zehennägel kratzten an der Wand entlang, und er stürzte schreiend in die Tiefe.

Oswald landete mit voller Wucht auf dem Rücken. Er quiekte vor Angst und Schrecken. Eine ganze Weile blieb er liegen, ohne sich zu rühren, aus Sorge, er könnte herausfinden, dass er sich nicht mehr bewegen konnte. Er war auf harten Erdboden gefallen. Auf einer Seite erhoben sich die Grundmauern des Gebäudes und auf der anderen eine Erdmauer. Oswald war in einen Spalt gefallen, der sich dazwischen aufgetan hatte. Er stöhnte und setzte sich langsam auf. Sein Rücken schmerzte und er rieb ihn.

Vorsichtig stand die Maus auf und sah sich um. In der Erdwand waren alte Mauersteine; sie waren verrußt und rissig; überall lagen verkohlte Holzteile herum. Vor langer Zeit musste hier ein großes Feuer gewütet haben. Doch Oswald hatte keine Zeit, sich darüber Gedanken zu machen, was damals wohl passiert war. Er musste das Buch des Hrethel finden. Der Albino suchte nach einem Hinweis auf die Kammer und stieß auf einen weiteren Gang.

Er war breiter als der letzte, und so musste Oswald nicht mehr kriechen, wenn er auch nicht aufrecht stehen konnte. Er musste sich bücken und das tat seinem verstauchten Rücken gar nicht gut. Einmal, als er den Schmerz nicht mehr aushalten konnte, legte er sich hin und streckte sich, bis sein Rückgrat dankbar knackte und er einen erleichterten Seufzer ausstieß.

Auf diese seltsame Weise war Oswald noch tiefer in die Erde vorgedrungen. Der Boden wurde schwarz und die Tunnelwände verwandelten sich in weiche, samtige, uralte Erde. Seine Pfoten waren voller Asche und seine Fußsohlen liefen über spitzes Holz. Er fing an zu husten, denn die Luft roch verbrannt und der aufgewirbelte Ruß kitzelte in seinem Hals. Die Asche nahm immer mehr zu

– jetzt lag sie in hohen Haufen an den Wänden, und der Albino musste hindurch waten. An einigen Stellen waren die Haufen aus Asche so hoch, dass sie ihm bis zur Brust reichten. Das mochte Oswald ganz und gar nicht. Es war, als würde er mit Federn gekitzelt werden, und er schauderte.

Der Gang öffnete sich und ein niedriger Türbogen tauchte in der schwarzen Wand vor ihm auf. Er war mit alten, staubigen Spinnweben überzogen und geheimnisvolle Zeichen waren in den steinernen Türsturz eingraviert. Oswald schüttelte sich und setzte Rußwolken frei, die ihn keuchen und husten ließen.

Als sich der Ruß wieder gesetzt hatte, fuhr Oswald mit den Fingern über den Türbogen. Dabei berührte er die dicken Spinnweben, die an ihm hängen blieben. Die Maus riss sich zusammen und schob sich durch den klebrigen Vorhang.

Die Kammer des Hrethel war mit Staub überzogen. Nachdem Oswald sich die hartnäckigen Spinnweben aus dem Gesicht gewischt hatte, hielt er den Atem an und riss die Augen auf.

Es war ein großer Raum mit Steinwänden, an denen viele Regale hingen, die mit den verschiedensten Gegenständen gefüllt waren: Gläser mit dicken, braunen Flüssigkeiten, in denen seltsames schwarzes Zeug schwamm; merkwürdige Instrumente und Pulversäcke; kleine Körbe voller getrockneter Blätter; zahllose Schalen und Töpfe aus Ton; eine Flasche aus blauem Glas; vermoderte Papierrollen mit magisch wirkenden Symbolen und ein Modell des Halbmonds aus Zinn.

In der Mitte der Kammer befand sich ein langer Tisch

aus grauem Stein, der ebenso wie die Holzschüssel, die darauf stand, von Spinnweben überzogen war. Der Boden war übersät von zerbrochenen Tonscherben und Stroh. In einer Ecke lag ein großer, umgedrehter Eisenkessel. Die verrostete Kette, von der er einst an einem großen Haken in der Decke herunter gehangen hatte, wand sich jetzt auf dem Boden. Doch das Entsetzlichste in Hrethels Kammer hatte Oswald noch nicht entdeckt. Als er darauf stieß, quiekte er vor Schreck und wich ängstlich zurück. In einer Nische neben einer der Karten stand die Mumie einer Fledermaus.

Nervös näherte Oswald sich der Gestalt. Die Kreatur musste schon sehr alt gewesen sein, als sie starb. Ihr Fell war vom Alter scheckig und der strähnige Ziegenbart weiß. Es war ein grauenhafter Anblick: Der Kopf lag auf den gefalteten Flügeln, der Hals bestand nur noch aus Knochen und verwestem Fleisch. Die Augen der Fledermaus glichen zwei braunen Rosinen auf ihren Stängeln; sie quollen aus den Höhlen und schienen den Albino anzustarren. Die Haut um den Mund herum war geschrumpft und vertrocknet; die gelben Zähne waren entblößt und schienen teuflisch zu grinsen. Das war es, was Oswald wiedererkannte – er wusste von seiner Vision, dass er vor Hrethel stand. Er machte die Augen zu, doch durch Orfeos Sehkraft konnte er die groteske Erscheinung trotzdem sehen.

Vorsichtig trat der Albino zurück und wandte den Blick von der toten Fledermaus ab. Er musste das Buch finden. Und er wollte die unheimliche Kammer so schnell wie möglich verlassen. Er schaute unter den Kessel, wischte die Spinnweben vom Tisch und warf einen Blick hinter die Regale, doch er konnte es nirgendwo finden. Er setzte sich auf einen umgedrehten Topf und dachte angestrengt nach. Wo hätte Hrethel das Buch wohl versteckt? Dann hatte er eine Idee. Er kniete sich auf den Boden und tastete die Steinplatten nach einem Geheimversteck ab. Nach einer Stunde gab er es auf und fing an, die Wände abzuklopfen, um zu sehen, ob es irgendwo einen Hohlraum gab. Als seine Knöchel rot und entzündet waren, legte er die Pfote unters Kinn und klopfte irritiert mit dem Schwanz auf den Boden – er war total durcheinander. Vielleicht war das Buch mit allem anderen verbrannt.

Die eingeschrumpfte Gestalt Hrethels schien ihn auszulachen. Wütend und frustriert funkelte Oswald sie an. »Hör auf!«, schrie er. Vielleicht war das kindisch gewesen, doch die Spannung, die sich in ihm aufgebaut hatte, ließ dadurch nach. Er lächelte über seine idiotische Fantasie – schließlich war die Fledermaus schon lange tot und konnte ihm nichts mehr antun. Er hatte diesen Teil der Kammer bisher gemieden, doch jetzt dämmerte es ihm. Eldritch hatte gesagt, dass er seine Angst überwinden müsste. Wo sonst konnte das Buch sein als bei seinem Meister?

Der Albino wurde vor Aufregung rot und ging zu der vertrockneten Fledermaus. Hrethel starrte ihn zwar immer noch böse an, doch Oswalds Angst war verschwunden. Zaghaft streckte er seine Pfote aus und berührte einen der gefalteten Flügel. Er war trockener als ein Herbstblatt und noch weitaus brüchiger. Sofort zerfiel er zu Staub. Nun hatte Hrethels Kopf keinen Halt mehr und stürzte auf den Boden, wo er in tausend Stücke brach. Jetzt war nur noch die untere Hälfte seines Körpers übrig, die in der Nische fehl am Platze wirkte, umgeben von zerbröckelten Teilen ihrer selbst, und dahinter ... lag das Große Buch.

Tapfer räumte Oswald die staubigen Reste der Fledermaus aus dem Weg und griff in die Nische. Sein Verdacht hatte sich als richtig erwiesen: Selbst im Tod hatte Hrethel seinen Schatz bewachen wollen. Das Buch war halb so groß wie die Maus; es war in Leder eingebunden und hatte einen silbernen Rücken. Die Ecken des Einbands waren vergoldet und ein dicker Riemen versiegelte das Buch.

Oswald hievte es auf den Tisch und machte atemlos den Riemen auf. Er hoffte, dass die Seiten nicht so trocken wie Hrethel waren, denn dann würden sie den Rückweg niemals überstehen. Er warf den Riemen auf den Boden und betrachtete den Umschlag. Das Leder war zwar sehr fleckig und alt, doch man konnte immer noch das eingestanzte Emblem erkennen. Es war ein Halbmond und dahinter ein Stern; in den Einkerbungen waren Goldreste zu sehen. Es musste früher ein wunderschönes Buch gewesen sein. Oswald konnte sich gut vorstellen, wie viel Macht es besessen hatte und welche schrecklichen Flüche es enthielt.

Seine Fingerspitzen vibrierten, als er den Einband berührte – es war, als würde man eine aufgebrachte Biene in einem Glas gefangen halten, die wütend summt und gegen die Wände fliegt. Das Große Buch schien ein Eigenleben zu haben – wenn man seinen Inhalt kannte, war alles vorstellbar.

Mit klopfendem Herzen klappte Oswald es auf. Die

erste Seite war zwar unbeschrieben, doch sie war zumindest noch in einem Zustand, dass sie nicht zu Staub zerfiel, als er sie umblätterte. Die nächste Seite war auch leer, ebenso die übernächste. Misstrauisch blätterte Oswald das ganze Buch durch und schlug es wieder zu. Es war leer! Durch einen dämonischen Trick hatte Hrethel den Inhalt des Buches unsichtbar gemacht – um sicherzustellen, dass niemand nach seinem Tod die Zauberflüche lesen konnte. Es war Oswald, als würde er ein hämisches Lachen hören, das durch die vielen Jahrhunderte zu ihm drang. Das Große Buch, obgleich selbst von magischer Kraft, war nutzlos.

EIN TEUFLISCHER DIEB

Grimmig legte sich die Nacht um das alte Haus und hüllte es in Dunkelheit. Die Schatten des Winters vertieften sich, während die ewige Kälte mit unerbittlicher Kraft wütete. Deptford war in der härtesten Nacht gefangen, die es jemals erlebt hatte. Der gläserne Frost glitzerte auf den Dächern und spitze Eiszapfen hingen von den Regenrinnen und sahen aus wie die Augenbrauen eines strengen Wesens aus grauer Vorzeit. Die Gehsteige waren gefährlich glatte Fallen für unvorsichtige Fußgänger und die Straßen Flüsse aus schwarzem Eis. Keine einzige Seele rührte sich draußen; die Haustüren waren verriegelt und die zugezogenen Vorhänge bemühten sich nach allen Kräften, den heulenden Wind auszusperren. Am Himmel strahlten die weißen Sterne mit einer Intensität wie seit vielen Jahren nicht mehr, während die Nacht die Welt verschlang.

Hinter den Leisten stieg Arthur aus seinem Bett und ging in den Flur. Dort brannte ein großes Feuer; die Flammen tanzten und sprangen hoch und warfen riesige bedrohliche Schatten an die Wände. Es war beschlossen worden, dass alle im Flur schlafen sollten, da die vergangene Nacht so unerträglich gewesen war. Alle hatten in ihren Betten vor Kälte gezittert und sich unter ihren Decken vergraben, doch am nächsten Morgen waren ihre Nasen erfroren und die Ohren taub. Keiner konnte sich daran erinnern, dass der Winter jemals so kalt gewesen war. Jetzt breiteten die Familien ihre Sachen um das Feuer herum aus und brachten die Kleinen zu Bett in der Hoffnung, dass sie den Schlaf bekämen, den sie so nötig brauchten.

Viele hatten immer noch Hunger. Die Lage hatte sich verschlechtert, und nun wurden die Mahlzeiten gemeinsam im Flur zubereitet und gegessen, damit keiner zu kurz kam. Schränke waren geleert und die Lebensmittel zusammengelegt worden. Mrs Kaltpfote wurde dankbar bejubelt, als sie ein Dutzend Gläser selbstgemachte Marmelade anbrachte, und Mr Cockle schenkte etwas wärmenden Beerenbräu-Punsch aus, doch zum Abendessen gab es nur eine dünne Suppe ohne Brot zum Hineinstippen. Meister Altschnauze hatte am Nachmittag eine Futtersuchaktion veranstaltet, aber nach ein paar Stunden kehrten die Sucher schweren Herzens mit leeren Säcken und bis auf die Knochen frierend zurück. Nirgendwo waren Lebensmittel aufzutreiben. Thomas Triton hatte mehrere Trips nach Greenwich unternommen und seine mageren Vorräte herbeigeschafft. Das half zwar, doch sie reichten auch nicht lange und die Stimmung der Mäuse sank auf den Tiefpunkt.

Audrey wärmte ihre Pfoten am Feuer und legte den Kopf auf die Schulter ihrer Mutter. Das Licht der Flammen flackerte über ihr Gesicht und in ihren Augen glitzerten Tränen. Sie dachte gerade an ein anderes Feuer – im letzten Sommer. Traurig ließ sie den Kopf hängen. Gwen strich ihrer Tochter über das schimmernde Haar und band das rosa Haarband auf. Dann sah sie zu Thomas Triton hinüber und lächelte. Er erzählte den Kleinen lange Geschichten aus seiner abenteuerlichen Jugend; sie hörten aufmerksam zu und kämpften gegen das Gähnen an, von dem sie überrascht wurden.

Am Rand des Kreises aus gelbem Feuerschein saß die Sternfrau. Zwei Tage waren nun vergangen, seit Oswald mit den Fledermäusen fortgeflogen war. Überzeugt davon, dass sie früher oder später ihren Fehler einsehen und sie holen würden, war das alte Eichhörnchen hinter den Leisten geblieben. Doch der Himmel blieb leer und niemand kam angeflogen. Als ihr schließlich klar wurde, dass ihr Rat unerwünscht war, erlosch ihr inneres Feuer und ihre unverwüstliche Kraft. Nun saß sie, den matten Schwanz um die Knie gewickelt, regungslos da. Sie hatte seit ihrer Ankunft nichts mehr gegessen, und die dunklen Ringe unter den Augen zeugten davon, dass sie auch nicht mehr geschlafen hatte. Sie war so still und starr wie der Tod. Gelegentlich bewegten sich ihre Lippen im Rhythmus irgendeiner uralten Prophezeiung oder geheimen Schrift. Die Sternfrau versank tief in Gedanken und einsamen Erinnerungen; sie zerrte all die längst vergessenen Reime und Weisheiten wieder hervor, die sie jemals gelernt hatte. Es war eine mühsame und schmerzhafte Arbeit, das staubige, tote Wissen aus den verblassten, eingetrockneten Ecken ihres Gehirns auszugraben, ohne einen Hinweis zu entdecken. Irgendwo musste doch eine Lösung zu finden sein – wenn die Fledermäuse ihre Hilfe ablehnten, dann musste sie es allein schaffen.

Für die Mäuse war die Sternfrau ein Eintagswunder gewesen. Alle hatten sich mittlerweile an den Anblick des Eichhörnchens gewöhnt, das sanft hin und her schaukelte und dabei fremd klingende Worte murmelte. Seit sie vom Dach zurückgekehrt waren, hatte die Sternfrau sich nicht mehr gerührt, und für die Mäuse war sie schon fast zu einer lächerlichen Gestalt geworden, zu einer verrückten, bemitleidenswerten Kreatur. Die Mehrheit der Mäuse brachte die schreckliche Kälte nicht mit Jupiter in Verbindung und glaubte, das Eichhörnchen hätte wirres Zeug geredet. Ohne ihre herrische Art war sie nur noch eine traurige alte Dame, und die Mäuse unterlagen dem Fehler, sie zu unterschätzen.

»Ach, die arme Alte«, schüttelte Mrs Chitter mitleidig den Kopf.

Nur Thomas und Audrey machten sich ernsthafte Gedanken über die zusammengesunkene Gestalt. Mitten in seinen spannenden Erzählungen hob Triton manchmal den Kopf und hielt den Atem an, wenn er ihre geschrumpften Umrisse wahrnahm, doch das ungeduldige Zerren einer Pfote an seinem Ärmel brachte ihn zu seiner Geschichte zurück, und gleich darauf toste wieder das grüne Meer und der Wind wühlte die Wellen auf.

Audrey dachte immer mehr über das Eichhörnchen nach. Sie erinnerte sich an ihren Besuch in Greenwich, als die Sternfrau auf ihrem Thron gesessen und ihre Untertanen mit eiserner Pfote regiert hatte. Damals war sie mächtig und gefährlich gewesen. Das Mäusemädchen empfand Mitgefühl mit ihrer Situation. Sie wirkte nun so zerbrechlich und kraftlos.

Im dämmerigen Licht der dichter werdenden Schatten wachte die Sternfrau aus ihren Meditationen auf, als hätte sie Audreys Gedanken gelesen. Das Eichhörnchen ließ seine Schultern hängen und beugte den mageren Rücken noch weiter nach vorn. Dann rieb es sich mit den verkrüppelten Pfoten die Augen und starrte verzweifelt auf den Boden.

Gwen sah ihrer Tochter neugierig nach, als sie aufstand und zur Sternfrau ging. Als das Eichhörnchen Audrey kommen hörte, richtete es seine milchigen Augen auf die Maus und hob fragend die Augenbrauen. »Willst du sehen, ob ich noch lebe, Mädel?«

Audrey kaute auf ihrer Unterlippe. Sie wusste nicht genau, warum sie gekommen war. »Möchten Sie etwas zu essen?«, brachte sie schließlich heraus. »Wir haben zwar nicht viel, aber ich bringe Ihnen gern was.«

Das Eichhörnchen schüttelte den Kopf. »Vielen Dank, mein Kind«, sagte es freundlich, »aber im Augenblick kriege ich keinen Bissen herunter.«

»Aber Sie haben seit Ihrer Ankunft nichts mehr gegessen«, beharrte Audrey.

»Dann werde ich eben verhungern!«, stieß die Sternfrau energisch aus. Für einen Augenblick funkelte sie die Maus zornig an, dann schimpfte sie mit sich selbst. »Nein, nein, das kann ich nicht machen. Vergib mir, mein Kind. Ich bin ein dummes, altes Weib, das sich nicht benehmen kann. Ich hatte es ein Leben lang zu leicht, weißt du. Ich bin zu sehr daran gewöhnt, Befehle zu erteilen.«

Audrey setzte sich neben sie und zog die Knie an. »Vermissen Sie Ihr Volk?«, fragte sie.

Das Eichhörnchen lächelte. »Mein Volk«, murmelte es. »Ja, ich vermisse es – aber nicht die feigen Schwachköpfe, die ich in Greenwich herumkommandieren musste. Das war nie mein Volk.«

Die Sternfrau konnte an Audreys Miene ablesen, dass

sie nichts verstanden hatte. Sie seufzte laut und erklärte: »Mein Fell ist jetzt zwar grau, na ja, das, was davon übrig ist – aber ich stamme nicht vom Volk der Grauen; mein hohes Alter ist dafür verantwortlich.«

Audrey glaubte zu verstehen. »Ach«, warf sie ein, »dann sind Sie ein rotes Eichhörnchen. So eins habe ich noch nie gesehen, ich dachte, alle seien vor vielen Jahren weggezogen.«

Die Sternfrau senkte traurig den Blick. »Ja, sie sind weggezogen«, wiederholte sie, »auf Nimmerwiedersehen. Das rote Volk war ein mutiger Haufen, viel tapferer als diese elenden Weicheier, mit denen ich mich die ganzen Jahre über rumschlagen musste, aber auch hier irrst du dich, mein Kind.« Stolz hob sie den Kopf und sagte mit trauriger, erhabener Stimme: »Ich bin ein schwarzes Eichhörnchen – das war das nobelste Volk, das jemals den süßen Duft der Eicheln geschnuppert hat.«

»Von denen hab ich bisher noch nie was gehört«, gab Audrey zu.

»Nein, und ich glaube, das wirst du auch in Zukunft nicht. Ich konnte keinen meiner Verwandten ausfindig machen. Wir wurden vor vielen Jahren durch Krieg und Neid auseinandergerissen – das war lange bevor ich mir das Silber umgehängt habe und die Helferin des Orion wurde.« Ihre Worte klangen wehmütig und bedauernd. »Und jetzt gibt es niemanden, der meine Stelle einnehmen kann. Ich habe überall gesucht, doch sämtliche Spuren der schwarzen Eichhörnchen sind verwischt. Ich glaube, ich bin das letzte – unser Geschlecht wird mit mir enden und damit auch die Dynastie der Sternfrauen. Ich fürchte, wenn ich sterbe, wird die Silbereichel von keiner anderen mehr getragen werden.« Sie verfiel in brütendes Schweigen und verlor sich wieder in den verwirrten Fäden ihrer Gedanken.

Der Schrei eines Kindes unterbrach die knisternde Ruhe und die Unterhaltungen der anderen. Der Flur erstarrte in einer fröstelnden Kälte, die noch nicht einmal das Feuer mindern konnte. Sie schien sich mit scharfen Krallen einzuschleichen; sie erstickte jedes Gespräch und bedrückte alle. Die beunruhigten Mäuse hoben im blassen Feuerschein besorgt die Köpfe – etwas Unnatürliches lag in der Luft.

Draußen heulte ein bitterer Wind und drang durch das Schlüsselloch ein. Die Flammen spuckten und Rauch stieg auf. Die Augen der Mäuse brannten. Nun begannen auch die anderen Kinder zu weinen und klammerten sich ängstlich aneinander. Thomas zog die abgeschabte Kappe des Geschichtenerzählers ab und lauschte atemlos. Die grimmige Dunkelheit senkte sich herab und das Feuer zischte ein letztes Mal, bevor es verlosch. Jemand stieß einen Schrei aus. Das einzige Licht im Flur war der rötliche Schein der Glut, der alle, die nahe an der Feuerstelle saßen, in ein teuflisches Rot tauchte, als wären sie in Blut getränkt.

»Was ist passiert?«, flüsterte Mrs Cockle voller Panik. »Zündet das Feuer bitte wieder an!«

Doch das Feuer ließ sich nicht mehr anzünden. Es war, als sei die Kälte ins Holz gezogen und hätte es eingefroren, so dass die Flammen es nicht mehr erreichen konnten. Thomas versuchte verzweifelt, ein Streichholz anzuzünden, doch es war sinnlos.

»Lassen Sie es, Triton«, ertönte eine krächzende Stimme in der Dunkelheit. Die Schiffsmaus hielt inne und sah sich um: Dort hinten schwankte die Sternfrau in den Lichtschimmer der glimmenden Holzscheite. Ihr ganzes Gewicht auf den Stock verlagert, hinkte sie herbei und biss die Zähne zusammen, um gegen den scheuernden Schmerz in ihren alten Knochen anzukämpfen. »Das ist keine natürliche Kälte«, sagte sie zitternd, »und das wissen Sie ganz genau! Legen Sie die Streichhölzer weg – vielleicht brauchen wir sie später, aber jetzt nützen sie uns nichts.« Das Eichhörnchen stellte sich vor die verängstigten Mäuse und hob seinen Stock in die Höhe. »Hört mir zu, ihr Mäuse von Deptford«, rief die Sternfrau drängend. »Jupiter ist dort draußen. Er ist es, der den tödlichen Winter verursacht. Sein böser Wille steckt hinter allem.«

Die Mäuse murmelten und flüsterten miteinander. Mrs Chitter hängte sich ihre Decke über die Schultern und huschte wütend herbei. »Das glaube ich nicht«, schrie sie empört, »nichts ist passiert, bevor Sie hier aufgetaucht sind – *Sie* sind schuld!« Dann fing sie an, hysterisch zu schluchzen. Die Sternfrau schlug mit ihrem Stock auf den Boden und gab Mrs Chitter eine schallende Ohrfeige. Die Maus keuchte vor Schreck und fiel überrascht in Ohnmacht.

»Bringt sie weg«, sagte das alte Eichhörnchen und sah sich um, ob es noch jemanden gab, der ihr widersprechen wollte, »ich habe keine Zeit für Idioten! Wenn ihr nicht auf mich hören wollt, seid ihr alle verloren – so einfach ist das.« Die Mäuse blieben stumm und die Sternfrau nickte zufrieden. »Gibt es einen Weg nach draußen, ohne aufs Dach zu klettern oder durch die Abwasserkanäle zu gehen?«, fragte sie ungeduldig. »Ich muss herausfinden, wie groß Jupiters Macht ist.«

»Es gibt einen Weg durch den Hof«, meldete sich Arthur zu Wort.

»Gut«, schnappte das Eichhörnchen, »dann lasst uns rausgehen.«

Einige Mäuse wollten lieber bleiben, wo sie waren. Doch die anderen wickelten sich in ihre Decken ein und liefen gehorsam in die Küche. Dort entfernte Meister Altschnauze wie befohlen die zerknüllten Zeitungen, die am Nachmittag nach der Rückkehr der erfolglosen Futtersucher in das Loch gestopft worden waren.

Ungeduldig klopfte die Sternfrau mit ihrem Stock auf den Boden. »Beeil dich, du dumme Schnecke«, beschimpfte sie Meister Altschnauze.

»Das war's«, keuchte er und holte das letzte Stück Papier heraus, da humpelte das Eichhörnchen schon durch die Öffnung und die Mäuse folgten ihr dicht gedrängt in den Gang.

Draußen war es unglaublich kalt. Der Asphaltboden glitzerte und die Äste der Hagedornbüsche waren leichenblass verfärbt. Dünne Nebelfinger lauerten in der Dunkelheit und erwürgten alles, was sie zu fassen kriegten. Die Nacht floss in den Hof wie schwarzer Teer in ein bodenloses Loch. Die mitternächtliche Welt war schwärzer als Tinte und voller eisiger Fallen. Der alte Blecheimer neben dem Zaun knackte und krachte, als das gefrorene Regenwasser gegen seine Seiten drückte und die frostigen Nieten barsten.

Als die Mäuse in den Hof hinaustraten, stieg ihnen der Atem in Wolken aus den Mündern; vor Kälte klapperten sie mit den Zähnen. Die Sternfrau sah sich um wie ein Hund, der eine Spur sucht. Sie hielt ihren Stock vor sich her und klopfte damit auf das klirrende Gras. Sie knurrte und ließ ihre schmerzenden Finger über die raue vereiste Wand gleiten. »Es ist so, wie ich befürchtet habe«, sagte sie düster zu Thomas. »Genau so wie es in meiner Kammer war. Der Feind wird immer stärker und nutzt seine teuflischen Kräfte. Es besteht kein Zweifel – heute Nacht wird er mein Sternglas missbrauchen.« Die Sternfrau schüttelte ihre Faust gegen die Dunkelheit und schlug in ihrer Hilflosigkeit mit dem Stock auf den Zaun ein. »Ich muss unbedingt wissen, was los ist«, zischte sie wütend. Dann kam ihr eine Idee und sie drehte sich um. »Kann einer von euch auf diesen Zaun klettern?«, fragte sie.

»Ich kann es«, bot Arthur spontan an. Eilig drängte er sich vor und schlitterte über das Eis. Er hatte in Fennywolde gelernt, wie man einen Kornstängel erklimmt, und ein Zaunpfahl war nicht viel anders.

»Ausgezeichnet, mein Kind«, sagte das Eichhörnchen erfreut und tätschelte seinen Rücken. »Steig hinauf und sag uns, was du siehst.«

Arthur stellte sich unter einen Zaunpfosten, hauchte in seine verfrorenen Pfoten und packte das Holz. Der scharfe, schneidende Frost klebte und zerrte an seiner warmen Haut, und er unterdrückte einen Aufschrei, als er sich die zarte Pfote aufriss. »Es ist zu kalt!«, rief er zitternd und blies in seine Hand.

»Ja, es ist kalt«, gab die Sternfrau zu, »aber es wird immer kälter werden, bis dir das Blut in den Adern gefriert, also klettere hoch, mein Junge!«

Leise murrend versuchte Arthur es noch einmal. Er

umklammerte den Pfosten und zog sich daran hoch. Als er das eisige Holz spürte, das gegen seinen Körper rieb, wäre er am liebsten auf die Erde gesprungen und zurück in den Flur gerannt, um sich auf die noch warmen Holzscheite des Feuers zu werfen. Doch er krallte sich weiter an den Pfosten und begann hinaufzuklettern. Höher und höher kämpfte er sich. Der Frost bohrte sich in seine brennenden Pfoten und er presste die Augen zu, um den Schmerz auszuschalten und all seine Kräfte auf das Ziel zu richten – er musste die Spitze erreichen.

Unten standen die Mäuse dicht zusammengedrängt, um sich zu wärmen, während sie seinen langsamen Aufstieg verfolgten. Gwen Brown legte die Pfote auf den Mund und ihr Herz schlug schneller, als sie für ihren Sohn betete. »Sei vorsichtig, Arthur«, rief sie ihm voller Panik zu.

Die Nägel des molligen Mäusejungen rissen und brachen ab, als er sich auf dem Weg nach oben im Holz festkrallte. Er spürte nichts außer der Kälte, die sich in sein Fleisch bohrte, und der eisigen Luft, die in seine dampfenden Nasenlöcher schnitt. Und dann war er oben – er keuchte zwar, doch er hatte es geschafft. Der raue, stürmische Wind zerrte an seinen Ohren und drückte sie flach gegen seinen Kopf, während er sich bemühte, auf dem obersten Querbalken des klapperigen alten Zauns das Gleichgewicht zu halten.

Die Stimme der Sternfrau drang zu ihm herauf. »Was siehst du?«

Arthur spähte auf das Land, das sich über den Nachbargarten und die leere Straße hinweg vor ihm auftat. Die Wohnblöcke auf der anderen Seite erhoben sich in den

Sternenhimmel, doch sie wurden teilweise von hellen Nebelschwaden verdeckt, die langsam über die blinden Fenster schwebten und gierig an den Riegeln zerrten. Arthur schauderte und sah aus dem Augenwinkel etwas Schimmerndes. Er drehte sich soweit wie möglich um. Hinter der Kirche erhoben sich düster die massiven, viereckigen Umrisse des Elektrizitätswerks. Es ragte aus dicken Nebelschwaden heraus und in seinen winzigen Fenstern blitzte und strahlte etwas Blaues. Er erinnerte sich daran, was er gesehen hatte, als er auf dem Dach auf die Fledermäuse gewartet hatte, und schlagartig wurde ihm klar, dass Jupiter dort sein Hauptquartier aufgeschlagen hatte.

Arthur hätte sich ohrfeigen können. Warum hatte er das vergessen? Wenn er aufmerksamer gewesen wäre, hätte er es früher erkannt, und dann hätten sie eine Truppe der mutigsten Mäuse losschicken können, um den teuflischen Ort auszuspionieren.

»Nun?«, fragte die Sternfrau mit schwacher Stimme.

Er schaute hinunter und sah die gequälten Gesichter seiner Familie und Freunde, die ihm alle zugewandt waren. »Er ist im Elektrizitätswerk«, rief er hinunter, »da hat er –«, doch in diesem Augenblick wurde er von einem fürchterlichen Rumoren unterbrochen, das die Erde erschütterte und den Zaun gefährlich hin und her schwanken ließ. Arthur klammerte sich an eine Latte, und dann erstarrte er, als er den Blick wieder auf das alte, stillgelegte Gebäude richtete: Ein großer Rauchschwaden stieg aus dem Schornstein des Elektrizitätswerks. Er erhob sich in den klaren Nachthimmel und blieb dort entschlossen hängen, bis er allmählich zu einer riesigen, dichten Wolke anschwoll, durch die mächtige Blitze zuckten. Betäubender Donner krachte am Himmel, als der letzte Rest der Rauchsäule den Schornstein verließ, um sich zu dem gespenstischen Gebirge aus Dampf zu gesellen. Und mitten in der großen Wolke konnte Arthur den schwachen, schimmernden Umriss einer riesigen dämonischen Katze deutlich erkennen. Langsam setzte sich die Masse aus bedrohlichem, übernatürlichem Nebel in Bewegung. Sie glitt über den Schornstein, entfernte sich von dem in Nebel gehüllten Gebäude und schwebte auf Greenwich zu. Der Donner rollte durch die klirrende Nacht, doch durch das Krachen hindurch hörte Arthur ein hohes, triumphierendes, kreischendes Gelächter.

Halb rutschte und halb stürzte der Mäusejunge den Zaunpfosten hinunter. Eissplitter rissen wie winzige scharfe Dolche seine Pfoten und Füße auf, doch er achtete nicht darauf. Das Bild des grauenhaften düsteren Geistes, der sich in der Rauchwolke nach Greenwich beförderte, hatte sich in sein Gedächtnis eingebrannt und er konnte an nichts anderes mehr denken.

Arthur landete unsanft auf dem Boden. Sein Hinterteil dampfte vor Kälte, als er auf dem gefrorenen Asphalt saß und die erstaunte Mäusemenge, die sich um ihn versammelt hatte, wie betäubt anstarrte.

»Arthur, Liebling«, rief seine Mutter, »was um Himmels Willen hast du?« Sie rannte zu ihm, doch der Stock der Sternfrau schoss dazwischen und versperrte ihr den Weg.

»Er hat das Unbiest gesehen«, sagte das Eichhörnchen mit zitternder Stimme. »Sag mir, was passiert ist, mein Junge. Wo ist es jetzt? Kommt es hierher?«

Arthur kam rasch wieder zu sich und stand mühsam auf. »Nein«, stammelte er, »er kommt noch nicht hierher, aber ich weiß nicht, was wir tun sollen, wenn er kommt. Mir war nicht klar, wie groß seine Macht ist – wir haben gegen ihn keine Chance.«

»Wo ist er?«, wiederholte die Sternfrau hastig.

Arthur zeigte mit seiner blutenden Pfote nach Süden. »Er ist in Richtung Greenwich geflogen«, sagte er kopfschüttelnd. »Sie hätten ihn sehen sollen – es war schrecklich. Er ist aus dem alten Elektrizitätswerk aufgestiegen wie Dampf aus einem Kessel. Ich habe gesehen, wie seine Gestalt sich in dem Nebel bildete, und man konnte bis zu den Sternen durch ihn hindurch sehen. Es war grauenhaft.«

Die Sternfrau trat mehrere Schritte zurück. Ihr runzliges Gesicht nahm einen Ausdruck von Verständnislosigkeit an und ihre milchigen Augen waren voller böser Vorahnung. »Greenwich?«, murmelte sie beunruhigt. »Warum nach Greenwich? In den Kammern ist nichts mehr, was ihm von Nutzen sein könnte – die Sternkarten und die Chroniken haben keine Bedeutung – es sei denn –«

Sie schrie entsetzt auf und fuchtelte panisch mit den Armen. »Schnell«, rief sie und wandte sich an Thomas Triton, »rennen Sie zum Planetarium – ich muss wissen, was Jupiter dort will! Mein Herz hämmert – etwas Teuflisches liegt in der Luft!« Der Stock fiel scheppernd auf den Boden, als ihre Beine einknickten und sie verzweifelt in die Knie sank und hoffnungslos schluchzte.

Zu Tode erschrocken stellten sich die Mäuse die schlimmsten Grausamkeiten vor. »Was wird geschehen?«, jammerte Algy Kaltpfote. »Werden wir alle sterben?«

»Kümmere dich um sie«, sagte Thomas mit rauer Stimme zu Gwen.

Mrs Brown hatte sich schon zur Sternfrau gebeugt und versuchte, das verwirrte Eichhörnchen zu beruhigen. »Kommen Sie«, sagte sie tröstend, »wir helfen Ihnen auf die Beine. Es tut Ihren alten Knochen doch nicht gut, wenn die Kälte in sie eindringt, nicht wahr?«

Die Sternfrau streckte die Pfote nach der Schiffsmaus aus und flehte sie an, nach Greenwich zu gehen. »Sie müssen hin, ich spüre seine Gegenwart. Ich glaube, ich weiß, was er vorhat – er darf es auf keinen Fall schaffen.«

Thomas nahm ihre zitternde Pfote und drückte sie beruhigend. »Ich werde hingehen«, sagte er, »auch wenn ich nicht weiß, was ich gegen ihn unternehmen kann.«

»Sie müssen mir nur berichten, was Sie gesehen haben«, sagte sie und nahm ihren Stock, den Audrey ihr hinhielt. »Aber beeilen Sie sich.«

Thomas nickte. »Ich gehe sofort los.« Er zwängte sich durch die Menge und lief zu dem Loch in der Hauswand.

»Viel Glück«, rief Gwen hinter ihm her. »Und pass auf dich auf!«

Audrey umarmte ihre Mutter fest. »Ich bin sicher, dass Mr Triton nichts passieren wird«, sagte sie. »Er kann gut auf sich aufpassen.«

»Hoffentlich, Liebling«, erwiderte Gwen. »Manchmal ist er ein dummer, alter Mäuserich, aber ich will nicht, dass ihm etwas zustößt.«

Ihre Tochter lächelte sie wissend an. »Lass uns wieder ins Haus gehen, hier draußen können wir nichts mehr ausrichten, nicht wahr, Arthur?« Doch Arthur gab keine Antwort. Audrey und ihre Mutter drehten sich um, aber der Mäusejunge war verschwunden. »Wo steckt er denn jetzt schon wieder?«, fragte Audrey kopfschüttelnd.

Die Sternfrau schaute zum Sternenhimmel auf und rieb sich die Arme. »Das Ende ist nahe«, flüsterte sie, »und ich bin nicht darauf vorbereitet.«

Im rötlichen Lichtschein des Flurs zog Thomas Triton seine Wollmütze an und band sich das rote Halstuch um. »Was ist draußen passiert?«, fragte Jacob Chitter.

»Sie werden es dir erzählen, wenn sie reinkommen«, gab Thomas zurück und bahnte sich über die Bündel der Bettdecken seinen Weg zur Kellertür.

Eine keuchende Gestalt rannte auf ihn zu. Sie wurde von dem blutroten Feuerschein der glühenden Holzkohle beleuchtet und sah aus wie ein Dämon. Thomas musste blinzeln, bevor er die Maus erkannte. »Arthur?«, fragte er. »Bist du das, Kumpel? Was willst du hier? Ich habe jetzt keine Zeit für dich.« Er strubbelte Arthur durch das Haar und zwängte sich durch den schmalen Spalt.

»Warten Sie, Mr Triton!«, rief Arthur ihm nach. Thomas antwortete nicht, und so folgte er der Schiffsmaus durch den Türspalt.

Im Keller war es fast völlig dunkel, und die Kälte strömte aus den harten Mauern und dem nackten Steinboden. Arthur kniff die Augen zusammen und starrte angestrengt in die Finsternis. Die Schiffsmaus war schon die Stufen hinuntergesprungen und lief auf das Gitter zu.

»Mr Triton!«, rief Arthur wieder. »Ich komme mit!«

Amüsiert kratzte Thomas sich am Kopf. »Wenn du ernsthaft glaubst, ich lasse mich von deiner Mutter ausschimpfen, weil ich dich mitgenommen habe, solltest du dir mal deinen Kopf untersuchen lassen.«

Doch Arthur ließ sich nicht abweisen – fest entschlossen verschränkte er die Arme. »Wenn Sie mich wegschicken, folge ich Ihnen einfach. Denken Sie an die kostbare Zeit, die wir jetzt verschwenden!«

Thomas runzelte die Stirn; dann hellte sich seine Miene auf. »Ich will mich nicht mit dir streiten und etwas Gesellschaft tut mir gut. Also komm, Kumpel.« Er drehte sich wieder zum Gitter um und war mit einem Schwanzschlag verschwunden. Arthur grinste und folgte ihm durch die Öffnung, die ihm früher solche Angst eingeflößt hatte.

Die Kanäle waren dunkel und feucht und die gewölbten Gänge aus rotem Backstein waren mit einer dünnen, glitzernden, harten Frostschicht überzogen. Darunter schwammen kleine Inseln aus schmutzigem schwarzem Eis im tiefen Wasser. Ein bitterkalter Windzug pfiff durch die Tunnel und peitschte die beiden Mäuse bis auf die Knochen.

Ohne ein Wort zu sagen, eilten Thomas und Arthur so schnell sie konnten durch die Abwässerkanäle. Sie mussten ihre ganze Konzentration auf die versteckten schlüpfrigen Stellen richten, die in den Schatten lauerten. Arthur lief hinter der Schiffsmaus her. Er war froh, nicht mehr hinter den Leisten zu sein – wenigstens dachte er jetzt nicht mehr ans Essen. Schweigend liefen sie die schmalen Steinvorsprünge und die gewundenen Wege entlang und wichen den Gefahren aus, so gut es ging. Arthur stieg nicht sehr oft in die Abwasserkanäle hinunter – das letzte Mal war er auf dem Rückweg von Fennywolde hier gewesen –, und verlor daher in den Tunneln leicht die Orientierung. Ihm kam es vor, als würden sie in die falsche Richtung laufen, doch Thomas legte diesen Weg täglich zurück, und außerdem war sein Instinkt für die Himmelsrichtungen so ausgeprägt, dass er mit verbundenen Augen aus dem dunkelsten, kompliziertesten Irrgarten herausfinden konnte, der jemals angelegt worden war.

»Wir sind da, mein Junge«, sagte die Schiffsmaus schließlich, als sie um eine Ecke bogen und einen Gang betraten, der von einem blassen blauen Licht durchflutet war. »Hier ist der Ausgang.«

Sie zwängten sich durch ein Gitter und Arthur sah sich um. Er erkannte die großen verschlossenen Tore des Parks von Greenwich, die ganz in ihrer Nähe hoch und mächtig in den Mitternachtshimmel ragten. Die nackten Bäume, die dahinter standen, waren mit Frost befleckt. Ihre Äste erhoben sich drohend und schwenkten erbost die scharfen Zweige, mit denen sie den unheimlichen Nebel zerschnitten, der es wagte, ihren Spitzen zu nahe zu kommen.

Die beiden Mäuse duckten sich unter das Eisentor und trippelten verstohlen den Pfad hinauf, von wo aus sie das Planetarium deutlich sehen konnten. Sie hielten den Atem an und starrten auf das Bild, das sich ihnen bot. Der Hügel war in dicken Nebel gehüllt, durch den immer wieder kalte Blitze zuckten und krachend zum Himmel aufstiegen. »Kein Zweifel, er ist da drin«, sagte Thomas grimmig, »aber was zum Teufel hat er vor?«

Arthur schauderte. Es war ein unheimlicher Anblick: Der Nebel wirkte fast wie eine feste Masse mit einem Eigenleben. Er klebte hartnäckig am Hang, umwickelte ihn und verschlang den Hügel und das darauf erbaute

Planetarium. Nur wenn das merkwürdige Leuchten im Innern aufblitzte, konnte man die verschwommenen Umrisse der zwiebelförmigen Kuppel für einen winzigen Augenblick wahrnehmen, bevor der Nebel sie wieder versteckte.

»Wir gehen da rauf«, sagte Thomas und zeigte auf das Herz der künstlichen Wolke.

Arthur schluckte, stimmte jedoch zu. Irgendwo da drin lauerte Jupiter.

Sie kletterten den Hang hinauf, bis sie den Rand des sich kräuselnden Nebels erreicht hatten. Dünne Nebelarme schlängelten auf sie zu, streckten sich nach ihnen aus und versuchten, sie hineinzuziehen.

»Das gefällt mir nicht«, sagte Thomas, dem die nasskalte Berührung des flüsternden, streichelnden Dunstes unangenehm war. Der Nebel stieg über seine Knie und umhüllte dann seine Taille. »So was hab ich in den vielen Jahren auf See nie gesehen«, murmelte er, als der Nebel ihm bis zur Brust reichte. Schaudernd spürte er dort, wo sein Körper von dem feuchten Dunst bedeckt war, ein unangenehmes Prickeln und Stechen, als würde der Nebel angreifen. »Reich mir deine Pfote, Junge«, rief er rasch. »Wenn wir in diesem Zeug voneinander getrennt werden, sind wir für immer verloren.«

Dankbar nahm Arthur die ausgestreckte Pfote der Schiffsmaus. Die heimtückische Wolke war ihm zuwider: Sie schien ihn zu verschlingen und gab ihm das Gefühl, in einem unwirklichen Sumpf zu versinken. Der Drang wegzurennen überwältigte ihn beinahe, als er mit großen runden Augen sah, wie Thomas ganz verschluckt wurde. Der beängstigende Nebel ging ihm schon bis ans Kinn.

Er versuchte, die Luft anzuhalten, da er den widerlichen Dunst nicht einatmen wollte, aber als er ausatmen musste, war auch er schon völlig von dem Nebel umgeben.

Thomas wischte sich mit der anderen Pfote über die Stirn und hustete; die Feuchtigkeit drang schon in seine Lunge ein. Er hatte geglaubt, es würde einfach sein, den Hügel im Nebel hochzugehen; schließlich musste man nur den Hang hinaufsteigen und würde irgendwann die Spitze erreichen, doch jetzt musste er feststellen, dass es alles andere als einfach war. Seine Fußsohlen waren von der Kälte ganz taub und er spürte nur noch das Prickeln des stechenden Nebels. Nach einer Weile meinte er, dass sie beim Planetarium angelangt sein müssten, und runzelte irritiert die Stirn. Er kniete sich hin, was Arthur sehr erschreckte, da er glaubte, sein unsichtbarer Begleiter sei in ein Loch gefallen.

»Keine Sorge, Kumpel«, ertönte die dünne, beruhigende Stimme der Schiffsmaus. »Ich will mich bloß orientieren. Siehst du, das hier ist doch nicht so viel anders als gewöhnlicher Nebel: Direkt über dem Boden ist er immer etwas dünner. Ich habe dich im Kreis rumgeführt, junger Freund – ich alter Grogschwenker. Aber jetzt ist alles okay – jetzt verirre ich mich nicht mehr.« Mühsam richtete er sich wieder auf und ging zielbewusst den unsichtbaren Hügel hinauf.

Vor ihnen tauchte ein riesiger dunkler Umriss auf. Arthur zog an der Pfote der Schiffsmaus, doch die lachte bloß grimmig. »Keine Angst, das ist bloß ein Busch.« Die Köpfe der Mäuse streiften im Vorbeilaufen die dicken, großen Blätter des Rhododendrons. Thomas war jetzt zuversichtlicher. Er nickte und redete leise mit sich selbst, als immer neue Anhaltspunkte im Nebel auftauchten. Ein schwarzes Geländer wurde sichtbar. Er tätschelte es und seufzte erleichtert. »Dem Grünen sei Dank«, sagte er zu Arthur. »Jetzt können wir dem Geländer folgen und sind gleich oben – ich hoffe bloß, wir kommen nicht zu spät.«

Die beiden Mäuse liefen am Geländer entlang und kamen nun schneller voran. Arthur konnte den verschwommenen Umriss von Tritons Wollmütze jetzt wieder vor sich sehen und glaubte, seine Augen hätten sich an den dichten Nebel gewöhnt. Dann sah er plötzlich die Ohren der Schiffsmaus ganz deutlich – der Dunst wurde dünner. »Mr Triton«, stieß er überrascht aus.

Thomas drehte sich um und Arthur konnte sein Gesicht erkennen. Es war sehr ernst. »Ja«, sagte die Schiffsmaus leise, »ich habe auch gemerkt, dass der Nebel nicht mehr so dicht ist. Das bedeutet, dass es für dich und mich jetzt noch gefährlicher wird.«

»Aber jetzt können wir etwas sehen«, sagte Arthur in zuversichtlichem Ton.

»Mag sein«, gab die Schiffsmaus nüchtern zurück, »aber das heißt auch, dass man *uns* sehen kann. Die Gefahr ist noch nicht vorbei, ganz im Gegenteil. Wir haben die Grenze überschritten – der Nebel war nur ein Schutzschild, um neugierige Blicke abzufangen. Jetzt werden wir den Dämonen sehen, der sich darin versteckt, und uns vielleicht wünschen, wieder blind zu sein.«

Der Fußweg endete und sie fanden sich auf der Hügelspitze wieder. Nebelschwaden zogen an ihnen vorbei, doch sie waren nicht so dicht wie zuvor. Hinter dem Geländer erhob sich das grandiose Planetarium und verschwand in der unverhüllten Nacht – Arthur konnte sogar die Sterne sehen. Er ließ Triton los und rieb sich die Pfoten. Plötzlich fühlte er sich sehr verwundbar und ausgeliefert, als würden sich zahllose Augen um ihn herum auf ihn richten und ihn lauernd beobachten.

Thomas lief am unteren Rand des Geländers entlang und huschte hinter eine Statue, die ihm Deckung bot. Er gab Arthur ein Zeichen, es ihm nachzumachen. Als sich beide hinter den Sockel der Skulptur duckten, wandte Arthur sich neugierig zur Schiffsmaus und fragte: »Was ist los? Haben Sie was gesehen?«

»Nein, mein Junge, gesehen habe ich nichts – aber hör mal.«

Arthur richtete sein Ohr auf das Planetarium und hielt den Atem an. Inmitten des Geklappers der vereisten Eichenzweige sprach eine dämonische Stimme – nein, sie sang. Sie war zwar nur sehr gedämpft zu hören, doch ihr Klang war unverwechselbar: Sie war grauenhaft.

»Jupiter!«, rief Arthur heiser. »Aber wo ist er und mit wem redet er?«

»Er redet mit niemandem, Junge«, erwiderte Thomas mit zorniger Stimme. »Ich habe schon einmal diesen Singsang gehört, als ich zusammen mit dem jungen Willum ihm und seiner Henkerratte dort drüben auf der Heide nachspioniert habe. Jupiter spricht einen Fluch aus.«

Plötzlich wurde die Welt von einem grellen Blitz erleuchtet. Rollender Donner ertönte und die Erde bebte. Und dann wurde der Herr des Winters sichtbar, und die beiden Mäuse hielten sich voller Angst die Augen zu.

Die letzten Spuren des Nebels wurden wie ein Vorhang

weggezogen, und da war er, der Tyrann der Dunkelheit. Er stand breitbeinig über der Kuppel des Planetariums und kicherte teuflisch. Jupiters rastloser Geist war übermächtig: Sein riesiger flackernder Umriss reichte bis weit in den Nachthimmel hinauf. Er hatte immer noch die Gestalt eines Katers, doch in dem Ausmaß eines Albtraums. Aus seinem durchsichtigen Fell fielen Eisbrocken, und dort, wo seine leuchtenden, grausamen Füße den Boden berührten, stob ein bitterer arktischer Frost auf und fror alles ein. Die Kuppel des Planetariums knarrte und ein langer Spalt tat sich zitternd auf. Das Eis, das sie bedeckte, war hart wie Stahl. Es glänzte kalt in dem tiefen Blau der ewigen Leere, und Eiszapfen, die größer waren als Stalaktiten, ragten bis auf den Boden.

Ein heulender Wind fuhr um Jupiters riesigen Kopf. Sein tödlicher Atem strömte aus seinem Maul, er war voller Hass gegen alles Lebendige. Seine gebleckten Zähne wirkten wie Dolche aus poliertem, hellem Stahl, die von grausamen, satanischen Fingern als Waffe für einen Dämonen geschmiedet worden waren; aus seinen Nasenlöchern züngelten kalte Flammen und seine Ohren lagen flach an seinem durchsichtigen Kopf. Doch die Augen des Unbiests waren das Schrecklichste von allem – sie strahlten in der Dunkelheit, zwei glühende Feuer aus reiner Boshaftigkeit. Sie verbrannten alles, auf das ihr unheilvoller Blick fiel; sie ließen die Bäume eingehen und rissen die Erde auf. In ihnen entstanden die Blitze. Während Jupiter seinen schrecklichen Fluch aussprach, blitzten seine Augen und ein Strom tödlicher Energie brach aus ihnen heraus, der den Himmel in Stücke riss und in das finstere Universum empor schoss. Sein Fauchen war wie Donner und seine Wut war ein Schneesturm. »Hört mich, ihr Diener der finsteren Leere«, erhob er seine Stimme zischend gen Himmel. »Ich bin Herr über die ganze Welt. Während ihr euch windet und für immer in euer Exil verbannt seid, nehmt zur Kenntnis, dass ich, Jupiter, die Tore des Todes aufgeschlossen habe und wieder Elend über das unglückliche Land bringe. Ich rufe euch als Zeugen für das Chaos, das ich bewirken werde.« Er hob seine mächtigen Arme hoch und lachte wild. Zwischen seinen Pfoten schimmerte ein kleines silbernes Licht.

»Das Sternglas«, flüsterte Thomas erschrocken. Arthur und er hatten große Angst; sie konnten kaum glauben, was sie sahen. Jupiter war wirklich ein Ungeheuer aus einem Albtraum. Sie kamen sich wie zwei Insekten vor, die man vor einen erbarmungslosen Gott gebracht hatte, doch sie konnten nicht wegrennen, um sich zu retten. Alles schien jetzt hoffnungslos. Sie konnten gegen einen solchen Feind nichts ausrichten – alles war verloren.

In Jupiters riesigen, brutalen Krallen wirkte das Sternglas zwar wie ein winziges Spielzeug, doch nur damit konnte er sein Ziel erreichen. Wenn die alte Sternfrau dabei gewesen wäre, hätte sie Thomas befohlen, es sofort zu zerstören. Doch sie war weit weg und die Mäuse hatten keine Ahnung, was gleich geschehen würde. Sie glaubten, dass es nicht schlimmer werden könnte – sie hatten sich in ihrem Leben noch nie so geirrt.

»Sklave der zeitlosen Sterne«, dröhnte Jupiter, »gehorche deinem neuen Herrn!« Dann stieß er harte, mächtige Worten aus, die aus den tiefsten Tiefen des Abgrunds stammten. »*Remael sen hoarmath eis Hagolceald!*«, verkündete er zornig, warf seinen Kopf zurück und aus seiner gespenstischen Kehle kam ein verrücktes, irres Gurgeln.

Die Welt schien den Atem anzuhalten. Alle Geräusche verstummten, und sogar der Wind hielt inne, als Jupiter seinen Fluch vollendete. Die Stille wurde immer lauter, während die Sekunden sich in Minuten ausdehnten. In dem Sternglas, das er noch immer in seinen Krallen hielt, begann das Licht zu pulsieren. Es flackerte und vibrierte heftig, bis Jupiter selbst bebte. Der Spalt in der Kuppel wurde größer und Steine stürzten auf den gefrorenen Boden. Doch Jupiter lachte schallend, und dieses kreischende Gelächter war auf der ganzen Welt zu hören.

Unten am Sockel der Statue sank Arthur zu Boden und hielt sich die Hände vor das Gesicht. Das Lachen war zu viel für ihn und er glaubte, jeden Augenblick das Bewusstsein zu verlieren. Thomas presste seine Fingernägel an die Schläfen; seine Wollmütze war vom Kopf gerutscht und er knirschte voller Panik mit den Zähnen, als die Stimme des Unbiests seine Seele durchdrang. Arthur jammerte und wand sich gequält; dann verlor er mit einem letzten verzweifelten Stöhnen das Bewusstsein und spürte keinen Schmerz mehr.

Die Schiffsmaus sah ihren jungen Begleiter an, doch sie konnte ihm nicht helfen. Thomas war selbst nahe dran, bewusstlos zu werden, doch er sammelte all seine Kräfte und hob den Kopf erneut, um den finsteren Feind auf dem Planetarium zu beobachten. Das Sternglas in Jupiters eisernem Griff verströmte seine Macht. Die Magie von vielen Jahrhunderten, die sich in seiner Tiefe angesammelt hatte, floss heraus und ein schriller Schrei entsprang seinem Herzen.

»Nein«, brüstete sich Jupiter, »du musst mir gehorchen. Ich kenne deinen geheimen Namen und habe den Zauber aufgehoben, der vor langer Zeit ausgesprochen wurde. Die himmlischen Torangeln sind aufgebrochen und ich befehle dir, noch einmal den Himmel zu öffnen.« Das silberne Licht des Sternglases schoss plötzlich in die Höhe. Das Unbiest schrie triumphierend und tanzte wie ein Irrer auf der Kuppel herum.

Thomas schrie vor Schmerz, als Jupiters Freudenschreie in seinem Kopf dröhnten. Es tat so weh, dass er anfing zu halluzinieren. Es kam ihm vor, als würden die Sterne sich drehen und brodeln. Er schüttelte den Kopf, nahm die Pfoten vom Gesicht und starrte gebannt in den Himmel. Er bildetet es sich nicht ein: Die Sterne brodelten und explodierten wirklich. Das war das Entsetzlichste, was Thomas Triton je gesehen hatte. Er spürte seine Kräfte schwinden und fiel bewusstlos neben Arthur auf den Boden.

Der nächtliche Himmel bebte, die hellen Sternlichter flackerten und verschwanden. Viele klagende Stimmen erfüllten die Luft, als die Sterne einer nach dem anderen ausgelöscht wurden. Ihr Licht strömte zur Erde und glitzernde Splitter schossen aus der schwarzen Leere. Die dünnen Strahlen wurden in das Planetarium gesogen, hinunter zu Jupiter, der dort mit dem Sternglas wartete, und bis in dessen Tiefen, in denen das grelle Licht nicht mehr zu sehen war. Wie ein Feuerregen prasselten sie herab und die ganze Natur klagte entsetzt. Die Sternkonstellationen waren zerstört, von der geballten Macht

Jupiters und des uralten Sternglases ausgelöscht, und alle, die es sahen, sanken auf die Knie und fingen an zu beten. Die endlose, ewige Leere flutete herein und die Welt wurde in Dunkelheit getaucht.

Nicht ein einziger Stern blieb am pechschwarzen Himmel stehen – ihr gesammeltes wertvolles Licht war im Sternglas eingefangen und Jupiter war nun ihr Herrscher.

WIEDER IM DIENST

Irgendwo ertönte ein lauter Gong. Bunte Pünktchen und Sterne tanzten vor Piccadillys Augen; sein Kopf dröhnte und drohte zu explodieren. Er bewegte sich und stöhnte gequält. Seine Zunge klebte am Gaumen. Es war feucht und dunkel, und sein Gesicht lag auf einem vergitterten Boden, der in seine geschwollene Wange schnitt. Die Pünktchen und verschwommenen Umrisse vor seinen Augen verschwanden und er versuchte, den Blick zu schärfen. Er betrachtete seine Umgebung, die wie eine flache Grube unter einer der U-Bahn-Schienen aussah. Die Stadtmaus hob langsam den Kopf und stellte fest, dass der Gong in seinem Kopf dröhnte.

»Oje«, stöhnte Piccadilly und fasste sich mit der Pfote an die Stirn. Er zuckte zusammen und verzog das Gesicht, als er eine Beule spürte, die so groß wie ein Ei war. Langsam richtete er sich auf und tastete seinen Körper ab. Gott sei Dank hatte er keine Knochenbrüche. Er versuchte aufzustehen. »Ganz vorsichtig«, sagte er sich. Wegen seines pochenden Kopfes schwankte er unsicher und seine Beine fühlten sich an, als seien sie aus Gelee. Er lehnte sich an die Grubenwand und versuchte, sich daran zu erinnern, was geschehen war. Er war gerannt, gestürzt, hatte sich den Kopf angeschlagen und war hinuntergefallen. Plötzlich verspürte er großen Hunger. Anscheinend war er mehrere Stunden lang bewusstlos gewesen, vielleicht sogar einen ganzen Tag. Er leckte sich die trockenen Lippen und spuckte den ekelhaften Geschmack von altem Blut und bitterem Öl aus. Dann fiel ihm wieder ein, vor wem er davongerannt war.

»Die Ratten«, stieß er aus und spähte ängstlich durch den Tunnel, doch der war leer und still wie ein Grab. »Sie haben meinen Sturz nicht gesehen«, folgerte er voller Dankbarkeit. »Die Holzköpfe müssen direkt über mir weiter gerannt sein, ohne es mitzukriegen.« Dann erstarrte das Lächeln auf seinen Lippen und er holte tief Luft.

»Holeborn!«, rief er voller Panik. »Was ist passiert? Haben die Ratten angegriffen?« Er hoffte, dass Marty rechtzeitig zurückgekehrt war, um die anderen zu warnen.

Piccadilly schwang sich aus der Grube und machte sich auf zur Haltestelle, die vor ihm lag. Wie still alles war; nirgendwo waren Futtersucher oder Aufpasser. Ein ungutes Gefühl überkam ihn und er lief schneller.

Hastig steuerte er auf den Haupteingang nach Holeborn zu. Seine Gedanken rasten und ihm stockte das Herz – wäre doch alles nur ein schrecklicher Albtraum! Er war den Tränen nahe, als er an all die harmlosen Mäuse dachte, die jetzt in ihren Häusern vor Angst zitterten oder sich bis aufs Blut gegen die Armee der Ratten verteidigten. Er hielt sein Messer umklammert. Wenn der Krieg schon begonnen hatte, war er bereit; keine Ratte würde an ihm vorbeikommen, solange er noch Kraft hatte. Er würde dafür sorgen, dass sie sich nie wieder mit Mäusebraten den Bauch voll schlagen würden.

Ein Geräusch hinter der nächsten Ecke ließ ihn abrupt stehen bleiben. Er hörte schlurfende Schritte – unverkennbar die einer Ratte. Piccadilly lehnte sich an die schmutzige Tunnelwand und wünschte sich, er wäre vorsichtiger gewesen. Was war, wenn eine ganze Horde Ratten vor dem Eingang lagerte? Dann würde er ihnen direkt in die Arme laufen! Er hielt den Atem an und lauschte ängstlich. Mit wie vielen von ihnen könnte er sich wohl gleichzeitig anlegen? Sein kleines Messer blitzte kalt auf, als er es langsam aus dem Gürtel zog und sich auf den Angriff vorbereitete.

»Es is nich okay, er soll uns laufen lassen, solange wir noch können und das den anderen überlassen. Wir wollen doch gar nix damit zu tun haben, nich wahr? Nee, bloß keine Beulen mehr auf meine Birne.«

Piccadilly entspannte sich und ließ das Messer sinken; das war bloß Schepper und der war sicher allein unterwegs. Die Maus wartete, bis der verwirrte Alte um die Ecke bog. Bevor dieser wusste, wie ihm geschah, hatte Piccadilly ihn schon gepackt und gegen die Wand gedrückt.

»Aaajeeh!«, schrie die Ratte überrascht. Schepper machte solchen Lärm, dass der Graue ihm den Mund zuhalten musste.

»Psst«, zischte er, »wenn du noch einen Muckser machst, kriegst du von mir so viele Beulen, dass du sie gar nicht mehr zählen kannst. So ist es besser. Wir wollen doch nicht, dass deine Kumpels kommen und nachsehen, was hier los is, nicht wahr? Also, was is passiert?«, fragte er und bleckte die Zähne. »Wo sind sie alle – sind sie entkommen oder was?«

Schepper starrte ihn mit einem irren, angstvollen Blick an und schüttelte heftig den Kopf. »Schepper war's nich«, leugnete er hastig ab. »Er hat damit nix zu tun, nein, nein, er war's nich!«

Piccadilly wurde es schlecht. Voller Panik riss er die Augen auf; er sah so schrecklich aus, dass die Ratte sich duckte und winselte. »Sag's mir!«, brüllte er. »Was is aus den vielen Mäusen da drin geworden – sie sind doch entkommen, oder? Holeborn war leer, als deine Meute angekommen is, nicht wahr?«

Schepper heulte und öffnete den Mund, als wollte er schreien. Hilflos drehte er seinen schmalen, alten Kopf auf dem mageren Hals und schauderte elend. »Schepper war's nich«, beharrte er. »Er rührt kein Fleisch von Mäuschen an.«

Piccadilly wich zurück und stolperte. Er schluckte schwer und starrte die Ratte ungläubig an. Schepper beobachtete ihn misstrauisch und sah sich nach einer Fluchtgelegenheit um. »Du lügst«, sagte Piccadilly schließlich mit verhärteter Miene. Er machte einen Satz auf Schepper zu und packte ihn an der Kehle. »Sag mir, dass du lügst!«

Scheppers Unterlippe zitterte; er keuchte und hustete. Die Maus war dabei, ihn zu erwürgen. Seine Augen quollen fast aus ihren Höhlen und er schnappte verzweifelt nach Luft, als Piccadillys Pfoten ihm die Kehle zudrückten.

Plötzlich merkte der Graue, was er tat, und wich schlagartig zurück. Er starrte auf seine Pfoten, als würden sie einem Fremden gehören. »Es tut mir Leid«, sagte er langsam. »Ich hab nicht mehr gewusst, was ich tat. Bitte sag mir, was passiert is.«

Schepper rieb seinen Hals und quakte wie ein Frosch. »Der Kampf hat nich lange gedauert«, gab er vorsichtig zu. »Schepper hat sich ferngehalten – er mag keine Schlägereien und so 'n grobes Zeug.« Er schloss die faltigen Augen halb und ein Ausdruck von Mitleid legte sich auf sein müdes Gesicht. »Wir haben gedacht, du hättest die Tunnel längst erreicht, Mäusejunge«, fuhr er fort. »Der alte Stumpi hat uns angefeuert, und da sind wir hineingestürmt. Die Jungs waren ganz gierig auf Blut, und als Schepper ihre Gesichter gesehen hat, hat er Angst gekriegt. In ihren Augen war so ein irres Leuchten, und Schepper wollte wieder dahin laufen, wo er hergekommen war – aber dann hätten sie ihn in Stücke gerissen, das is so sicher wie der Tod. Es war, als würden alle von einem mitgerissen werden. Er konnte sich nich davonschleichen und verstecken, bis alles vorbei war.« Schepper rutschte an der Tunnelwand, an der er lehnte, zu Boden und hielt sich den Kopf. »Die Mäuschen hatten keine Ahnung, was los war«, fuhr er fort. »Die Jungs ham sie überfallen und sich auf alle gestürzt; sie sind total überrascht worden. Deine Leute hätten sich darauf vorbereiten und bewaffnen sollen, Junge. Es war schlimm anzusehen, wie leicht man sie überwältigen konnte – wie Strohhalme sind sie umgekippt.«

An dieser Stelle hielt Schepper sich die Ohren zu, und eine große Träne fiel von seiner Schnauze. »Ich kann sie immer noch hören«, weinte er, »sie ham gequietscht und um Hilfe geschrien, aber alle, die angerannt kamen, ham das Gleiche abgekriegt. Die vielen piepsenden, hohen Stimmen klingen immer noch in meinen Ohren – hört auf damit, Schepper war's nich, bitte, Mäusejunge, es tut mir so Leid.« Die Ratte schluchzte mehrere Minuten lang und konnte kein Wort mehr herausbringen.

Piccadilly fror. Ein dumpfer Schmerz überkam ihn und sein Magen drehte sich um. Er streckte eine Pfote aus und berührte Scheppers Tränen überströmte Krallen. Er merkte gar nicht, wie merkwürdig die Situation war, dass er eine Ratte tröstete, die Teil einer Armee gewesen war, die all seine Freunde umgebracht hatte. »Sind alle tot?«, fragte er mit rauer Stimme.

Die Ratte hob den Kopf und sah die Maus traurig an. »Der ganze Boden war rot! Der alte Stumpi hat uns gezwungen, jeden Flur und jedes kleine Zimmerchen zu durchsuchen, und alle haben entsetzlich geschrien, als sie rausgezerrt und weggebracht wurden, um gehäutet zu werden. Jetzt nennt der alte Stumpi sich ›König der Stadt‹.« Die Ratte vergrub ihr Gesicht in den Klauen und weinte sich die Augen aus.

Ein Furcht erregender Ausdruck legte sich auf Piccadillys Gesicht; er biss die Zähne zusammen und seine Augen wurden so kalt wie die stählerne Klinge seines Messers. Er würde nicht ruhen, bis er den Schwur erfüllt hatte, den er vor so langer Zeit abgelegt hatte: Morgan musste sterben.

Kelly kicherte, als er sich ein Mäusefell über die Schultern hängte, und drehte sich vor Schnief im Kreis. »Bin ich nich hübsch?«, fragte er sabbernd. »Die schönste Ratte im ganzen Land – das bin ich.« Damit huschte er den Gang entlang und zog das Fell hinter sich her.

Schnief grölte und stopfte sich noch ein knuspriges Mäuseohr ins Maul. Was für ein Kampf war das gewesen! Er konnte sich nicht daran erinnern, jemals so viel Spaß gehabt zu haben. Und erst das Festmahl! Mäuseohren und saftiges Mäusefleisch – zart und schmackhaft, nicht zu sehr durchgebraten, nur leicht geröstet, so dass das Äußere braun war und das Innere noch roh. Solche feinen Sachen hatte er noch nie gegessen, und sie schienen ein seit Urzeiten schlummerndes Verlangen nach mehr in ihm zu wecken. Auch wenn er satt war, blieb sein Appetit.

Sehnsüchtig dachte er an die Sülze, die sie gekocht hatten, und sein Maul klappte auf, als ihm bei diesem Gedanken das Wasser im Mund zusammenlief. Der alte Stumpi hatte ihnen erklärt, wie man Mäuse am besten zubereitete, und wie Recht er gehabt hatte! Was war der alte Stumpi doch für ein ausgezeichneter General. Schnief hob seine Schale und trank auf das Wohl seines Anführers. Mmmm, warmes Fett – köstlich.

Fast alle Ratten waren in der großen Halle, in der die Mäuse wenige Abende zuvor ihre Versammlung abgehalten hatten. Die Ratten zechten und schlugen einander auf die Rücken, wie nur Sieger es können. Keiner von ihnen bereute es, in die Armee eingetreten zu sein, und dieser Feldzug, ihr erster, war ein Riesenerfolg gewesen. Nur fünf von ihnen waren dabei umgekommen, als sie plötzlich von einer kleinen Gruppe älterer Mäuse mit Schlagstöcken und Schwertern in den Pfoten angegriffen worden waren. Kriegsschreie ausstoßend waren sie wild entschlossen über die Ratten hergefallen. Der Aufstand hatte jedoch nicht lange gedauert, und bald darauf waren die Mäuse gehäutet worden. Das graue Fell, das Kelly sich umgehängt hatte, hatte einem von ihnen gehört. Die Ratten erzählten grausame Geschichten und rissen böse Witze auf Kosten ihrer Opfer. Drei Nichtsnutze mit finsteren Seelen holten sich ein paar Felle und verwendeten sie wie gespenstische Handpuppen. Sie spielten Szenen der Schlacht nach und genossen noch einmal das Töten und Quälen. Eine Gruppe von Soldaten versammelte sich um sie und schallendes Gelächter ließ die Halle erzittern. Fast alle nahmen sich ein Mäusefell und setzten es sich wie eine Grauen erregende Maske auf. Sie spähten durch die Augenlöcher und streckten ihre Zungen durch die Mundöffnungen.

Morgan saß auf Thanes Thron und kicherte in sich hinein – was für ein Tag! Das war genau das, wonach er sich immer gesehnt hatte: eine große Armee zu führen und zu lenken. Ein Grinsen breitete sich über sein Henkergesicht aus. Wenn ein paar der Jungs von früher ihn jetzt sehen könnten! Einen Augenblick lang dachte er wieder an die alte Zeit in Deptford; die war jetzt endgültig vorbei. Er konnte immer noch nicht begreifen, wie Jupiter ihn die ganzen Jahre über so hinters Licht geführt hatte, indem er vorgegeben hatte, ein Rattengott zu sein. In Wirklichkeit war er bloß ein räudiger alter Kater gewesen, der durch Morgans Arbeit dick und fett geworden war.

»Pah!« Er spuckte auf den Boden und betrachtete wieder seine neuen Jungs. Was für eine Freude sie waren, und wie begeistert! Morgan dachte an das erste Mal zurück, als er Maus geschmeckt hatte. Wahrscheinlich hatte er damals ähnlich reagiert. Doch in den Abwasserkanälen von Deptford war das Angebot an verlockenden Mäuschen mager gewesen. Dafür hatte der Herr der Ratten gesorgt – jede Maus, die sich in die Kanäle gewagt hatte, wurde direkt zu Ihm geschickt. Morgan verzog grimmig das Gesicht. Warum kam die Vergangenheit plötzlich wieder hoch? Er war schon seit mehreren Monaten in der Stadt und hatte bisher noch keinen Augenblick an die schrecklichen Zeiten gedacht, als er sich vor diesen brennenden Augen gedemütigt und vor ihnen gebuckelt hatte.

»Prost, Stumpi!«, wünschte eine satte Ratte, die mit einer Schale voller Blut an dem Podest vorbei watschelte. Morgan prostete ihr zu und senkte seinen gescheckten Kopf, um einen Schluck aus seiner Schale zu schlürfen.

Doch als er in die bis zum Rand gefüllte Schale sah, konnte er nicht mehr trinken. Seine meißelförmige Schnauze spiegelte sich in der gluckernden dicken Brühe, doch nur für einen Augenblick. Dann geschah etwas Seltsames. Aus dem Blut stieg Nebel auf und am Rand der Schale bildeten sich Eiszapfen. Das Eis breitete sich aus, bis die Blutsuppe gefroren war. Entsetzt hielt Morgan den Atem an, doch er konnte den Blick nicht abwenden. Tief im Herzen des blutroten Eises tauchten zwei Punkte aus blassem, kaltem Licht auf.

»Nein«, murmelte die Ratte fassungslos, »nicht noch einmal.«

Die glühenden, eisigen Augen wurden größer und größer, füllten die Schale, bis schließlich ihr gespenstischer Schimmer auf Morgans Gesicht und über seine zitternden Krallen fiel. Die Augen waren aus strahlendem Blau, der Farbe der schrecklichen Leere, und ihre ewige Kälte brannte sich in das Hirn der Ratte ein.

»Morgan«, rief eine vertraute Stimme aus der Ferne.

Als Morgan den Sprecher erkannte, wurde er leichenblass. »Das kann nicht sein ...«, stammelte er. »Ihr seid weg – ertrunken.«

»Morgan«, wiederholte die Stimme flüsternd, und die Augen im Eis schienen tief in seine Seele zu schauen.

»Mein Herr?« Morgans Nackenhaare sträubten sich und ihm wurde eiskalt. »Seid Ihr das?«

»Fürwahr, ich es bin, Jupiter, dein Herr und Meister«, sagte die Stimme, die hohl und schneidend wie der Tod klang. »Ich bin gekommen, um meinen Leutnant zu holen.«

Schnief schaute von seinem Festmahl auf und fragte sich, ob er sich übergeben sollte, um noch mehr Essen in sich hineinstopfen zu können. Er lächelte die vielen zufriedenen Ratten mit den Mäusefellen auf dem Kopf an und hob seine fettigen Krallen, um den alten Stumpi zu grüßen. Der Gruß wurde nicht erwidert. Was machte der General bloß? Er schien in seine Schale zu starren. Und woher kam das komische blaue Licht? Schnief runzelte die Stirn und stand schwankend auf – etwas Seltsames ging hier vor sich.

»Hör mir zu«, lullte Jupiters Stimme Morgan ein, »ich bin aus der entferntesten Ecke des Todes zurückgekommen und brauche wieder meinen alten, vertrauenswürdigen Freund.«

Morgans Wille schwand immer mehr. Mit jeder Sekunde, in der er in Jupiters Augen sah und seine schreckliche Stimme vernahm, wurde er unfähiger, sich davon loszureißen. »Nein«, sagte er und kämpfte gegen die Zauberkräfte an, die ihn einwickelten, »ich arbeite nie wieder für eine verdammte Miezekatze – nie wieder! Ich hab jetzt mein eigenes Leben, weit weg von Euch, und ich komm nicht mehr zurück – selbst wenn Ihr Hobb persönlich wärt.«

Doch es war nicht leicht, Jupiter zu entkommen. Ganz allmählich nistete sein eiskaltes Flüstern sich in Morgans Herz ein. Die Ratte fing an, Jupiters melodischen Worten zuzuhören, denn sie hatten dieselbe betäubende Wirkung wie starker Wein. Seine Augenlider senkten sich und wieder verfiel er Jupiters mächtiger Stimme. Er trauerte, als die Worte verstummten – er wollte sie ständig hören, er würde sein Leben dafür geben, sie zu hören. Eine starke Leidenschaft schwoll in seiner Brust; er würde sich an seinen edlen Herrn binden und alles tun, was er von ihm verlangte. Wie hatte er es die ganze Zeit ohne Jupiter ausgehalten?

»Ich brauche dich, Morgan. Kehre wieder in meine Dienste zurück«, sagte Jupiter. »Ich sehe, dass du deine eigene Armee aufgebaut hast – ausgezeichnet. Bringe sie zu mir, lass sie meine geliebten Untertanen werden, die meine herrliche Kälte anbeten. Das Genie des Schwarzen Winters will ebenso bewundert werden, wie sein Körper es einst wurde.«

»Alles, was Ihr wünscht, Eure Majestät«, antwortete Morgan in alter Unterwürfigkeit. »Ich trommle die Jungs zusammen und bring sie zu Euch. Wir werden Eure Füße küssen und Euch niemals an unserer Liebe zweifeln lassen.« Jupiter lachte leise und Morgan schmolz dahin, als er den grausamen Ton hörte.

»Alles okay, Boss?«, fragte Schnief, der neben dem Thron stand und die Schale misstrauisch beäugte. »Du siehst ein bisschen blass aus – was is das für ein komisches Licht?«

Morgan blickte ihn scharf an. Er sah Schnief wie durch einen schwarzen Schleier, der alles verzerrte und verdrehte. »Mir fehlt nichts, mein Junge«, erwiderte er automatisch. »Pack deine Sachen zusammen und sag den anderen Jungs, dass wir weiterziehen müssen.«

»Wovon redest du, Boss?«, rief Schnief erstaunt. »Wir müssen doch noch nicht von hier weg. Es ist noch genügend zu futtern da und wir müssen uns vor niemandem fürchten. Wir schieben hier 'ne echt coole Nummer, warum bleiben wir nich?«

Morgans Kralle zuckte nach vorn und riss Schniefs rechtes Ohr in zwei Stücke. Schnief hielt sich den Kopf und sprang erschrocken zurück. »Gehorche mir!«, zischte Morgan. Dann erhob er sich vom Thron, um den überraschten Ratten Befehle zu erteilen. »Macht euch bereit«, sagte er zu ihnen. »Wir ziehen in einer Stunde weiter.«

Die Ratten sahen einander verwundert an. Was hatte der alte Stumpi jetzt schon wieder vor? »Ich hab noch nicht aufgegessen«, murmelte eine von ihnen verdrossen. »Maul halten!«, flüsterte eine andere. »Er muss wissen, was er tut. Der Boss weiß, was für uns gut ist. Wir können ihm vertrauen, mach dir keine Sorgen.«

Schnief ging jedoch äußerst beunruhigt vom Thron weg; sein verletztes Ohr brannte und das Blut sickerte durch seine Krallen. Irgendwas stimmte nicht. Der alte Stumpi schien nicht mehr derselbe zu sein. Wütend verschwand Schnief und suchte Kelly.

»Mein treuester Diener«, flüsterte Jupiter Morgan ins Ohr, »bringe mir deine Bande nach Deptford. Ich kann sie brauchen.«

Morgan verbeugte sich. Dann verschwanden die Augen, und das Eis in der Schale schmolz. Stumpi wandte sich an seine wartenden Soldaten.

»Was hängt ihr hier noch rum?«, kläffte er. »Packt euer Zeug zusammen – wir gehen nach Deptford.«

»Deptford?«, wiederholten sie verdrossen. »Was solln wir da?« Fast alle in der Großstadt hatten von dem Ort und dem Horror, der früher in Deptfords Abwasserkanälen geherrscht hatte, gehört. Die Ratten schüttelten voller Zweifel die Köpfe. Das klang gar nicht gut – alle kannten die Gerüchte über den grausamen Jupiter und keiner wollte auch nur in die Nähe von Deptford kommen. »Ich geh nich mit«, murrten ein paar von ihnen trotzig.

Morgan knurrte zornig und schüttelte die Fäuste. »Ihr geht nicht mit?«, donnerte er wütend. »Wie könnt ihr es wagen! Hab ich euch bisher nicht richtig geführt? Hab ich euch kein Mäusefleisch serviert?«

Die Ratten murmelten beschämt. »Aber ausgerechnet Deptford«, fragte jemand, »warum dorthin?«

»Weil es das Paradies auf Erden ist«, erwiderte Morgan voller Sehnsucht. »Dort ist die Beute reichhaltiger als irgendwo sonst. Die Mäuse sind fett, und es gibt niemanden, der uns in die Quere kommt. Das ganze Rattenvolk ist vor einer Weile ausradiert worden.«

»Aber wir wollen nich ins Gras beißen.«

»Das werdet ihr auch nicht. Die alten Geschichten waren nichts als Lügen, die von den selbstsüchtigen Kanalräubern erfunden worden sind, die ihre Beute mit niemandem teilen wollten. Aber jetzt sind sie weg, und die Äcker sind voller quietschender Mäuschen, die keiner erntet. Was für eine Verschwendung!« Morgan klang überzeugend. Die Gier in ihren Herzen war noch frisch und sie würden alles tun, um noch mehr Mäuse zwischen die Krallen zu kriegen. »Wir müssen uns beeilen«, schrie er ungeduldig. »Vinny – hisse die Fahne, wir ziehen in den Krieg! Deptford gehört uns.« Er grinste in sich hinein; die Ratten würden erstklassige Untertanen für seinen Herrn abgeben – es würde wieder so sein wie in den guten alten Zeiten.

Die Lust der Ratten auf mehr Blut wischte alle Zweifel beiseite, und sie jubelten über die Vorstellungen, die der alte Stumpi in ihnen weckte. »Auf nach Deptford«, schrien sie und warfen ihre Mäusefellmützen in die Luft.

In einer stillen Ecke stießen Schnief und Kelly sich verstohlen an. Nur sie wussten, dass ihr großer Anführer aus Deptford kam; er hatte es ihnen bei seiner Ankunft in der Stadt erzählt. Er hatte auch gesagt, dass es der grauenhafteste Ort war, an dem er jemals gewesen war, und hatte dabei gezittert. Die beiden Ratten beobachteten den General mit dem Stummelschwanz misstrauisch; vielleicht hatte er nichts mehr auf Lager, und ein neuer Anführer müsste gewählt werden. Sie beschlossen, gute Miene zum bösen Spiel zu machen und auf eine Gelegenheit zu warten, um ihn abzusetzen. Kelly leckte sich die Krallen und bleckte erwartungsvoll die geschärften Zähne.

In der Dunkelheit des U-Bahn-Tunnels schaukelte Piccadilly auf den Fersen und wiegte sein Gesicht in den verschränkten Armen, während sein dichtes schwarzes Stirnhaar seine traurigen Augen verdeckte. Seine Zukunft sah düster aus. Jetzt, da Holeborn zerstört und von einer Rattenarmee belagert war, konnte er nichts mehr tun. Zuerst hatte Piccadilly erwogen, schnurstracks hineinzustürmen und so viele der Meute zu töten, wie er konnte, doch Schepper hatte es ihm ausgeredet, und nachdem seine Wut abgekühlt war, fühlte er sich leer. Er konnte einfach nicht glauben, dass alle Mäuse für immer weg waren. Voller Bitterkeit dachte er an die Grüne Maus – wenn es sie wirklich geben würde, hätte sie dieses Grauen nicht zugelassen. Auf sein verstecktes Gesicht trat ein ironisches Lächeln. Vielleicht war er verflucht! Das würde all die unglücklichen Umstände seines Lebens erklären. Seine Eltern waren getötet worden, als er noch ganz klein war; er hatte sich verlaufen und war in den Kanälen von Deptford gelandet, wo sein neuer Freund Albert Brown umgekommen war; das einzige Mädchen, das ihm je etwas bedeutet hatte, machte sich nichts aus ihm – und nun das hier. Piccadillys Vergangenheit zog an seinem geistigen Auge vorbei und er hasste, was er sah.

Schepper war bei der Stadtmaus geblieben. Er wirkte besorgt und zuckte unruhig mit den Ohren. Die Ratte hatte Angst; es war gefährlich, so nahe vor den Toren Holeborns zu verharren. Die Mörder konnten jeden Augenblick herauskommen und sich auf sie stürzen. Er kaute nervös mit seinem einzigen Zahn auf der Lippe herum und zählte die Beulen auf seinem Kopf. Wenn der Mäusejunge doch endlich verschwinden würde, dann könnte er das beenden, weswegen er hergeschickt worden war. Er zuckte bei jedem merkwürdigen Geräusch zusammen und warf sich auf den Boden – er war mit den Nerven völlig am Ende.

Piccadilly hob den Kopf; seine Miene war grimmig und entschlossen. »Ich muss unbedingt rauskriegen, was mit Marty passiert ist«, sagte er und wandte sich zu der Ratte.

»Is er wie die anderen umgebracht worden? Hast du ihn gesehen?«

Schepper wandte den Blick ab und schnippte mit den Krallen einen Stein weg. »Schepper hat die Maus mit dem komischen Zeichen auf dem Rücken nirgendwo gesehen«, antwortete er schließlich.

Eine leise Hoffnung rührte sich in Piccadillys Herzen. »Dann könnte es sein, dass er noch lebt«, sagte er atemlos. »Er muss sich im Osttunnel verlaufen haben – deswegen kam der Angriff auf Holeborn so überraschend: Marty ist nie angekommen.«

Die Ratte murmelte in sich hinein: »Schepper hat nix komische Maus oder andere Mäuse gesehen; er hat nich zugeschaut, als sie niedergestochen wurden, er wollte nich sehen, wie ihnen das Fell über die Ohren gezogen wurde.«

Doch Piccadilly ließ sich nicht beirren. Es gab eine Chance, dass sein junger Freund noch lebte, und er würde ihn finden. Er sprang auf und wollte zum Osttunnel rennen, als er ein schreckliches Geräusch hörte. Das große Tor wurde unter lautem Knarren und Splittern aufgerissen und grausames Gelächter hallte in den Tunneln wider – die Rattenarmee verließ Holeborn. Er hörte das schwere Getrampel ihrer Schritte näher kommen und das Zischen ihres pfeifenden, faulen Atems, das sich mit ihren wilden Flüchen und dreckigen Sprüchen vermengte. Schepper schrie erschrocken auf; unschlüssig, in welche Richtung er rennen sollte, drehte er sich hilflos hin und her. Die Truppe strömte offensichtlich gerade aus dem Tor, und das glitschige Rascheln ihrer blutverschmierten, dreckigen Körper hallte in Piccadillys Ohren.

»Kommt, Jungs«, brüllte eine raue Rattenstimme hinter der Ecke. »Wo ist der verdammte Vinny mit der verfluchten Fahne?«

Piccadilly sah Schepper verzweifelt an. Diesmal konnte er sich nirgendwo verstecken, es gab keine Löcher und die Ratten waren schon zu nahe, um jetzt noch vor ihnen davonzurennen. Schepper starrte mit leerem Blick vor sich hin und verzog unglücklich das Gesicht. Wenn sie ihn mit einer lebendigen Maus erwischten, würden sie ihn auch noch töten.

Es gab kein Entrinnen. Piccadilly zog sein kleines Messer heraus und biss die Zähne zusammen. So wartete er auf das erste der blutrünstigen Monster. Er schätzte, dass er ungefähr dreißig Sekunden überleben könnte – lang genug, wenn Morgan die Truppe anführte.

Ein knorriger Fuß mit gelben Krallen tauchte auf, gefolgt von einem riesigen, pelzigen schwarzen Körper. Das Messer schimmerte in den Pfoten der grauen Maus, als er sich auf den Angriff gefasst machte, der gleich erfolgen würde. Plötzlich streckte sich eine Kralle nach ihm aus und schubste ihn gegen die Mauer. »Sei still, Mäusejunge«, befahl Schepper rasch, »und bleib im Schatten.« Die alte Ratte hatte Piccadilly gepackt und drückte ihn nach unten, damit er sich ganz klein machte. Dann baute Schepper sich vor der Maus auf und versuchte, sie so gut wie möglich zu verdecken.

Piccadilly zog den Schwanz ein und legte seine Ohren an. Die Idee war total verrückt, und nur Schepper konnte auf so einen Gedanken kommen. Jeden Augenblick würden Hunderte von Ratten vorbei strömen und eine von ihnen würde ihn sehen. Am liebsten hätte er Schepper weggeschubst und die Ratten trotzdem angegriffen – dann würde er wenigstens nicht feige in einem Winkel hockend entdeckt werden. Doch als er aufstehen wollte, setzte die verrückte alte Ratte sich einfach auf seinen Rücken, und er konnte sich nicht mehr rühren.

Die Armee stürmte mit feurigen Augen und voller Mordlust heran. An der Spitze marschierte der neu ernannte Fahnenträger Vinny – eine kräftige, kleine Zwergratte mit blutrot verfärbten Zähnen, deren Gesicht so böse wie die Sünde war. Vinny trug die grauenhafte Flagge stolz vor sich her und gackerte laut und schrill. Schepper schaute auf und schauderte, als er erkannte, was der Armee als Fahne diente.

Piccadilly konnte nichts sehen. Sein Gesicht war in seinen Bauch gedrückt. Er drehte und wand sich unter Schepper, doch die alte Ratte bewies mehr Kraft, als er vermutet hatte. Die brutalen Kreaturen mit ihren großen, hämischen Gesichtern kamen näher. Ein paar von ihnen trugen immer noch ihre grausigen Trophäen auf den hässlichen Köpfen; andere wiederum kauten an den Resten ihrer Mahlzeit. »Hey, Schepper«, rief eine der Ratten, »was machst denn du hier? Haste noch nix zu fressen gekriegt?«

Schepper hustete und schüttelte den Kopf. »Ich hab gewartet, bis ihr fertig seid, bevor ich reinhaue«, antwortete er mit gespielter Herzlichkeit. »Kann's gar nich erwarten, echtes Mausfleisch zu probieren.«

»Du blöder alter Hund«, johlten alle. »Nur Schepper kann so verrückt sein, alles zu verpassen – was für ein Schwachkopf!«

Sie waren alle so damit beschäftigt, sich über die alte

Ratte lustig zu machen, dass keiner von ihnen sich die Mühe machte, genauer hinzusehen, worauf Schepper hockte. »Also, dann beeil dich«, sagten sie, »wir bleiben hier nich.«

Morgan lachte mit den anderen, doch die Ursache seiner guten Laune waren dunkle Pläne, von denen seine Jungs nichts wussten. Er schnaubte höhnisch und rieb sich aufgeregt die Krallen. In Gedanken sah er die strahlende Herrlichkeit seines Meisters, und er konnte es kaum erwarten, seinen Willen wieder einmal zu erfüllen.

Die schnaufenden Ratten strömten weiter durch den Tunnel; der Zug schien kein Ende zu nehmen. Alle kauten und knirschten mit den Zähnen, schmatzten und leckten sich bei dem Gedanken an Krieg die Lippen. Ein paar hatten die wenigen Waffen der Holeborner entdeckt und schwenkten sie über ihren Köpfen, brüllten Todesschwüre und dachten sich grausame Lieder aus. Ungeduldig drängten sie weiter, grölten und zankten sich, schrien mit ihren schrecklichen Stimmen obszöne Sprüche, bis der Tunnel zu beben schien.

Piccadilly hörte auf sich zu wehren; der lächerliche Plan schien zu funktionieren und er wunderte sich über sein Glück. Bald würde der letzte Rest der brutalen Truppe vorbeiziehen, doch er fragte sich, wohin die Ratten wohl gingen, und alle, die ihnen zufällig über den Weg liefen, taten ihm jetzt schon Leid.

Schnief und Kelly waren die letzten. Sie waren in eine heimliche Unterhaltung vertieft und sahen sich verstohlen um, um sich zu vergewissern, dass keiner sie hören konnte. Schniefs Ohr war verbunden und er hielt sich die Rotznase zu, um seine Worte zu dämpfen, während sie gemeinsam einen Plan ausheckten. Plötzlich entdeckte er Schepper und spuckte aus. Er hatte Lust, jemanden zu treten.

»Oh!«, stieß er wütend aus. »Wo hast du dich denn versteckt? Komm her, Bekloppter.«

Schepper winselte. Wenn er aufstand, würden sie Piccadilly sofort sehen. »Tu ich nich«, hörte er sich sagen.

Schnief rauchte buchstäblich vor Wut, als er brüllte: »Was? Widersprich mir nicht, Kumpel! Beweg dich sofort her, sonst komm ich und hol dich mit einem großen Stock.« Doch Schepper blieb beharrlich. Ein gefährliches Knurren stieg aus Schniefs Kehle, als er auf die Ratte zuging.

»Lass das«, mischte Kelly sich ein. »Fang bloß keinen Streit an, sonst machst du die anderen auf dich aufmerksam, Kumpel. Für alte Socken wie den da is später noch Zeit genug. Komm schon – wir ham noch was zu erledigen, falls du dich erinnerst!« Er packte Schnief am Arm und zerrte ihn grob zurück.

Schnief gab nach, doch er warf Schepper noch einen giftigen Blick zu. »Das vergess ich nich, du alter Schlappschwanz«, warnte er. »Pass bloß auf, wenn du nich eines Tages mit durchgeschnittener Kehle aufwachen willst.«

Als die beiden im Tunnel verschwanden und außer Hörweite waren, seufzte Schepper erleichtert und rückte von Piccadilly ab.

»Danke«, sagte der Mäuserich und streckte sich, »das war knapp! Ich will nie wieder in so eine brenzlige Lage kommen.« Doch die Ratte schaute der Armee hinterher und schien ihm nicht zuzuhören. Piccadilly rieb seine verkrampften Beine, verschränkte die Arme und runzelte die Stirn. »Wo sie wohl hingehen?«, fragte er neugierig. »Das is nicht der Weg zu ihren Eingängen.«

»Es gibt Krieg«, sagte Schepper beinahe heiter. »Es wird viele Schlachten geben und die Erde wird sich in blutigen Schlamm verwandeln.«

Piccadilly war irritiert. Manchmal erstaunte die alte Ratte ihn richtig. »Deswegen kann ich mir jetzt keine Sorgen machen«, sagte er. »Ich muss versuchen, Marty zu finden, und ich sollte wohl auch einen letzten Blick auf Holeborn werfen.« Schweren Herzens bog er um die Ecke, um sich die Zerstörung seiner Heimat anzusehen.

Schepper blieb, wo er war, und wälzte seine eigenen geheimen Gedanken. Als er aufsah, war Piccadilly weg und er war allein. »Nein, Mäusejunge«, flüsterte er leise, »du wirst die Maus mit dem Fleck jetzt nicht suchen. Du musst mit Schepper mitkommen.« Für einen Augenblick richtete die Ratte sich gerade auf und war nicht wiederzuerkennen; sie wirkte groß und grimmig mit einem wissenden Blick in ihren scharfen Augen.

Das große Tor hing traurig herunter und das Holz hatte tiefe Kratzer von scharfen Krallen. Der Angriff war ganz überraschend gekommen – doch Piccadilly bezweifelte, dass die Mäuse, selbst wenn sie gewarnt worden wären, hätten entkommen können. Er zwang sich, die Schwelle zu übertreten, und sah das erste Opfer. Es waren die kläglichen Reste des Wachmanns. Sein alter Speer war ihm entrissen und als Siegestrophäe weggetragen worden, doch sein verbeulter Blechhelm war zu klein für einen Rattenkopf gewesen. Alles, was von ihm übrig blieb, war ein zerdrückter Klumpen aus Metall in einer dunklen, grausamen Pfütze.

Erschüttert ging Piccadilly in die Eingangshalle. Die Lebensmittelrationen waren überall verstreut, und er wurde von Trauer überwältigt, als er Agnes Trumpers zerknüllte Schürze fand. Hier und dort knisterten kleine Feuer und darüber hingen schwarze Töpfe. Piccadilly war nicht so dumm, hinzugehen und den Inhalt näher zu untersuchen – der Geruch verriet alles. Er wankte den Gang zur Haupthalle entlang. Die Ratten hatten mit Blut grausame, ordinäre Bilder auf die uralten gefliesten Wände gemalt. Die geschnitzten Säulen waren zerstört worden: An all den wunderschönen Holztieren fehlten nun Ohren, Beine oder Köpfe, und hier und dort hatte eines der Biester sein Abbild aus Fettklumpen geformt und hingeklebt. Piccadilly warf einen Blick in die Kapelle der Grünen Maus. Sie war völlig zerstört und die Ratten hatten die Kinderbilder von den Wänden gerissen. Die Zerstörung war noch viel schlimmer, als er es sich vorgestellt hatte. Hier war eine blinde Wut und eine Brutalität am Werk gewesen, die er nicht für möglich gehalten hätte.

Piccadilly stolperte weiter auf die Halle zu. Der Vorhang war in Stücke gerissen worden. Er trat über die Stofffetzen und ging hinein. Die große Halle sah aus wie ein Schlachtfeld; der Boden war mit abgenagten Knochen übersät und in einer Ecke waren Totenköpfe aufgehäuft. Überall lagen Reste und Fellstücke herum und die riesigen Brautöpfe, die aus den Küchen geholt worden waren, lagen nun, sauber ausgeleckt, umgedreht auf dem Boden; alle Reste von Mäusebrühe und gebratenen Ohren waren vertilgt.

Piccadilly fiel auf die Knie. Endlich ließ er seinen Gefühlen freien Lauf. Laut weinend warf er den Kopf zurück. Er wurde von heftigem Schluchzen erfasst und sein Körper bebte, als die Trauer ihn schüttelte. Er zerrte mit seinen Pfoten an seinem Fell und heulte herzzerreißend.

Die Minuten vergingen, und als er nicht mehr weinen konnte, ließ er elend den Kopf hängen. Er fühlte nichts mehr, keinen Schmerz und keine Trauer; es war fast, als wäre er selbst tot. Seine Lippen waren trocken und aufgerissen und sein Kopf dröhnte, doch er spürte es nicht. Das hier war zu viel. Er war der Verzweiflung nahe und starrte in die vernichtenden Augen des Wahnsinns– ein einziger verlockender Sprung und er wäre für immer verschwunden, im behaglichen Dunst der Verwirrung verloren, und müsste nie mehr in die harte, grausame Welt zurückzukehren, in der sein Körper so litt. Seine Vernunft verschwand und ein seltsames Lächeln legte sich auf sein Gesicht.

»Mäusejunge!«, krächzte Schepper, der am Eingang stand. »Hey, Mäuschen, krieg dich wieder ein!« Er huschte zu Piccadilly und gab ihm eine schallende Ohrfeige. »Noch nicht«, zischte er. »Schepper braucht dich noch eine Weile.« Die Ratte hockte sich hin und schaute prüfend in die irren Augen der Maus. »Komm aus der dunklen Ecke heraus, Piccadilly«, befahl die alte Ratte mit einer festen Stimme, die nicht ihre eigene war.

Piccadillys Körper entspannte sich und er sank wie eine Puppe in Scheppers Arme. Die Ratte zerrte ihn zu dem winzigen Bach, der an der Wand der Halle entlang floss, und spritzte ihm etwas Wasser ins Gesicht. Allmählich kam der Graue zu sich. Sein Blick wurde wieder normal und er stöhnte.

»Trink, Mäusejunge«, bat Schepper in seinem gewöhnlichen dümmlichen Ton und hielt Piccadilly eine Kralle voll Wasser an die rissigen Lippen. Piccadilly hustete und spuckte das Wasser angewidert aus – die Ratten hatten den Bach verunreinigt.

»Hör auf damit«, keuchte er und stieß Schepper weg. »Mir fehlt nichts; lass uns von hier verschwinden.« Er stürmte aus der Halle und Schepper blieb ihm humpelnd auf den Fersen. Piccadilly wollte Holeborn so weit wie möglich hinter sich lassen; er wollte irgendwohin gehen, wo es keine Ratten gab.

»Schepper hat was rausgekriegt, Junge«, rief die alte Ratte ihm hinterher. »Willst du denn nich wissen, was das is?«

Piccadilly blieb stehen und wandte sich der Ratte zu. »Du hast doch nicht etwa Marty gefunden, oder?«, fragte er hoffnungsvoll.

Schepper senkte schüchtern den Kopf. »Nein, die Maus mit dem Mal hat er nich gefunden, aber er weiß, wohin der alte Stumpi gegangen is.«

»Ich nehme an, zurück in seine stinkigen kleinen Schleimlöcher.«

»Nein, er is nach Deptford gegangen.«

Die graue Maus erstarrte. »Was hast du gesagt?«

Schepper zuckte mit den Schultern. »Sie sind zum Fluss runtergegangen. Der alte Stumpi bringt alle seine Jungs nach Deptford; er sagt, dort unten gibt's viele fette Mäuse.«

Wie so oft in letzter Zeit lief Piccadilly ein eiskalter Schauer den Rücken hinunter. Er starrte Schepper an und sagte rasch: »Wir müssen sie aufhalten, ich hab dort

Freunde.« Dann rannte er den Gang entlang und rief: »Zeig mir, wo Morgan jetzt steckt!«

Schepper kicherte.

Die Brise war bitterkalt. Sie strich über den schiefergrauen Fluss und trug in ihren unsichtbaren Fingern kleine Schneeflocken. Die winzigen Flöckchen, die ins eiskalte Wasser fielen, schwammen eine Weile auf der Oberfläche und schmolzen dann. Es war ein früher Wintermorgen und noch keine einzige Seele rührte sich draußen. Die Themse floss träge an den verrotteten Pieren vorbei; nachdenklich und betrübt beförderte sie die Abfälle der Menschen auf ihren öligen Wellen.

Die steilen Flussbänke waren voller kleiner Löcher: Hinter den grünen, Moos bewachsenen Steinen lagen dunkle, feuchte Tunnel, die unter die Stadt führten. Morgan hatte seine Armee durch einen dieser Geheimwege geleitet. Nun steckte er seinen scheckigen Kopf aus einem bleichen, nassen Stück Moos und blinzelte ins fahle Licht des düsteren Morgens.

Er beugte den Kopf und schätzte die Entfernung zu der dunklen Brühe, die unten vorbeischwamm. Dann sprang er mit einem entschlossenen Schrei und landete mit einem Quieken. »Kommt, Jungs«, rief er hinauf. Die Ratten quollen wie Wasser aus einem Rohr hinaus. Platschend kamen sie in dem weichen, dicken Schlamm auf und bespritzten einander von Kopf bis Fuß. Als Kelly sprang, machte er eine große Kuhle ins Flussufer und schleuderte riesige, matschige Klumpen in die Luft. Freudig bewarfen ein paar Ratten sich mit dem Schlamm; es machte ihnen Spaß, im Dreck zu spielen.

»Beruhigt euch, Leute«, befahl Morgan und watschelte im zähen braunen Schlamm umher, wobei sein Stummelschwanz hinter ihm ein Muster zeichnete. »Das ist der kürzeste Weg nach Deptford, also müsst ihr schwimmen.« Die Ratten murrten, doch er sah sie nur scharf an und humpelte zu einem großen Stück Treibholz hin, das er näher untersuchte und dann ans Flussufer zog. Er ließ es ins Wasser gleiten und grunzte zufrieden: *Er* würde nicht nass werden.

Dann sprang Morgan auf sein behelfsmäßiges Floß und rief: »Vinny, gib mir die Fahne.« Die dicke Ratte mit dem bösartigen Lächeln platschte über den Schlamm und watete in den eisigen Fluss. Im kalten Wasser verschwand ihr Grinsen, doch gehorsam gab sie ihrem Herrn die Flagge. Während Morgan sanft vom Ufer wegschaukelte, richtete er das Wort an seine Truppe.

»Krieg und Blutvergießen!«, schrie er; dabei schwenkte er mit einer Klaue die Fahne und drückte mit der anderen einen glitzernden Anhänger an seine Brust. »Folgt mir nach Deptford, meine treuen Soldaten!« Dann wurde das Floß von der Strömung ergriffen und Morgan segelte den Fluss hinunter.

Die Ratten am Ufer verschwendeten keine Zeit. Grölend tauchten sie in das eiskalte Wasser und kamen kreischend und keuchend wieder an die Oberfläche. Doch Ratten sind sehr gute Schwimmer, und diese Ratten bildeten keine Ausnahme. Ihre Schwänze ruderten und steuerten im Fluss; sie wühlten und peitschten die Oberfläche auf wie ein Sturm das Meer. Schnief und Kelly warteten, bis die letzten hineingesprungen waren, bevor auch sie sich in die kalten Fluten stürzten. Während

Morgan voraussegelte und die Fahne über seinem Kopf flatterte, begannen die Ratten ihre lange Wasserreise nach Deptford.

Eine gute halbe Stunde lang rührte sich am Ufer nichts. Das graue Dämmerlicht wurde heller, doch kein Sonnenstrahl kam durch die dichten weißen Wolken. Der Schnee blieb am schlammigen Ufer liegen und es bildete sich eine feine, pudrige Schicht.

Piccadilly rutschte und schlitterte aus dem Loch in der Steinmauer und fiel strampelnd in die Tiefe.

Plitsch! Seine Beine versanken im Dreck.

Platsch! Schepper steckte mit dem Kopf im Morast. Er strampelte und zappelte mit den Beinen, während sein knochiger Schwanz wild ausschlug und riesige Dreckspritzer in die Höhe schossen.

»Warte«, sagte Piccadilly und kam ihm zu Hilfe. Er packte die Ratte an den Füßen und zog sie aus dem Morast. Schepper bot einen jämmerlichen Anblick. Er glänzte vor schmierigem Schlamm und seine runden Augen schauten verstört aus dem Dreck.

Trotz seiner Lage konnte Piccadilly sich ein Lachen nicht verkneifen. Die Ratte, die vom Kopf bis zum Bauchnabel mit Schlamm verschmiert war, wirkte zu komisch. Die Maus hielt sich die Seite und zeigte auf Schepper, der nur blöde blinzelte und aus dessen Mundwinkel Dreckblasen blubberten. Als Piccadillys Lachanfall vorüber war, schüttelte er den Kopf und trottete ans Flussufer, wo er eine Pfote über die Augen hielt und aufs Wasser starrte. In der Ferne sah er unter einer Brücke eine schäumende, wirbelnde Masse und davor eine Art Boot mit einem Segel drauf – nein, es war eine Fahne.

Der kalte Morast schmatzte unangenehm zwischen seinen Zehen und das braune Wasser strömte hindurch. Der Mäuserich schauderte bei der eisigen Berührung; ihm war klar, dass er in diesem Wasser nicht schwimmen konnte. Was er brauchte, war ein Boot oder etwas Ähnliches. Er sah sich suchend am Ufer um.

»Was sucht der Mäusejunge?« Schepper wischte sich den Schlamm aus dem Gesicht und schmierte ihn über den Rest seines Körpers.

»Etwas, das schwimmt«, erwiderte Piccadilly. »Hilfst du mir, bitte?«

Zu zweit durchsuchten sie die Abfälle, drehten Flaschen und Dosen um und warfen sie ins Wasser, um zu sehen, ob sie an der Oberfläche schwammen. Schepper gefiel das neue Spiel; er vergaß bald, was er eigentlich suchte, und warf fröhlich alle möglichen Gegenstände in den Fluss. »Platsch, platsch, blubb, blubb«, sang er glücklich und vollführte einen lächerlichen Tanz im Dreck.

Piccadilly beachtete ihn nicht und suchte weiter. Schließlich fand er das perfekte Floß: eine rote Puddingschüssel aus Plastik, in denen beide Platz hatten. Eifrig sah er sich nun nach etwas um, das sich zum Paddeln eignete, und stöberte einen kaputten Holzlöffel und eine große, dicke Möwenfeder auf.

»Hilf mir«, rief er dem immer noch herumhüpfenden Schepper zu. »Wir müssen die Schüssel ins Wasser kriegen.« Er zerrte seine Fundsachen zum Flussufer hinunter.

Neugierig kam Schepper angelaufen und betrachtete die Plastikschüssel ausgiebig. »Macht der Mäusejunge Frühstück?«, fragte er hoffnungsvoll und rieb sich den schlammverschmierten Bauch.

Piccadilly holte keuchend Luft. »Dies, mein Kumpel«, verkündete er stolz, »wird unser treuer Kahn – sogar der alte Triton wäre begeistert.«

»Kahn?«, fragte die Ratte. »Unser Kahn? Das kapiert Schepper nich.«

»Doch, du verstehst das sicher«, lachte die Stadtmaus. »Ich muss Morgan auf der Spur bleiben, und du kommst mit.«

Schepper wollte wieder protestieren, doch Piccadilly packte ihn am Kragen und zwang ihn, in ihr kleines, neues Boot zu steigen. Winselnd kletterte Schepper hinein. Die Schüssel schaukelte beängstigend. Er stellte sich vor, wie es sein würde, darin auf dem Fluss zu treiben, und verzog jämmerlich das Gesicht.

Piccadilly schob das Boot mit der Ratte ins Wasser. Die Schüssel wackelte und kippte beinahe um. Schepper jammerte laut und klammerte sich an den Rand, doch dadurch machte er die Sache nur noch schlimmer. Das Boot schaukelte heftig von einer Seite zur anderen; die Ratte duckte sich auf den Boden und hielt sich schützend die Arme über den Kopf. Piccadilly watete hinterher und hievte sich über den Rand hinein.

»Und jetzt«, sagte er, sobald das Schaukeln nachgelassen hatte, »nimmst du das hier, Schepper, alter Junge«. Er gab der Ratte die dicke Feder und behielt den Holzlöffel.

Schepper starrte verständnislos auf die Feder; er wusste nicht, was er damit anfangen sollte. Zähneknirschend zeigte Piccadilly ihm, wie man sie ins Wasser tauchte und damit ruderte. Nach mehreren misslungenen Versuchen hatte die Ratte es begriffen und sie fingen an zu paddeln. Doch zunächst drehte die Schüssel sich im Kreis, da

Scheppers Bemühungen erbärmlich waren – er war zu sehr damit beschäftigt, ängstlich auf das dunkle, kalte Flusswasser zu starren, von dem sie umgeben waren. Piccadilly versetzte ihm schließlich einen Schlag auf den Hinterkopf. Die Ratte schrie auf.

»Paddle endlich!«, rief die Maus zornig. »Wir müssen sie einholen!«

Schepper senkte den Kopf und begann, richtig zu paddeln. Während der Schnee immer dichter und schwerer wurde, trieb die kleine rote Schüssel mit ihren beiden sonderbaren Matrosen die Themse hinunter. Bald waren sie hinter dem weißen, flockigen Vorhang verschwunden, und als Piccadilly sich umdrehte und einen Blick auf die Stadt warf, konnte er nur noch ihre verschwommenen Umrisse erkennen. »Es tut mir so Leid, Marty«, sagte er voller Bedauern. »Ich bin sicher, dass du selbst auf dich aufpassen kannst. Ich muss jetzt fort, aber ich komm wieder, das verspreche ich dir.«

Seine Gedanken wurde von dem heftigen Schneesturm unterbrochen. Die graue Maus würde nie wieder an diesen Ort zurückkehren.

DER WEG ZURÜCK

Der Schnee legte sich gleichmäßig auf alles und bildete auf den Dächern von Deptford dicke weiße Falten. Die Straßen waren unbefahrbar. Der Park verschwand unter den immer tiefer werdenden Lagen aus Schnee und Eis, und die Bäume stöhnten, als ihre Äste sich knarrend unter dem Gewicht der winterlichen Blätter bogen. Niemand entkam dem Schneetreiben. Die Flocken fielen in die Hauseingänge und drückten gegen die Fenster, sie verstopften die vereisten Regenrinnen und türmten sich in riesigen Schneehügeln an den Häuserwänden auf. Der Schneesturm war unbarmherzig; den ganzen Vormittag wütete er und ließ auch am Nachmittag nicht nach. Die bittere Kälte fiel über das Land her und ließ es nicht mehr los.

Das Ufer war für den Wind ein Spielplatz. Er wirbelte die Schneeflocken auf und schickte sie tanzend über den Holzpier, der vom Elektrizitätswerk zum Wasser führte. Der Flussrand war zugefroren und das Eis streckte seine messerscharfen Finger über die Themse aus.

Ein schwaches Geräusch schwebte über das Wasser, als Morgan und seine Armee platschend und spritzend vor dem Elektrizitätswerk ankamen.

Er warf den Kopf zurück und betrachtete blinzelnd das Gebäude. Aufgeregt klopfte er mit dem Schwanzstumpf auf das Treibholz, das ihm als Floß diente. Er wusste, dass sein Herr dort drinnen schon auf ihn wartete.

»Beeilt euch, ihr lahmen Enten!«, rief er der Truppe, die sich hinter ihm hustend abstrampelte, über die Schulter zu. »Es dauert nicht mehr lange, verehrter Meister«, murmelte er verträumt.

Die Ratten waren schnell geschwommen, doch je näher sie Deptford kamen, desto kälter wurde der Fluss. Ihr Brustkorb tat weh und sie platzten fast vor Erschöpfung. Die Schwächeren unter ihnen schlugen mit den Armen um sich und strampelten jämmerlich. Einige von ihnen hatten schon den quälenden Schmerzen und der Kälte, die in ihre Krallen biss, nachgegeben. Keuchend nahmen sie ihren letzten Atemzug und hörten auf zu kämpfen. Die Fluten schlossen sich über ihren Köpfen und sie sanken leblos auf den schlammigen Grund. Ihre Kameraden unternahmen keinen Rettungsversuch – sie waren froh, sie loszusein. Die Armee würde deswegen nicht geschwächt.

Als die Ratten sich dem Elektrizitätswerk näherten, mussten sie gegen schwimmende Eisblöcke ankämpfen, die ihnen in die Quere kamen. Schnaufend trat Morgan die Hindernisse aus dem Weg. Mit dumpfem Krachen schlug das Floß gegen die Kante des Eisblocks und kam zitternd zum Stehen. Das Wasser schwappte über die Planke und überschwemmte Morgans Zehen. Er spuckte aus und dachte über das Problem nach. Zwischen ihm und dem Hauptquartier seines Herrn lag noch eine große Entfernung, doch sein Floß steckte fest und er wollte nicht nass werden. Mit dem Ende der Fahnenstange gab er dem Eis einen raschen Stoß – die Kanten brachen zwar weg, doch der Rest rührte sich nicht.

Sich nervös über die Lippen leckend, trat Morgan

schließlich von der Holzplanke auf den Eisblock und landete auf dem Bauch.

»Grr!«, knurrte er und spuckte verächtlich grüne Klümpchen aus. Vorsichtig stand er auf und schlitterte langsam über das Eis; dabei stützte er sich auf die Fahnenstange. Die Truppe kroch hinter ihm aus dem Wasser auf den Eisblock und schüttelte sich. Die Ratten keuchten und fluchten, klatschten sich in die Krallen und jammerten über ihre erstarrten Glieder. Doch es waren zu viele von ihnen, die Eisplatte konnte ihr Gewicht nicht aushalten. Unter lautem Krachen splitterte der Teil, auf den die Ratten geklettert waren, ab und sie stürzten kreischend wieder in den Fluss.

Morgan, der ans sichere Ufer gerutscht war, sah ihnen zu und johlte aus voller Kehle. Er hielt sich vor Lachen die Seiten, zeigte mit dem Finger auf seine unglücklichen Soldaten und verhöhnte sie.

Schnief und Kelly, die mitten in der wild um sich schlagenden, fast ertrinkenden Meute waren, warfen ihm finstere Blicke zu. »Ich hab die Schnauze voll von diesem lausigen Bastard!«, schimpfte Schnief und schwamm ans Ufer. An seinem Fell klebten Eiszapfen, doch er kümmerte sich nicht darum – er war in Gedanken ganz woanders. Kelly watete hinter ihm her; trotz seiner Fettschicht zitterte er vor Kälte und pfiff durch die klappernden Zähne.

Morgan sah sie kommen und gluckste bei ihrem Anblick. »Ihr seht aus wie ausgespuckte Mäuse«, kicherte er. Keiner der beiden lächelte. Ihre Mienen waren grimmig und drohend.

Morgan beobachtete sie misstrauisch; sie führten

irgendwas im Schilde. »Was geht in eurem blöden Hirn vor?«, bellte er, um Zeit zu gewinnen.

»Du bist kein Anführer«, zischte Schnief, »du bist bloß ein mickriger, dahergelaufener Bastard, der nich weiß, wann er sich lieber verpissen sollte.«

Morgans Augen huschten hin und her. Der Rest seiner Armee kroch gerade zum zweiten Mal aus dem Wasser und würde bald am Ufer eintreffen. »Was soll das aufmüpfige Geschwätz, Schnief, mein Junge? Hab ich euch etwa keine gute Beute beschafft?«

»Kann sein«, gab Schnief widerwillig zu, »aber uns gefällt nich, was hier vorgeht. Wo sind denn die vielen quietschenden Mäuschen, von denen Deptford angeblich voll sein soll? Und warum is es hier so verdammt kalt? Willst du uns vielleicht loswerden, oder was? Irgendwas stimmt mit dir nich, Stumpi. Du hast dich verändert – du hast jetzt so einen irren Blick drauf. Ich trau dir nich mehr übern Weg.«

»Da haste Recht, Junge«, knurrte Morgan. »Ich hab was im Ärmel versteckt und du kannst dir sicher sein, du bist der Erste, der es kriegt, wenn die Zeit gekommen is, und dann werden meine ehrenhaften Soldaten wissen, was es heißt, einem wahren Herrn zu dienen.«

Schnief starrte ihn mit offenem Maul an, als seine wenigen Gehirnzellen Morgans Worte registrierten. »Dann sind die Geschichten doch wahr, du verfluchte Pockenfresse! Du hast uns hergebracht, um vor *Ihm* zu kuschen!«

Morgan gluckste triumphierend.

»Töte ihn«, knurrte Kelly und leckte sich gierig über die Fangzähne.

Schnief sprang mit einem Satz auf Morgan, warf ihn auf den Rücken und umklammerte seine Kehle.

»Reiß ihm den Kopf ab«, drängte Kelly; er hielt sich die Krallen vor den Mund und kicherte.

Morgans Atem rasselte, als er seine Zähne in Schniefs Arm hieb und ein Stück herausriss. Schnief quiekte vor Schmerz und lockerte seinen Griff. Morgan nutzte die Gelegenheit und stieß ihn von seiner Brust. Rasch sah er sich um. Die anderen Ratten kamen gerade an Land. Er hob die Stimme, damit sie ihn hören konnten. »Du würdest dich wohl gern als Anführer sehen, was, Schnief?«, rief er und versetzte ihm einen brutalen Schlag in die Magengrube.

Schnief krümmte sich keuchend. »Ich wär immer noch besser als du!«, würgte er hustend heraus. Die Armee versammelte sich hinter ihm, doch er nahm sie nicht wahr, da sich sein ganzer Hass auf den alten Stumpi richtete. Die Ratten beobachteten ihn und ihren Anführer neugierig und fragten sich, was passiert war.

Morgan grinste höhnisch. Es würde ein Kinderspiel sein. »Sag es mir noch mal«, gurgelte er, »wiederhole, was du gerade gesagt hast: Dass du und Kelly mich töten wollt, um die Jungs rumzukommandieren, damit sie die Dreckarbeit für euch machen können, während ihr euch die fetten Bäuche mit den besten Leckerbissen voll schlagen werdet.«

Schnief richtete sich auf und starrte Morgan an, als sei er verrückt geworden. »Das hab ich nie –«, fing er an, doch Kelly klopfte ihm auf die Schulter. Blitzschnell drehte er sich um und sah Hunderte von aufgebrachten Ratten, die erbost auf ihn zu marschierten. »Nein«, protestierte er voller Unschuld, »merkt ihr denn nich, dass er euch austrickst? Das ist bloß –«

Doch sie ließen ihn nicht ausreden. Morgan hatte es schlau eingefädelt: Die Meute hatte Schniefs Verlangen, Anführer zu werden, gehört und das reichte. Mit wildem Geschrei stürzten die Ratten sich auf Schnief und Kelly. Morgan trat einen Schritt zurück und überließ die beiden Aufrührer seinen treuen, törichten Anhängern. Während er schadenfroh dem Kampf zusah, breitete sich ein Grinsen auf seinem Gesicht aus.

Schnief schrie, als die Soldaten mit Krallen und Zähnen auf ihn losgingen. Kelly lieferte einen guten Kampf; er setzte sich tapfer zur Wehr; bis ihm ein Messer in die Kehle gestoßen wurde. Brüllend stürzte er auf den verschneiten Boden und erdrückte dabei eine Ratte, die sich nicht rechtzeitig in Sicherheit bringen konnte. Der Kampf dauerte nicht lange. Bald wurde ein Speer hochgehoben, und unter dem Jubel aller in der Luft umher geschwenkt. Auf seiner Spitze war Schniefs Kopf aufgespießt.

»Gut gemacht, Jungs«, schrie Morgan, »gut gemacht! Damit haben wir es den lausigen Drecksäcken heimgezahlt. Wo ist Vinny?« Die kleine Ratte huschte aus der grölenden Menge herbei und hob die Fahne hoch. »Auf Krieg und Ruhm!«, rief Morgan. »Folgt mir!«

Die Soldaten schwenkten ihre Klauen in der Luft und jubelten. Der Kampf mit Schnief und Kelly hatte sie wieder angespornt und der Geschmack von köstlichem heißem Blut auf ihren Zungen ließ sie die Kälte völlig vergessen. »Krieg!«, brüllten sie aufgehetzt.

Morgan kletterte das Ufer hinauf und stiefelte durch

den tiefen Schnee, der auf dem Pier lag. Seine Armee trabte hinter ihm her – mit wild dreinblickenden Augen und knirschenden Zähnen, voller Mordlust und mit Krallen, von denen das Blut tropfte. Sie schwenkten Schniefs Kopf über sich in der Luft herum, und sie trampelten Kellys Blut in den Schnee, bis er sich in eine nasse rosa Masse verwandelte.

»Schepper is todmüde, ihm fallen gleich die Arme ab«, klagte die alte Ratte unglücklich.

Piccadilly seufzte erschöpft. Sein Begleiter jammerte seit ihrem Aufbruch ununterbrochen. Gerade umfuhr ihr kleines rotes Boot die alten Docks und das Ufer von Deptford tauchte vor ihnen auf. »Endlich«, sagte die Stadtmaus erleichtert. »Sieh nur, Schepper, jetzt sind wir gleich da. Das is Deptford und ich glaube, der Hügel dahinter ist Greenwich. Ja, das muss das Planetarium sein – siehst du es?« Jetzt, da er sich der Heimat seiner Freunde näherte, wurde er aufgeregt. Er fragte sich, wie es Oswald bei diesem Wetter wohl erging. Sicher hatte er wieder eine Erkältung, und vermutlich veranstaltete Arthur Schneeballschlachten im Hof und verlor wie gewöhnlich. Piccadilly verdrängte alle Gedanken an Audrey. Er hatte beschlossen, die Sache mit ihr seinen natürlichen Lauf nehmen zu lassen.

Schepper paddelte verdrossen weiter. Als Piccadilly Greenwich erwähnte, senkte er den Kopf. »Da geh ich nich hin«, murmelte er, »und Mäusejunge kann Schepper nich dazu zwingen.«

Piccadilly lachte. »Keine Angst, so weit müssen wir nicht fahren; es reicht, wenn wir irgendwo hier anlegen.«

Gleich darauf stieß die Plastikschüssel gegen den Eisblock, neben dem das Floß des alten Stumpi verloren auf dem Wasser schaukelte. Piccadilly benutzte den Holzlöffel, um sein Wasserfahrzeug ruhig zu halten. »Hier müssen wir aussteigen«, sagte er zu Schepper. »Aber sei vorsichtig, sonst gehen wir beide baden.«

Schepper schauderte bei der Vorstellung. »Armer Schepper«, winselte er, während er auf das glucksende Wasser und das glatte, brüchige Eis starrte.

Piccadilly beugte sich aus der Schüssel heraus und deutete der Ratte an, es ihm nachzumachen. Vorsichtig setzten sie ihre Pfoten und Krallen auf das Eis und hievten sich langsam hinauf. Ohne ihr Gewicht geriet die Schüssel ins Kippen und kenterte; rasch füllte sie sich mit eiskaltem Wasser und sank, ohne eine Spur zu hinterlassen.

Schepper mochte das Eis nicht. Er leckte vorsichtig daran, weil er wissen wollte, wie es schmeckte, und spuckte aus. »Igitt igitt!«, gurgelte er angewidert.

Piccadilly stand vorsichtig auf und balancierte über die glatte Oberfläche. Nach ein paar zaghaften Schritten grinste er und fing dann an zu schlittern, als hätte er ein Leben lang nichts anderes getan. »Steh auf«, sagte er zu der Ratte, während er in einem eleganten Bogen um sie herum glitt.

»Bah!«, schnaubte Schepper verächtlich, als er den Vorführungen der Maus zusah. Er zuckte mit dem knochigen Schwanz und versuchte aufzustehen. Mit einem lauten Platsch fiel er hin und rieb sich eine neue Beule, die sich an seinem Kopf bildete. Das Eis war so glatt wie poliertes Glas, und so sehr er sich auch bemühte, er konnte sein Gleichgewicht nicht lange halten. Nach mehreren Versuchen und unzählbaren blauen Flecken entschied er, dass es besser war, auf dem Bauch zu rutschen; das war die sicherste Methode. Er stieß sich mit den Krallen ab und schlitterte über den gefrorenen Fluss. Lächelnd glitt Piccadilly an ihm vorbei. Jetzt begann es, Schepper Spaß zu machen; er kicherte fröhlich, als er seine Technik verbesserte. »Huuiii!«, jauchzte er und raste mit Genick brechender Geschwindigkeit über das Eis. Leider hatte er keinen Gedanken daran verschwendet, wie er anhalten könnte. Erst als das Ufer drohend vor ihm auftauchte, bemerkte er seinen Fehler. Mit einem Angstschrei schoss er vom Fluss und raste mitten in eine Schneewehe.

Piccadilly glitt ans Ufer. Schepper steckte fest und seine klagende Stimme ertönte aus der Schneemasse. »Ach, oh, iiih«, stöhnte er voller Selbstmitleid. Die graue Maus lachte und wartete, bis er sich wieder ausgegraben hatte. »Armer Schepper«, murmelte die Ratte und schüttelte sich den Schnee aus den Ohren, »armer, alter Kerl! Warum passiert immer bloß mir so was?« Doch Piccadilly schenkte ihm keine Beachtung mehr. Er hatte zwei dunkle Umrisse am Ufer entdeckt und hatte sich ihnen vorsichtig genähert.

Schepper schwankte aus dem Schnee und folgte ihm neugierig. Die Kadaver von Schnief und Kelly lagen vor ihnen.

»Ach«, schnaufte Schepper herzlos. »Also hat Kelly endlich seine gerechte Strafe gekriegt.« Er betrachtete den zweiten Körper ohne Kopf und lief um ihn herum, um zu sehen, wer es war. »Das muss Schnief sein«, sagte er und spuckte beide an. »Keine Beulen für Schepper mehr; er hat immer gewusst, dass er die beiden überleben wird.«

Piccadilly hatte zwar kein Mitleid mit den toten Ratten, doch es gefiel ihm auch nicht, dass Schepper sie anspuckte. »Lass das«, knurrte er, »sie sind tot. Lass sie in Frieden ruhen, wenn es für sie einen Frieden gibt. Worum haben die wohl gekämpft?«

Schepper kicherte. »Wo die jetzt sind, finden sie keinen Frieden – Schepper weiß das, ha ha.« Piccadilly wandte sich ab und ging langsam zum Pier. Als er außer Hörweite war, bückte Schepper sich und flüsterte in Kellys Ohr: »Jetzt wirst du bezahlen. Deine Qualen haben erst angefangen! Sag Hobb, dass ich dich geschickt habe.« Dann machte er ein seltsames Zeichen über dem Körper.

»Hier drüben sind Fußspuren«, rief Piccadilly. Er untersuchte die Spuren, die Morgans Armee hinterlassen hatte. Der Schnee hatte sie schon teilweise verdeckt, und in zehn Minuten würden sie ganz verschwunden sein. »Sie sind dort hinaufgegangen«, sagte er und zeigte auf das Ende des Piers. »Wenn ich mich beeile, kann ich sie vielleicht noch einholen und rausfinden, was sie vorhaben.« Die Maus nahm Scheppers Klaue und schüttelte sie heftig. »Danke für deine Hilfe, Kumpel, ab jetzt brauchst du mich nicht mehr zu begleiten.«

Die Ratte blinzelte verständnislos und schüttelte den Kopf. »Aber was soll Schepper ohne den Mäusejungen machen? Schick ihn jetzt nich weg; er weiß nich, wo er is – allein wird er erfrieren. Lass ihn mitgehen, bitte!«

Piccadilly lächelte. »Okay, dann komm mit. Folge mir einfach, aber mach keinen Lärm.« Er rannte den Pier hinauf. Die Ratte huschte mit einem verstohlenen Grinsen hinter ihm her.

Der Pier führte zu einer schmalen Straße. Auf der einen Seite stand eine Reihe von Apartmenthäusern und auf der anderen eine hohe Steinmauer. Sie war mit merkwürdigen Kratern und Dellen übersät, als hätte eine feindliche Macht sie angegriffen. In der beschädigten Mauer war eine Tür, die mit einem starken Gitter gesichert war, doch Piccadilly und Schepper zwängten sich durch den unteren Spalt und erblickten vor sich das Elektrizitätswerk.

Es war ein stabiles, quadratisches Gebäude aus alten Backsteinen, das auf drei Seiten von überwucherndem Brachland umgeben war, welches der Schnee in eine riesige weiße Ebene verwandelt hatte. Dahinter glitzerte der vereiste Fluss. Es war ein düsteres, verlassenes Gebäude, das dem eiskalten Wind ungeschützt ausgeliefert war, und Piccadilly schüttelte sich, um die Unruhe und Angst zu vertreiben, die davon auszugehen schien.

Schepper betrachtete das Elektrizitätswerk aufmerksam. Dann verzog er verächtlich das Gesicht und flüsterte seinem Begleiter zu: »Schau mal, Mäusejunge, es sieht aus wie eine riesengroße Mieze aus Stein.«

Die Stadtmaus kniff die Augen zusammen und nickte. Das Elektrizitätswerk hatte etwas, das an eine Katze erinnerte, die einen Buckel macht. Die Bögen an der Vorderfront wirkten wie Zähne und Krallen, die kleinen Fenster wie Augen und der Schornstein wie ein Schwanz. Er legte die Pfote an den Mund und dachte nach. Etwas Seltsames ging hier vor sich – vielleicht sollte er lieber gleich hinter die Leisten gehen.

Schepper bemerkte seine Unentschlossenheit und wartete geduldig ab. Dann flüsterte er sanft: »Die Spuren führen dorthin, Mäusejunge. Was solln wir tun?«

Das schien es zu entscheiden. Morgan stand bei Piccadilly an erster Stelle. »Wir gehen rein«, antwortete er entschlossen. Schepper senkte den Kopf und gluckste in sich hinein.

Der Sturm wütete über die Erde und trieb Schnee in Morgans tränende Augen. Von seinem Ohrring hing ein Eiszapfen, und er umklammerte grimmig den glänzenden Anhänger an seinem Hals. Er lehnte sich gegen den beißenden Wind und watete durch die schwere Schneemasse. Es ist nicht mehr weit, sagte er sich. Er musste seine Armee über das Brachland hinter das Elektrizitätswerk führen. Denn dort, das wusste er, war ein Eingang.

Seine Anhänger sagten nur wenig. Es war schwer genug, sich den Weg durch den heulenden Schneesturm zu bahnen, ohne zu versuchen, sich verständlich zu machen. Tief gebückt kämpften sie sich vorwärts. In dem hohen Schnee schmerzten ihre Beine und sie wünschten sich, die Mäusefelle mitgenommen zu haben, um ihre Ohren vor der Kälte zu schützen. Vinny wurde hin und her gezerrt, als der Wind die Fahne erfasste und sie ihm aus den Krallen reißen wollte. Jammernd und heulend stolperte die kleine Ratte nach hinten und dann zur Seite, während die Flagge über ihrem Kopf wild flatterte. Wie alle anderen versuchte sie zu erraten, warum der Boss sie an diesen verfluchten Ort gebracht hatte – und wo waren all die versprochenen Mäuse? Ein paar Ratten fragten sich, ob Schnief und Kelly nicht vielleicht doch Recht gehabt hatten. Derjenige, der Schniefs Kopf trug, hob den Blick und sah ihn voller Reue an. Im Schneetreiben sah es so aus, als würde das tote, unheimliche Gesicht ihm ein »Hab ich's nich gesagt?« zuzwinkern und ihn dann vorwurfsvoll anstarren, während seine Nase immer noch lief. Mit einem angstvollen Schrei warf die Ratte ihre Trophäe weg. Dann knabberte sie nervös an ihren Krallen und wartete darauf, dass etwas Schreckliches passieren würde.

Morgan watete an ein niedriges, kaputtes Fenster und zwängte sich hinein. Als er sich umsah, klangen seine Ohren immer noch von dem pfeifenden Wind und er schüttelte sich den Schnee von den Schultern.

Im Elektrizitätswerk gab es einen unvorstellbar großen Raum. Morgans keuchender Atem wurde aufgefangen und warf ein Echo von den kalten Wänden. Lichtstrahlen fielen schräg durch die verdreckten Fenster unter der Decke, doch sie konnten den düsteren Raum nicht erhellen. Das zerfallene Gebäude war mit Frost überzogen; spitze, blaue Eiszapfen hingen von der hohen Decke und verwandelten es in eine riesengroße Kristallhöhle. Morgan grinste. Es war wirklich ein angemessener Palast für seinen Herrn – eine vereiste Kathedrale aus spitzen Kristallen, eine Burg der Kälte und des Verderbens. Er spähte in die schimmernde Ferne, um zu sehen, ob er irgendwo seinen Gott entdecken konnte, doch alles war still und regungslos.

»Lass uns rein!«, polterte seine Truppe, die draußen vor dem Fenster auf und ab trampelte. »Wir holen uns hier draußen noch den Tod!«

Morgan schüttelte den Kopf. Das wäre nicht in seinem

Sinne – nicht, nachdem er sie den weiten Weg hierher gebracht hatte, um seinem Herrn eine Freude zu machen. Er trat zur Seite und ließ seine Armee an ihm vorbei einsteigen. Die zerzausten, verschneiten Körper strömten hinein. Sie keuchten und husteten, schüttelten ihre Krallen aus und bliesen Dampfwolken aus den aufgerissenen Nasenlöchern – hier drinnen schien es noch kälter zu sein als draußen. Laut schimpfend versuchte Vinny hineinzukriechen. Er verfluchte die Fahne, die im Fenster stecken blieb, und als die Ratten hinter ihm ungeduldig die Stimme erhoben, wurde die Luft noch blauer. Stoßend und schubsend schoss die Zwergratte durch den Fensterrahmen und schlitterte laut quiekend über den Boden.

»Willkommen, Jungs«, kicherte Morgan. »Gut so, kommt alle rein.«

Als sie sich vom Schneesturm erholt hatten, begannen die zitternden Ratten sich umzusehen. Sie stießen Pfiffe aus, als sie die grausame Schönheit der Eiszapfen erkannten, und starrten auf die mit Raureif überzogenen Wände. »Was is denn das hier?«, fragten sie. »Und wo sind die süßen kleinen Nager, die du uns versprochen hast?«

Morgan schwenkte die Klauen, um die Armee zum Schweigen zu bringen, dann führte er sie in die Mitte des leeren Gebäudes. »Zweifellos könnt ihr es gar nicht erwarten zu erfahren, warum ich euch hergebracht habe«, sagte er mit einschmeichelnder Stimme.

»Ganz richtig, Stumpi!«, erwiderten sie kurz angebunden und trampelten mit den schmerzenden Füßen auf dem frostigen Boden herum.

»Dann sollt ihr es erfahren«, sagte er. »Hier wohnt eine Macht, die größer ist als alles, was die Welt bisher gesehen hat; sie ist höher als ein Berg, klüger als die Nacht und stärker als der Tod.«

Die Ratten sahen einander verständnislos an. »Jetzt is er total übergeschnappt«, murmelten sie überrascht.

»Ihr Idioten!«, schnappte Morgan. »Ihr Läusefutter! Hört mir zu, ich sage die Wahrheit.« Er warf den Kopf zurück und hob verzückt die Arme. »Oh höre mich, Herr der tödlichen Finsternis«, rief er. »Erblicke die Untertanen, die ich dir gebracht habe!«

Die Verwunderung der Truppe über den plötzlichen Wahn des alten Stumpi verwandelte sich in Wut, als sie Verrat witterten – er hatte sie ausgetrickst! Sie dachten an den langen, furchtbaren Weg durch den Fluss und an Schnief und Kelly, die sie ermordet hatten. Ein drohendes Knurren stieg in ihren Kehlen hoch. Sie hätten doch in Holeborn bleiben sollen. Sie fletschten die gelben Zähne und funkelten die gescheckte Ratte mit geröteten Augen wütend an. Mit sabbernden Mäulern umzingelten sie Stumpi – sie wollten ihn töten. Vinny ließ die Fahne fallen und gesellte sich mordlustig zu ihnen.

»Mein Herr?«, rief Morgan, als ihn der erste Schlag am Kopf traf.

Die Ratten stürzten sich voller Hass auf ihn, doch in diesem Augenblick erschütterte ein lautes Rumoren das Gebäude. Alarmiert hielten sie inne. Vinny zog den flachen Kopf ein und schaute nach oben. »Iiiihh!«, schrie er.

Seine Kumpanen starrten an die Decke voller Eiszapfen und quiekten vor Angst und Entsetzen. Dort oben formten sich mitten im Frost zwei große, kalte Augen.

»Das ist *Er*!«, kreischten sie und fielen voller Panik übereinander. Morgan stieß ein triumphierendes Johlen aus und wich zurück.

Jupiter schnurrte. Die Wände zitterten und der Boden bebte. Die Ratten schrien auf und fielen mit Angst verzerrten Gesichtern zu Boden. Morgan verbeugte sich ehrfürchtig vor seinem alten Herrn.

Als die Umrisse der riesigen, gespenstischen Katze sich hoch über ihnen herausbildeten, stießen sich die heulenden Ratten gegenseitig weg, um an das kaputte Fenster zu gelangen, doch es war sinnlos. Jupiter lachte über ihre kläglichen Fluchtversuche und seine Stimme schnitt wie eine Klinge aus Eis in ihr Herz.

»Kommt her, meine Untertanen«, dröhnte er. »Betet mich und meine herrliche Kälte an.«

Die Ratten wimmerten jämmerlich, als sie sich bei dem Versuch, aus dem Fenster zu klettern, an den Glasscherben schnitten. Doch es war zu spät. Jupiter fauchte und sein Atem regnete auf sie herab. Die Eiszapfen brachen von der Decke und hagelten auf die Ratten hinunter. Schreie erfüllten die Luft, als die Ratten von den eisigen Speeren getroffen wurden. Einen Augenblick später war alles vorbei; keine einzige Ratte blieb am Leben. Das Elektrizitätswerk war mit toten Körpern übersät. Schon breitete sich ein feiner Frost von den teuflischen Speeren aus, und zahllose Augen überzogen sich mit Raureif.

Morgan wankte zwischen den erfrorenen Körpern hindurch. Schließlich ließ der Fluch nach, es fiel ihm wie Schuppen von den Augen und Jupiters magische Anziehungskraft ließ nach. Mit einem Gefühl der Übelkeit wurde Morgan klar, was er getan hatte.

Ein dämonisches Lachen erklang über ihm. Jupiter hatte seinen alten Leutnant wieder. Es amüsierte ihn, Morgan am Leben zu lassen, voller Verzweiflung darüber, dass er seine treuen Anhänger in den Tod geführt hatte. Die Ratte hatte endlich all das erreicht, was sie sich gewünscht hatte, und Jupiter hatte ihm alles wieder weggenommen. Morgan sank in die Knie und weinte um seine Jungs. Wie hatte er ihnen das antun können? In seinem verdorbenen Herzen verfluchte er Jupiter und wünschte sich zu sterben – lieber das, als noch einmal in seinem Schatten kriechen zu müssen.

»Nimm deinen Platz an meiner Seite ein«, zischte Jupiter. »Sei mein Hohepriester und der Kommandeur über meine Armeen.«

Morgan verbarg schluchzend das Gesicht. Er war der Gefangene dieses Dämons und für immer sein Sklave. Voller Bitterkeit gab er nach. Was hätte er auch sonst tun können? »Ja, mein ... Herr«, stammelte er verzweifelt.

Ein Schatten huschte hinter dem zerbrochenen Fenster vorbei. Entsetzt eilte Piccadilly vom Elektrizitätswerk weg. Er hatte gesehen, was geschehen war, und in seinem Kopf drehte sich alles. Schepper trippelte hinter ihm her. Er hatte einen seltsamen Gesichtsausdruck – die verrückte alte Ratte wirkte eher beeindruckt als schockiert.

Thomas Triton schluckte den Rum hinunter und seine Kehle brannte herrlich. Er hatte in seinem ganzen Leben noch nie so sehr einen Tropfen Alkohol gebraucht wie jetzt – was für eine grauenvolle Nacht es gewesen war. Thomas gab die Schale an Arthur weiter. Der junge Mäuserich trank sie aus; dann hustete er und grinste über das angenehme Prickeln, das sich bis in seine Schwanzspitze ausbreitete.

Allmählich tauten sie in der warmen Stube der Schiffsmaus wieder auf. Nachdem Jupiter den Sternen das Licht gestohlen hatte, war er wie ein schrecklicher Dämon aus düsteren Zeiten vom Planetarium aufgestiegen und mit höllischem Gekreische darüber hinweg geschwebt. Langsam waren die Mäuse wieder zu sich gekommen und hatten die graue Morgendämmerung erblickt, die sich trist vor ihnen auftat. Ohne ein Wort wankten sie den Hügel hinunter. Müde führte Thomas den Mäusejungen zur *Cutty Sark*, wo sie zitternd in die Galionsfigur kletterten und alle Kerzen anzündeten, die sie finden konnten.

Arthurs Pfoten waren voller Frostbeulen und juckten; er kratzte sie, bis sie rot und fleckig waren. Er hatte Tritons Zuhause noch nie gesehen und betrachtete voller Interesse die bunten Karten und verblichenen Fotos von exotischen Ländern, die das Quartier der alten Seemaus schmückten. An der Wand leuchtete Tritons Schwert und blitzte hin und wieder hell im gelben Kerzenschein auf. Arthur gefiel das Schiffsmodell, das Thomas gebaut hatte, und er betrachtete es neugierig, während die Schiffsmaus ihre Pfeife stopfte und anzündete. Beide schwiegen eine Weile, um die friedliche Stimmung des anderen nicht zu stören.

Blauer Rauch stieg aus der Pfeife und blieb über Thomas' Kopf hängen. »Weißt du, was letzte Nacht passiert ist?«, fragte er.

Arthur beobachtete den Rauch, der aus seinem Mund quoll, und nickte rasch.

»Ja«, antwortete er. »Jupiter war da und hat so ein

furchtbares Geräusch gemacht, dass wir ohnmächtig geworden sind.«

Thomas betrachtete ihn durch den sich kräuselnden Rauch und grunzte. »Na ja, es ist gut, dass wir bald wieder zu uns gekommen sind, denn bei dieser Kälte wären wir sonst sicher umgekommen. Wir hätten uns den Wintertod geholt.« Er starrte auf einen kleinen Anhänger, einen Anker aus Blei, der neben dem Schiffsmodell lag, und wie ein gespenstisches Orakel aus den tiefen Meereswogen sprach er durch die Rauchwolke. »Es gibt etwas, das du nicht mitgekriegt hast, Kumpel. In der vergangenen Nacht hat der Übeltäter mit dem finsteren Herzen die Sterne gestohlen.« Er hob die Pfote, um Arthur davon abzuhalten, sich darüber lustig zu machen. »Ich weiß, es klingt verrückt, aber ich habe es selber gesehen. Und sag mir Eines: Zweifelst du immer noch daran, dass seine Macht so etwas schaffen kann?«

Arthur hatte darauf keine Antwort. »Was sollen wir tun?«, fragte er bestürzt.

Die Schiffsmaus zuckte mit den Schultern und zog an der Pfeife. »Ich weiß es nicht. Vielleicht können wir gar nichts tun, aber wir müssen hinter die Leisten zurückkehren und die Sternfrau informieren. Nur eines wissen wir mit Sicherheit: Das war nicht der letzte von Jupiters teuflischen Plänen.« Er rollte von seiner Koje herunter und klopfte die Pfeife auf dem Boden aus. »Mach dich fertig, Kumpel, wir brechen wieder auf.«

Die Sternfrau trauerte um die Sterne. In dem Augenblick, als Jupiter mit seinem beschwörenden Singsang begann, hatte sie gespürt, was er vorhatte, und gewusst, dass sie ihn nicht daran hindern konnte. Sie war im kalten Hof geblieben und hatte die Zerstörung des Himmelszelts mit angesehen, und als alles vorbei war und die dunkle Leere hinuntergeströmt war, humpelte sie als gebrochene, elende Gestalt ins alte Haus zurück.

Die Morgendämmerung war grau gewesen, und nun wütete der Schneesturm vor der Tür. Audrey hörte, wie der Wind gegen das Haus schlug, und fragte sich, welche Katastrophen noch geschehen würden. Sie konnte kaum glauben, dass die Sterne alle verschwunden waren, und betete, dass Arthur und Thomas in Sicherheit waren.

Die Mäuse hinter den Leisten hatten sich hungrig und verängstigt um das Feuer im Flur versammelt. Meister Altschnauze sprach ein Gebet, in dem er die Grüne Maus um Erlösung bat. Alle beteten mit; sie hielten sich die gefalteten Pfoten unters Kinn und hoben voller Verzweiflung die Stimme.

Audrey nahm nicht daran teil. Sie wusste, dass es sinnlos war. Die Grüne Maus war tot und konnte sie nicht hören. Ihre Macht entfaltete sich nur im Frühling und Sommer. Das Mäusemädchen wanderte vom Feuer weg, an den knienden Mäusen vorbei bis zu der Stelle, an der die Sternfrau neben der Treppe auf ihren Fersen hin und her schaukelte. Das alte Eichhörnchen wirkte elender als je zuvor; ihre verweinten Wangen waren eingefallen und die Umrisse ihres schmalen Schädels schimmerten durch die Haut. Ihre Arme waren nur noch Haut und Knochen, und ihre Rippen traten so deutlich hervor, dass man unter dem rasselnden Brustkorb fast ihr schwaches Herz klopfen sah. Audrey nahm an, dass das Eichhörnchen nicht mehr lange leben würde.

Ein milchiges Auge öffnete sich unter dem flatternden Lid und richtete sich auf das Mädchen. »Mach dir keine Sorgen, mein Kind«, sagte die Sternfrau heiser, »der Tod ist nicht in eurem Flur – noch nicht.« Sie schaffte es, schwach zu lächeln, und wandte sich steif um. »Du betest also nicht mit den anderen«, bemerkte sie nüchtern. »Da drüben sehe ich deine Mutter. Warum bist du nicht bei ihr?«

»Es hat keinen Sinn«, gab Audrey zurück. »Diesmal kann der Grüne uns nicht helfen.«

Die Sternfrau nickte. »Das ist nur allzu wahr. Solange das Unbiest den Frühling fernhält, kann die Grüne Maus nicht antworten, selbst wenn sie die Gebete hört. Du bist ein kluges Kind – vielleicht zu klug.« Sie berührte ihre Silbereichel, dann fielen ihre blassen Lider wieder zu und ihr Kopf sank müde auf ihre Brust.

Widerstrebend verließ Audrey sie und ging zum Feuer zurück, wo Meister Altschnauze nach den Gebeten anfing, Lieder der Frühlingsfeier zu singen, um die Stimmung im Raum zu heben. Es half nichts. Seine Bemühungen waren halbherzig und klangen trübsinnig. Er gab es auf und versuchte, sich etwas anderes einfallen zu lassen. Die Stunden vergingen und es schneite ununterbrochen weiter.

Der Nachmittag schlich schon heran, als Algy Kaltpfote plötzlich aufsprang und flüsterte: »Psst! Da kommt jemand die Kellertreppe herauf.«

Die Mäuse murmelten beunruhigt. Mr Cockle nahm einen brennenden Stock vom Feuer für den Fall, dass es gefährlich werden sollte. Knarrend ging die Kellertür auf und alle wichen zurück.

»Arthur!«, rief Audrey; sie stürzte sich auf ihn und umarmte ihren überraschten Bruder.

»Lass mich los, Schwesterherz«, protestierte Arthur. Er schubste sie weg und wurde rot, als seine Mutter auf ihn zulief, um ihm einen Kuss zu geben.

Thomas kam lachend zur Tür herein, und auch für ihn hatte Gwen einen Kuss. Mr Cockle warf den Stock wieder ins Feuer und alle seufzten erleichtert.

»Was für ein herzlicher Empfang«, sagte Thomas.

»Ich bin so froh, dass euch beiden nichts passiert ist«, strahlte Gwen. »Arthur, wehe, du läufst noch einmal einfach davon! Und Mr Triton, wie können Sie es wagen, ihn mitzunehmen, ohne mir vorher Bescheid zu sagen!«

Sofort nahm Thomas seine Mütze ab und verbeugte sich. »Es tut mir Leid, Ma'am. Ich habe keine Entschuldigung und flehe Sie an, mir noch einmal zu verzeihen.«

Audrey kicherte, doch sie vergaß, was sie sagen wollte, als die Sternfrau herbei gehumpelt kam. »Triton!«, rief sie mürrisch. »Wo haben Sie gesteckt, Sie fauler Seebär? Ich sagte, Sie sollen mir Bescheid geben, aber damit meinte ich nicht irgendwann nächste Woche!« Unter Schmerzen hinkte sie zur Schiffsmaus hin und baute sich herrisch vor ihm auf.

Seufzend lockerte Thomas sein Halstuch. Er sah das Eichhörnchen prüfend an. Es war offensichtlich, dass es wusste, was geschehen war. »Das wäre Zeitverschwendung gewesen«, brummte er. »Sie wissen es längst.«

»Nehmen Sie mir gegenüber nicht diese Einstellung an, Triton!«, fauchte die Sternfrau. »Ich habe zwar gespürt, was das Unbiest angerichtet hat, aber Sie waren dabei! Berichten Sie mir genau, was Sie gesehen haben.«

Die Schiffsmaus sah Arthur an, ging zum Feuer und begann von den schrecklichen Ereignissen der vergangenen Nacht zu erzählen. Die Mäuse hörten mit furchtvollen Mienen zu. Als er Jupiter auf dem Planetarium beschrieb, stießen sie schrille, entsetzte Schreie aus und schlugen sich die Pfoten vors Gesicht.

Während seines gesamten Berichts blieb das Gesicht der Sternfrau ernst. Als er fertig war, drehte sie sich rasch weg und nahm ihren Platz vor der Treppe wieder ein. Dort saß sie in brütendes Schweigen gehüllt und mit geschlossenen Augen.

Thomas drehte die Mütze in seinen Pfoten und sah sie besorgt an. Was tat sie? Diese Reaktion hatte er von ihr ganz und gar nicht erwartet. Er ging zu ihr und wartete. Sie rührte sich nicht. Er hüstelte – sie war doch wohl nicht eingeschlafen. Ein Augenlid öffnete sich einen Spalt und darunter wurde ein wässriges, milchiges Stück Auge sichtbar. »Was wollen Sie von mir, Triton?«, fragte sie mit tonloser Stimme. »Können Sie mich nicht in Frieden lassen?«

»Nein, das kann ich nicht!«, rief er wütend. »Was sitzen Sie da herum wie Neptuns Mutter, Sie dumme alte Hexe? Das Ungeheuer hat die Sterne gestohlen, und alles, was Sie können, ist Trübsal blasen!«

»Was schlagen Sie vor?«, fragte sie in gespielt ruhigem Ton. »Was glauben Sie, kann ich ausrichten?«

Thomas zuckte mit den Schultern. »Das weiß ich nicht«, antwortete er offen, »aber wir müssen was tun. Ich glaube nicht, dass dies Jupiters letzter Trick war. Ich bin sicher, er hat noch mehr auf Lager.«

Die Sternfrau starrte auf ihre verkrüppelten Pfoten.

»Natürlich«, gab sie zu, »wird er nicht aufhören – nicht, bevor er sicher sein kann, dass es nie wieder Frühling werden wird.«

»Was meinen Sie damit?«, fragte die Schiffsmaus. »Was kann er denn noch anrichten? Um Himmels Willen, weshalb sagen Sie uns nicht, was los ist, Sie alte Schüssel? Sie haben doch eine Ahnung, stimmt's? In Ihrem verkrusteten alten Schädel haben Sie längst alles ausbaldowert, aber Sie lassen nichts raus!« Damit schleuderte er wütend seine Mütze auf den Boden.

Die Sternfrau richtete ihre fast erblindeten Augen auf ihn, und die Energie, die aus ihnen strömte, hielt ihn davon ab weiterzusprechen. Er hatte sie gereizt, und sie zeigte ihm, dass das immer noch gefährlich war. »So sei es!«, explodierte sie. »Ihr sollt es wissen und genauso zittern wie ich!« Das Eichhörnchen betrachtete die erstaunten Mäuse, die um sie herumstanden, und stieß hervor: »Das Unbiest hat die Sterne der Nacht zerstört. Als nächstes wird es den Stern des Tages zerstören – derselbe Zauberfluch wird auf die Sonne angewendet werden.«

Die Mäuse im Flur hielten erschrocken den Atem an und quiekten vor Schreck. Diejenigen, die sich vom Treppenabsatz heruntergeschlichen hatten, huschten die Treppe nun wieder hinauf, um es ihren Nachbarn zu sagen. Die Sternfrau schloss wieder die Augen und atmete tief durch. Thomas suchte nach Worten, doch er war zu entsetzt, um irgendetwas zu sagen. Konnte es wirklich wahr sein? Konnte Jupiter tatsächlich die Sonne auslöschen? Seine Beine zitterten und er setzte sich rasch hin, um nicht zusammenzubrechen. Alle Augen richteten sich auf die Sternfrau.

Audrey kniete sich neben sie und versuchte, mit ihr zu reden. »Wir müssen doch irgendwas tun können«, sagte sie. »Er muss irgendeine Schwäche haben, es muss eine Möglichkeit geben.« Als die Sternfrau nicht antwortete, wiederholte Audrey ihre Worte. Nichts. Das Eichhörnchen beachtete sie nicht. Die Maus verschränkte wütend die Arme. »Ich bin froh, dass Sie die Letzte Ihrer Art sind«, stieß sie erbost aus. »Ich finde Sie schrecklich!«

Die milchigen Augen blinzelten und eine Träne rollte die eingefallene Wange herunter. »Es gibt nichts, was wir gegen ihn tun können, mein Kind«, schluchzte die Sternfrau hoffnungslos. »Jupiter hat keine Schwächen.« Die Verzweiflung in ihrer Stimme war herzzerreißend, und sofort bereute Audrey ihren Wutausbruch und drückte das verzweifelte Geschöpf fest an sich.

Der Nachmittag zog sich dahin und das Tageslicht wurde schwächer. Ein paar Mäuse fingen ängstlich an zu murmeln, doch die Sternfrau hielt die Pfote hoch und versicherte: »Keine Sorge, das ist er nicht – noch nicht. Die vergangene Nacht muss viel Energie gekostet haben, und es wird eine Weile dauern, bis die Kraft wieder zurückgekehrt ist. Jupiter kann mein Sternglas heute nicht mehr benutzen, aber allzu bald wird es wieder genug Energie haben.«

Thomas hasste es, tatenlos herumzusitzen, doch was konnten sie schon tun? Er wünschte, er hätte seine Pfeife mitgenommen. Das Feuer brauchte neues Holz, doch im Haus war kaum mehr was zu finden. Er überlegte gerade, ob er hinausgehen und etwas sammeln sollte, als seine Gedanken durch eine freche Stimme unterbrochen wurden.

»Findet hier so was wie ein Picknick zu Hause statt, oder wie?«

Erstaunt zuckten die Mäuse zusammen und drehten sich um. Arthur traute seinen Augen kaum. »Piccadilly!«, rief er glücklich.

Der Graue grinste breit, als sein Freund auf ihn zurannte und ihm die Pfote schüttelte. »Vorsicht, Art«, warnte er. »Sie is so kalt, dass sie glatt abfallen könnte.« Alle versammelten sich um die freche junge Stadtmaus, um sie hinter den Leisten willkommen zu heißen.

»Ich kann gar nicht glauben, dass du hier bist«, rief Arthur überglücklich. »Warum hast du die Stadt verlassen? War's dir dort zu langweilig?«

Piccadillys Miene verdüsterte sich und er wandte den Blick ab. »Wie geht's, Mr Triton?«, fragte er, um das Thema zu wechseln.

Thomas sah ihn prüfend an, bevor er auf den Gruß antwortete. »Schön, dass du wieder da bist, Junge. Entschuldige, wenn ich es sage – aber du siehst schrecklich aus.«

Piccadilly knurrte und wollte gerade Meister Altschnauze begrüßen, als Audrey sich durch die Menge drängte und schüchtern sagte: »Hallo, Piccadilly, ich freu mich so, dass du wieder da bist – ich hab dich vermisst.«

Er blinzelte sprachlos. Wie oft hatte er sich gefragt, was wohl ihre ersten Worte wären, wenn sie sich je wiedersehen würden, doch mit »ich hab dich vermisst« hätte er nie gerechnet. Der Mäuserich aus der Stadt schüttelte ungläubig den Kopf; er hatte immer geglaubt, dass Audrey ihn nicht mochte, und jetzt lächelte sie ihn scheu an. »Hallo«, war alles, was er herausbrachte. In ihren samtigen braunen Augen brannte ein strahlendes Licht und er wich überrascht zurück. Irgendwo tief in seinem Inneren meldete sich ein sehnsüchtiges Verlangen, sie zu küssen. Es machte ihm Angst; er hüstelte und wandte sich hastig ab.

»Als du so sang- und klanglos weggegangen bist, hätte ich nie gedacht, dass wir dich jemals wiedersehen würden«, sagte Arthur. »Warum bist du hier?«

Piccadilly fing sich und wurde ernst. »Das ist eine lange Geschichte ...« Doch bevor er weitersprechen konnte, legte er plötzlich die Pfote auf den Mund. »Ach ja, das hätte ich beinahe vergessen – ich hab jemanden mitgebracht.«

»Wen?«, fragte Audrey. »Wo ist er?«

»Er ... ich hab ihn ...«, stammelte Piccadilly, der nicht wusste, wie er es ausdrücken sollte, »ich hab ihn im Keller gelassen, als wir durch das Gitter reingekommen sind.«

»Lass ihn nicht dort unten, mein Junge«, ordnete Thomas an. »Hole ihn rauf.«

»Aber ... Sie verstehen nicht«, versuchte Piccadilly zu erklären. »Ach, was soll's!« Er formte mit den Pfoten einen Trichter und schrie durch die Kellertür: »Hey, Schepper! Du kannst jetzt raufkommen!«

»Ist das einer von deinen Freunden aus der Stadt?«, fragte Arthur, während alle auf Schepper warteten. Ein merkwürdiges tollpatschiges Schlurfen ertönte auf den Stufen, und die Mäuse sahen einander voller Neugier an.

»Schepper kommt, Mäusejunge«, rief eine krächzende Stimme. Audrey wich zurück, Arthur kratzte sich am Ohr und Thomas knurrte. Sie erkannten eine Ratte, wenn sie eine hörten, und schon watschelte Schepper herein.

»Eine Ratte!«, kreischte Mrs Chitter und sprang hoch. »Die frisst uns bei lebendigem Leib auf!«

Die meisten Mäuse hatten zwar noch nie eine Ratte zu Gesicht bekommen, aber alle wussten, wie bösartig sie sein konnten. Sie quiekten und flohen in alle Himmelsrichtungen. Ein paar versuchten, die Stufen hinaufzuspringen, doch sie stolperten und fielen übereinander. Andere rannten hinter die Leisten, wo alle gleichzeitig versuchten, sich durch den Eingang zu zwängen und stecken blieben. Geschrei und Geschluchze erklang im Flur, als die Mäuse verrückt vor Angst hin und her rannten. Algy verhedderte sich in den Bettdecken und quiekte laut, als er in einen Haufen ungespülter Suppenschüsseln fiel.

Schepper sprang lachend auf und ab. Er hielt das Ganze für ein Spiel und fing an, ein paar Mäuse zu jagen, was es nur noch schlimmer machte. Piccadilly stöhnte. Er hatte so etwas befürchtet. »Schepper«, rief er, »hör auf damit, du verrückter alter Schwachkopf!« Schepper beachtete ihn nicht; er drückte gerade Mrs Chitter gegen die Wand und kitzelte sie unter dem Kinn. Sie stieß einen hysterischen Heuler aus und glitt ohnmächtig zu Boden. Ihre Lockenwickler fielen aus dem Haar, das ihr nun wild vom Kopf abstand. Piccadilly rannte hin und versuchte, die Ratte zu packen, doch Schepper amüsierte sich köstlich und duckte sich rechtzeitig. Mit einem Satz sprang er wie ein Frosch über eine der Raddle-Schwestern und streckte der anderen die Zunge heraus. Dann jagte er Biddy Cockle und warf Meister Altschnauze eine Decke über den Kopf. »Schepper!«, donnerte Piccadilly, der nicht wusste, ob er lachen oder wütend sein sollte.

Schepper tanzte durch den Flur, bis er plötzlich schlitternd stehen blieb. Er wäre beinahe gegen die Sternfrau geprallt. Sie starrte ihn unerschrocken an, doch ihre Stirn war gerunzelt und ein seltsamer Ausdruck lag auf ihrem Gesicht. Die Ratte holte überrascht Luft und zischte. Einen Augenblick schienen die beiden wortlos miteinander zu kämpfen, als würden sie ein heimliches Duell miteinander ausfechten. Eine angespannte Stille lag zwischen der Ratte und dem Eichhörnchen und ihre Augen blitzten voller Feindseligkeit.

Piccadilly rannte zu ihnen und packte die Ratte am Schwanz. »Jetzt hab ich dich!«, schrie er. »Keine Angst, Leute«, rief die Stadtmaus den verängstigten Mäusen zu, »er is mit mir hergekommen. Ich verspreche euch, er is harmlos – bloß ein bisschen durchgeknallt, das is alles.« Er zerrte Schepper von der Sternfrau weg und brachte ihn zu seinen Freunden.

Während der ganzen Aufregung waren Thomas, Gwen, Audrey und Arthur gelassen geblieben. Ihnen war klar, dass Schepper nicht gefährlich sein konnte, wenn Piccadilly ihn mitgebracht hatte. Trotzdem gefiel der Schiffsmaus die verrückte alte Ratte nicht. Doch Arthur hatte vor Lachen Seitenstechen bekommen, und als Mrs Chitter in Ohnmacht fiel, glaubte er, gleich zu platzen. Nun wischte er sich die Tränen aus den Augen; er beruhigte sich allmählich und sein Lachen ging in ein Grinsen über.

»Tut mir Leid«, sagte Piccadilly entschuldigend. »Das is Schepper – ich musste ihn mitnehmen. Wie ich schon sagte: Es ist eine lange Geschichte, aber der wichtigste Punkt ist – Jupiter ist wieder da.«

Piccadilly schlürfte die Suppe und bemühte sich, dabei nicht das Gesicht zu verziehen – sie war so verwässert wie Spülwasser. »Danke«, sagte er und versuchte krampfhaft zu klingen, als hätte sie ihm geschmeckt, »das war – sehr, äh ...«

Gwen nahm ihm die Schüssel ab und nickte verständnisvoll. »Ja, ich weiß«, sagte sie lächelnd, »sie schmeckt nach nichts, aber leider haben wir nichts anderes.«

Der Graue saß vor dem Feuer und sog die Wärme auf. Es kam ihm wie eine Ewigkeit vor, seit er sich das letzte Mal hatte entspannen und mit den Zehen wackeln können. Schepper saß neben ihm und schnupperte misstrauisch an seiner Schüssel. Er schlabberte etwas Suppe und gurgelte damit im Mund. Es hatte eine ganze Weile gedauert, bevor sich die Panik gelegt hatte. Einige der Mäuse versteckten sich immer noch hinter den Leisten unter ihren Betten und ließen sich nicht überreden herauszukommen. Ein paar ganz Mutige schlichen sich in die Nähe des Feuers und betrachteten die Ratte neugierig. Sie wirkte nicht so gefährlich, wie sie sich vorgestellt hatten.

Mrs Chitter war in ihre kleine Kammer gebracht worden, wo sie sich in den Schlaf wimmerte und in schrecklichen Albträumen durchgekitzelt wurde. Erstaunlicherweise waren die Raddle-Schwestern unter denen, die sich ans Feuer gewagt hatten, um den merkwürdigen Fremden zu sehen. Sie hatten noch nie so etwas Aufregendes erlebt und hofften insgeheim auf mehr.

Piccadilly hörte Thomas aufmerksam zu, als die Schiffsmaus ihm von den Ereignissen der vergangenen Tage erzählte. Es tat ihm Leid, dass Oswald nicht da war; er hatte sich darauf gefreut, den »Weißen« wiederzusehen. Gelegentlich wanderte sein Blick auf die Seite, wo Audrey saß, und dann lächelte das Mäusemädchen ihn an. Als Triton mit seinem Bericht fertig war, setzte Piccadilly sich steif auf und knabberte an seinen Pfoten.

Dann erzählte er seine eigene Geschichte. Da sie für alle neu war, schlichen sich weitere Mäuse heran. Alle waren erstaunt und erschrocken, dass Morgan noch am Leben war, und fuhren entsetzt zusammen, als sie hörten, wie Holeborn angegriffen worden war. Währenddessen warf Schepper immer wieder verstohlene Blicke auf die Stufen, wo die Sternfrau gesessen hatte, doch jetzt hockte sie nicht mehr da, und er reckte den Hals, um zu sehen, wo sie war.

Thomas strich sich verwirrt über seine Barthaare. »Es ergibt keinen Sinn«, murmelte er. »Warum sollte Jupiter eine Armee von blutrünstigen Ratten herbringen, nur um sie zu töten, sobald sie angekommen sind?«

»Vielleicht ist er übergeschnappt«, meinte Piccadilly. »Ich hab keine andere Erklärung. Oder es macht ihm einfach Spaß zu töten – das würde mich nicht überraschen.«

Doch das überzeugte Thomas nicht. »Nein, es muss einen richtigen Grund dafür geben. Er macht nichts einfach nur aus Spaß – aber das werden wir allzu bald herausfinden.«

»Gibt es denn gar nichts, was wir tun können?«, fragte Arthur bedrückt. »Warum können wir uns nicht alle zusammensetzen und sehen, ob uns irgendwas einfällt?«

»Einen Versuch ist es wert«, stimmte Thomas zu. Er stand auf und bat um die Aufmerksamkeit aller. »Wir halten eine Versammlung ab«, verkündete er. »Alle, die daran teilnehmen möchten, sind willkommen.«

Als die meisten Mäuse sich gesetzt hatten, wobei einige von ihnen Schepper noch immer misstrauisch beäugten, begannen sie mit der Versammlung. »Also«, sagte die Schiffsmaus, »lasst uns zusammentragen, was wir über Jupiter wissen.«

»Er ist tot«, sagte Mr Cockle nüchtern.

»Also können wir ihn nicht umbringen«, fügte Algy das hinzu, was offensichtlich war

Audrey überlegte, was sie beitragen könnte. »Ach ja«, verkündete sie plötzlich, »er mag keine Hitze.«

»Woher willst du das wissen?«, schnaubte ihr Bruder.

Ungeduldig verdrehte sie die Augen. »Wenn er Hitze mögen würde, würde er uns nicht erfrieren lassen, oder? Er würde uns verbrennen oder uns verglühen lassen – das wäre doch viel einfacher und schneller, als darauf zu warten, bis wir alle erfroren sind.«

Thomas runzelte nachdenklich die Stirn. »Da könntest du Recht haben, aber Jupiter könnte genauso gut die Kälte produzieren, um die Rückkehr der Grünen Maus zu verhindern.«

»Und was bringt uns das?«, fragte Piccadilly und wischte die Grüne Maus vom Tisch. »Es *könnte* sein, dass Jupiter Angst vor Feuer hat, aber warum sollte er – er ist tot, es kann ihm doch nicht mehr schaden, oder?«

Audrey seufzte. »Wenn ich doch bloß mein Medaillon noch hätte! Vielleicht würde das uns weiterhelfen – wie früher.«

Zum ersten Mal seit seiner ausgelassenen Mäusejagd machte Schepper den Mund auf. »Schepper mag hübsche Mäusedingelings«, plapperte er fröhlich, »er wollte immer selber eins, aber alles, was er gekriegt hat, waren Beulen, Beulen, nix als Beulen.«

Das brachte Meister Altschnauze auf die Palme und er sagte scharf: »Ratten tragen keine Medaillons – die sind nur für Mäusehälse gedacht – was für ein absurder Gedanke!«

Schepper streckte dem hochnäsigen Mäuserich die Zunge heraus. »Stimmt nich«, gab er zurück, »ätsch bätsch!«

»Sei still«, sagte Piccadilly. »Die Sache ist ernst und wir haben keine Zeit für deine Witze.«

Schmollend verschränkte Schepper die Arme und murmelte: »Das is nich fair, keiner hört auf Schepper. Ratten haben *doch* Dingelings – er hat eins gesehen.«

»Was ist mit dem Sternglas?«, fragte Arthur. »Glaubt ihr, wir könnten vielleicht nahe genug herankommen, um es zu zertrümmern, bevor Jupiter es wieder benutzt?«

»Niemals«, erwiderte Piccadilly Kopf schüttelnd. »Ihr würdet erstochen, bevor ihr auch nur –«

»Pssst«, sagte Thomas. Er hatte Schepper aufmerksam beobachtet und wollte wissen, was der gemeint hatte. »Wen hast du mit einem Mäusemedaillon gesehen?«, fragte er die Ratte.

Schepper zuckte mit den Schultern. »Weiß nich mehr«, gab er trotzig zurück.

Zornig schlug Thomas auf den Boden. »Sag es mir!«, befahl er.

Die Ratte duckte sich ängstlich. »Nich Schepper schlagen, keine Beulen mehr – bitte, er sagt's ja. Es war der alte Stumpi, der war's, der hat so ein glänzendes Mäusemedaillon gehabt. Er hat es oft getragen – hat immer gesagt, es bringt ihm Glück.«

Audrey beugte sich vor. »Dieses Mäusemedaillon«, fragte sie atemlos. »Wie hat es ausgesehen?«

Schepper hob ängstlich den Kopf und kniff die Augen zu, als er antwortete: »Sah aus wie eine Katze – mit Schnurrbart und so.« Ein Murmeln ging durch die Menge. »Audreys Medaillon«, sagten die Mäuse erstaunt.

»Morgan muss es im Wasser gefunden haben, bevor er in die Stadt geschwommen is«, flüsterte Piccadilly. »Was für ein glücklicher Zufall!«

»Dem Grünen sei Dank«, pries Meister Altschnauze, »sogar im Winter weist er uns den Weg.«

Thomas grinste vor Aufregung. »Also ist Morgan die Lösung für uns. Wenn wir es schaffen, ihm das Mäusemedaillon wegzunehmen und es gegen Jupiter zu schleudern, könnten wir den alten Satan ein für alle Mal los werden.«

Die Sternfrau, die im Schatten der Treppe saß und ihnen zuhörte, schüttelte traurig den Kopf. Was für Dummköpfe sie doch waren! Dann sah sie, wie sie lachten, und verurteilte ihre eigene Arroganz. Vielleicht würde es doch funktionieren – nur weil sie einfache Mäuse waren, bedeutete es noch lange nicht, dass sie nicht zu großen Taten fähig wären. Jupiter war schließlich schon einmal von ihnen besiegt worden. Ihr Blick wanderte von einem Gesicht zum anderen. Sie waren so eifrig bei der Sache und es war ihnen so wichtig, dass dieser Plan Erfolg haben würde. Sie hatte nicht das Herz, ihnen zu sagen, dass sie sich vielleicht irrten. Die Sternfrau hatte schwere Bedenken. Irgendetwas sagte ihr, dass dieses Mal ein Mäusemedaillon nicht ausreichen würde, um Jupiter loszuwerden. Er hatte die Ketten dieser Erde gesprengt und seine Macht war unberechenbar.

Dann unterdrückte das Eichhörnchen einen Schrei. Mitten aus der Menge starrte Schepper sie mit einem bösartigen Funkeln in den Augen an. Zutiefst beunruhigt wich die Sternfrau zurück. Etwas an ihm war vertraut und dennoch – ach, was war es nur? Geschickt hatte er all ihre Versuche, seine Gedanken zu lesen, abgeblockt, und diese Tatsache allein machte ihr Angst. Schepper war nicht der, der er zu sein vorgab – doch wer war er wirklich? Sie presste ihre Pfoten an die Stirn und überlegte verzweifelt, aber es war sinnlos. Die Sternfrau schalt sich aus – vielleicht war es nicht weiter wichtig; sie durfte sich nicht von dem Hauptproblem ablenken lassen. Sie lehnte sich wieder in den Schatten zurück, während die alte Ratte sie mit einem teuflischen Lächeln auf den Lippen beobachtete.

DUELL IM SCHNEESTURM

Audrey band sich ihr Silberglöckchen an den Schwanz und strich sorgfältig ihren Kragen glatt. Während im Flur der Plan besprochen wurde, hatte sie sich leise davongeschlichen und war in ihr Zimmer hinter den Leisten gegangen. Sie löste das zerknitterte Band aus ihrem Haar und tauschte es gegen eine saubere rosa Schleife aus. Dann betrachtete sie sich in dem kleinen Spiegel, den sie aus dem Zimmer ihrer Mutter geholt hatte, und übte ihr schönstes Lächeln. Piccadillys unerwartete Rückkehr war der Grund für ihr ungewohntes Verhalten. Ihr Herz klopfte heftig und in ihrer Fantasie malte sie sich alles Mögliche aus. Als alles zu Audreys Zufriedenheit war, warf sie einen letzten kritischen Blick in den Spiegel und drehte sich zum Gehen um.

»Mutter!«, rief sie überrascht und verlegen. »Seit wann bist du hier?«

»Lang genug«, erwiderte Gwen und schüttelte den Kopf über ihre eitle Tochter. »Ach, Audrey«, seufzte sie. Audrey spürte, dass sie vor Scham rot wurde und ihre Ohren brannten. Sie fühlte sich so schuldig wie ein Dieb, der auf frischer Tat ertappt wird. »Ich hab bloß ...«, begann sie lahm. Dann verstummte sie, weil sie nicht wusste, was sie sagen sollte.

»Ich verstehe schon«, sagte Gwen . »Du möchtest für Piccadilly so hübsch wie möglich aussehen, nicht wahr?«

Audrey senkte den Kopf. »Ja«, gab sie zögernd zu. Ihre Mutter trat zu ihr und umarmte sie. »Mein Liebling«, flüsterte sie sanft, »du musst deine Gefühle für ihn vergessen. Du musst vernünftig sein. Ob es dir gefällt oder nicht – du bist jetzt Mrs Scuttle, Twits Frau.«

Audrey brach in Tränen aus und vergrub ihren Kopf in den Armen ihrer Mutter. »Aber es ist nicht fair«, schluchzte sie. »Ich liebe Piccadilly, das weiß ich schon lange. Ich will ihm sagen, wie Leid es mir tut, dass ich ihn das letzte Mal vergrault habe.« Ihre Lippen zitterten und sie schluckte schwer; dann schüttete sie ihr Herz aus. »Wäre ich damals doch nur freundlicher zu ihm gewesen! Vielleicht wäre dann alles anders gekommen; vielleicht wäre Piccadilly mit nach Fennywolde gegangen, und ich könnte jetzt seine Frau sein. Ich wünschte, Twit hätte mich nicht vor dem Galgen gerettet.« Ihre Stoßseufzer vermischten sich mit ihrem Schluchzen, und für kurze Zeit klammerte sie sich an ihre Mutter, als würde sich jeden Augenblick der Boden auftun und ein riesiger Abgrund der Verzweiflung sie verschlingen.

Gwen schloss die Augen und spürte den Schmerz ihrer Tochter. »Aber du kannst nicht mehr ändern, was geschehen ist, Liebling«, flüsterte sie leise. »Es gibt so vieles auf dieser unglückseligen Welt, was wir nicht ändern können. Wir müssen lernen, unser Schicksal anzunehmen und mit uns selbst ins Reine zu kommen. Komm, trockne dir jetzt die Augen. Unten im Flur wird gerade entschieden, wer zu Morgan gehen und dein Mäusemedaillon zurückholen soll. Du willst doch nicht, dass Piccadilly sieht, dass du geweint hast, oder?« Audrey schüttelte entschlossen den Kopf und wischte sich die Tränen ab.

Im Feuerschein betrachtete Thomas, wer die Pfote erhoben hatte. Mr Cockle, Arthur, Algy, Meister Altschnauze, Piccadilly und noch einige andere aus den Leisten boten sich tapfer an, es mit Morgan aufzunehmen. Thomas strich sich über die Barthaare. Es würde eine gefährliche Mission werden, und er war nicht sicher, ob er auf alle Mäuse, die sich gemeldet hatten, wirklich zählen konnte. Es war schön und gut, jetzt Mut zu zeigen, doch wie würden sie im Angesicht des Todes reagieren? Die Schiffsmaus beschloss, diejenigen auszuwählen, denen sie vertrauen konnte, diejenigen, die ihren Mut schon bewiesen hatten – und zeigte auf Arthur und Piccadilly.

»Ihr beiden«, sagte er. »Zu dritt muss es uns doch möglich sein, eine lausige Ratte zu besiegen, zumindest wenn es uns gelingt, sie vom Elektrizitätswerk wegzulocken.«

»Wir müssen schnell handeln«, sagte Piccadilly und stand auf. »Wir können nicht warten, bis seine durchfauchte Hoheit das Sternglas ein weiteres Mal missbraucht.«

Schepper hatte während der Besprechung seine Kopfhaut entlaust und schien nicht zugehört zu haben. Nun fuhr er jedoch hoch und fragte: »Wo will mein Mäusejunge hin? Er kann Schepper nich allein zurücklassen.«

Piccadilly tätschelte den Kopf der alten Ratte. »Du bleibst hier, alter Spinner. Keine Angst, man wird sich um dich kümmern.« Doch Schepper sprang auf und ab und bettelte, mitkommen zu dürfen.

»Bitte, Mäusejunge!«, jammerte er. »Schepper will nich ausgeschlossen werden – er kann helfen. Ihr müsst den alten Stumpi allein erwischen. Stumpi kennt Schepper. Schepper kann ihn doch aus der Eisburg locken, oder?«

Thomas sah die Ratte erstaunt an. »Er hat Recht«, sagte er. »Ich habe mir schon den Kopf zerbrochen, wie wir es hinkriegen, dass Morgan allein ist. Ich glaube, dein verrückter alter Kumpel ist gar nicht so ein Schwachkopf, wie er tut.«

Als wollte Schepper ihm das Gegenteil beweisen, fing er an idiotisch zu kichern und verbarg das Gesicht in den Pfoten, doch durch die Krallen hindurch starrte er die Sternfrau an, die neben der Treppe saß. Das alte Eichhörnchen hatte jedoch nicht zugehört, es schien fest zu schlafen.

»Vielleicht hast du Recht«, sagte Piccadilly nachdenklich. Hastig hob die Ratte den Kopf, doch die Antwort der Maus bezog sich auf Tritons erste Worte. »Er könnte uns nützlich sein.«

»Sind wir endlich so weit?«, fragte Arthur, der es kaum erwarten konnte aufzubrechen.

»Einen Augenblick, Kumpel«, lachte Thomas. »Ohne etwas, mit dem wir Morgan richtig eins über die Rübe geben können, gehen wir nicht los. Wenn ich mich recht entsinne, hat deine Mutter irgendwo ein Schwert – das nehme ich. Ihr Jungs schaut, was ihr finden könnt.«

»Ich bin versorgt«, sagte Piccadilly und tätschelte das kleine Messer in seinem Gürtel, »mehr brauch ich nicht.«

Arthur runzelte die Stirn und fragte sich, was er mitnehmen sollte. Er wollte kein Schwert oder Messer, deswegen suchte er sich einen dicken, starken Stock.

»Was ist mit dir, Schepper?«, fragte Piccadilly die Ratte. »Nimmst du nichts mit, womit du dich verteidigen kannst?«

Schepper schüttelte vehement den Kopf. »Nein, nein, nein«, jammerte er. »Schepper benützt nie Waffen – die sind böse und gar nich nett. Schepper vertraut auf Mäusejungen – der wird ihn retten, wenn der alte Stumpi grob wird.«

Piccadilly kicherte. »Ja«, erwiderte er, »ich pass auf dich auf. Jetzt sind wir doch ein Team, nicht wahr, du Blechhirn?«

Als Audrey aus den Leisten kam, tastete sie ihr Gesicht ab und vergewisserte sich, dass sie keine verräterischen Tränen mehr auf den Wangen hatte. Dann ging sie so gelassen wie möglich zu Piccadilly hinüber.

»Mr Triton hat mir erzählt, dass ihr wieder aufbrecht«, sagte sie sachlich.

Piccadilly hatte sie nicht kommen sehen. »Ach, hallo«, murmelte er unsicher. »Ja, wir gehen, um dein Mäusemedaillon zu holen – scheint so, als wäre das meine Lieblingsbeschäftigung, nicht wahr?«

Audrey lachte, doch es klang unnatürlich. »Ja«, sagte sie, »das stimmt.« Eine unangenehme Pause entstand, während beide sich den Kopf zerbrachen, was sie sagen könnten. Audrey biss sich auf die Unterlippe, die ganz weiß wurde, um bloß nicht ihre wahren Gefühle zu verraten, doch der Stadtmäuserich bemerkte es nicht. Er war damit beschäftigt, sich die langen Stirnfransen aus den Augen zu streichen und gegen seinen Groll anzukämpfen.

Schepper beobachtete die beiden und versuchte, sein Grinsen zu verbergen, doch es gelang ihm nicht. Er kicherte und zwinkerte Piccadilly zu. »Ho ho, Mäusejunge, is die hübsche Kleine etwa deine Freundin – ja?« Er hätte nichts Schlimmeres sagen können. Audrey wurde knallrot, während Piccadilly stöhnte und wünschte, vom Erdboden verschluckt zu werden.

Die Ratte blinzelte verwirrt. »Hat Schepper was Falsches gesagt?«

Piccadilly hustete verlegen in seine Pfote. »Tut mir Leid, Audrey«, entschuldigte er sich hastig, »Schepper is nicht ganz richtig im Kopf, stimmt's, Kumpel?«

Audrey sah die Stadtmaus flehend an; das war ihre Chance, jetzt musste sie es ihm sagen. »Piccadilly«, hörte sie sich stammeln. »Piccadilly!«

Er sah sie erstaunt an. In ihrer Stimme lag ein seltsames, drängendes Bitten. »Ja?«

»Ich muss dir was sagen – es ist wichtig.«

Der Mäusejunge runzelte die Stirn. Irgendetwas machte Audrey offensichtlich zu schaffen. »Is alles okay?«, fragte er.

Sie schüttelte den Kopf. »Nein«, stieß sie aus. »Piccadilly, es ist mir egal, was Mutter sagt, und Twit hat es bloß getan, um mir das Leben zu retten, ich wollte es nicht tun, verstehst du das denn nicht?«

Piccadilly verstand überhaupt nichts. Er machte den Mund auf, um etwas zu sagen, doch da rief jemand hinter ihm: »Komm schon, mein Junge!«

Thomas zückte ein Schwert und stach ins Leere. »Eine scharfe Klinge«, sagte er. »Wir wollen ihr etwas zu futtern geben!« Arthur stand neben ihm; er hielt einen großen Stock in den Pfoten. Mit einem Kampfschrei schwenkte er ihn über seinem Kopf.

Piccadilly war froh, dass er eine Ausrede hatte zu verschwinden; Audrey hätte sich doch bloß über ihn lustig gemacht oder etwas Verletzendes gesagt. »Sorry«, sagte er, »ich muss den Abgang machen. Worauf wartest du, Schepper?«

Audrey sah ihm nach, als er zur Kellertür ging, wo die anderen schon warteten. Sie verfluchte sich dafür, es ihm nicht gesagt zu haben. Eine sanfte Pfote legte sich auf ihre Schulter und die Stimme ihrer Mutter flüsterte ihr ins Ohr: »Es ist besser, wenn er es nicht weiß. Lass ihn in dem Glauben, du würdest ihn nicht mögen, denn du kannst sowieso nichts tun.«

Die Mäuse der Leisten und des Treppenabsatzes jubelten den vier unerschrockenen Helden zu und wünschten ihnen viel Glück. Unter herzlichem Winken gingen sie hinunter in den Keller, und Meister Altschnauze sprach noch rasch ein Gebet. Audrey brach das Herz und sie weinte bitterlich.

Der Abend senkte sich schwer auf das Elektrizitätswerk und die schwarzen Schatten auf dem Brachland wurden immer länger. Der Sturm wütete nach wie vor und dunkle Schneewolken bedeckten den Himmel. Niemand wagte sich vor die Tür und alle Lebewesen zitterten vor Angst.

Unten am zugefrorenen Flussufer stieß eine kleine Pfote den Schnee aus einem verstopften Abflussrohr am Pier. Thomas steckte den Kopf heraus und sprang hinunter. Piccadilly und Arthur folgten ihm; als Letzter zwängte Schepper sich zögernd hinaus.

Die Schiffsmaus betrachtete mit ernster Miene das

Elektrizitätswerk. Hinter den winzigen Fenstern schimmerte ein gespenstisches Licht. »Wir müssen Morgan rauslocken«, sagte Thomas, »und hoffen, dass er das Mäusemedaillon mitbringt.«

»Bist du bereit, Schepper?«, fragte Piccadilly unsicher.

Die Ratte starrte das unheimliche Gebäude an und schüttelte den Kopf. »Nein«, wimmerte sie.

Doch jetzt war es zu spät zum Umkehren, und so ignorierten die Mäuse Scheppers Angst. Piccadilly führte Thomas und Arthur den Pier hinauf. Schepper schlurfte verdrießlich hinterher und trat gegen eine Öldose. Klappernd rollte sie über den Boden. In der Hoffnung, sie könnte etwas Leckeres enthalten, humpelte die Ratte hinter ihr her und streckte erwartungsvoll die Zunge in das schmierige Innere.

»Bäh! Igitt!« Schepper spuckte das Zeug aus und stopfte sich eine Kralle voll frischen Schnee in den Mund, um den beißenden, bitteren Geschmack loszuwerden. Mit verschmierten schwarzen Lippen und genauso düsterer Miene warf er die Dose weg. Dann blickte er hoch und eilte den Mäusen hinterher, die schon hinter der Ecke verschwunden waren. Piccadilly hatte sie zum Tor in der durchlöcherten Mauer geführt, und sie duckten sich gerade unter das Gitter, als Schepper, fortwährend schwarzen Speichel in den weißen Schnee spuckend, angehastet kam.

Jetzt lag nur noch das verschneite Brachland zwischen ihnen und Jupiters Festung. Arthur hielt den Atem an und umklammerte grimmig seinen Stock. »Glaubt ihr, wir können nah genug rangehen, ohne gesehen zu werden?«, fragte er.

Thomas zuckte mit den Schultern. »Wer weiß, aber ich hoffe, dieses verfluchte Wetter wird uns vor Seinen Augen verbergen – wenigstens für eine Weile.«

Also begannen sie ganz langsam das ungeschützte Brachland zu überqueren. Sie gingen hintereinander; Thomas führte sie an und zog seine kräftigen Beine durch den tiefen Schnee, der die Muskeln schmerzen ließ. Schweigend kämpften sie sich Schritt für Schritt voran, und Jupiters Schneesturm war ihr einziger Schutz vor den durchdringenden blauen Lichtstrahlen, die viel zu oft aus dem Gebäude schossen und die eisige Dunkelheit durchschnitten.

Das Elektrizitätswerk kam näher und seine massiven, bedrohlichen Umrisse erhoben sich über ihnen in der pechschwarzen Nacht. Ein tödlicher blasser Dunst kroch um das Mauerwerk, und Arthur schauderte, als er sich an die letzte Nacht in Greenwich erinnerte.

Schepper, der das Schlusslicht bildete, blinzelte durch das Schneetreiben. Er wünschte sich genauso verzweifelt wie die anderen, dass der Plan klappen würde, wenn auch aus ganz anderen Gründen.

Thomas stöhnte, während er sich mit immer größerer Anstrengung durch den hüfthohen Schnee kämpfte. Als er die Wand des großen Gebäudes erreicht hatte, lehnte er sich an die überfrorenen Backsteine, winkte Schepper heran und flüsterte: »Jetzt wirst du dir dein Abendessen verdienen. Aber vergiss nicht, du brauchst bloß Morgan rauszulocken, dann übernehmen wir den Rest.«

Schepper zitterte und stammelte nervös, doch sein Protest nützte nichts. Thomas schubste ihn um die Ecke.

Die Ratte rutschte und schlitterte auf dem Eis und

Schnee hin und her und fiel mit einem langen, gedehnten Wimmern auf die Nase.

Piccadilly, der sich im Schatten versteckte, zuckte zusammen und beugte sich besorgt vor, doch die Schiffsmaus zog ihn zurück. »Er weiß, was er tut, mein Junge«, zischte er. »Er hat sich nicht wehgetan.«

Schepper hob den Kopf und starrte auf das niedrige Fenster mit der zerbrochenen Scheibe. Dahinter bewegte sich etwas; Morgan lauerte in der Dunkelheit. Er spionierte und hielt für seinen teuflischen Herrn Wache. Schepper leckte sich die Lippen, und dann begann das Schauspiel seines Lebens.

»Oh, aah, mein Kopf! Iiih, meine Beulen – autsch, oje!« Er wiegte seinen Kopf in den Klauen und kam schwankend auf die Beine.

Hinter dem kaputten Fenster bewegte sich ein dunkler Umriss und zwei kleine rote Augen funkelten in der kalten Finsternis. »Wer ist da?«, krächzte eine dünne Stimme. »Komm raus, ich will dich sehen!«

»Oh, aaah«, jammerte Schepper weiter, während er wie ein Wackelpudding zitterte.

Eine spitze, schmale Schnauze tauchte im Fensterloch auf. Morgan starrte in den Schneesturm hinaus; sein Blick huschte hin und her. »Diese elende Stimme kenn ich doch«, zischte er. »Das is doch der verrückte alte Schwachkopf! Was macht der denn hier? Der kann doch nich den ganzen Weg hierher geschwommen sein.« Ein gefährlich wirkender Dolch blitzte zwischen seinen Zähnen auf, als er sich durch die Fensteröffnung zwängte. Er rieb sich die Krallen, als er daran dachte, wie erfreut sein mächtiger Herr sein würde, wenn er ihm noch ein Opfer brächte. Wo steckte der elende Kerl bloß, fragte er sich. Oh, dieses verfluchte Sauwetter!

Durch das Schneetreiben heulte Schepper: »Hilf mir, ich bin verletzt und kann nich mehr laufen – mein armer verbeulter Kopf, au, au.«

Morgan kicherte und sein Stummelschwanz klopfte erwartungsvoll auf den vereisten Boden. Er nahm den Dolch aus dem Mund und beugte sich vor, um durch den dichten Vorhang der wirbelnden Schneeflocken zu spähen. »Sag mir, wo du bist«, rief er. »Ich bin's, dein geliebter General, ich helfe dir.«

Die schlaue alte Ratte hatte sich flach auf den Boden gelegt und konnte Morgan deutlich erkennen. Sie sah den Dolch, den die Kralle des Bösewichts umklammert hielt, doch noch viel wichtiger war das Medaillon aus Messing, das um seinen Hals hing. Schepper grinste – alles verlief genau nach Plan. Er formte mit den Pfoten einen Trichter, so dass es klang, als würde er weit weg sein, als er rief: »Stumpi, bist du das? Mann, hab ich Schmerzen, und es is so verdammt kalt. Was is denn bloß mit der Welt los?«

Morgan drehte den Kopf auf seinen gebückten Schultern und schnupperte in den starken Wind. »Ich kann dich riechen, du alte Vogelscheuche. Was machste denn hier? Komm näher. Ich tu dir nich weh, du weißt doch, dass ich immer gut für meine Jungs sorge.«

»Ich bin hier drüben«, rief die schwache und täuschend ferne Stimme, »mach schnell, au, uuhh!«

Knurrend und mit gezücktem Degen schnellte Morgan vor und rannte an Schepper, der ausgestreckt auf dem Boden lag, vorbei. In der schimmernden Dunkelheit stieß er die scharfe Klinge ins Leere und drosch in seinem Wahn, die alte Ratte zu treffen, auf den Schnee und den Wind ein. »Wo steckst du?«, kreischte er. Er rannte gegen den Sturm an und stach mit seinem Dolch zu.

Schepper stand auf und schlich sich zu den Mäusen, die sich in einer dunklen Ecke versteckt hatten. »Er is draußen und er is allein«, sagte er, »und er hat sich das Dingeling um seinen mickerigen Hals gehängt.«

»Gut gemacht«, lobte Thomas ihn. Er wandte sich zu den anderen. »Seid ihr soweit?« Piccadilly und Arthur nickten grimmig; dann schossen alle drei aus der Dunkelheit und rannten durch das Schneetreiben auf Morgan zu. Schepper blieb in der Ecke und wartete.

Morgan fuhr herum und sah die drei Mäuse auf sich zurasen. Er schrie auf und versuchte, zum Fenster zurückzurennen, doch Thomas schnitt ihm den Fluchtweg ab und hielt ihm drohend das Schwert vor das Gesicht. Arthur holte mit seinem Stock aus und erwischte die Ratte an der Klaue. Mit einem Schmerzensschrei ließ Morgan den Dolch fallen. Piccadillys Pfote zitterte nicht, als er sein kleines Messer umklammerte und auf die Ratte zuging. Diese widerliche Kreatur war die Ursache all seines Elends.

Morgan starrte die Stadtmaus mit offenem Mund an. »Ich kenn dich«, schrie er, »Du bist ein Holeborner, und vorher warst du in den Abwasserkanälen – du bist der Kleine, der entkommen ist!« Piccadilly antwortete nicht und näherte sich weiter der Ratte.

»Morgan«, schrie Thomas plötzlich, »wir wollen bloß das Medaillon, das du um den Hals trägst. Gib es her, sonst nehmen wir es uns – und nicht gerade sanft.«

Obwohl er in die Ecke getrieben war und keine Waffe mehr hatte, wirkte Morgan sehr selbstsicher. »Ha, ha«, lachte er und hielt sich die Seiten, »darauf biste also scharf. Du hinterhältiger Drecksack! Nichts kann meinem Herrn Schaden zufügen, ganz sicher kein billiger Tand. Dafür ist er jetzt zu mächtig!« Und wieder ließ er sein hämisches Lachen hören.

»Gib es her!«, befahl Piccadilly. Er rannte zu der Ratte und packte sie an der Kehle. Morgan sprang nach hinten und der Graue verlor sein Gleichgewicht. Er fiel in den Schnee; sein Messer flog in die Luft und wurde von der bösartigen Ratte aufgefangen.

»Spiel nicht mit dem Tod, Junge«, flüsterte Morgan bissig in sein Ohr, während er Piccadilly sein eigenes Messer an die Kehle drückte, »nich, wenn dein Opfer ein Meister der Kunst ist. Ich habe mehr Mäuse ermordet und geschlachtet, als du wohl jemals sehen wirst.« Er sah zu den beiden anderen Mäusen und befahl ihnen zurückzugehen. »So ist's richtig, meine Täubchen«, gurrte Morgan. »Wenn ihr nich zusehen wollt, wie eurem kleinen grauen Freund das Fell über die Ohren gezogen wird, dann haltet euch fern.« Er drehte die Klinge so, dass ihr Schein auf ihre Gesichter fiel. Als er zu ihnen schaute, stieg ein irres Kichern aus seiner Kehle.

Piccadilly drehte und wand sich voller Panik, als er sah, was sich hinter dem Rücken seiner Freunde abspielte. Er versuchte, sie zu warnen, doch das Messer drang drohend in seine Haut ein und ein dünnes Blutrinnsal quoll heraus. »Hinter euch!«, brachte er tapfer heraus. Morgan knurrte und boxte ihm hart in die Rippen. Piccadilly bekam keine Luft mehr; hilflos keuchend lag er im

Schnee. Thomas drehte sich um und erblickte etwas Grauenhaftes. »Oh Teufelsbrut!«, stieß er voller Angst aus. Arthur quiekte und ließ vor Schreck beinahe seinen Stock fallen. Er konnte seinen weit aufgerissenen Augen kaum glauben.

Grauenvolle Gestalten strömten aus dem Elektrizitätswerk und versammelten sich still hinter ihnen. Ihre Umrisse waren verschwommen; vielleicht war es nur eine Sinnestäuschung, hervorgerufen durch die Dunkelheit und den Schnee, der ihm wütend ins Gesicht peitschte, doch nein, für einen Augenblick lüftete sich der winterliche Vorhang, und Arthur wich zurück – was immer sie auch sein mochten: Er konnte durch sie hindurchsehen.

Vor ihm stand eine Heerschar grauenhafter Geister. Alle Ratten, die Morgan auf dem Gewissen hatte, waren zurückgekehrt. Ihre Augenhöhlen waren leer und sie starrten blind in die eiskalte Welt. In den Gesichtern der Erscheinungen konnte man immer noch die Qualen ihres grauenhaftes Todes lesen, und aus ihren Mündern ertönten hohle Klagelaute, die durch die Nacht hallten. Jeder von ihnen hielt den Eisspeer, mit dem er getötet worden war, in der gespenstischen Klaue, und der Eiszapfen war von seinem Blut schwarz verfärbt. Sie waren untrennbar mit ihrem neuen Herrn verbunden. Sein Wille war ihre treibende Kraft – denn in jeder Brust glühte ein Funken kalten Sternenlichts. Das was Jupiters neue Armee – ein Geister-Regiment. Ihr Anblick ließ einem das Blut in den Adern gefrieren und Arthur bekam eine Gänsehaut.

»Donner und Doria!«, stieß Thomas aus.

Morgan warf den Kopf zurück und stieß ein hohes, schrilles Lachen aus. »Was haltet ihr von meiner neuen Armee? Euch wird die Ehre zuteil, die ersten zu sein, die von ihnen niedergemetzelt werden.« Er kickte den sich krümmenden Piccadilly zur Seite und rannte zu seinen Geistern.

»Ich hab keine Angst vor Gespenstern«, sagte Thomas ungerührt. »Mag ja sein, dass sie unheimlich aussehen, aber schließlich und endlich sind sie tot und können den Lebenden nichts mehr tun.«

Morgan schnaubte verächtlich. »Darauf würde ich mein Leben nich verwetten, Wasserquieker. Meine Armee hat immer noch Krallen, mit denen sie euch zerreißen kann, und jetzt haben die Jungs sogar Speere, die tödlicher sind als alle anderen Waffen.« Er trat zwei Schritte zurück und verbeugte sich. Das war das Zeichen, und mit grauenhaften Schreien stürmten die toten Krieger los.

Thomas sprang mit seinem Schwert auf sie zu und rammte die scharfe Klinge mitten ins Herz eines Geistes. Das durchsichtige Fell teilte sich, als der Stahl hindurch glitt. Die Schiffsmaus fuhr mit dem Schwert auf und ab; sie zerschnitt den schrecklichen Geist in tausend Stücke, doch die nebelhaften Fetzen verschmolzen immer wieder miteinander und der grausige hin und her rollende Kopf verspottete sie. Mit letzter Anstrengung stach Thomas durch das weiße Sternfeuer, das in der Brust des höllischen Biests pulsierte und glühte.

Er schrie, als der Frost gierig herausschoss, über die Stahlklinge leckte und sie in brüchiges Eis verwandelte, das zersplitterte und zu Boden fiel. Auf Tritons Pfote bildeten sich Blasen und sie wurde weiß wie Raureif. Das Blut in seinen Fingern gefror.

»Renn weg!«, rief er Piccadilly zu, stürzte sich auf ihn und riss ihn mit dem unverletzten Arm hoch.

»Ich bin okay«, sagte die Stadtmaus. Sie betastete die blauen Flecken auf den Rippen. »Wo ist Schepper?«, rief sie, als ihr der vierte Begleiter plötzlich einfiel.

»Kümmere dich nicht um ihn!«, schrie Thomas. »Der kann sich selber helfen.«

Die drei Mäuse rannten so schnell sie konnten über das Brachland zurück. Hinter ihnen schwebte die todbringende Legion von Geistern. Sie schleuderten die Eisspeere auf die Mäuse. Die glitzernden Geschosse sausten durch die Dunkelheit und schlugen dicht hinter ihren Fersen ein.

»Wir schaffen es nie«, keuchte Arthur verzweifelt, »es sind zu viele. Wir sind geliefert.« Er gab sein Bestes, doch er wurde immer langsamer, sein Gewicht machte ihm zu schaffen und sein Brustkorb schmerzte.

»Renn, Junge!«, schrie Thomas ihm ins Ohr, doch es nützte nichts – die Angst und Kälte raubten dem Mäusejungen die Kräfte.

Dann passierte es. Ein Eisspeer pfiff an seiner Wange vorbei und schlug direkt vor ihm krachend in den Boden ein. Arthur konnte ihm nicht mehr auszuweichen; die Welt stellte sich auf den Kopf, als er stolperte und sich überschlug. Es hagelte Eis, als Arthur auf den Boden stürzte.

»Verflucht!«, schrie Thomas und rannte zurück, um dem benommenen Freund zu helfen.

Vor Arthurs Augen tanzten Sterne und alles verschwamm. Einen Augenblick lang wusste er nicht, wo er war. Thomas schüttelte ihn und rieb sein Gesicht mit Schnee ein, um ihn wieder zur Besinnung zu bringen. »Arthur!«, rief er eindringlich. Die Maus blinzelte. Thomas zerrte sie hoch und hievte sie sich über die Schulter.

Das Geisterheer war ihnen jetzt dicht auf den Fersen. Die Schiffsmaus kämpfte unter Arthurs Gewicht und kam viel zu langsam voran. Arthur wurde auf und ab geschüttelt; die wackelnden, verschwommenen Bilder verschmolzen miteinander, wurden eins. Er kniff die Augen zusammen und gab sich selbst eine Ohrfeige. Jetzt sah er wirklich Sterne – Hunderte von funkelnden Sternenfeuern in den Brustkörben der wimmernden Geistersoldaten, die nur noch wenige Meter entfernt waren. Ein weiterer Speer blitzte kalt und gefährlich in der Klaue eines der Geister auf. Er zielte mit schrecklicher Genauigkeit auf die flüchtenden Mäuse.

»Aaaaahh!«, schrie Thomas, als der Speer sein Bein durchbohrte. Er stolperte und stürzte mit Arthur zu Boden.

Die Wunde war tief und das Blut sickerte in den Schnee. Doch es war keine gewöhnliche Verletzung. Fast augenblicklich bildete sich eine feste Frostschicht über dem wunden Fleisch. Die Schiffsmaus stöhnte vor Schmerz. »Geh!«, rief sie Arthur zu. »Lass mich hier, ich bin am Ende.«

»Das tu ich nicht«, schrie Arthur, »gib mir deine Hand!« Er versuchte, Thomas hochzuziehen, doch es war zu spät – das Geisterheer hatte sie erreicht.

Piccadilly war einige Schritte vor seinen Freunden. Als Thomas schrie, drehte er sich um. Mit Entsetzen sah er, wie sich die schrecklichen Geister auf seine Freunde stürzten. Mit geballten Fäusten rannte er zurück und brüllte, so laut er konnte: »HOLEBORN!« Er dachte nicht an die große Gefahr, in die er sich begab. Er dachte nur an Thomas und Arthur, die von Jupiters grauenhafter Armee umzingelt waren.

Eine Kralle tauchte aus der Dunkelheit auf und packte ihn am Arm. Doch sie war aus Fleisch und Blut. »Mausi!«, rief Schepper atemlos. »Benutz deinen Verstand – *so* kannst du sie nicht retten!«

Piccadilly starrte in die Augen der alten Ratte; was er in ihnen sah, verwirrte und erschreckte ihn. In den unendlich tiefen Seen leuchtete es gebieterisch. »Aber was kann ich tun?«, fragte er völlig durcheinander. »Sie sind doch meine Freunde.«

Schepper zerrte ihn hinter die Öldose, deren Inhalt er vorhin probiert und für ungenießbar befunden hatte. »Überlass das Schepper«, sagte er streng. Er rannte zu der wesenlosen Armee und rief fremdartig klingende Worte.

Arthur und Thomas klammerten sich aneinander, als Hunderte von Eisspeeren in die Höhe gehoben und auf ihre Herzen gerichtet wurden. Doch plötzlich hielten die Geister inne und wandten die Köpfe ab; etwas anderes erregte ihre Aufmerksamkeit. Über dem Heulen und Pfeifen des Winds rief eine Stimme geheimnisvolle Worte. Die Gespenster verloren ihren Willen und das Sternenlicht in ihren Herzen wurde schwächer. Sie stöhnten und legten die Speere weg. Zur großen Überraschung der Mäuse sprang Schepper mitten durch die verunsicherten Geister und schleuderte die Öldose vor Tritons Füße.

»Thomas, deine Streichhölzer!«, befahl die Ratte in scharfem Ton. »Beeil dich, ihre Verwirrung wird nicht lange anhalten.« Tatsächlich: Die Sternenfeuer fingen schon wieder an zu flackern und zu pulsieren. Die Gespenster hoben zischend ihre tödlichen Speere auf.

Thomas holte aus der Krempe seiner Mütze die Streichhölzer und zündete eines an. Das Öl, das aus der Dose gesickert war, fing Feuer. Goldene Flammen stiegen aus dem tiefen Schnee auf. Entsetzt wichen die Geister vor der Hitze und dem Licht zurück. Sie keuchten, fuchtelten mit den Krallen in der Luft herum. Sie bedeckten ihre leeren Augen und wichen noch weiter zurück.

Die Schiffsmaus band ihr Halstuch ab und wickelte es fest um Arthurs Stock. Dann tränkte sie es in dem Öl und hielt den Stock in die Flammen. Die Fackel fing Feuer und Thomas richtete sich voller Schmerzen auf. Als er die Fackel vor ihren Gesichtern schwenkte, stoben die Geister in alle Richtungen davon.

Arthur sprang auf und stützte Thomas. Seine Wunde machte ihm ernsthaft zu schaffen und er konnte sich kaum aufrecht halten. »Kommen Sie, Mr Triton«, drängte Arthur, »wir müssen von hier verschwinden.«

Erleichtert, dass die Geister zurückwichen und sich das Heer auflöste, kam Piccadilly angerannt. »Das is ja 'ne richtige Gespensterjagd!«, sagte er lachend und schnippte mit den Fingern. Er schlug Schepper auf den Rücken und umarmte ihn voller Freude. »Super, Kumpel«, sagte er, »du bist ja gar kein Schwachkopf.«

Schepper blieb ernst. Misstrauisch beobachtete er die Geister-Armee, die sich zurückzog. »Beeilt euch«, sagte er zur Stadtmaus. »Ihre Angst wird nicht lange anhalten.

Die Flammen haben sie überrascht, doch ihr Finsterer Herr wird noch mehr Hass und Bösartigkeit in das Sternenfeuer gießen, das sie kontrolliert. Sie werden wieder angreifen. Kümmere dich um deinen Freund.«

Piccadilly schien nicht zu bemerken, dass die Ratte nun mit einer ganz anderen Stimme redete, denn er sah, dass Thomas angehumpelt kam und sich dabei schwer auf Arthur abstützte. »Lass mich helfen«, rief er und duckte sich unter die andere Schulter der Schiffsmaus. »Schepper sagt, die Armee wird nicht lange eingeschüchtert sein. Wir müssen schnell von hier verschwinden.«

Thomas sah die Ratte nachdenklich an und dankte ihr für die Rettung. Nun war Schepper wieder ganz der Alte; er zuckte mit den Schultern und kicherte idiotisch hinter vorgehaltener Klaue, doch die Schiffsmaus ließ sich davon nicht täuschen. Wenn die Ratte sich verstellen und geheimnisvoll wirken wollte, dann sollte sie das ruhig tun, dachte Thomas. »Wir müssen zurück zu den Leisten«, sagte er und krümmte sich vor Schmerzen. Er reichte Schepper die brennende Fackel. »Zünde den Rest des Öls auch noch an.«

Die Ratte huschte zu der Dose zurück und verteilte das restliche Öl so weiträumig wie möglich. Dann hielt sie die brennende Fackel auf den Boden und zündete es an. Die Flammen schossen wütend hoch und tobten in der stürmischen Nacht. Die gespenstischen Krieger, die ihre Angst schon fast überwunden hatten, ließen sich erneut von der Heftigkeit des gelb leuchtenden Feuers einschüchtern.

Schepper betrachtete sie. Ja, Jupiter hatte seine große Macht bewiesen, als er in so kurzer Zeit diese Grauen erregende Horde geschaffen hatte. Die Dinge standen wirklich schlecht – ihre Mission war gescheitert. Er wandte sich zum Elektrizitätswerk um und schüttelte seine knochige Faust; er verfluchte den Dämon, der darin hauste. Die Ratte fragte sich, ob Jupiter unverwundbar war. Wenn sie es geschafft hätten, Morgan das Mäusemedaillon abzuluchsen, hätte es funktionieren können, doch jetzt war alles hoffnungslos. Die Mäuse würden ins alte Haus zurückkehren und nichts könnte sie überzeugen, ein solches Manöver noch einmal zu riskieren. Schepper sah aber keinen anderen Weg, mit dem schrecklichen Unbiest fertig zu werden, und er verfluchte seinen alten Körper, der zu schwach war, es mit so einem Ungeheuer aufzunehmen.

Seine Aufmerksamkeit wurde wieder auf die Geistertruppe gelenkt, die sich zischend vorwärts tastete. Angetrieben vom Sternenfeuer trotzte sie der Hitze und wagte sich näher an die Flammen heran. Die alte Ratte blickte auf und ein dünnes Lächeln fiel auf seine rissigen Lippen, als sie ihre Chance erkannte. Schepper rannte schnell den drei Freunden hinterher und schlüpfte wieder in die Rolle des Idioten.

»Feuer brennt, knistert so lustig, die Flammen sind gemütlich warm«, kicherte er, als er sie eingeholt hatte. »Die heulenden Gespenster kommen nix mehr, die kokeln sich nich ihre Barthaare an.« Die Mäuse hörten ihm kaum zu; sie waren voll und ganz damit beschäftigt, den hinkenden Thomas zum Tor zu bringen.

Schepper ließ nicht locker. »Seht mal, seht mal«, gackerte er, »seht mal, wie sie uns nich nachkommen, auch wenn sie es so gerne würden!«

Während Arthur sich unter das Gitter duckte und auf Thomas wartete, packte Schepper Piccadilly am Arm und drehte ihn herum. »Sieh doch, Mausejunge!«, sagte er triumphierend. »Siehst du sie jetzt?«

Piccadilly sah die Ratte verdrossen an, doch dann fiel sein Blick auf die vielen Geister, die ziellos im Feuerschein schwankten und stöhnten. Die Flammen beleuchteten ihre Gesichter. Plötzlich wurde die Stadtmaus leichenblass und ihr Magen drehte sich um. Dort drüben war der Geist von Vinny, dem widerlichen Fahnenträger, und über seinem Kopf flatterte immer noch die Flagge. Piccadilly hatte sie beim Abzug der Rattenarmee aus Holeborn nicht gesehen, doch jetzt blieb sein Herz stehen und auf seinen zitternden Lippen formte sich ein Schrei der Verzweiflung.

Die Fahne war aus einem Mäusefell gemacht: Die Pfoten waren an die Stange gefesselt, zwei kleine Kreise zeigten, wo die Augen gewesen waren, und die Beine flatterten wild im Sturmwind. Doch über dem Hauptteil, an der Stelle, die der Rücken einer Maus gewesen war, verlief eine zackige Linie aus dunklerem Fell, die wie ein Blitz aussah.

»MARTY!«, schrie Piccadilly. Dort drüben im Sturm wehten die Überreste seines jungen Freunds. Er war doch nicht durch den Osttunnel zurückgekehrt und musste einer der ersten gewesen sein, die bei dem Angriff auf Holeborn ums Leben gekommen waren. Piccadilly sank auf die Knie und schluchzte laut. Schepper trat einen Schritt zurück und hoffte, die Maus richtig eingeschätzt zu haben.

Tausend Qualen marterten Piccadilly, als ihm ins Bewusstsein drang, was über den gespenstischen Köpfen gehisst war. »Marty«, flüsterte er leise, »warum hast du nicht auf mich gehört?« Sein Blick war leer und verzweifelt, als er auf die elende kleine Fahne starrte, die über dem teuflischen Heer flatterte.

Thomas und Arthur standen jetzt auf der anderen Seite des Gitters und beobachteten Piccadilly erstaunt. Was um alles in der Welt tat er da?

»Piccadilly«, rief Arthur, »wir haben nicht mehr viel Zeit. Komm schnell, bevor Morgan die Armee durch die Flammen schickt.«

Bei der Erwähnung dieses Namens stieg eine unbändige Wut in Piccadilly auf. »Morgan!«, stieß er zornig aus. »Ich habe es schon lange genug hinaus gezögert!« Und damit rannte er über das verschneite Brachland zum Elektrizitätswerk zurück.

»Er ist verrückt geworden«, rief Arthur bestürzt. »Was ist los mit ihm? Sie werden ihn umbringen!«

Thomas funkelte die Ratte an; irgendetwas war faul an der Sache. »Lauf dem Jungen nach, Schepper«, befahl er, »und bringe ihn sofort wieder her!«

»Ja, ja«, quiekte Schepper, »Mäusejunge darf nich wegrennen, Schepper geht ihn holen.« Er sprang davon, doch wartete er nicht einmal, bis er außer Hörweite war, bevor er über seine Schläue lachte.

»Sollen wir warten?«, fragte Arthur nervös.

Thomas legte sich die Pfote an die Stirn und dachte verzweifelt nach. Sie konnten hier nichts ausrichten; es wäre also besser, wenn sie weitergehen würden. Es widersprach zwar all seinen Instinkten, doch er wusste, dass die Situation aussichtslos war. Sie mussten zurückgehen und die anderen warnen, bevor es zu spät war – Piccadilly würde ihnen folgen, wenn er konnte. »Wir gehen weiter«, sagte er grimmig zu Arthur.

Piccadillys Wut brannte in seinem Hirn. Sie hatte alles andere ausgelöscht; er hatte seine Freunde vergessen – er dachte nur noch an Morgan. Die gescheckte Ratte füllte seine Gedanken aus und verdrängte jede Vernunft. Das Blut Tausender klebte an den Kiefern der teuflischen Henkersratte – Morgan musste sterben.

Die Stadtmaus stürzte sich durch die laut klagenden Geister, die nun furchtlos durch das Feuer marschierten. Ihre dreckigen Krallen zerrten an seinem Fell, als er an ihnen vorbei raste, und die tödlichen Speere hagelten auf ihn ein. Piccadilly spürte weder die Kratzer in den Seiten, wo die spitzen Krallen der Toten in ihn eingedrungen waren, noch den eisigen Schnee, der ihm ins Gesicht schlug, während er sich noch einmal dem Elektrizitätswerk näherte. Morgans heimtückisch grinsender Mund und sein verächtliches Lachen trieben ihn weiter. Die Erinnerung daran tanzte vor seinen Augen, ein Bild des Wahns, das ein für alle Mal zerstört werden musste.

Morgan stand neben der zerbrochenen Fensterscheibe; er stemmte sich gegen den Sturm und kicherte bösartig. Seine neue Armee war einzigartig! Nichts und niemand konnte vor ihr standhalten, und die ganze Welt würde ihm unter Jupiters Herrschaft gehören. Er warf seinen hässlichen Kopf zurück und grölte vor Freude, doch das Gelächter erstarb in seiner Kehle, als Piccadilly im Schneesturm auftauchte.

Ein schreckliches Funkeln war in den Augen der Maus

zu erkennen, und die Ratte erstarrte. Morgan sah sich nach seiner Armee um, doch die verfolgte Thomas und Arthur über den Pier. Er war auf sich gestellt.

Piccadilly bleckte die Zähne. »Deine Zeit ist abgelaufen, Stumpi!«, zischte er und näherte sich.

Morgan starrte ihn böse an und richtete sich hochmütig auf. »Geh mir aus den Augen«, knurrte er drohend. »Ich hab schon größere Mäuse als dich zum Frühstück verspeist, Junge.« Doch die Maus kam immer näher, und der brennende Hass in ihren Augen ließ die Ratte zurückweichen. »Bah!«, murmelte er, »du bist bloß ein frecher Quieker, lass mich die Farbe deines Blutes sehen.« Das Messer, das er Piccadilly weggenommen hatte, blitzte in seiner Kralle auf und er fuhr damit durch die Luft.

Piccadilly zeigte beim Anblick der spitzen, kleinen Klinge keine Angst; so leicht ließ er sich nicht den Wind aus den Segeln nehmen.

Morgans Zunge glitt aus seinem sabbernden Mund und hing ihm durstig bis zum Kinn herunter. Sein Stummelschwanz fegte den Schnee hinter ihm zu zwei Haufen zusammen. Er senkte den Kopf und machte sich zum Angriff bereit.

»Aaahh!«, kreischte er und stürzte sich auf die Stadtmaus.

Piccadilly wich geschickt zur Seite aus und die Ratte fiel kopfüber in eine Schneewehe. Der Graue sprang hin, doch Morgan hatte sich schon wieder unter Kontrolle und warf sich auf ihn. Ein kalter Schmerz durchbohrte Piccadillys Schulter, als das Messer ihm die Haut aufritzte.

Morgan gluckste. Es machte ihm Spaß, mit seinen

Opfern zu spielen und sie zu quälen. Er lief vor Piccadilly auf und ab und warf dabei das Messer von einer Klaue in die andere.

»Ha!« Plötzlich stieß er zu und stach der Stadtmaus in den Brustkorb. Piccadilly biss die Zähne zusammen und drückte seine Pfote auf die Brust. Das Blut quoll zwischen seinen Fingern hindurch, doch er kümmerte sich nicht darum. Seine ganze Trauer und Wut entlud sich; mit einem wahnsinnigen Schrei schmiss er sich gegen die gescheckte Ratte und warf ihn um wie eine Marionette.

Der Mäuserich stürzte sich auf Morgan und schlug ihn mit steinharter Faust gegen den Kopf. Morgan schrie, als er einen Haken nach dem anderen einstecken musste. Eine Pfote, die stärker als Eisen war, hämmerte gegen seinen Bauch, bis eine blutige Mischung aus Speichel und kaputten Zähnen aus seinem Mund spritzte. Er wand sich und das Messer blitzte am Arm seines Angreifers auf.

Piccadilly hielt den Atem an, als die Stahlklinge ein Netz aus kaltem Licht vor seinen Augen spann. Mit einer Pfote versuchte er, die Klaue zu packen, die es hielt, während sich seine andere Pfote um Morgans Kehle klammerte.

Die scharfe Klinge schnitt in seine Finger, doch er bekam die Rattenkralle zu fassen, schob sie weg und drückte sie mit aller Kraft. Das Messer fiel aus Morgans Hand und er wand sich heftig. Sein Stummelschwanz schlug wie eine kopflose Schlange gegen den Rücken der Maus, und er verdrehte den Hals, um sie irgendwo beißen zu können.

Piccadilly schob sein Knie unter Morgans Kinn und die

geifernden Kiefer schnappten zu. Er streckte sich nach dem Messer, seine blutenden Finger schlossen sich fest um den Griff, und mit einem tödlichen Grinsen beugte er sich zu Morgan herunter.

»Jetzt hab ich dich«, zischte Piccadilly, während er die Klinge zwischen Morgans Rippen drückte. »Eine falsche Bewegung und deine letzte Stunde hat geschlagen. Also bleib ganz still liegen, sonst könnte es einen Unfall geben.«

Morgan hörte auf, sich zu winden und zu wehren. Seine ängstlichen Augen starrten auf die scharfe Klinge, die gefährlich nahe war. »Schlitz mir nich den Bauch auf!«, flehte er erbärmlich.

Das Messer bohrte sich drohend in seine Haut und Piccadilly lachte grimmig. »So ist es recht«, sagte er, »du sollst wissen, wie es ist, einem anderen ausgeliefert zu sein, du sollst dich fragen, wann genau ich zusteche und dir das Leben nehme. Na, was ist das für ein Gefühl, Morgan? Bist du aufgeregt?«

Doch eine resignierte Ruhe war über die Ratte gekommen. Morgan schloss die kleinen Augen; als er sie wieder aufmachte, war jede Spur von Angst verschwunden. »Töte mich. Ich bettle nicht um mein Leben«, krächzte er. »Siehst du nicht, dass ein rasches Ende besser ist als das, was Er mit mir vorhat? Mach schon, Junge, stich zu – spüre, wie es ist zu töten. Deine Augen verraten dich. Es macht dir Spaß, nicht wahr?«

Piccadilly zögerte. Es stimmte – auch wenn er am Ende seiner Kräfte und verletzt war, versetzte ihn der Gedanke, Morgan zu töten, in eine freudige Erregung. Alles andere hatte keine Bedeutung mehr. Marty, Jupiter, Audrey, sie alle hatte er vergessen – er wollte nur noch morden. Erschüttert sah er Morgan an.

Der Gescheckte kicherte leise. »So, so, ihr Quietschmäuse taugt also doch was«, gab er verärgert zu. »Zwischen dir und mir gibt es kaum einen Unterschied, Junge. Jetzt, in diesem Augenblick steckt in dir mehr Ratte als Maus. Was für einen feinen Hauptmann für meine Truppe hättest du abgegeben!«

»Ich bin nicht wie du«, protestierte Piccadilly und bemühte sich verzweifelt, nicht durchzudrehen. »Das bin ich nicht!«

»Red keinen Schwachsinn, Junge«, mahnte Morgan. »Die Dinge sind nicht mehr schwarz und weiß. Die Mordlust brennt in deinen Augen – ich sehe sie. Nur noch ein kleiner Schritt, dann bist auch du eine richtige, waschechte Ratte.« Der Welt und ihrer Qualen müde geworden, neigte er den Kopf zur Seite. »Bring den Job zu Ende, Junge«, bat er klagend, »lass mich Ihn einmal um meine Dienste betrügen, mach mir die Freude, lass mich Ihn nur ein einziges Mal austricksen – zum Schluss.«

Das Messer in Piccadillys Pfote zitterte. Er bewegte sich am Rande des Wahnsinns, und die Worte der Ratte dröhnten in seinem Kopf. War er wirklich so wie Morgan? Er war sich nicht sicher. Er wollte zustechen ... Wollte er das wirklich?

Piccadilly wachte aus seiner Verwirrung auf – er war keine Ratte! Wütend vielleicht, aber sein Herz war rein und er würde nie so tief sinken. Er seufzte und schauderte am ganzen Körper, als ihm klar wurde, wie dumm er in vielen Dingen gewesen war. Als seine gute Seite die

Oberhand gewann, ertönte ein freudiges Lachen an dem elenden Ort.

»Nie im Leben«, sagte er und steckte das Messer in seinen Gürtel. »Du verstehst es jetzt nicht und wirst es niemals verstehen – darum bist du eine Ratte. Weißt du, ich glaube an die Grüne Maus.« Noch während er es aussprach, stiegen Freudentränen in seine Augen. »Ich glaube wirklich an sie!«, rief er, von der plötzlichen Wärme in seiner Seele überwältigt. »Jetzt verstehe ich es endlich.«

Doch Morgan ließ sich die Bitte nicht abschlagen. Er zischte wütend und riss das Messer aus Piccadillys Gürtel. »Wie schön für dich, Junge«, rief er, »aber diese Ratte wird nie mehr der Handlanger einer Katze sein!«

Bevor Piccadilly es verhindern konnte, hob Morgan das Messer und rammte es sich tief ins Herz. Mitten im dichten Schneetreiben rang Jupiters Leutnant nach Luft und starb.

Entsetzt über das, was geschehen, wich Piccadilly wankend zurück. Er hatte schon oft gesehen, wie Unschuldige und Schuldige starben, und dennoch berührte der Selbstmord des abgebrühten alten Sünders ihn zutiefst.

»Mausi«, keuchte eine Stimme im Sturm, »wo bist du?«

Piccadilly drehte sich um. Aus der Dunkelheit und dem Nebel tauchte Schepper auf, und bei dessen Anblick fiel Piccadilly seine Mission wieder ein. Er rannte zu Morgans Leiche und bückte sich, um das Mäusemedaillon von seinem Hals zu nehmen. Als er das Gesicht der toten Ratte sah, hielt er inne. Wie seltsam! In der Dunkelheit wirkte Morgan friedlich; ein ruhiges, zufriedenes Lächeln lag auf seinen Lippen. Endlich hatte er sich aus den

Fesseln seines düsteren Herrn befreit. Audreys Medaillon schimmerte in Piccadillys Pfote, als er es von der Schnur abschnitt.

»Der alte Stumpi is jetzt tot«, sagte Schepper kopfschüttelnd. »Hat Mäusejunge das getan?«

»Nein«, erwiderte die Maus ruhig, »er hat sich selbst erlöst.« Dann ging er mit dem Mäusemedaillon zum kaputten Fenster. »Ich hab noch was zu erledigen«, sagte er zu der alten Ratte, »bleib hier und pass auf, ob die Geister zurückkommen. Es wird nicht lange dauern.« Er duckte sich durch den Spalt im Fenster und verschwand im Gebäude.

Mit hellen, funkelnden Augen sah Schepper ihm nach und hoffte, er würde es schaffen. »So ist es Recht, Junge«, flüsterte er, »alles hängt davon ab. Befrei uns von ihm.«

Die ewige Kälte flutete durch das riesige Gebäude und füllte es mit eisigem Nebel und dichtem Dunst. Eine tödliche Stille lag über dem Ort, die nur durch leise disharmonische Töne unterbrochen wurde, wenn die langen, dünnen Eiszapfen wie ein Windspiel gegeneinander stießen. Über dem Inneren des Elektrizitätswerks schien ein Schweigen zu liegen, das den Lärm des Schneesturms draußen abschnitt. Als Piccadilly diese abgeschlossene, verlassene Wildnis betrat, klang sein Atmen wie ein Alarm.

Mutig ging er durch die feindselige, dunstige Finsternis, ignorierte den brennenden Schmerz, den der vereiste Boden verursachte, und das Stechen seiner Wunden, als die Kälte in sie eindrang. In der Kathedrale der Verzweiflung war er winzig wie ein Floh, doch er hatte genug Zuversicht, dass er alles bezwingen konnte. Er strengte seine Augen an, um den alles verdeckenden Nebel zu durchdringen, aber von Jupiters höllischem Geist sah er keine Spur.

Doch in seiner jetzigen Stimmung machte ihm das nichts aus. Wenn der Dämon in der dunklen Wolke lauern wollte, würde Piccadilly eben dafür sorgen, dass Jupiter ihn sah. Keine Maus war jemals mutiger gewesen als er. Tapfer ging er weiter, den Katzenschutz hoch über dem Kopf erhoben, und trotzte den Schleiern aus Nebel, in die Jupiter sich eingehüllt hatte.

Piccadilly hatte schon eine ganze Strecke zurückgelegt, und immer noch hielt die unheimliche Stille an. Er hob die Stimme und rief: »Zeig dich!«, doch nur das gespenstische Schweigen antwortete ihm. Kein Hauch bewegte die Luft und sogar das leise Klingen der Eiszapfen war verstummt. »Wo bist du, Jupiter?«, rief er. »Hast du etwa Angst vor einer kleinen Maus?«

Einen Augenblick lang geschah nichts; dann löste sich der Nebel auf, zerriss in Fetzen und verschwand in den dunklen Ecken. Jupiter näherte sich.

Ein tiefes Rumoren zerstörte die Stille und unter den Füßen der Maus bebte der Boden. Die Wände wackelten und die hohen Fenster bekamen Risse und zersplitterten. Glasscheiben fielen auf den Boden, wo sie in tausend glitzernde Scherben zersprangen.

Hoch über der samtigen Schwärze zwischen den Eiszapfen formten sich zwei blasse Kreise aus blauem Licht. Sie brannten mit der Bitterkeit der ewigen Leere, und als Piccadilly sie ansah, flackerten sie auf und wuchsen, bis sie riesige Scheinwerfer waren, aus denen die reine Bosheit schien. In der Mitte jedes Auges tat sich ein großer

Spalt auf, der schwärzer als der tiefste Abgrund war, und um die Augen herum bildete sich langsam ein schrecklicher, großer Kopf. Jupiters böses Gesicht mit den hängenden Backen erschien, das monströse Maul weit aufgerissen. Piccadilly konnte seine gefährlichen Fangzähne und dahinter seinen Rachen erkennen. Jupiter stieß seinen gefrorenen Atem aus und sprach; der Klang seiner Stimme durchfuhr Piccadilly wie tausend Messer.

»Du mickrige Maus, wie kannst du es wagen, mein Reich zu betreten!«

Doch die Stadtmaus ließ sich nicht einschüchtern und hielt sich das Medaillon vors Gesicht. »Mein Name is Piccadilly«, rief der Mäusejunge stolz, »und durch die Macht der Grünen Maus verdamme ich dich für immer!«

Jupiters Augen verengten sich und wurden von Zweifeln erfüllt, als sie das Medaillon betrachteten, das seinen Körper einst in sein Wassergrab geschickt hatte. Ein Fauchen klang durch das Gebäude, als er die scharfen Zähne bleckte.

Piccadilly lehnte sich zurück und bereitete sich darauf vor, das Mäusemedaillon zu werfen. »Gib mir die Macht«, betete er und schleuderte den Anhänger mit aller Kraft in die Höhe.

Audreys Medaillon sauste durch die Dunkelheit und schimmerte, während es sich drehte. Es stieg immer höher und näherte sich Jupiters riesigem Kopf. Weit unten sprang die winzige, graue Gestalt auf und ab; jubelnd boxte sie die Luft.

Jupiter knurrte, als das Mäusemedaillon auf ihn zu segelte; dann stieß er so heftig den Atem aus, dass die Wände zerbarsten und die Mauersteine sich lockerten.

Das Mäusemedaillon drehte sich hilflos in der Luft, als der Atem des Dämonen es erfasste. Der Frost strömte aus dem gespenstischen Maul und traf das Mäusemedaillon mit voller Wucht. Das gelbe Metall wurde von Raureif überzogen, es zuckte und wurde mit einem lauten Krachen zu Eis. Wie ein Stein stürzte er auf den Boden und zersplitterte.

Piccadilly starrte auf die Teilchen, die verstreut auf dem Boden herumlagen. Der Katzenschutz war völlig zerstört. Er schluckte nervös und hob den Blick. Jupiter lachte ihn aus.

»Du wagst es, mir harmloses Spielzeug ins Gesicht zu werfen!«, donnerte er. »Sei dir darüber im Klaren, dass Jupiter unbesiegbar ist und du verloren hast.«

Schwankend wich Piccadilly zurück und stolperte vor Angst. Er war allein und hilflos – so klein hatte er sich noch nie gefühlt.

»Los, verschwinde«, rief der mächtige Geist. »Du bist ein zu kleiner Krümel für meinen Gaumen – fliehe, wenn du kannst.«

Den Blick auf Jupiters enorme gespenstische Umrisse gerichtet, die hoch über ihm schwebten, rannte Piccadilly auf das zerbrochene Fenster zu; grauenhaftes Gelächter klang in seinen Ohren.

»Zu spät«, flüsterte Jupiter und starrte an der flüchtenden Maus vorbei, »lächerliches Insekt, dein Kampf ist zu Ende!«

Piccadilly drehte sich um. Das Geisterheer strömte durch das Fenster und verstellte ihm den Weg. Er blieb stehen und sah sich hastig um. Wo war Schepper? Morgans Geisterratten hoben ihre tödlichen Speere und zielten auf ihn. Das war das Ende – Piccadilly machte die Augen zu. »Hilf mir«, betete er.

Die Gespenster rissen ihre Kiefer auf und stießen schreckliche Schreie aus. Sie schleuderten ihre Eisspeere mit voller Wucht auf die Maus. Das Elektrizitätswerk dröhnte von Jupiters Lachen.

Der kleine Körper lag regungslos auf dem Boden, das Gesicht zum Himmel gerichtet. Piccadillys kleine Pfote schloss sich fest um sein eigenes Mäusemedaillon, das an seinem Gürtel hing – es war das Zeichen von Hoffnung, doch auch die endete mit seinem Leben an jenem finsteren Ort.

DER WINTERTOD

Arthur zwängte sich durch die verrosteten Eisenblätter des Gitters. Er stieß einen erschöpften Seufzer aus und drehte sich um, um Thomas hinaufzuziehen. Die Schiffsmaus biss die Zähne zusammen, als ihr Bein gegen einen Metallstab stieß. Ein schmerzhafter Schauder durchfuhr ihren Schenkel, als aus der hässlichen Wunde dunkles, vergiftetes Blut quoll und sich die Haut blau verfärbte. Thomas Tritons Zustand verschlechterte sich viel schneller, als er erwartet hatte; wahrscheinlich waren die Eisspeere mit einem bösen Fluch behaftet.

Der Rückweg durch die Abwasserkanäle war furchtbar schwierig. Die glitschigen Felsvorsprünge mit jemandem zu bewältigen, der kaum auf den Beinen stehen konnte, war eine Erfahrung, die Arthur nie wieder machen wollte.

»Kommen Sie, Mr Triton«, sagte er ermutigend, »es ist nicht mehr weit, wir müssen bloß noch die Kellerstufen raufsteigen.«

Thomas glaubte jeden Augenblick ohnmächtig zu werden. Als die Entzündung sich in seinem Körper ausbreitete, wurde ihm schwarz vor Augen. Steif humpelte er weiter und bemühte sich, das linke Bein nicht zu belasten. Die beiden Mäuse kämpften sich langsam an dem staubigen Gerümpel vorbei bis zur Kellertreppe vor. Arthur schaute hinauf und fragte sich, wie sie die Stufen schaffen sollten. Die Schiffsmaus wankte benommen und der Mäusejunge strich sich mit der Pfote erschöpft über sein rundes, besorgtes Gesicht.

»Ich klettere auf die erste Stufe und zieh Sie dann rauf«, sagte Arthur. Er lehnte seinen geschwächten Begleiter an die Wand und stieg hinauf.

Thomas nickte. Er war nicht mehr in der Lage zu sprechen und das Gewicht der ganzen Welt schien auf seinen Schultern zu ruhen. Er war noch nie so erschöpft gewesen. Kalte Schweißtropfen standen auf seiner Stirn und rannen seine Nase hinunter.

Arthur war auf der ersten Stufe angekommen und legte sich auf den Bauch. Er streckte die Arme aus. »Hier, Mr Triton«, rief er, »nehmen Sie meine Pfoten.«

»Wo ... bist du?«, stammelte Thomas mit belegter Stimme. Er sah alles verschwommen und Arthur war nur noch ein grauer Schatten, der undeutlich vor seinen Augen flackerte. Alles verdunkelte sich und überall breitete sich Finsternis aus, in der er zu ertrinken drohte. Er spürte einen schwarzen Abgrund, der sich vor seinen Füßen auftat, um ihn zu verschlucken. »Maus über Bord!«, schrie er wild und fuchtelte mit den Armen. »Sie geht unter, rettet sie, Jungs!«

Erschrocken sprang Arthur die Stufe wieder hinunter. Die Schiffsmaus sank zu Boden und blieb keuchend liegen. Das Eisfieber hatte sie gepackt. »Mr Triton«, rief Arthur, »reden Sie mit mir – bitte!«

Thomas hörte durch die vernebelten Meere und unwegsamen Ozeane seines Hirns zwar seinen Namen, doch der wurde auf einer Brise herangetragen, die aus weiter Ferne zu kommen schien und nach Tod roch.

Arthur kniete sich neben ihn. Was sollte er nur tun? Er

sah sich die entzündete Wunde an und schüttelte den Kopf. Das Fleisch wurde hart, es erfror vor seinen Augen und war von eisigen blauen Linien durchzogen. Bald würde das ganze Bein nur noch ein toter Eisblock sein, und dann würde sich das Eis weiter ausbreiten, bis die Schiffsmaus zur Winterstatue erstarrt sein würde.

»Keine Sorge, Mr Triton«, sagte Arthur hastig und drückte tröstend seine Pfote, »ich komme gleich wieder, ich hol bloß Hilfe.«

Thomas hob gequält den Kopf und wandte ihn der jungen Maus zu. »Woodget«, murmelte er heiser, »bist du das?« Tränen der Trauer rollten über seine Wangen und gefroren. »Bist du zu mir zurückgesegelt – nach all den Jahren?«

Mit einem letzten besorgten Blick auf die elende Gestalt im Delirium kraxelte Arthur die Treppe hinauf. Er keuchte vor Anstrengung und sein Atem rasselte, als er endlich die oberste Stufe erreicht hatte und sich gegen die Kellertür drückte.

Der Flur war in das gelbe Licht des Feuers getaucht. Um die schwachen Flammen herum schnarchten die schlafenden Mäuse unter ihren Decken und träumten von Erntefesten. Für eine kurze Zeit waren die Ängste des Alltags vergessen, und sie wanderten durch sonnige Gärten voller Margeriten, schattige Lichtungen und goldene Kornfelder, in denen es Nahrung im Überfluss gab. Doch die Sonne ihrer Träume war blass und kalt, die Früchte, die sie aßen, schmeckten nach nichts, und das Schnarchen wurde immer wieder von Gewimmer und knurrenden Mägen unterbrochen.

Arthur platzte mitten in die kummervolle Nachtruhe.

Stolpernd stürzte er durch die Kellertür und schrie so laut er konnte: »Hilfe, Hilfe! Wacht auf!«

Sofort regten sich die Schlafenden und erwachten. Ein paar von ihnen hielten sich schützend die Pfoten über den Kopf, falls das Dach gleich einstürzen sollte, andere wiederum schüttelten den Schlaf ab und eilten herbei, um zu sehen, was los war.

»Mr Triton!«, erklärte Arthur keuchend. »Er ist unten. Ich kann ihn nicht allein rauftragen – er ist verletzt. Bitte geht runter und helft ihm!«

Meister Altschnauze und Mr Cockle zwängten sich durch den Türspalt und verschwanden in der Dunkelheit des Kellers. Gwen rannte bestürzt zu ihrem Sohn. »Was ist passiert?«, erkundigte sie sich. »Ist er schwer verletzt?« Arthur nickte und spürte, dass seine Beine vor Erschöpfung nachgaben. Er sackte in den Armen seiner Mutter zusammen.

»Audrey!«, rief Gwen drängend. »Hol Wasser, schnell.« Sie zog Arthur ans Feuer, legte ihn auf eine Decke und bettete seinen Kopf auf ein Kissen.

Audrey eilte mit einer Schüssel Wasser herbei und beträufelte damit das Gesicht ihres Bruders. »Mir fehlt nichts«, sagte er, » ich bin bloß so müde, aber der arme Mr Triton ...«

Gwen blickte zur Tür und ballte die Pfoten zu Fäusten. Noch weitere Mäuse waren in den Keller gestiegen, um die Schiffsmaus heraufzubringen, und in diesem Moment trugen sie Thomas in den Flur. Gwen holte tief Luft, als sie die schreckliche Wunde sah: Sein Bein war jetzt völlig starr; es hatte sich in Eis verwandelt.

Sie legten Thomas neben Arthur, und als der warme

Feuerschein auf sein Gesicht fiel, öffnete er die Augen. Er hob eine zitternde Pfote zu den Flammen, doch die Anstrengung war zu groß und er sank wieder in eine tiefe Bewusstlosigkeit.

»Was ist passiert, Arthur?«, fragte Gwen noch einmal, während sie Thomas versorgte und versuchte, es ihm so bequem wie möglich zu machen.

»Wir haben das Mäusemedaillon nicht gekriegt«, sagte Arthur und schauderte, als er an die Ereignisse zurückdachte. »Jupiter hat eine Armee aus Geistern, und die haben uns mit Speeren beworfen. Einer hat Mr Triton erwischt. Es war erst nur eine Fleischwunde, aber sie ist immer schlimmer geworden – da ist irgendein fauler Zauber im Spiel.«

Audrey war sehr blass und still geworden. Jetzt fragte sie leise: »Arthur, wo ist Piccadilly? Warum ist er nicht bei euch?«

Arthur schüttelte den Kopf und fing an zu schluchzen. »Ich weiß es nicht. Wir wollten nach Hause gehen, als er ganz plötzlich durchdrehte und zurück zum Elektrizitätswerk rannte. Schepper ist ihm hinterher gelaufen, aber ich weiß nicht, was aus ihnen geworden ist.«

Die Trauer über den Verlust schlich sich in Audreys Herz. Sie sagte nichts mehr, lehnte sich zurück und starrte ins Feuer.

Gwen wusste nicht, wie sie Tritons Bein versorgen sollte. Frostsplitter wanderten jetzt hinauf zu seiner Taille, er atmete schwach und sein Gesicht war blass. Er war nur noch ein Schatten seiner Selbst.

»Das ist die Winterkrankheit«, bellte eine brüchige Stimme hinter ihr. Gwen drehte sich um. Die Sternfrau humpelte ins Licht. Sie sah elend aus und schlurfte mühsam herbei; ihre feuchten, milchigen Augen reflektierten die gelben Flammen, die ihr dünnes Fell einrahmten und golden schimmern ließen. Mit den Gicht befallenen Pfoten stützte sie sich schwer auf den Griff ihres Gehstocks und starrte die besorgte Gruppe wie ein Kobold an. Sie wartete, bis das erstaunte Flüstern, das durch ihr Auftauchen entstanden war, verstummte und senkte dann den ergrauten Kopf.

»Hagols Kräfte sind beschworen worden«, sagte sie in Unheil verkündendem Ton zu den ängstlichen Mäusen. »Uralte Mächte, die lange brach lagen, sind von dem Unbiest entfacht worden, und Narmoths Speere fliegen wieder.« Das Eichhörnchen sah Gwen an und sagte düster: »Ich fürchte, die Schiffsmaus wird sterben.«

»Können Sie denn nichts dagegen tun?«, flehte Mrs Brown verzweifelt. »Wir können doch nicht einfach hier sitzen und nichts tun, während der arme Thomas – während er ...«

»Das meine ich auch«, sagte das Eichhörnchen und wandte den Blick ab. »Es ist ein äußerst schmerzhafter Tod. Ich schlage vor, wir machen ihm gleich ein Ende.«

Die Mäuse der Leisten und des Treppenabsatzes hielten ungläubig den Atem an. Wie konnte die Sternfrau so etwas vorschlagen? Sie waren über ihre Kälte und Gleichgültigkeit gegenüber der Schiffsmaus entsetzt. Gwen starrte das Eichhörnchen stumm vor Schreck an. Sie konnte nicht verstehen, wie jemand so gefühllos sein konnte.

Die Sternfrau klopfte verärgert mit dem Stock auf den Boden. »Ihr haltet mich für grausam«, schnappte sie,

»aber ihr wisst ja nicht, was jemand durchmacht, der durch Narmoths Speer verwundet worden ist. Ihr könnt euch noch nicht einmal einen Bruchteil seiner Qualen vorstellen, wenn sein Körper allmählich vom Eis zerstört wird und schließlich zersplittert. Er wird jeden Riss und jeden Bruch an seinem eingefrorenen Körper spüren – bis er stirbt. Wollt ihr ihn das erleiden lassen?«

Fünf ganze Minuten lang sagte keiner ein Wort und alle Augen waren auf die reglose Schiffsmaus gerichtet. Das Eis hatte sich schon bis zur Mitte vorgearbeitet und erfasste nun das andere Bein. Gwen fühlte sich total hilflos. Sie streichelte seine eiskalte Stirn. »Ach Thomas, Thomas«, weinte sie verzweifelt.

Seine eingesunkenen Augen öffneten sich und sahen sie an, doch er wusste nicht, wo er war, und das Gesicht über ihm war ein Bild aus seiner Jugend. »Bess?«, flüsterte er zärtlich. »Ich bin's, Tom. Ich habe dich jahrelang gesucht.«

Gwen drückte seine Pfoten und nickte. »Ich weiß, Tom«, sagte sie und bemühte sich, fröhlich zu klingen, auch wenn ihr die Tränen herunterströmten, während sie seine verlorene Jugendliebe spielte, »aber jetzt hast du mich gefunden. Bess ist bei dir.«

Thomas seufzte tief und sagte aufgewühlt: »Ach, Bess, ich hab ihn nicht gezwungen mitzukommen – ehrlich. Sag, dass du mir verzeihst.« Er umklammerte ihre Pfoten, und als er vor Schmerzen bebte, zitterten sie.

»Natürlich verzeih ich dir, Thomas«, versicherte Gwen. »Aber jetzt brauchst du etwas Ruhe, mein Lieber.«

Die Schiffsmaus warf den Kopf zurück und schrie durchdringend: »Ich kann nicht ruhen! Ich werde nie ruhen können! Bess, er ist weg, Woodget ist weg und ...«, stieß er schluchzend aus, während er mit den Gefühlen kämpfte, die ihn innerlich zerrissen, »ich hab ihn umgebracht!«

»Ach, Thomas«, weinte Gwen bitterlich.

»Er spricht im Wahn«, ertönte die ernste Stimme der Sternfrau, »und es wird so weitergehen, bis seine Kiefer einfrieren. Tun Sie, was Sie können, um ihn zu beruhigen – er halluziniert und weiß nicht, was er sagt.« Sie wandte sich ab und schloss schuldbewusst die Augen; sie kannte das dunkle Geheimnis, das die Schiffsmaus seit Jahren verzweifelt zu verdrängen versuchte. Sie allein kannte die Wahrheit.

Audrey, die vor dem Feuer hockte, wurde aus ihren Gedanken gerissen. Weder Thomas' Ausbruch noch das herzzerreißende Schluchzen ihrer Mutter waren zu ihr gedrungen, denn sie spürte, dass Piccadilly tot war. Alles um sie herum war verschwommen. Jetzt stand sie auf und nahm das große Elend ihrer Lieben wahr. Arthur hielt sich die Pfote vors Gesicht und versteckte seine Trauer vor den anderen. Gwens verzweifelte Tränen rannen für alle sichtbar ihre Wangen herunter, während das Eis in Mr Tritons Körper zum Brustkorb hinaufkroch. Audrey beobachtete all das wie durch eine Glasscheibe. Es war ein seltsames Gefühl, und für kurze Zeit war ihr, als wäre sie von den anderen getrennt und als fände ihre Trauer in einer abgeschiedenen, stillen Welt statt.

Dann ging das Gefühl vorbei und um Audrey herum ertönten wieder die klagenden Stimmen. Sie schüttelte sich und ihr schmerzendes Herz fühlte mit ihrer Mutter mit. Wenn sie doch nur etwas tun könnten! Sie hielt inne

– da war es wieder: Die Geräusche verstummten und sie betrachtete ihre Familie, als sei sie von ihnen abgeschnitten. Das Mäusemädchen konnte es sich nicht erklären. Nervös sah es sich um. Die Sternfrau starrte listig zu ihr herüber. Das Eichhörnchen wirkte verdrossen, doch Audreys Stimmung hob sich. Auf irgendeine Weise hatte sie die Gedanken der Sternfrau lesen können!

Die Wirklichkeit kehrte zurück. Wütend und entschlossen stand Audrey auf und ging mit schnellen Schritten zur Sternfrau, die mit ihrem Stock nervös auf den Boden klopfte.

»Bleib mir fern, Kind«, sagte das Eichhörnchen spitz, doch in ihrem Ton lag ein Anflug von Respekt und sie wich zurück.

»Jetzt weiß ich es!«, zischte Audrey aufgebracht. »Ich weiß zwar nicht, woher, aber das tut nichts zur Sache.«

»Du hast den Verstand verloren«, murmelte die Sternfrau zornig, »die Kälte hat dich verwirrt.«

Sie wollte an ihren Sitzplatz neben der Treppe humpeln, doch Audrey packte ihren Stock und hielt sie zurück. »Sie können ihn heilen, stimmt's?«, fragte sie wütend. »Ich weiß, dass Sie es können. Ich habe gespürt, was in Ihrem widerlichen, vertrockneten, alten Hirn vorgegangen ist. Sie haben sich gesagt, dass es Zeitverschwendung wäre, weil wir sowieso alle bald sterben müssen. Das stimmt doch, oder, Sie gemeine alte Hexe?«

Das Eichhörnchen schlug herrisch mit dem Stock auf den Boden. Bis zu diesem Punkt hatten die anderen von dem Zwiegespräch nichts mitbekommen, doch jetzt blickten alle überrascht auf. »Es ist nichts«, sagte die Sternfrau, »ich habe bloß einen unangenehmen Krampf im Fuß.« Dann setzte sie ihre Unterhaltung mit Audrey im Flüsterton fort.

»Was bist du doch für ein schlaues Kind, Mädel«, sagte sie. »Es ist wahr, vielleicht könnte ich ihn heilen.«

»Warum tun Sie es dann nicht?«, fragte Audrey verständnislos.

»Wie du schon gesagt hast, werden wir alle bald umkommen – das spüre ich genauso wie du, mein Kind. Seit Tagen habe ich Jupiters Gedanken aufgefangen, um herauszufinden, was in ihm vorgeht, und jetzt weiß ich es: Morgen Abend, wenn die Dämmerung einsetzt, wird er mein Sternglas zum letzten Mal benutzen und die Welt in Dunkelheit und Hoffnungslosigkeit stürzen – der vollkommene Ort für einen Geist, der an die ewige Finsternis gewöhnt ist. Alles Leben wird zugrunde gehen.«

Geschlagen und erschöpft stand sie vor der Maus. »Warum also sollte ich Triton retten?«, fragte sie hoffnungslos. »Sein Schicksal dürfte gnädig sein, verglichen mit dem, was uns erwartet!«

»Sie könnten Thomas' Leben retten!«, antwortete Audrey empört. »Wie können Sie es wagen, sich hinzustellen und zu entscheiden, wie jemand sterben soll, wenn Sie die Möglichkeit haben, ihn zu retten?« Ihre Augen blitzten und waren voller Verachtung für diese faltige alte Person, die mit dem Leben anderer spielte.

Die Sternfrau dachte über die Worte des Mädchens nach und hob die Augenbrauen. »Vielleicht hast du Recht«, gab sie zu. »Ich werde Triton heilen – aber nur unter einer Bedingung.«

»Ihre Bedingungen hängen mir langsam zum Hals raus«, fauchte Audrey. »Was ist es diesmal?«

»Nichts allzu Schweres«, erwiderte das Eichhörnchen mit einem seltsamen Lächeln. »Ich bitte dich bloß um deine Hilfe, mehr nicht.«

»Ich tu alles.«

»Dann suche meinen Beutel, in dem die Kräuter sind, mit denen ich den Scheiterhaufen angezündet habe.«

Die Mäuse waren aufgeregt und hielten erwartungsvoll den Atem an, als das alte Eichhörnchen sich neben die Schiffsmaus setzte und schließlich feierlich sein Vorhaben verkündete.

»Es gibt eine Hoffnung«, sagte die Sternfrau und umklammerte grimmig ihren Stock, »eine winzige Chance für Triton. Wenn ich es schaffe, wird er geheilt und überleben, aber wenn ich keinen Erfolg habe, wird der Tod früher als erwartet eintreffen.«

Der Feuerschein huschte über ihr Gesicht und warf tiefe Schatten auf ihre Stirn, was ihr einen Furcht erregenden Ausdruck verlieh. Sie wirkte wie eine uralte Kraft aus einer vergessenen Legende, die wie verzaubert vor ihnen schimmerte. Audrey kniete sich neben sie und hielt den Samtbeutel fest in den Pfoten. Sie beobachtete die Sternfrau misstrauisch, denn sie traute ihr nicht und spürte, dass das Eichhörnchen etwas plante; die milchigen Augen glitzerten hinterhältig.

Gwen legte die Pfote auf den Mund und betete um das Leben der Schiffsmaus. Sie hoffte, dass die Sternfrau wusste, was sie tat.

In diesem Augenblick kam Meister Altschnauze mit einer großen Schüssel in den Flur. »Ich hab ihn«, keuchte er, »aber draußen ist es bitterkalt.« Die Sternfrau hatte ihn in den Hof geschickt, um etwas Schnee zu holen, doch sie hatte nicht gesagt, wofür sie ihn brauchte. Die neugierigen Mäuse warfen ängstliche Blicke auf den Schneehaufen in der Schüssel und sahen das stolze, geheimnisvolle Eichhörnchen verwundert an. Was würde sie damit tun?

Die Sternfrau nahm ihm die Schüssel ab und untersuchte die Schiffsmaus, die jetzt fast ganz mit Eis überzogen war. Die Entzündung hatte sich bis zu Tritons Schultern ausgebreitet und frostige Linien krochen unerbittlich an seinem Hals hinauf. Sie murmelte leise in sich hinein, nickte oder verzog das Gesicht über das, was sie sah. Dann legte sie ihre verkrüppelten Finger links und rechts neben die Wunde und schüttelte den Kopf. »Es bleibt ihm sehr wenig Zeit«, sagte sie nüchtern. »Jupiters schrecklicher Fluch breitet sich in seinem ganzen Körper aus. Gib mir den Beutel, mein Kind.« Audrey reichte ihr den Samtbeutel, und die Sternfrau kramte darin herum. Mit einem zufriedenen Murmeln holte sie eine merkwürdig geformte Wurzel heraus und biss entschlossen das Ende ab. Eine honigfarbene Flüssigkeit troff heraus. Sie hielt die Wurzel über die Wunde und ließ drei Tropfen hineinfallen.

Bei jedem Tropfen auf seine Wunde schrie Thomas auf. Gwen hielt seinen Kopf und streichelte tröstend über sein Haar, doch er verdrehte die Augen, bis nur das Weiße zu sehen war.

Die Sternfrau nahm ein paar Pfoten voller Schnee und drückte sie fest in die Wunde. Dann riss sie einen Streifen aus einem Kissenbezug und verband damit das erfrorene Bein.

Audrey runzelte die Stirn. Warum sollte das helfen? Thomas brauchte doch sicherlich Wärme statt noch mehr Kälte. Ihr fielen die gefühllosen Worte ein, welche die Sternfrau über die Schiffsmaus geäußert hatte. Vielleicht wollte sie nur Zeit herausschinden, bis er starb.

»Der erste Schritt ist erfolgt«, sagte die Sternfrau langsam. »Ich habe den Umschlag angelegt. Jetzt müssen wir ihn mit unseren Gebeten aufladen, damit er seine Wirkung entfalten kann.« Sie nahm sich die silberne Eichel vom Hals und ließ sie am ausgestreckten Arm zwischen drei Fingern über der Schiffsmaus pendeln. Sie seufzte und murmelte dann seltsame Worte. Die Atmosphäre im Flur war angespannt und eine leise Brise erhob sich; ihr struppiges Fell wurde zerzaust und der Anhänger fing an zu schwingen.

»Aah!«, stöhnte die Sternfrau und ließ den Arm sinken, so dass die Eichel Thomas berührte. Sie schnaubte verächtlich über ihre schwachen Glieder und rieb ihre erschlafften Armmuskeln. Mit einem frustrierten Grunzen sagte sie: »Es ist sinnlos. Ich kann nichts für ihn tun, meine Arme sind zu schwach.« Sie hob die Augen an die Decke und zuckte mit den Schultern. »Ich fürchte, eine stärkere Pfote als meine ist nötig.« Dann stieß sie leise Flüche über die Schrecken des Alters aus.

Die Mäuse stöhnten enttäuscht. Es sah aus, als wäre Thomas zum Tode verurteilt. Audrey sah das Eichhörnchen mit scharfem Blick an. Irgendwas an der Sache war faul. Es wirkte zu sehr wie ein Schauspiel, um echt zu sein. Sie hatte eine Idee und bot hastig an: »Ich tu's.« So, dachte sie, das bereitet der Verzögerungstaktik der alten Schreckschraube ein Ende.

Die Sternfrau hielt dem Mädchen den Anhänger hin. Audrey nahm ihn an. Das Eichhörnchen lächelte; fast wirkte es erleichtert. »Ausgezeichnet«, sagte es. »Jetzt halte ihn ruhig über die Schiffsmaus, mein Kind. Bewege dich nicht und lass ihn nicht fallen, bevor der Prozess abgeschlossen ist.« Sie sah sich um und hob ihre Pfote, um die Aufmerksamkeit aller zu bekommen. »Beginnt jetzt alle«, wies sie die Mäuse an. »Wenn ihr wollt, dass diese Maus weiterlebt, müsst ihr eure ganze Energie darauf richten.«

Nur das Knistern des Feuers war zu hören, während die versammelten Mäuse mit aller Konzentration beteten. Die Sternfrau schloss die Augen und murmelte leise in sich hinein.

Audrey betrachtete das Eichhörnchen misstrauisch und fragte sich, was es damit bezweckte. Es hatte ihrer Bitte, Thomas zu heilen, zu schnell nachgegeben – dafür musste es einen Grund geben. Audrey hatte nicht vergessen, dass es gefährlich war, die Sternfrau zu unterschätzen.

Die Stille dehnte sich und das Flüstern des Eichhörnchens wurde immer erregter, während es seine noch vorhandenen Kräfte sammelte. Dann berührte es Audrey mit der linken Pfote an der Stirn, drückte seinen Fingernagel in das Fell des Mäusemädchens und zeichnete einen Kreis. »Möge dieser neue Körper dir stets zu Diensten sein!«, rief es unvermittelt.

Plötzlich summte es leise in Audreys Ohren und ein Zittern lief durch ihre Arme bis in die Pfoten. Sie fühlte, dass eine unglaublich starke Kraft durch ihren Körper strömte, und bebte. Ein kalter Schauer durchfuhr ihre

Adern bis in die Fingerspitzen. Sie keuchte vor Verwunderung, als die Schnur Funken sprühte, die bis zu dem silbernen Amulett vordrangen, auf dem kleine weiße Flammen züngelten. Die Eichel glühte und das Summen wurde immer lauter, bis es den ganzen Flur erfüllte: ein hoher, durchdringender Ton, der die Atmosphäre aufheizte und jedes einzelne Barthaar der staunenden Mäuse kribbeln ließ. Die gelben Flammen des Feuers im Flur sackten in sich zusammen und wurden von dem hellen Schein, der aus dem Anhänger strömte, übertroffen. Die Mäuse wurden von dem grellen Licht geblendet und von dem schrillen Ton ganz taub. Sie hielten sich schützend ihre Augen und Ohren zu.

Nun schrie die Sternfrau den Zauberspruch, den sie bisher gesungen hatte, und streckte dabei voller Ekstase die Arme in die Höhe. Der Flur erstrahlte in hellem Licht. Doch plötzlich senkten sich die gleißenden Lichtstrahlen, begleitet von einem donnernden Krachen und einem starken Luftzug, auf Thomas herab und fuhren in seinen erfrorenen Körper. Im Haus wurde es dunkel.

Audreys Augen brannten und ihre Ohren hallten schmerzhaft. Sie sah sich um. Weiße Flammen leckten an der silbernen Eichel, die sie immer noch über den Körper der Schiffsmaus hielt. Thomas schrie gequält auf; sein Gesicht war vor Schmerz und Angst verzerrt – es brachte ihn um.

Das war es also, was die Sternfrau geplant hatte. Sie hatte gesagt, es sei besser, ihn zu töten, und nun hatte sie die Mäuse hereingelegt und es getan. Der Kopf der Schiffsmaus wurde von kaltem Feuer ergriffen und der Frost überzog sein verzerrtes Gesicht.

»Hören Sie auf!«, schrie Audrey und wollte die Eichel weg schleudern, doch die Sternfrau packte ihre Pfoten und hielt sie fest; ihr eiserner Griff tat Audrey weh. »Er stirbt, Sie alte Hexe!«, protestierte Audrey, während noch mehr flüssiges Eis aus dem Amulett tropfte und Thomas bald völlig bedeckte.

Doch die Sternfrau ließ sie nicht los. Voller Entsetzen beobachteten die anderen Mäuse den Vorgang und wagten nicht, sich einzumischen. Nur Gwen und Arthur traten vor, doch das Eichhörnchen zuckte mit dem Schwanz und stieß sie zurück.

Während Audrey sich wehrte und schließlich ihre Pfoten wegziehen konnte, erstarben die weißen Flammen und verschwanden im Boden. Sie schleuderte das Amulett weg, doch es war zu spät. Thomas war von Kopf bis Fuß mit Frost überzogen und nur noch eine Statue aus Eis. Kalter Dampf stieg von der grausigen Gestalt auf. Es war zu schrecklich, um hinzusehen, und viele Mäuse wandten entsetzt den Kopf ab.

Bevor jemand einen Ton herausbrachte, nahm die Sternfrau ihren Stock und versetzte der erstarrten Form einen heftigen Schlag. Es krachte und zwei große Risse entstanden.

»Was machen Sie da?«, jammerte Gwen verzweifelt.

Das Eichhörnchen ignorierte sie und schlug noch einmal zu, und noch einmal, bis die Eishülle riss und brach. Kleine spitze Splitter flogen durch die Luft. Wie eine Verrückte schlug und drosch sie auf die Statue ein, bis diese total zertrümmert war. Und darunter, blinzelnd und um Atem ringend, lag Thomas. Er war gesund und munter. Er klopfte sich die Eissplitter ab und setzte sich grinsend auf, als wäre nichts gewesen. »Ich hätte nichts gegen ’ne ordentliche Schale Rum«, sagte er verlegen.

Alle rieben sich verwundert die Augen. Dann jubelten sie: »Hurra, Sternfrau! Bravo!«, doch sie winkte ab und lehnte sich erschöpft an die Treppe; sie fühlte sich unsagbar alt.

Die Wunde auf Tritons Bein war zwar noch da und blutete leicht, doch sie war sauber und frei von jedem Fluch – sie würde normal abheilen. Gwen umarmte ihn weinend, und Arthur klopfte ihm auf den Rücken.

Audrey schämte sich. Sie sah das Eichhörnchen an und ließ den Kopf hängen. Wie sehr sie sich in ihrem Misstrauen gegenüber der Sternfrau geirrt hatte! Die ganze Zeit über hatte sie alles versucht, um Mr Triton zu retten. Das Mädchen spürte, dass ihre Ohren vor Scham brannten, und fragte sich, wie sie es wieder gutmachen könnte. Suchend sah Audrey sich nach der silbernen Eichel um. Sie war in eine staubige Ecke gerollt. Das Mädchen lief hin und hob sie auf; dann brachte es sie mit verlegener Miene zu dem Eichhörnchen.

Die Sternfrau wirkte müde und angegriffen, als hätte die Heilung ihre Kräfte überfordert. Ihr Körper zitterte und ihre langen, spitzen Ohren lagen flach an ihrem Kopf an. Sie hörte das Mäusemädchen nicht kommen und starrte in die tiefen Nachtschatten der Küche.

Audrey hüstelte höflich, um auf sich aufmerksam zu machen. »Es tut mir Leid«, stammelte sie. »Ich hab es nicht verstanden – ich dachte ...«

Die Sternfrau betrachtete sie ruhig und verzog die Lippen zu einem feinen Lächeln. »Du hättest ihn beinahe umgebracht, mein Kind«, sagte sie. »Durch dein schlimmes Misstrauen und deine Sturheit hättest du ihn töten können! Glücklicherweise konnte ich dich lange genug festhalten. Wenn du den Anhänger zu schnell weggezogen hättest, wäre er wirklich gestorben.«

Audrey biss sich auf die Lippe. »Ich bringe Ihnen das Amulett wieder«, sagte sie kläglich.

Das Eichhörnchen gluckste. »Ach ja, und wozu sollte ich das noch brauchen, junge Dame?«

»Es ist Ihre silberne Eichel«, sagte Audrey verwirrt, »Ihr Herrschersymbol.«

»Ha!«, schnaubte die Sternfrau. »Jetzt nicht mehr – du hast es freiwillig genommen und zugelassen, dass seine Kräfte durch dich hindurchfließen. Es ist nicht mehr meins.«

»Ich verstehe nicht ...«, begann Audrey, doch noch während sie sprach, wurde ihr klar, dass sie wieder hereingelegt worden war.

Das Eichhörnchen nickte und sonnte sich in seinem Triumph. »Ja«, lachte es leise, »jetzt gehört die Eichel dir – meine Zeit ist vorbei.«

»Aber ich will sie nicht«, protestierte Audrey.

Die Sternfrau schüttelte den Kopf. »Zu spät«, sagte sie und wich in die Schatten zurück, »du hast sie angenommen und sie hat dich angenommen. Ihr seid jetzt untrennbar miteinander verbunden, bis der Tod euch scheidet, Audrey.« Mit einem leisen Glucksen in der Kehle sprach sie den Namen des Mäusemädchens aus. Dann stieß sie ein lautes Seufzen aus, mit dem sie all ihre Sorgen und all ihre Verantwortung entließ. Ihr Gesichtsausdruck war froh und ruhig, als sie zu Audrey sagte: »Die Eichel gehört jetzt dir, egal ob du es willst oder nicht – du kannst nichts dagegen tun.« Und damit verschwand die Sternfrau in der Dunkelheit.

Audrey schaute auf die silberne Eichel in ihrer Hand und warf widerspenstig den Kopf zurück. »Ich bin nicht Ihre Sklavin«, rief sie trotzig, »und Ihren doofen Anhänger will ich auch nicht!« Mit einem Wutschrei schleuderte sie die Eichel weg und hörte, wie sie scheppernd die Kellertreppe hinunterrollte.

Im Hof türmte sich der Schnee. Der Wind hatte sich gelegt und die Flocken fielen gleichmäßig. Es war eine dunkle, mondlose Nacht, doch der Schnee hatte einen eigenen blassen Schimmer, in dem die langen Eiszapfen, die von den Regenrinnen hinabhingen, kalt glitzerten.

Ein Rascheln unterbrach die Stille und eine krächzende Stimme murmelte: »Zum Teufel mit dem vielen Papierzeug!« Fluchend tauchte die Sternfrau hinter dem Haus auf und zerriss die Zeitungen, die den Ausgang verstopft hatten. »Den Idioten Altschnauze soll die Pest holen«, knurrte sie. »Ich hab ihm nicht gesagt, dass er das Loch wieder zumachen soll – man halte mir diese umständlichen Mäuse vom Hals!«

In ihrer Wut trat sie gegen die Schneewehe, die sich vor dem Ausgang gebildet hatte. Murrend fuchtelte sie mit ihrem Gehstock in der Luft herum, als würde der nervtötende Mäuserich vor ihr stehen, während sie langsam in die Mitte des Hofs schlurfte. Sie hob den Kopf und starrte klagend in den leeren, schwarzen Himmel. »Jetzt leuchten keine himmlischen Lampen mehr«, krächzte sie traurig, »und der Feind schleicht durch die mondlose Nacht.«

Mit einem letzten bedauernden Blick senkte sie den Kopf und bereitete sich auf das vor, was getan werden musste. Das Eichhörnchen zog mit seinem Stock einen Kreis in den Schnee. Als er fertig war, betrachtete es ihn kritisch und grunzte. Dann räumte es mit Pfoten, Füßen und Schwanz den Schnee aus dem Inneren des Kreises, schaufelte und kratzte die dicke Schneedecke weg, bis es einen schneefreien Kreis in dem weißen Garten geschaffen hatte.

Die Sternfrau lehnte sich zufrieden murmelnd auf ihren Stock und bewunderte das Ergebnis ihrer Arbeit. Es war sehr mühsam gewesen und ihr war jetzt sehr kalt. Ihre brüchigen alten Knochen knackten rebellisch. Die Vergangenheit stieg ungewollt in ihr hoch und sie erinnerte sich an eine gewisse Nacht, als die Sterne wie wunderschöne Feuerblumen gefunkelt hatten und ihr Licht hell auf ihr hübsches junges Gesicht gefallen war. Es war die Nacht, in der sie beschlossen hatte, Orions Gehilfin zu werden, und den silbernen Anhänger entgegengenommen hatte. Noch heute konnte sie sich an das warme Gras unter ihren zarten Füßen erinnern, als sie von der Schlacht Hügel aufwärts zum sicheren Thron gerannt war. Das Kriegsgeschrei hallte in ihren Ohren, während das Bild langsam verblasste und der Frost, der in ihre Zehen biss, sie in die Gegenwart zurückholte.

»Das waren gefährliche Zeiten«, sagte sie leise, »als Verrat und Freundschaft Hand in Hand gingen.« Ihre Miene wurde sehr ernst. »Damals habe ich meine harten Lektionen gelernt – aber was nützen sie mir jetzt gegen das Unbiest?«

Die Sternfrau humpelte an den Zaun und stocherte

vorsichtig mit ihrem Stock im Schnee herum. »Karten und Träume«, sagte sie kopfschüttelnd, während sie sich bückte und in der nackten, steinigen Erde grub, »wie eifersüchtig wir sie bewacht haben: all die vielen Papierrollen und Pergamentfetzen, die wir für so kostbar hielten! Was haben sie am Ende gebracht?« Sie hob zwei große Steine auf und warf sie in den Kreis. »Man sollte niemals einer schriftlichen Prophezeiung trauen«, murmelte sie mürrisch, während sie nach weiteren Steinen suchte. »Man kann darauf wetten, dass irgendein schlauer Besserwisser die verfluchte Sache falsch abgeschrieben und noch ein paar eigene unsinnige Details hinzugefügt hat, die total unwichtig sind.« Die Sternfrau hob vier weitere Steine auf und rollte einen fünften mit dem Schwanz über den verschneiten Boden. »Ja, mündliche Überlieferungen«, erklärte sie, während sie die Steine in den Kreis fallen ließ und sich an die Nase tippte. »Die Geschichten werden am besten von Mund zu Mund weitergegeben. Ich hätte es wissen müssen.«

In der düsteren, eisigen Nacht legte das alte Eichhörnchen die sieben Steine sorgfältig in das Innere des Kreises, so dass alle den gleichen Abstand voneinander hatten. Dann stellte sie sich in die Mitte und sprach einen Zauberspruch aus. »Das Rad ist fertig«, seufzte sie schließlich.

Sie hielt sich das Kreuz, als sie die Knie beugte und versuchte sich hinzusetzen. »Ich hab zu lange gewartet«, schimpfte sie, als ihr Rückgrat nachgab und sie unsanft auf dem harten Boden landete. »Mein Leben hätte längst zu Ende gehen sollen. Was bin ich doch für eine dumme Schreckschraube!« Nachdenklich lutschte sie an der

Unterlippe und legte sich den Stock auf den Schoß. »Alles, was ich jetzt tun kann, ist warten. Ich hoffe, es geht schnell.«

Zwischen den Zaunpfählen huschte ein dunkler Schatten hindurch und kroch hinter den Blecheimer. Zwei Augen blitzten in der Dunkelheit; sie beobachteten die gebückte Gestalt im Kreis, fixierten das Loch in der Mauer und wurden zu Schlitzen, die sich wieder auf das Eichhörnchen richteten.

»Ha, ha, was haben wir denn hier?«, rief eine spöttische Stimme in der Dunkelheit. »Was für eine rührende Szene!«

Die Sternfrau hob steif den Kopf; sie ärgerte sich über die Störung. Wenn das dieser Meister Altschnauze war, dann würde er ihren Zorn voll zu spüren kriegen, schwor sie sich. Ihre milchigen Augen sahen sich suchend um, doch niemand war aus dem Haus gekommen. Sie ließ den Blick über den Hof wandern und packte angriffslustig ihren Stock. »Wer ist da?«, fragte sie. »Hör auf, dich zu verstecken, und zeige dich.«

»Hört, hört, ich verstecke mich also!«, schnaubte die Stimme verächtlich. »Und was machst du, verehrte Dame?«

»Das ist meine Sache«, gab sie zurück, »und ich mag es lieber, wenn ich weiß, mit wem ich mich unterhalte.«

Ein Kichern ertönte, doch dann verließ die geheimnisvolle Person den Schattenplatz und kam näher. Zuerst konnte das Eichhörnchen nur die Umrisse ausmachen; es war schwierig zu erkennen, was für eine Kreatur sich da aus der Dunkelheit näherte, und dennoch war irgendetwas Vertrautes ...

Die Sternfrau stieß einen leisen Schrei der Überraschung aus, als Schepper ins fahle Licht trat.

Sie sah ihn finster an. Die Ratte watschelte und schwankte nicht mehr idiotisch wie früher; ihr Gang war stolz und aufrecht, und auf ihrem alten Gesicht lag ein hochmütiges Lächeln.

Schepper blieb vor dem Ring stehen und fing an zu lachen. »Ach je, kleine Sternguckerin! Was für ein Ende nimmt das jetzt mit dir?« Sogar seine Sprache war nun eine andere; er redete keinen Unsinn wie vorher und seine Stimme klang hart und beherrscht.

Die Sternfrau betrachtete ihn und ein Ausdruck von Erstaunen und Verdruss stahl sich in ihr Gesicht, als sie seine wahre Identität erkannte. »Du!«, stieß sie aus. »Was machst du hier nach all den Jahren? Deine Zeit ist längst um – du solltest nicht mehr herumwandern.« Sie klopfte mit dem Stock heftig auf den Boden. »Du Schlitzohr«, zischte sie, »verschwinde, geh in dein Grab zurück und schlafe bis zum jüngsten Tag.«

Schepper lächelte nachsichtig. »Verschwinde, verschwinde!«, äffte er sie nach. »Doch sieh nur, ich bin immer noch da – wie ärgerlich! Was machst du jetzt?«

Das Eichhörnchen zuckte ängstlich zusammen. »Ich bete darum, dass du unschädlich gemacht wirst, denn ich halte dich für gefährlicher als Jupiter.«

Bei diesen Worten schüttelte die Ratte den Kopf. »Oh nein«, keuchte sie schaudernd. »Er ist noch mächtiger, als ich mir vorstellen konnte. Er verfügt über eine Geister-Armee und der Grüne ist ihm gegenüber machtlos. Ich habe mit eigenen Augen gesehen, wie er das Mäusemedaillon zerstört hat – nichts kann ihn vernichten.«

Jetzt war es an der Sternfrau zu lächeln. »Deswegen bist du also zurückgekommen«, sagte sie. »Deine Aufgabe war es herauszufinden, wie stark das Unbiest ist! Ihr habt wohl gedacht, ihr könntet Seine Macht an euch reißen und die drei heiligen Throne wieder errichten?« Voller Verachtung lachte sie ihn aus. »Verschwinde, du unseliger Scharlatan, denn Er könnte dich in einem winzigen Augenblick zerdrücken und dich zitternd in den Abgrund stoßen.«

Schepper lief um den Kreis herum und rieb sich die Klauen. »Wenigstens habe ich genug Verstand zu wissen, wann es sinnlos ist weiterzukämpfen, Handlangerin des Orion!«, zischte er verdrossen. »Du Nachteule! Ich gehe jetzt nur, weil ich keine andere Möglichkeit mehr habe – während du sitzen bleibst und deine armseligen Spinnweben webst. Doch höre auf mich: Jupiter ist eine zu große Fliege, um sich darin einwickeln zu lassen, und du wirst herausfinden, dass du es bist, die verschlungen werden wird.«

Schweigen entstand, während sie einander prüfend anstarrten. »Wo ist die Stadtmaus?«, fragte die Sternfrau schließlich. »Was hast du mit ihr gemacht?«

Die Ratte legte die Krallen an die Stirn und stieß verzweifelt hervor: »Leider ist Piccadilly ums Leben gekommen. Das Geisterheer ist zurückgekehrt und es war zu spät für den Jungen, er konnte nicht mehr wegrennen – sogar Schepper hätten sie fast erwischt.«

Die Sternfrau tätschelte nachdenklich ihren Stock. »Das habe ich mir gedacht«, seufzte sie. »Du hast ihn im Stich gelassen! Armer Piccadilly; er hat den Fehler gemacht, dir zu vertrauen. Das ist es, was ich damit meine, wenn ich sage, dass du gefährlicher bist als Jupiter. Du kannst gütig und fair wirken, während er es nicht kann, und so wickelst du die Unschuldigen und Unvorsichtigen ein.«

»Du irrst dich!«, sagte er. »Der Junge war mutig, und das mögen wir, egal, ob es sich um Ratten handelt oder nicht. Es tat mir sehr Leid zu sehen, dass der Junge sterben musste. Oft genug habe ich ihn gerettet, auch wenn er es nicht gemerkt hat – er wäre schon viel früher umgekommen, wenn ich nicht gewesen wäre.«

»Unsinn!«, widersprach das Eichhörnchen. »Du hast ihn mehr gebraucht als er dich; der Körper, in dem du dich tarnst, ist alt und schwach und konnte die Reise hierher ohne seine Hilfe nicht bewältigen.«

Schepper zuckte mit den Schultern. »Was macht das jetzt noch? Dieser Körper hat seinen Zweck erfüllt, aber es war doch ein feines Schauspiel, nicht wahr? Schepper, der verrückte, alte Bettler, eine meiner größten Rollen! Und du, du runzlige Alte, was erwartet dich? Was wird aus dir?« Er fuchtelte mit den Klauen und machte sich über sie lustig. »Staub wird aus dir. Und in dieser dunkel gewordenen Welt wirst du immer Staub bleiben.«

»Genug!«, schrie sie. »Für dich ist es Zeit zu gehen! Streife deine Hülle ab und renne nackt zu deinem Herrn und deiner Herrin zurück. Und lass mich in Frieden.«

Plötzlich fiel Schepper etwas auf. »Ha!«, kreischte er hysterisch. »Wo hatte ich nur meine Augen? Deine Eichel ist weg! Du bist gar nicht mehr die Hoheit des Himmelszeltes – deine Herrschaft ist beendet. Ho ho, wie lächerlich du bist!« Und er hüpfte um sie herum und hielt sich vor Lachen die Seiten. »So, das Reich ist zu Ende gegangen, die Herrschaft ist vorbei – wo ist denn deine Verwandtschaft? Die stolze Rasse der schwarzen Eichhörnchen ist vor langer Zeit verschwunden und keine ist übrig geblieben, um die silberne Eichel zu erben. Jede Herrschaft endet irgendwann, doch was für ein unwürdiger Untergang eurer mächtigen Monarchie!«

Das Eichhörnchen schwieg und starrte verbittert auf den Boden, während Schepper es quälte und lächerlich machte. »Lebwohl, Klappergerüst, ich muss jetzt gehen, aber nun fällt es mir leichter, weil ich deinen Sturz bejubeln kann.«

Er schlenderte zurück in die Dunkelheit unter dem Zaun. »Wir werden uns nicht wiedersehen, Sternfrau«, rief er ihr zu, und dann lachte er grölend über seinen eigenen Fehler. »Ach, stimmt ja!«, korrigierte er sich. »Das ist nicht mehr dein Titel – du hast ihn abgetreten. Lass mich mal überlegen, ich muss dich mit deinem Geburtsnamen anreden.« Er zögerte. »Wie lautet der eigentlich?«

»Es ist ein einfacher Name«, sagte das Eichhörnchen, das seinen Spott und seine Verachtung satt hatte, »du kannst ihn jetzt verwenden, denn solche Geheimnisse brauche ich nicht mehr.«

Schepper brüllte vor Lachen. »Du bist also endlich des Lebens überdrüssig! Wie willst du in dieser Stunde des Abschieds genannt werden?«

Stolz hob sie den Kopf. »In meiner Jugend als schwarzes Eichhörnchen nannten sie mich ... Audrey«, antwortete sie. »Das war mein Name.«

»Dann lebe wohl, Audrey«, rief Schepper, doch in seiner Stimme lag Respekt. Er stahl sich davon und verschwand in der Nacht, kehrte dorthin zurück, woher er gekommen war, und wurde nie mehr von einer sterblichen Seele gesehen.

»Lebwohl, Bauchan«, flüstere das Eichhörnchen leise und lächelte verstohlen.

Es schneite eintönig, und ihr fiel das Kinn auf die Brust, als sie sich schließlich dem erbarmungslosen Wetter ergab. Die Nacht verging und ein kalter, grauer Morgen dämmerte am Horizont. Ein schmaler blasser Sonnenstrahl fiel durch eine Lücke in der Wolkendecke. Für einen kurzen Augenblick berührte er die Wange des Eichhörnchens und wischte alle Spuren des Alters weg, doch dann schloss sich der Himmelsspalt wieder und der Strahl erlosch. Als das Licht aus ihrem Gesicht verschwand, nahm die Gestalt in dem Kreis aus Steinen einen letzten keuchenden Atemzug und starb. Der Wintertod verschlang sie.

VERFOLGT

Es war Algy Kaltpfote, der das Eichhörnchen fand. Den Großteil der Nacht hatten die Mäuse Tritons Genesung gefeiert und mit ernsten Gesichtern seinem und Arthurs Bericht über die Ereignisse am Elektrizitätswerk gelauscht. Die Geister-Armee erwähnten die beiden allerdings mit keinem Wort, da schon allein der Gedanke an sie ihnen zu viel Angst bereitete. Irgendwann sanken sie besorgt in einen nervösen Schlaf. Ein kalter Luftzug strömte durch das Loch in der Küche und störte die unruhigen Träume derjenigen, die in der Nähe schliefen.

Algy hatte eine sehr unangenehme Nacht hinter sich. Seine Decke war immer wieder von dem eisigen Luftzug ergriffen worden, doch er war zu müde und faul, um etwas dagegen zu tun. Erst als der Wind stärker wurde und heulend ums Haus und durch die Küche fuhr, setzte er sich auf, denn seine Bettwäsche war weggeflogen und auf Meister Altschnauze gelandet, so dass er selbst zitternd und ungeschützt da lag.

»So geht es nicht«, murmelte er verschlafen. Er stand auf und rieb sich die Augen. Dann schaute er blinzelnd die Treppe hinunter in die Küche und sah, dass das Zeitungspapier, mit dem das Loch zugestopft worden war, nun auf dem Boden herumlag. Leise murmelnd trippelte er hinunter und sog scharf die Luft ein, als seine kleinen rosa Zehen das eiskalte Linoleum berührten.

»Der blöde Altschnauze«, sagte Algy vorwurfsvoll, denn der war es gewesen, der den Ausgang zuletzt benutzt hatte. Er sammelte das zusammengeknüllte Papier ein und wollte es wieder in den Spalt stopfen. Doch als er sich zu dem schmalen Loch hinunterbeugte, strömte das fahle Morgenlicht hinein und er sah, dass auch draußen im Schnee lauter Papierfetzen verstreut waren. Seine Neugier siegte über seine frierenden Zehen, und so schlüpfte er durch das Loch und tauchte im Hof auf.

Die dünne kleine Maus ging vorsichtig auf eine seltsame weiße Gestalt zu. Der langweilige Altschnauze hatte doch sicher keine Schneemaus gebaut! Algy ging näher heran. Was immer es war, es hatte eine merkwürdige Form. Er streckte eine Pfote aus und klopfte sanft auf den geheimnisvollen Hügel. Ein Schneeklumpen löste sich und zu seinem großen Schrecken zeigte sich darunter ein silbergraues Fellbüschel.

»Aaaahh!«, schrie er und rannte zum Haus zurück. »Hilfe, Hilfe!«

Gleich darauf tauchten die unerschrockeneren Mäuse im Hof auf. Auch Thomas humpelte mit Arthurs Hilfe hinaus. Behutsam wischte er den Schnee von der Gestalt. Alle schrien entsetzt auf, als sie die Sternfrau erkannten.

Thomas nahm seine Mütze ab und berührte sich an der Stirn. »Ich hatte keine Gelegenheit mehr, Ihnen zu danken«, flüsterte er voller Bedauern.

Der Körper des Eichhörnchens glitzerte frostig, als wäre er mit Zuckerguss überzogen. Audrey kam aus dem Haus, um zu sehen, was los war. Erstaunt betrachtete sie das Gesicht der alten Kreatur. »Sie lächelt ja«, sagte sie heiser.

Thomas legte die Pfote auf Audreys Schulter. »Hast du noch den Beutel der Sternfrau?«, fragte er. Sie nickte und er schickte sie los, den Samtbeutel zu holen. Dann bat die Schiffsmaus die anderen, so viel Brennholz wie möglich zu sammeln. »Wir können sie nicht hier liegen lassen, wir müssen ein Feuer machen«, erklärte er. »Ich weiß, dass sie es so gewollt hätte.«

Als die Mäuse sich auf die Suche nach Holz machten und Thomas allein zurückblieb, betrachtete er die erstarrte Gestalt und sagte leise: »Deswegen haben Sie mich also bei der Beerdigungsfeier zusehen lassen – dumme alte Schreckschraube. Warum mussten Sie das tun?«

»Das ist alles, was ich gefunden habe, Mr Triton«, sagte Arthur und brachte ein paar trockene Zweige. »Der Rest ist gefroren.«

Das war das Problem. Keiner konnte genügend Brennholz finden. Die Kälte und Feuchtigkeit war in die Hagedornzweige gedrungen und das Holz, das noch zu verwenden war, hatte man für das Feuer im Flur vorgesehen. Thomas nahm entgegen, was die Mäuse gesammelt hatten, und häufte es rund um die Sternfrau auf. Es war nicht annähernd genug.

»Wir können nur eines tun«, sagte er entschlossen. »Wir müssen den Rest des Holzes nehmen, das wir für drinnen gelagert haben.«

»Das können Sie nicht machen!«, warf Meister Altschnauze wütend ein. »Was wird dann aus uns?«

»Dann werden wir wie sie erfrieren!«, rief Mr Cockle.

Gwen nahm die Pfote der Schiffsmaus. »Er hat Recht«, sagte sie, »wir brauchen das Holz mehr als die Sternfrau, Liebling.«

Doch Thomas ließ sich nicht davon abbringen. »Ich habe ihr ein Feuer versprochen, und das wird sie auch kriegen«, donnerte er. »Euch ist ja gar nicht klar, wie wichtig sie war. Sie war die Gehilfin des Orion – die Hüterin des Sternglases, die Stellvertreterin des Grünen auf Erden. Sie war das Göttlichste, was eure verfluchten Augen jemals erblickt haben!«

»Aber jetzt ist sie tot«, warf Arthur ein, der nicht einsehen konnte, warum ihre Wärme einem toten Eichhörnchen geopfert werden sollte, egal, wie wichtig es mal gewesen war.

Audrey wurde es schwindlig. Sie wurde wieder von diesem merkwürdigen Gefühl heimgesucht; während sie auf die streitende Mäusemenge schaute, schien sie von ihnen wegzuschweben und etwas kam ihr in den Sinn. »Mr Triton hat Recht!«, rief sie plötzlich. »Wir müssen es tun, denn was sind wir sonst? Sind wir etwa Ratten, die ihre Toten rumliegen lassen? Wenn ihr das wärt, würde es euch gefallen, wenn eure Körper einfach den Krähen überlassen würden? Um des Grünes willen, hört doch, was ihr da sagt!«

Ihr Wutausbruch beschämte die meisten Mäuse und den anderen jagte er Angst ein. Gwen sah ihre Tochter verwundert an; so leidenschaftlich hatte sie noch nie geklungen. »Es tut mir Leid, Thomas«, sagte Mrs Brown. »Ich habe mich geirrt. Natürlich müssen wir der Sternfrau ein ehrenhaftes Begräbnis geben.«

Die Schiffsmaus drückte zwinkernd ihre Pfote. »So kenne ich meine Gwennie«, sagte Thomas.

Die anderen Mäuse stimmten zu und brachten die letzten Holzreserven. Nach einer Stunde war ein hoher

Scheiterhaufen errichtet worden. Die Zweige und Äste bildeten einen Kegel über dem Eichhörnchen; an der Spitze waren sie mit einer Schnur zusammengebunden, und jeder Spalt war mit trockenen Papierfetzen ausgestopft. Thomas begutachtete das Ergebnis und nickte. Jetzt konnte der Scheiterhaufen angezündet werden.

Während er errichtet worden war, hatte die Schiffsmaus sich den Kopf zerbrochen, welche Worte die Sternfrau während der Beerdigungsfeier verwendet hatte. Nun fassten die Mäuse sich an den Pfoten und bildeten einen Kreis. Dann warteten sie darauf, dass Thomas etwas sagte.

»Unter den Sternen sind wir vereint«, begann er und verbeugte sich ehrfürchtig. »Sie haben die Macht der unzähligen Jahre. Sie sehen unsere Trauer und kennen unseren Schmerz, und dennoch scheinen sie.« Alle spürten die Ironie der Rede und schüttelten den Kopf, als Thomas sagte: »Und ihr Licht gibt uns Hoffnung.«

Er suchte nach den restlichen Worten und verfluchte seine Vergesslichkeit. Es hatte was mit Bäumen und Rädern zu tun, oder nicht?

»Von der Eichel zur Eiche ...«, fuhr eine Stimme unerwartet fort. Thomas drehte sich um und sah, dass es Audrey war. Sie kam näher und trug den Samtbeutel. »Doch selbst die höchste Eiche wird fallen«, zitierte sie. »Daran erkennen wir den großen Kreislauf von Leben und Tod und neuem Leben. Unter den Sternen übergeben wir unsere Verstorbenen, möge der Grüne sie zu sich nehmen.«

Gehorsam nahm Thomas Triton die Streichholzschachtel aus seiner Mützenkrempe und zündete damit das Papier an, das zwischen die Äste gestopft worden war. Eine blasse, unsichere Flamme zitterte im Wind, doch dann erfasste sie das Holz und knisterte hungrig.

Bald darauf stand alles in Flammen. Das Feuer fraß sich mit erstaunlicher Geschwindigkeit durch den Haufen aus Ästen und Zweigen. Der Schnee im Hof schmolz, als die Hitze ausströmte, und die Mäuse wärmten sich daran. Audrey machte den Beutel der Sternfrau auf. Er enthielt zwar nur ein paar getrocknete Blätter und Kräuter, doch sie leerte sie auf ihre Handfläche und warf sie in die Flammen. »Kraft dem Grünen!«, befahl sie.

Funken stoben aus dem Feuer und für einen Augenblick tanzten winzige smaragdgrüne Sterne und verglühten in seinem Herzen. Gleich darauf stürzten die verrußten Zweige ein und fielen in sich zusammen. Die Flammen verloschen und der geschmolzene Schnee überzog sich mit einer Eisschicht, als die Temperatur wieder absackte.

»Es ist getan«, sagte Audrey. »Wir sollten jetzt besser wieder ins Haus gehen.«

Alle sahen sie neugierig an, vor allem Thomas, der sich fragte, woher sie die richtigen Worte kannte, obwohl sie diese noch nie gehört hatte. Doch da es wirklich zu kalt war, um noch länger draußen zu bleiben, eilten alle ins Haus, um sich vor dem Wind zu schützen.

Im Flur war es jedoch nicht viel wärmer. Und auch nachdem sie das Loch in der Küche wieder zugestopft hatten, hielt die extreme Kälte des Winters an. Arthur warf einen Blick auf die glühenden Holzscheite auf der Feuerstelle und wusste, es würde nicht mehr lange dauern, bevor auch sie erfrieren würden.

Die Kinder heulten und sahen ihre Mütter mit schmalen, hungrigen Gesichtern an, doch es gab nichts zu essen. »Was sollen wir tun?«, fragten die besorgten Eltern verzweifelt. »Unsere Babys brauchen Nahrung.« Und die Raddle-Schwestern fächerten einander wie wild mit den Pfoten Luft zu, um bloß nicht das Bewusstsein zu verlieren.

»Ach, Oswald«, heulte Mrs Chitters. »Ich werde dich nie wiedersehen.«

Thomas sah sich die verzweifelten Mäuse an und wünschte, er könnte etwas dagegen tun. »Ach, Gwennie«, seufzte er, »was jetzt?«

»Vertraue auf den Grünen, Thomas«, erwiderte Mrs Brown, »das ist alles, was wir tun können.«

»Ja«, murmelte er zweifelnd, »aber wann wird –«

»Psst!«, unterbrach Gwen ihn. »Hörst du?« Die Schiffsmaus runzelte überrascht die Stirn, doch dann legte sie den Kopf schräg und spitzte ein Ohr. Da war es: ein ganz leises merkwürdiges Kratzen.

»Was ist das?«, fragte Gwen. »Wo kommt es her?«

»Ich weiß nicht«, flüsterte Thomas. Er bat die anderen um Ruhe, und dann lauschten alle. Das Geräusch wurde lauter; es klang wie spitze Nägel an einer Schultafel. Die Raddle-Schwestern schauderten und stießen Schreie aus.

»Es kommt von draußen«, rief Arthur und rannte zu der großen Haustür, die mit Brettern zugenagelt war. Das Kratzen hörte nicht auf, und plötzlich ...

BÄNG!

»Was war das?«, schrie die Schiffsmaus erschrocken, als die Tür sich bog und Arthur einen Stoß nach hinten versetzte.

BÄNG!

Wieder ertönte das Geräusch, und die Mäuse quietschten vor Schreck.

BÄNG! BÄNG! BÄNG!

Was immer da draußen auch sein mochte, es versuchte einzubrechen.

Die Tür zitterte, als die krachenden Schläge immer heftiger wurden. Mrs Chitter flüchtete schreiend hinauf zum Treppenabsatz. Die Luft zitterte unter den schweren Attacken und die Wände bebten gefährlich.

»Was immer es ist, es hat unheimliche Kraft«, flüsterte Thomas atemlos.

Audrey spürte ein Kitzeln im Nacken und ein unheimlicher Schauder lief ihr über Rücken, als sie Wellen der reinen Boshaftigkeit fühlte, die an der Tür abprallten.

»Geh weg!«, rief Meister Altschnauze dem Unbekannten hinter der Haustür zu, doch seine Stimme klang dünn und ängstlich. Der wütende Angriff wurde fortgesetzt.

»Geht da weg!«, bellte Thomas und trieb die erschreckten Mäuse von der Tür weg.

»Ach, Thomas«, sagte Gwen, »wer ist das? Was will er?«

Doch die Schiffsmaus antwortete nicht, denn in diesem Augenblick brach die Tür auf und nadelspitze Splitter flogen durch die Luft. Die Mäuse kreischten und wichen soweit wie möglich zurück.

Ein Lichtstrahl fiel durch den langen Riss im Holz, und eine Eisspitze bohrte sich hindurch, als wäre es Papier. Noch ein bedrohliches Loch wurde in die Tür geschlagen und ein zweiter Eiszapfen höhlte das splitternde Loch nach innen aus.

»Eisspeere«, keuchte Thomas zitternd vor Angst. »Er hat seine Armee geschickt, um uns zu holen.«

Noch mehr tödliche Speere krachten durch die Tür. Dann streckten sich zum Entsetzen der Mäuse geisterhafte Krallen durch die Löcher und tasteten nach Beute.

Es war ein grauenvoller Anblick, als das Geisterheer mit Krallen und Eiszapfen die einzige Schutzwand der Mäuse zerstörte. Keiner konnte sich vor Angst rühren; alle starrten wortlos auf den Albtraum, der sich vor ihnen auftat. Der Haufen aus Splittern und Holzspänen auf dem Boden wurde immer größer, während die Löcher sich weiteten und Arme eindrangen, die gierig nach Unvorsichtigen griffen.

Thomas kam als Erster wieder zur Besinnung. »Sie sind bald durch«, rief er. »Los, schnell in den Keller!«

Die Mäuse starrten ihn voller Panik an. »Da hinunter gehen wir nicht!«, stießen sie aus.

»Wo wollt ihr dann hin?«, schrie Thomas. »Wenn ihr in eure Wohnungen zurückrennt, werden sie euch finden und töten, und wenn ihr nach draußen rennt, wird die Kälte euch umbringen.«

»Aber *da* runter!«, stotterten sie. »Da rennen wir in eine noch größere Gefahr hinein.«

»Unsinn«, donnerte die Schiffsmaus. »Jupiter ist nicht mehr in den Abwasserkanälen! Wir müssen fliehen, solange wir es noch können.«

»Aber wohin willst du sie denn bringen, Thomas?«, fragte Gwen. »Werden diese widerlichen Kerle uns nicht verfolgen?«

»Kann sein«, erwiderte er, »aber was können wir sonst tun? Es ist sinnlos, gegen sie zu kämpfen – ich hab es versucht. Wir können jetzt nur noch wegrennen, und das bedeutet: Greenwich! Wir gehen auf mein Schiff, und dann – wer weiß?«

»Aaaaiii!«, brüllte Algy und zeigte auf ein großes Loch. Hinter dem flirrenden Nebel aus Sägemehl tauchte ein grauenhafter durchsichtiger Kopf auf; die leeren Augenhöhlen spähten in den Flur und starrten die verängstigten Mäuse an. Der schwarze Mund klaffte auf und stieß ein schreckliches Stöhnen aus, das voller Boshaftigkeit und Hass auf die Lebenden war. Wild kreischend zwängten die Mäuse sich durch die Kellertür und rasten die Steintreppe hinunter.

Jacob Chitter rannte hinter die Leisten und trug seine jammernde Frau hinaus, die sich den ganzen Weg über zur Wehr setzte. »Lass mich runter«, heulte sie. »Ich geh da nicht rein!«

Audrey wurde von der Panik der anderen mitgerissen. Sie kam sich vor wie ein Herbstblatt, das vom Sturm weggetragen wird und keine Kontrolle darüber hat, wohin es getragen wird. Ihre Füße berührten kaum den Boden, als die rennenden, drängelnden Mäuse in die Dunkelheit des Kellers strömten.

»Schnell durch das Gitter«, rief Arthur, »sonst sitzen wir in der Falle.«

Ein paar Mäuse zögerten. Schließlich war es das Symbol der Unterwelt gewesen, ein Ort, den sie bisher immer gefürchtet und gemieden hatten.

Thomas bellte seine Anweisungen: »Frauen und Kinder zuerst! Arthur, du führst sie hinunter.«

Nervös begannen die Mäuse, durch den rostigen Spalt in dem verzierten Eisengitter zu schlüpfen, während von oben ein bedrohliches Krachen ertönte, als die Haustür den Schlägen der Geistertruppe nachgab. Bei diesem Geräusch schrien alle und drängelten noch mehr, um den tödlichen Speeren zu entrinnen. »Vorsicht!«, schrie Thomas. »Ihr erdrückt sonst die Kleinen!«

Audrey wurde so geschoben und gedrückt, dass sie keine Luft mehr bekam. Ein dicker Mäuserich vom Treppenabsatz trat ihr auf den Schwanz, doch in dem Gedränge und der allgemeinen Verwirrung hörte er ihren Schmerzensschrei nicht. Sie murmelte wütend vor sich hin und bekam den Schwanz frei. Doch dabei wurde ihr Silberglöckchen abgerissen und rollte davon, während die Menge sich wieder einen Schritt nach vorn bewegte und sie mitzerrte.

»Mein Glöckchen!«, schrie sie unglücklich, aber der Ruf ging unter dem Trampeln der verängstigten Mäuse unter.

Eine Pfote packte sie, und dann wurde sie von Mr Cockle durch die Menge gezogen; er hatte gesehen, wie sie abgedrängt worden war. »Bitte sehr, kleine Audrey«, sagte er, als sie aus dem Gewühl herauswankte.

»Hey, ich bin dran«, zischte eine Dame vom Treppenabsatz und drängelte sich vor. Sie schubste Audrey aus dem Weg, doch Thomas griff ein und packte die unhöfliche Maus am Arm. Er zog sie zur Seite und lächelte charmant. »Vergessen Sie nicht Ihre guten Manieren, Madam«, sagte er. »Mrs Scuttle, Sie sind dran.« Und damit hielt er die Menge und die wutentbrannte hochmütige Maus für Audrey zurück.

Thomas ließ als Nächste Mrs Brown hinein, um der selbstsüchtigen Person eine Lektion zu erteilen. »Beeil dich«, rief Gwen, als sie ihrer Tochter durch den verrosteten Eingang folgte.

»Klettere durch, Arabel, keine Angst«, sagte Mr Chitter, während er seine Frau durch das Gitter drückte. »Da unten gibt es nichts, wovor du dich fürchten musst.« Doch er küsste nervös sein Mäusemedaillon, bevor er ihr folgte.

Es waren nur noch ungefähr ein Dutzend Mäuse, die durch das Gitter steigen mussten, und Thomas warf einen besorgten Blick die Stufen hinauf. Er hörte das schreckliche Stöhnen der Geister, die mit ihren Eisspeeren über die zerstörte Tür kratzten. »Mach schon«, flüsterte Thomas unruhig in sich hinein, als Mr Cockle, der letzte, hinter dem gusseisernen Blätterwerk in der Dunkelheit verschwand.

Die Schiffsmaus sank auf die Knie und krabbelte durch die Öffnung. In dem Augenblick, als er den Schwanz hinterher zog, krachte ein Eisspeer knapp hinter ihm auf den Boden.

Die Abwasserkanäle waren von dem Keuchen der Mäuse erfüllt, das in den gewölbten Tunnel widerhallte. Nur vier von ihnen hatten sich jemals hier hinunter getraut. Die anderen Mäuse – es waren ungefähr hundert – starrten jetzt ängstlich auf die tropfenden Wände und glitschigen Steinvorsprünge. Das Wasser, das unter ihnen floss, war eine dicke Brühe voller dreckiger, schwarzer Inseln aus Eis, die träge vorbeischwammen. Es erfüllte all ihre schrecklichsten Erwartungen; sie konnten sich keinen grauenhafteren Ort vorstellen und jammerten unglücklich.

Sie drängten sich auf den schmalen Vorsprung und eine lange, elende Reihe erstreckte sich weit in die stinkenden Kanäle hinein. Thomas humpelte ganz am Ende und rief nach vorne, wo er Arthur vermutete.

»Bist du da, Kumpel?« Die Kanäle nahmen seine Worte auf und sein Echo dröhnte wie ein Gong.

»Ich bin hier, Mr Triton«, erwiderte ein leiseres Echo.

»Findest du den Weg nach Greenwich wieder, Junge?«, rief Thomas.

»Ich glaube schon.«

»Dann führ uns dorthin, Kumpel!«

Langsam schlurfte die lange Reihe vorwärts. Mit einem letzten besorgten Blick nach hinten bildete Thomas das Schlusslicht.

Audrey war zwischen ihre Mutter und Mrs Chitter eingezwängt, die ununterbrochen über ihre schlammigen Füße jammerte und ihren Mann beschimpfte, weil er sie hierher gebracht hatte. Audrey hätte sich am liebsten umgedreht und der blöden alten Zicke gesagt, sie solle still sein, doch sie musste sich auf den glitschigen Steinvorsprung konzentrieren. Die Strecke war vereist und gefährlich, und mehr als einmal schrie eine Maus auf, die ausgerutscht war. Dann mussten alle, die hinter ihr waren, stehen bleiben und warten, bis sie sich wieder aufgerappelt hatte.

Sie stolperten durch die feuchte Dunkelheit, um scharfe Ecken und Kurven herum, über heruntergefallene Steine und durch schmale Bögen. Als Audrey vorsichtig über eine Pfütze aus gefrorenem Schleim trat, erkannte sie die Stelle, an der sie Madame Akkikuyu kennen gelernt hatte. Sie lächelte, als sie sich an die arme, ungeliebte Wahrsagerin erinnerte – und dann passierte es wieder.

Die Kanäle und Mrs Chitters' Gejammer rückten weit

weg und sie spürte, wie sie erleichtert fortschwebte. »Geh zurück«, sagte eine leise Stimme in ihrem Kopf, »geh zurück auf den Hof, geh zurück, geh zurück.«

»Beeil dich, mein Kind«, klagte Mrs Chitter verdrossen. »Hör auf zu träumen und lauf schneller, du hältst alle auf.«

Audrey wurde jäh in die Wirklichkeit zurückgerissen und starrte die nervige Jammertante verwirrt an. »Ich kann nicht mit euch mitgehen«, murmelte sie geistesabwesend. »Ich muss zurück.«

»Ach herrje!«, rief Mrs Chitter erstaunt aus, als das Mädchen sich an ihr vorbeizwängte.

»Audrey!«, rief Gwen und drehte sich um. »Wo gehst du hin? Haltet sie fest!«

»Also wirklich«, sagte Meister Altschnauze, als sie auf ihn zukam, »bleib stehen, junge Dame. Autsch!« Audrey hatte ihm einen Rippenstoß versetzt und drückte sich schnell an ihm vorbei.

Schubsend und drängelnd kämpfte sie sich an der Reihe der verwunderten Mäuse vorbei. Eine wilde Entschlossenheit hatte sie gepackt, und der Drang, nach Hause zurückzugehen, war überwältigend. Sie schüttelte die Pfoten ab, die sie zurückzuhalten versuchten, und trat denjenigen, die sich ihr in den Weg stellten, gegen das Schienbein.

»Jetzt hör mal, Mädel«, bellte eine tiefe Stimme, und dann packten zwei starke Pfoten ihre Schultern. »Was soll der Quatsch?«, fragte Thomas.

»Gehen Sie mir aus dem Weg, Triton!«, zischte Audrey wütend. »Ich muss sofort zurück!« Sie funkelte ihn an und rastete aus. »Kriechen Sie doch zurück in Ihre

Flasche und lassen Sie mich gehen!«, fauchte sie hochmütig.

Thomas zuckte zusammen, als hätte sie ihm eine Ohrfeige verpasst, und ließ sie los. Sie klang genau wie die Sternfrau! Respektvoll tippte er sich an die Mütze und trat beiseite. »Entschuldigen Sie, Ma'am«, sagte er.

Audrey hastete an ihm vorbei. Nachdem sie alle, die ihr den Weg versperrt hatten, hinter sich gelassen hatte, rannte sie die Strecke zurück durch die Tunnel. Thomas schaute ihr mit besorgtem Blick nach. Das Mädchen lief zweifellos in sein Unglück. Er humpelte hinterher, doch mit seinem verwundeten Bein würde er Audrey nie einholen, und so schüttelte er den Kopf. »Möge der Grüne dich beschützen, mein Kind«, murmelte er.

Der enge Gang, der zum Gitter führte, war jetzt mit Frost überzogen und glitzernde Eiszapfen hingen von dem schmiedeeisernen Blätterwerk. Vorsichtig kroch Audrey zwischen den eisigen Stalaktiten hindurch und spähte durch das Gitter in den dunklen Keller. Sie konnte kein Anzeichen der teuflischen Geister erkennen. Allein die feine Schicht aus glitzerndem Raureif, mit der alles überzogen war, sagte dem Mädchen, dass sie da gewesen waren.

Audrey zwängte sich durch den Spalt, der durch die Eisschicht noch schmaler geworden war, und lauschte aufmerksam. Kein Ton drang zu ihr. Das Haus war noch nie so still gewesen. Wohin hatte Jupiters Armee sich verzogen? Als sie über den vereisten Kellerboden lief, entdeckte sie etwas: Es war ihr Silberglöckchen. Der Schwanzschmuck war am Boden festgefroren und sie musste mit aller Kraft daran ziehen, um ihn zu lösen. Mit einem traurigen Lächeln untersuchte Audrey ihren Schatz. Die kleine Schlaufe war abgebrochen und so war es unmöglich, das Glöckchen am Schwanz zu befestigen. Sie nahm es in die Pfote und schaute die Stufen hinauf. Wenn sie es nur schaffte, in den Hof zu kommen!

Audrey schloss die Augen und bereitete sich auf alles vor, was passieren konnte. Hinter der Kellertür konnte die ganze Horde von Jupiters Geisterkriegern mit erhobenen Speeren auf sie warten. Sie schluckte schwer und fing an, die Stufen hinaufzusteigen. Während sie immer höher kletterte, tauchten alle möglichen grausigen Bilder vor ihren Augen auf. Vielleicht würden die Geister sie nicht gleich umbringen! Was war, wenn sie die Maus direkt zu Jupiter brachten? Audrey klopfte das Herz bis zum Hals und ihr war schwindlig vor Angst und böser Vorahnung, als sie auf der obersten Stufe stand und die Pfote ausstreckte. Sie stieß gegen die Tür, die laut knarrte.

Der Flur schien leer zu sein, doch er war von den Geistern völlig demoliert worden. Ein großes Loch klaffte jetzt dort, wo die Haustür gewesen war, und überall auf dem Boden lagen Holzsplitter herum. Ein beißender Wind strömte durch das Haus und wirbelte Schnee herein. Das Feuer war ausgegangen und die Holzscheite mit Eis überzogen. Der Winter des Unbiests war in das Haus eingezogen, und nun war es nicht mehr bewohnbar. Die brutale Kälte hatte vom Boden bis zur Decke Risse in die Wände gehauen. Die Treppe war verzogen und das Geländer hing nur noch an der Balustrade; es knarrte gefährlich und drohte, jeden Augenblick herabzustürzen. Die Leisten waren von hirnlosen Kräften weggerissen worden, und der Hausrat der bescheidenen Wohnungen lag verstreut herum. Wie brutal musste dieser Angriff gewesen sein, wenn er in so kurzer Zeit so viel Schaden angerichtet hatte.

Der Anblick war schockierend, doch er berührte Audrey nicht. Sie musste in den Hof gelangen, und nichts, selbst das hier, konnte sie davon abhalten. Sie blieb einen Augenblick lang stehen, um sich zu vergewissern, dass sie wirklich allein war, doch nichts rührte sich und allein der beißende Wind tönte in ihren Ohren. Er pfiff einsam durch die Pfosten des zerstörten Treppengeländers und wirbelte die dicken Schneeflocken in einem wilden Tanz um sie herum auf. Audrey schlich sich langsam den Flur entlang, doch bald lief sie schneller. Das Knarren der Balustrade klang so gespenstisch wie Schritte, die sie verfolgten. Sie rannte in die Küche und riss die Papierknäuel aus dem Loch, das nach draußen führte. Dann betrat sie die eisige weiße Außenwelt.

Die Kälte traf Audrey mit voller Kraft, und ihre Zehen wurden taub. Warum hatte es sie so gedrängt, hierher zu kommen? Alles wirkte ganz gewöhnlich, der Hof sah genau so aus wie zuvor. Sie schüttelte sich und der verzweifelte Drang herzukommen fiel von ihr ab – was wollte sie hier? Plötzlich ärgerte sie sich über ihre Dummheit. Sie dachte an die Risiken, die sie eingegangen war, um herzukommen, und konnte ihre unüberlegte Handlung nicht mehr verstehen. Sie hatte sich von ihrer Familie und ihren Freunden getrennt und wusste nicht einmal, weshalb. Völlig verwirrt versuchte sie, sich daran zu erinnern, was sie dazu gebracht hatte zurückzukehren. Verlor sie den Verstand? Sie legte die Pfote an die Stirn, um wieder zur Besinnung zu kommen.

In der Mitte des Hofs lagen die Reste des Scheiterhaufens. Nur ein Häufchen weicher grauer Asche war übrig geblieben. Audrey starrte darauf. Aus der Asche ragte ein kleiner, grüner Keim.

Sie rannte hin. Wie konnte in dieser bitteren Kälte etwas wachsen? Verwirrt über dieses Wunder streckte sie die Pfote aus, doch in dem Moment, als sie den Sprössling berührte, brach er ab. Vorsichtig hob sie ihn aus der Asche heraus.

Das Mädchen bewunderte die winzige grüne Knospe auf ihrer Pfotenfläche. Sie gab ihr Hoffnung. Sie schien ihr zu sagen, dass Jupiter nicht alles zerstört hatte. Auf irgendeine Weise würde die Natur sich immer durchsetzen. Audrey steckte die zarte Knospe in ihren Rockbund. Es war Zeit zu gehen.

Das graue Nachmittagslicht wurde noch trüber und es begann stärker zu schneien. Audrey eilte zu dem Loch in der Wand und lief schnell durch die Küche. Jetzt wollte sie nur noch zu ihrer Familie zurück. Sie verstand nicht, was in sie gefahren war, einfach wegzurennen, und konnte sich nicht mehr daran erinnern, wie sie auf diese verrückte Idee gekommen war. Hastig lief sie durch den Flur und schauderte bei den unheimlichen Geräuschen, die das Treppengeländer machte. Erst als sie die Kellertür hinter sich gelassen hatte, atmete sie auf. Froh sprang Audrey die Stufen hinunter. Sie wollte die anderen so schnell wie möglich einholen. Sie fragte sich, wie es in Tritons Schiff wohl aussah, und ihr fiel ein, dass Twit viele Galionsfiguren erwähnt hatte. Sie hastete an den aufgestapelten Kisten und dem Kellergerümpel vorbei zum Gitter.

Eine verschwommene Gestalt bewegte sich in der unheilvollen Dunkelheit unter dem Gitter, doch das Mäusemädchen nahm die Gefahr nicht wahr. In seinem Kopf schwirrten so viele Fragen, auf die es keine Antworten fand. Die Gestalt wich in den Schatten zurück und ließ die ahnungslose Maus näher kommen. Audrey kniete sich vor die Öffnung im Gitter. Über ihrem Kopf kräuselte sich eine dünne Nebelschwade und durch den Gitterrost flackerte Sternlicht.

Mit einem heiseren Zischen schoss eine gespenstische Kralle durch das Gitter und griff ins Leere. Audrey schrie, als noch mehr Arme durch die Eisenblätter kamen und die fürchterlichen Klagetöne des Geisterheeres den Keller erfüllten. Bösartige Krallen kratzten sie. Eine Klaue griff nach ihrem Haarband und zerriss es, eine andere schnitt ihr tief in den Arm. Unter dem Blätterwerk glitzerten Eisspeere und leblose Kehlen stießen ein grauenhaftes Kichern aus. Ein Gesicht drückte sich gegen ein Loch und starrte sie blind an.

Audrey drehte sich um und floh voller Panik, als ein funkelnder Eiszapfen durch die Dunkelheit flog. Er prallte nur wenige Zentimeter neben ihrem Kopf an einer Stufe ab.

»Hilfe, so helft mir doch«, weinte sie, als die Geister durch das Gitter kamen und sie die Treppe hinauf verfolgten. Voller Angst kroch sie die Stufen hinauf, brach sich in ihrer Hast die Fingernägel ab und schürfte sich die Knie auf. Die Geister hinter ihr heulten mit hohlen, einschüchternden Stimmen. Sie bohrten ihre Krallen tief in die Steinstufen und zogen sich unablässig höher und höher.

Als Audrey die oberste Stufe erreicht hatte, schaute sie ängstlich hinunter. Sie erschrak zutiefst, als sie sah, wie schnell die Geister sich vorwärts bewegten. Ein hässlicher Kopf lugte schon über den Rand der Stufe und starrte sie boshaft an; sein gefährliches Maul stand weit offen und die Zunge hing gierig heraus. Der schreckliche Geist stürzte sich auf Audrey, doch sie schoss durch die Tür und stemmte sich mit ihrem ganzen Gewicht gegen sie. Die schwere Holztür schwang langsam und behäbig zu, doch sie ließ sich nicht ganz schließen. Eine gierige Klaue griff durch den Spalt. Audrey grub ihre Fersen in den Boden und drückte ihre Schulter mit aller Kraft gegen das Holz.

Endlich schlug die Tür zu und der alte Riegel schnappte ein. Die gesamte Truppe schmiss sich mit beängstigender Wut gegen die Tür. Die Geisterkrieger hämmerten und droschen gegen das Holz, schlugen mit den Fäusten darauf ein und kreischten vor Enttäuschung. Audrey wich zurück; die Tür würde sie nicht lange aufhalten. Verzweifelt sah sie sich im Flur nach einem Versteck um, doch die Worte der Schiffsmaus klangen in ihren Ohren: »Wenn ihr in eure Wohnungen zurückrennt, werden sie euch finden und töten.« Wohin konnte sie sonst gehen?

Die Tür bebte, als sie von der Spitze eines Eisspeers durchbohrt wurde. Audrey weinte vor Panik, als sie sah, wie das Holz zitterte und dem wütenden Feind nachgab. Sie unterdrückte einen Schrei, raste durch die Küche und in den Hof. Sie musste ihnen entkommen! Doch Thomas hatte gesagt, dass es draußen genauso gefährlich war, denn die Kälte würde sie genauso sicher besiegen wie die Geister.

Audrey kämpfte sich durch den Schnee und lehnte sich keuchend gegen den Zaun. Sie betete, dass die Geister ihr nicht folgen würden, denn ihr Herz klopfte wild und ihre Beine zitterten vor Angst. Sie senkte den Kopf und wischte sich den kalten Schweiß aus dem Gesicht, während sie sich bemühte, ihre Panik unter Kontrolle zu halten. Sie musste irgendwie nach Greenwich kommen, und dazu brauchte sie einen klaren Kopf.

Ein lautes Krachen verkündete die Zerstörung der Kellertür, und schon hörte Audrey die jammernden Geister im Flur, doch dann wurden die dämonischen Stimmen leiser. Das Geisterheer rannte die Treppe hinauf.

Audreys kurze, stoßartige Atemzüge wurden regelmäßiger und sie atmete tief ein. Allmählich beruhigten sich ihre Nerven wieder. Sie machte die Augen zu und stieß einen Seufzer der Erleichterung aus. Jetzt konnte sie ohne Angst vor Verfolgern fliehen. Sie strich sich das Haar aus dem Gesicht und wollte gerade zwischen den Zaunpfählen hindurchschlüpfen, als sie ein Geräusch hörte, das ihr das Blut in den Adern gerinnen ließ.

»Rosieee«, raunte eine gespenstische Stimme.

Blitzschnell drehte Audrey sich um. Eine unheimliche Gestalt schlich auf sie zu. Es war keine Ratte, doch sie bot einen grauenhaften Anblick. Der Geist trug viele Taschen und Bündel auf dem Rücken, und um seinen Hals hingen lauter Riemen und Ketten. In den Taschen steckten grinsende Totenköpfe und Knochenbündel, und die Ketten bestanden aus Zähnen. Unter der Last der grausigen Trophäen konnte man jedoch immer noch erkennen, dass es der Geist einer Maus war. Audreys Magen drehte sich um, als sie die Gestalt erkannte.

»Kempe!«, schrie sie. Vor ihr stand der Geist des Handelsreisenden, der sie im vergangenen Sommer nach Fennywolde begleitet hatte.

Der Mund des Geistes klappte auf, als er sich der verstörten Maus näherte. Er steckte die Pfote in eine seiner Taschen. »Rosiee ... Rosiee ...«, murmelte er in einem unangenehmen monotonen Singsang – so leise wie das Flüstern in einem Grab.

Er zog einen Eisspeer aus der Tasche. »Lasst mich von der armen Rosiee erzählen«, sang er mit todtrauriger Stimme, »der Tragödie, die Rosiee hieß!« Bei dem Wort »Tragödie« hob er den Speer und die blutlosen Lippen grinsten bösartig.

Stolpernd wich Audrey zurück; ihre Angst war so groß, dass sie den Blick nicht von der makabren Erscheinung abwenden konnte, die immer näher kam. Der Speer war auf sie gerichtet, und die leeren Augenhöhlen brannten sich in ihre Seele ein. Mit einem letzten gemeinen Lachen kreischte Kempes Geist: »Und warum sie so einsam gestorben is.« Dann warf er den Speer. Audrey duckte sich und er schlug in eine Schneewehe hinter ihr ein.

Der Geist zischte und stürmte mit ausgestreckten Pfoten auf das Mäusemädchen zu. Audrey schrie auf und wollte wegrennen, doch dabei verdrehte sie den Fuß und stürzte zu Boden. Sofort stürzte sich der kichernde Geist auf das Mädchen. »Warum sie gestorben is!«, lachte er zynisch. »Gestorben! Gestorben! Gestorben!«

Audrey wehrte sich und trat um sich, doch Kempe hielt sie grimmig fest. Die starke Kälte, die aus dem Sternenfeuer in seiner Brust strömte, biss in ihr Fell. Sein Gesicht kam ihrem ganz nah und sie verlor bei dem Gestank beinahe die Besinnung. Sie spürte seine schrecklichen Finger, die sich um ihre Kehle schlossen. Er warf den Kopf zurück und ein teuflisches Lachen kam aus seiner Kehle. Audrey konnte sich nicht wehren, denn ihre Pfoten griffen durch ihn hindurch ins Leere. Ihr Gesicht lief blau an, als er ihr den Hals zudrückte. Sie wand sich im Schnee und ihre Kräfte schwanden. Ihre Arme gaben nach und ihre rechte Pfote öffnete sich. Mit einem hellen Klingen rollte das Silberglöckchen hinaus.

Bei dem Klang hob der Geist den Kopf und betrachtete den Gegenstand, der sich im Wind bewegte. Kempe nahm die Pfoten von der Kehle des Mädchens und starrte das Glöckchen an. Das Sternenfeuer in seiner Brust flackerte wieder auf, als er an seinen Tod erinnert wurde. Keuchend legte er eine Pfote auf die Stelle, wo die weißen Flammen züngelten und tanzten. Er rappelte sich auf und schwankte unsicher, als die Erinnerung ihn überkam und er die letzten Augenblicke seines Todeskampfs noch einmal erlebte.

Hustend und nach Atem ringend ergriff Audrey die Gelegenheit; sie kroch durch den Zaun und ließ den verwirrten Geist zurück.

Kempe hob mit zitternden Pfoten das Glöckchen auf. »Neeeiin!«, schrie er trotzig. Das Sternenfeuer flackerte unruhig, während es versuchte, die Kontrolle über ihn zurückzugewinnen. »Ich tu es nicht ...« Doch seine Worte nützten nichts. Die Kraft durchflutete ihn wieder und er wandte sich erneut seinem Opfer zu. Aber das war verschwunden.

Blindlings flüchtete Audrey durch die winterlichen Gärten. Sie duckte sich unter Hecken und hinter frostig glitzernde Schuppen, bis sie das Ende der Terrasse erreicht hatte. Vor ihr klapperte ein Eisentor im Wind. Dahinter erstreckte sich die breite, verschneite Straße. Sie zwängte sich unter dem Tor durch und rannte hinaus in die düstere Landschaft.

Der grelle weiße Schnee blendete Audreys Augen. Der Kampf und die Flucht hatten sie erschöpft. Es war zu kalt, um sich zu bewegen. Sie wollte sich nur noch hinlegen und schlafen. Ihre Beine zitterten, als sie müde weiterstapfte, ohne zu wissen, in welche Richtung sie lief. Der heftige Schneesturm hüllte sie ein und ganze Gebäude verschwanden hinter den dicken Flocken. Die Hoffnung, ihre Familie wiederzufinden, und die Angst vor Jupiters teuflischen Kriegern schwanden, als sie mit einem letzten verzweifelten Schrei im Schnee zusammenbrach und wie die Sternfrau vor ihr auf das Ende wartete. Eine seltsame Wärme strömte durch ihren Körper, als sie in die willkommenen Arme des tödlichen Schlafs sank. Aus der Tiefe ihrer Hoffnungslosigkeit ertönte eine vertraute Stimme. In der eisigen Weite von Deptford schloss Audrey die Augen und gab den Kampf auf.

DIE SCHLACHT AN BORD

Die *Cutty Sark* erhob sich düster hoch über den Köpfen der Flüchtlinge, die ins Licht blinzelten. Die Masten reckten sich wie dürre, vorwurfsvolle Zeigefinger zum bleischwarzen Himmel empor. Thomas Triton lächelte sein Schiff liebevoll an; jetzt, da alles mit einer Schneedecke überzogen war, wirkte es, als würde die *Cutty Sark* auf verschneiten Meeren segeln, statt an Land festzuliegen.

»Hier ist mein Liebling«, sagte er und strich zärtlich über ihre Holzwand. »Erinnerst du dich noch an die salzige Luft deiner Seefahrerjugend, mein Mädel?« Er grinste in sich hinein und wandte sich an die Mäuse. »Mir nach«, rief er. Dann marschierte er zum Ruder und kletterte durch das kleine Loch, das sein privater Eingang war.

Die Mäuse betrachteten ehrfürchtig die Umrisse des großen Schiffs. Keine von ihnen hatte je so etwas gesehen, und einige fürchteten sich. Verzweifelt sahen sie sich in dem tiefen Betonbett mit den vier glatten, geraden Wänden um und fühlten sich gefangen. Doch die Vorstellung, draußen in der grimmigen Kälte zu bleiben, war zu schrecklich; deshalb verdrängten sie ihre Ängste und betraten vorsichtig das Schiff.

Thomas führte sie durch einen dunklen, niedrigen Gang, der nach Teer roch und schließlich in einem riesigen Raum endete.

»Huch!«, kreischten die Raddle-Schwestern einstimmig, als sie hineintrippelten. »Riesen!« Sie fuchtelten vor den Reihen der Galionsfiguren wild mit den Pfoten und schnatterten hysterisch. Thomas überließ die Erklärungen anderen, rannte zu einer weißen Figur mit einem goldenen Turban und kroch in ein Loch auf der Rückseite.

»Und jetzt«, rief er, als er mit gezücktem Schwert wieder zurückkam, »lasst uns einen Schlachtplan machen.«

»Aber was können wir tun?«, fragte Meister Altschnauze zweifelnd.

»Als erstes können wir einen Wachposten an Deck aufstellen«, schlug Thomas vor, während er mit seinem Schwert den Angriff übte. »Mich können sie nicht mehr überrumpeln!«

Er wählte fünf Mäuse aus, darunter auch Arthur, und führte sie zu einer steilen Holztreppe. Sie stiegen hinauf und verschwanden. Gwen sah ihnen hinterher. Sie war in einer sehr schlechten Verfassung. Unglücklich dachte sie an Audrey und betete für ihre Sicherheit. Mrs Chitter ging zu ihr und nahm ihre Pfote. Die Augen der Klatschbase leuchteten sanft und verständnisvoll, was für sie ganz ungewöhnlich war; sie wusste, was es bedeutete, ein Kind zu verlieren. »Wir müssen Geduld haben und glauben«, sagte sie.

Gwen schaffte es, dankbar zu lächeln, und nickte. »Ja.« Doch dann fielen ihr die warnenden Worte der Sternfrau wieder ein, die vorausgesagt hatte, was passieren würde, wenn Jupiter das Sternglas noch einmal benutzen würde. Sie schlug die Pfoten vor die Augen, als ihr klar wurde, dass das heute Abend sein würde.

Oben fegte der Wind ums Schiff und riss an der Takelage. Thomas kletterte auf das Deck, das Schwert in der Pfote, und wartete auf die anderen. Arthur, Mr Cockle, Algy Kaltpfote, Meister Altschnauze und Jacob Chitter tauchten hinter ihm im Sturm auf.

»Also«, rief Thomas, um den heulenden Wind zu übertönen, »Schnauze und Cockle, ihr geht nach Steuerbord, Algy und Chitter, ihr übernehmt Backbord, Arthur, achtern für dich. Reißt eure Augen und Ohren auf und schreit, sobald ihr Jupiters lausige Brut entdeckt.«

Die Mäuse huschten auf ihre Posten, beugten sich über die Reeling und starrten auf den verschneiten Boden. Thomas ging zum Schiffsbug und schaute hinunter. Nichts rührte sich weit und breit auf der Schneefläche. Die Schiffsmaus richtete den Blick auf den Fluss; er war jetzt völlig zugefroren – eine breite Fläche aus hartem, grauem Eis. Thomas' Bein schmerzte leicht – die Wunde mochte die Kälte nicht. Er schaute zum Himmel. Die Sonne versteckte sich hinter der dicken Schicht aus Sturmwolken, doch Thomas wusste, dass es bald Abend wurde.

Plötzlich erschütterte ein lautes Rumoren die Welt und die *Cutty Sark* bebte an ihren Stahlseilen.

Die Mäuse sahen sich erschrocken um. »Was war das?«, fragte Meister Altschnauze mit zitternder Stimme.

Thomas wusste es auch nicht, doch aus seinem Augenwinkel hatte er etwas glimmen gesehen. Er drehte sich um und schaute auf das in Nebel gehüllte Elektrizitätswerk in der Ferne. Seine winzigen Fenster strahlten in einem weißen Feuer und er hörte ein tiefes Schnurren, das aus dem Gebäude hallte. Jupiter machte sich auf zu neuen Untaten. Ein gezackter blauer Blitz schoss aus dem Schornstein und schnitt durch die Wolken. Thomas lief ein Schauer über den Rücken.

Unter lautem Dröhnen spaltete sich der hohe Schornstein in zwei Teile, und große Steine brachen heraus. Der Blitz fuhr um ihn herum. Weitere Risse entstanden und wurden größer. Mit einem betäubenden Stöhnen stürzte der Schornstein auf die Themse, krachte auf ihre Eisdecke und zerschmetterte sie. Riesige Wasserfontänen schossen hinauf, als das massive Gebilde einbrach und in der Tiefe versank.

Ein rauchender, rissiger Schacht ragte aus dem Dach und stieß einen dicken, zischenden Dampfstrahl aus. Auf ihm erhob sich Jupiter in die Luft. Seine gigantischen Umrisse stiegen immer höher und versammelten sich wie ein Gott am Himmel. Er verließ seine Festung, deren Mauern gefährlich zitterten und bebten. Als der letzte Rest seiner nebelhaften Gestalt aus dem Elektrizitätswerk schwebte, zerbarst es unter ihm und stürzte in sich zusammen.

Ein Sturm aus Hagel und Eis regnete aus dem Maul des Unbiests, als er in die Wolken fauchte. Der Blitz um seinen Kopf funkelte wie eine Krone aus Eisfeuer und in seinen Krallen schimmerte ein kleiner Gegenstand. Es war das Sternglas, das noch eine Aufgabe zu erfüllen hatte. An diesem Abend würde die Sonne zum letzten Mal untergehen.

Die Mäuse an Deck der *Cutty Sark* starrten auf die beängstigende Erscheinung und spürten, dass der Untergang aller Lebewesen drohend bevorstand. Meister Altschnauze sank voller Panik auf den Schiffsboden, und Mr Cockle wurde leichenblass, als er die dämonische

Macht des Wintergottes wahrnahm. Jacob Chitter wischte sich entsetzt über die Augen und seine Knie wurden weich. Er stützte sich auf seinen Schwanz und ihm blieb die Luft weg. Arthur biss sich ängstlich auf die Unterlippe und wich bis an die Reling zurück. Nur zwei Nächte waren vergangen, seit er Jupiter gesehen hatte, doch in der kurzen Zeit war der grauenhafte Geist noch weiter gewachsen und wirkte jetzt unglaublich aufgeschwemmt. Es schien unmöglich, dass das Elektrizitätswerk seine Behausung gewesen war.

Jupiter hing wie eine riesige finstere Wolke über dem Land. Er wartete, bis auch der letzte Dampf aus den Überresten seiner eisigen Kathedrale kroch und hinaufstieg, um ihn zu seinem ganzen monströsen Umfang anschwellen zu lassen. Sein gemeines, dröhnendes Gelächter reiste um die bebende Erde, die ihm bald ganz allein gehören würde.

Mit einem Schnurren, das die Luft erzittern ließ und allen Lebewesen Todesangst einjagte, schwebte er donnernd auf Greenwich zu, wobei seine unheilvollen Augen alles mit Frost benetzten. Thomas duckte sich hinter die Reling, als die riesengroße, gespenstische Form über seinem Kopf hinweg zog und einen dunklen Schatten auf das Schiff warf, der es in Finsternis tauchte. Die Masten wurden von der majestätischen Gestalt Jupiters berührt und froren sofort unter elendem Knarren ein. Hagelkörner so groß wie Kanonenkugeln fielen von dem grausigen Katzengeist herab und schlugen erbarmungslos aufs Deck.

Arthur klammerte sich an ein Tau, als die *Cutty Sark* wild hin und her schaukelte und die Stahlseile gefährlich tiefe Wunden in ihren Schiffsrumpf schnitten. Er wurde gegen die Reling geschleudert und schlug sich den Schädel an. Mit einem Schmerzensschrei hielt er sich den Kopf und wandte die Augen von Jupiter ab. Der riesige schwarze Schatten schlich über das zerlöcherte Deck, während das schnurrende Unbiest die Richtung änderte und das Planetarium ansteuerte.

Arthur beugte sich über die Reling und starrte beunruhigt hinunter. »Möge der Grüne uns beschützen!«, rief er.

Hinter ihrem teuflischen General marschierte das Geisterheer. Die seelenlosen Soldaten zückten ihre Eisspeere und jammerten gierig nach Blut.

Arthur wich zurück und schrie: »Hilfe, sie sind da! Sie sind da!«

Die anderen rannten zu ihm und schauten über den Schiffsrand. »Verdammt«, fluchte Thomas, »sie umzingeln das Schiff.« Tatsächlich teilte die Truppe sich auf und schlich um das Betonbett herum, in dem das Schiff verankert war. Sie hoben ihre unheimlichen Köpfe und stießen hasserfüllte Schreie aus.

»Cockle«, schrie Thomas drängend, »geh die anderen warnen! Sag ihnen, dass wir umstellt sind und dass sie sich auf einen Angriff vorbereiten müssen.«

Mr Cockle und Algy rannten die Stufen hinunter in den Schiffsbauch. Thomas zückte entschlossen sein Schwert. »Ich ergebe mich nicht ohne einen guten Kampf«, sagte er sich.

Die Geister leckten sich kichernd die Mäuler und rückten vor. Langsam und boshaft krochen sie an den Rand des Betonbetts und warfen sich mit wildem Gejohle auf die schweren langen Eisenpfosten, an denen das Schiff befestigt war.

»Sie klettern rauf«, heulte Arthur.

»Ja«, schrie Thomas, »um uns abzulenken, damit Jupiter ungehindert auf den Hügel schweben kann.«

Die Geister krochen die Streben entlang; ihre spitzen Krallen kratzten über das Metall und die Speere unter ihren Armen glitzerten mordlüstern.

Die Eisenpfosten endeten unter dem letzten Drittel des Schiffsbauchs; darüber war die Holzwand glatt und sah aus, als könnte man sie nicht besteigen. Arthur hoffte es zumindest, denn die Geister hatten nun das Ende der Pfosten erreicht. Er beugte sich vor, um hinunterzuschauen. Die gespenstischen Wesen starrten ihn an und streckten stöhnend die Arme nach ihm aus.

»Mr Triton, ich glaube, sie stecken fest «, sagte er überaus erleichtert, »sie schaffen es nicht, weiter raufzuklettern.«

»Sei dir da nicht zu sicher, Kumpel«, antwortete Thomas mit ernster Miene und zeigte auf die teuflischen Soldaten, die ihre Speere übereinander in das alte Holz hämmerten, so dass sie eine Leiter aus Eiszapfen bildeten, an der sie hinaufsteigen konnten. Sie rochen schon die Mäuse, die im Schiff auf sie warteten.

»Können wir denn gar nichts tun?«, jammerte Meister Altschnauze und starrte sie hoffnungslos an.

Thomas warf den Kopf zurück und schnitt mit dem Schwert durch die Luft. »Wir können tapfer sterben«, donnerte er.

Das Schiff bebte jedes Mal, wenn ein weiterer Speer in seine Wand gehauen wurde. Die feindliche Truppe stürmte wütend hinauf. Die erste scharfe Kralle tauchte am Schiffsrand auf und bohrte sich tief in die Holzreling.

Thomas sprang mit einem zornigen Schrei hin und stach mit aller Kraft zu. Die Klinge seines Schwerts bohrte sich in das splitternde Holz, mitten durch die Geisterkralle hindurch. Die Klaue tastete sich weiter am Rand entlang, und dann zog sich ein verächtlich schnaubendes Ungeheuer an Bord, sprang über den Schiffsrand und landete mit hohlem Kichern neben der Schiffsmaus an Deck. Es war der größte der dämonischen Krieger und er brauchte keinen Eisspeer, denn seine Krallen waren so lang, dass sie den Wind in Stücke reißen konnten.

Thomas zerrte verzweifelt an seinem Schwert, das immer noch im Holzgeländer feststeckte.

»Pass auf!«, brüllte Arthur warnend.

Das Schwert bewegte sich keinen Millimeter. Thomas stieß einen Seemannsfluch aus. Dann stürzte sich der gierig sabbernde Geist auf ihn.

Hoch oben am grauen Himmel bewegte sich eine dunkle Masse auf Deptford zu. Sie zog sich bis in die vernebelte Ferne und das Getöse, das ihre Ankunft verkündete, war Schrecken erregend. Tausende von schrillen, hohen Stimmen füllten die abendliche Luft. Die Fledermäuse kamen zurück.

Oswald hielt sich an Orfeos und Eldritchs Füßen fest, während sie ihn sicher durch den Schneesturm flogen. Der Albino sah grimmig und zugleich erschöpft aus. Die letzten Tage hatten ihr Tribut gefordert: Er hatte weder geschlafen noch gegessen und dunkle Ringe lagen unter seinen rosa Augen.

Es war sehr mühsam gewesen, das Buch von Hrethel durch das Fundament des großen Ratsgebäudes hinaufzuzerren. Mit Eldritchs Hilfe hatte er es dann zu den Räten gebracht, die über die Boshaftigkeit ihres Vorfahren die Flügel zusammengeschlagen hatten. Was nützte ein Buch mit leeren Seiten? Wütend hatten sie es aus großer Höhe hinunter geschleudert, und als es auf dem Boden aufschlug, war der Buchrücken zerschmettert worden. Unzählige alte Blätter flatterten in der Luft umher. Beim Aufprall explodierte der Einband und wurde zu braunem Staub, und für einen kurzen Augenblick erschien das verschwommene Bild einer verrunzelten Fledermaus, die voller Verachtung und Triumph grinste.

Verzweifelte Schreie hallten durch die Kuppel, als die Fledermäuse die bittere Pille schlucken mussten, die viele Jahrhunderte zuvor hergestellt worden war. Sie verbargen ihre Gesichter unter den Flügeln und weinten bitterlich.

Doch Oswald wollte noch nicht aufgeben. Die ganze Zeit über war ihm die von Hrethel sorgfältig geplante Rache gegenwärtig gewesen, und irgendetwas daran kam ihm merkwürdig vor. Der Tyrann des Mittelalters hatte etwas übersehen – wenn Oswald es doch nur herausfinden könnte!

Er hatte Eldritch gebeten, ihn hinunter zu fliegen, damit er sich die Überreste des Buchs ansehen konnte. Und plötzlich wusste er es. Als er das Pergament befühlte, wurde ihm klar, dass die Magie eine Kraft ist, die sich nicht so leicht auslöschen lässt. Das Große Buch hatte über Jahrhunderte hinweg viele mächtige Zaubersprüche, zahllose magische Zeichen und Formeln enthalten, bevor Hrethel sie ausgewischt hatte. Doch er hätte das ganze Buch zerstören müssen, denn die Worte und die Kraft der Zauberformeln hatten sich in die Fasern eingesogen wie Wasser in einen Schwamm. Die leeren Blätter waren mit einer unglaublichen Energie aufgeladen. Die Zaubersprüche waren noch vorhanden, doch sie waren im Papier versteckt, das eine Quelle unsichtbarer Macht geworden war.

Oswald jauchzte vor Glück über seine Entdeckung und teilte sie sofort den Räten mit. Sie sahen ihn erstaunt an. Doch wie konnte diese Erkenntnis ihnen weiterhelfen? Die Formeln könnten ja tatsächlich noch vorhanden sein, aber wie sollte man sie lesen? Es war ein Problem, das sie tagelang beschäftigte, doch dann hatte Oswalds Seele die Lösung gefunden und er hatte gewusst, was zu tun war.

Nun schlug ihm der Schnee heftig ins Gesicht und betäubte die Haut. Im Schatten der Fledermausflügel sah der Albino auf seinen flatternden Mantel hinunter und lächelte ernst. Dies war die Antwort, die er gefunden hatte. Es war ein wahrlich gefährliches Unternehmen. Die einzige Möglichkeit, Jupiter zu zerstören, war, die Kraft des Buchs gegen ihn zu verwenden. Doch da sie die Zauberflüche nicht lesen konnten, hatten sie keine andere Wahl – sie mussten das Große Buch zu ihm bringen.

Oswald hatte sich an das Kostüm erinnert, das Meister Altschnauze während der Sommerfeste immer trug, und sich aus den Buchseiten einen Mantel gefertigt. Er hatte die magischen Pergamentblätter in Fetzen gerissen und an einen weiten Umhang genäht, den er nun trug.

»Weißt du, was du tust?«, hatte Ashmere ihn besorgt gefragt.

»Natürlich weiß ich das«, hatte Oswald, umgeben von zahllosen jubelnden Fledermäusen, ausgerufen. Er kam sich sehr mutig vor und fügte hinzu: »Nieder mit Jupiter!« Doch jetzt bekam er Angst, denn das Ziel seiner Reise rückte immer näher. Er hatte sich bereit erklärt, mit Orfeo und Eldritch in seinem magischen Umhang mitten in das Herz des teuflischen Unbiests vorzudringen. Keiner von ihnen erwartete, lebend wieder herauszukommen.

Die meisten Fledermäuse waren mitgekommen und flogen nun neben ihnen her. Sogar die Räte hatten sich angeschlossen, um diesen letzten Angriff auf den Rattengott zu sehen. Sie sangen aufmunternde Lieder von Tapferkeit und Kühnheit, damit die drei Helden nicht entmutigt und von Furcht überwältigt wurden. Gruppen von Nachtschwärmern zogen an ihnen vorbei, grüßten und riefen voller Hochachtung ihre Namen.

Oswald bereitete sich auf das schreckliche Ereignis vor, das vor ihm lag. Er konnte schon die Blitze erkennen, die in dem Nebel über dem Planetarium zuckten. Der Albino hoffte, dass sie noch rechtzeitig kamen. Als sie über Deptford flogen, schwebten die Hochhäuser und Gärten unter ihnen vorbei.

»Meister Pinkauge«, rief Orfeo ihm zu. »Sieh mal, dort unten liegt etwas im Schnee!«

Der Albino schaute hinunter auf die ferne Schneedecke, doch er konnte nichts erkennen; die Sehkraft der Fledermäuse war schon seit Tagen wieder verschwunden. »Was ist es?«, fragte er verwundert darüber, dass sein Freund es für wichtig hielt.

Audrey war dem Tod nahe; die Kälte hatte sich tief in

ihre Knochen gefressen und ein Mantel aus Schnee hüllte sie ein. Ihre verschwommenen Gedanken wanderten wie in einem Traum durch die Dämmerung, doch es würde kein Erwachen mehr geben. Sie versank immer tiefer in dem Schattenreich, bis der schwarze Abgrund des Wintertods sich vor ihr auftat.

Um sie herum wurde es finster, als sich ein dunkler Schatten auf sie herab senkte. Im dichten Schneetreiben tauchte eine Fledermaus auf. Mit ausgestreckten Flügeln landete die Kreatur neben der fast erfrorenen Maus. Sie war von Orfeo, der Audrey von weit oben erkannt hatte, geschickt worden. Die Fledermaus legte das Ohr auf ihre Brust. Audreys Herz schlug nur noch schwach.

»Aha, junges Mädchen«, verkündete das Geschöpf, »wenn Hathkin sich nicht gewaltig irrt, fließt in deinen Adern noch Leben.« Hathkin wischte mit seinen Flügeln den Schnee von ihr, packte sie an den Schultern und schüttelte sie. »Aufwachen!«, rief er. »Schnee ist nicht zum Schlafen da – wach auf, Kleine!«

Audrey öffnete schläfrig die Augen und blinzelte das besorgte Gesicht der Fledermaus an. »Lass mich in Ruhe«, sagte sie weinerlich.

»Aber nein, junge Dame«, gluckste er. Dann stieg er in die Luft auf und flatterte über ihrem Kopf umher. »Ich bin geschickt worden, um eine Aufgabe auszuführen, und das werde ich tun. Hathkin mag heute nicht den Ruhm erlangen, der Orfeo oder Eldritch zusteht, doch er wird tun, wie ihm befohlen wurde.« Er schwebte über dem Mäusemädchen und packte seine Pfoten. Mit einem raschen Flügelschlag stieg er in die Lüfte hinauf und nahm Audrey mit.

Der starke Wind riss und zerrte an der Maus. Audrey flatterte wie ein Stofffetzen unter der Fledermaus. Hustend kam sie wieder zu sich und protestierte; ihr Verstand verließ die Finsternis des Todes und kehrte zu ihr zurück.

Sie schaute auf die Schnee bedeckten Dächer hinunter, die immer kleiner wurden. Dann blickte sie zu der Fledermaus auf und fuhr überrascht zusammen. »Was machst du da?«, fragte sie. »Setz mich sofort ab!«

Hathkin schüttelte lachend den Kopf. »Tut mir Leid, mein Fräulein, aber wir müssen die anderen einholen. Schau mal, dort oben fliegt unsere Bruderschaft!«

Audrey drehte den Kopf und sah durch den dichten Vorhang aus Schnee in der Luft den gewaltigen Fledermausschwarm.

Hathkin ging auf die gleiche Höhe wie die anderen und schlug noch schneller mit den Flügeln, um sie einzuholen. Audrey klammerte sich an seinen Füßen fest. Er warf den Kopf zurück und lachte schallend. »Wir müssen weiter«, rief er, »keiner ist schneller als Hathkin, seine Schnelligkeit ist sein ganzer Stolz – halte dich fest, Mäusemädel!« Der Wind rauschte in ihren Ohren; sie fühlte, wie sie hinaufgetragen wurde und an den anderen Fledermäusen vorbeisauste, bis die Spitze der dunklen Formation vor ihnen auftauchte.

Audrey runzelte die Stirn. Wer war bloß diese dünne, weiße Gestalt ganz vorn? »Oswald!«, schrie sie überrascht.

Thomas sprang zur Seite, als der Geist ihn angriff. Das Geistwesen stürzte in das Heft seines Schwertes und wurde aufgespießt. Die fließenden Schwaden seiner durchsichtigen Haut fügten sich wieder zusammen, als es knurrend flüchtete. Thomas rannte zu seinem Schwert und bekam mit einem heftigen Ruck die Klinge frei.

Gefährliche Klauen schossen durch die Luft und krallten sich an ihm fest. Rotes Blut spritzte aus der Schulter der Schiffsmaus.

Arthur konnte ihm nicht helfen, da weitere Geister an Bord geklettert waren. Sie sprangen freudig auf das Deck, hoben ihre Speere und jagten ihre Beute. Drei hefteten sich an Arthur, zwei rannten Meister Altschnauze hinterher und fünf hatten es auf Mr Chitter abgesehen. Immer mehr gespenstische Krieger krochen an Bord und schmatzten gierig.

Arthur raste so schnell er konnte über das Deck. Er sprang über einen Haufen dicker Taue und hechtete um eine Ecke, doch ewig würde er sie nicht abschütteln können. Schon hörte er das ekelhafte Rasseln ihres Atems. Bald würden auch sie um die Ecke biegen und ihn mit ihren Speeren abstechen.

Die Geisterkrieger zischten und kratzten mit den Krallen gegen die Seiten der vorderen Deckkabine. Als Arthur sich ängstlich umdrehte, flog ein Speer über seinem Kopf hinweg.

Die Geister stürzten sich auf ihn, doch er war schneller. Mit einem Satz sprang er zur Takelage und streckte sich nach dem Tau aus. Durch das Training, das er in Fennywolde gehabt hatte, konnte er rasch den Mast hinaufklettern. Der Feind unter ihm griff ins Leere.

Arthur kletterte immer höher und wagte es nicht anzuhalten, bis er den Hauptmast erreicht hatte. Dort stellte er sich auf eine kleine Plattform und schaute hinunter. Weit unter ihm an Deck kämpfte Thomas vergeblich mit einem Geist, und Arthur hörte die verzweifelten Schreie von Meister Altschnauze und Mr Cockle, als ihre Angreifer sie in eine Ecke trieben. Er fühlte sich hilflos und konnte es nicht ertragen zuzusehen, wie die Soldaten die wehrlosen Mäuse umzingelten. Er wandte sich ab und bemerkte jetzt erst die Gefahr, in der er selbst steckte: Die Taue zitterten heftig, als seine Verfolger hinter ihm her kletterten.

»Fenny!«, schrie Arthur in seiner Not, während die Geister den Mast hinaufglitten. Er hob den Blick zum Himmel und öffnete verzweifelt den Mund, doch kein Ton kam heraus, denn er sah eine dunkle, flatternde Masse, die sich aus Deptford näherte, und seine Angst verwandelte sich in Freude, als er die Fledermäuse erkannte.

»Orfeo!«, brüllte er. »Eldritch!« Er winkte wie verrückt und hielt überrascht den Atem an, als er Oswald erkannte, der in einem Umhang aus Papierfetzen steckte und von ihnen getragen wurde.

Die Fledermäuse senkten sich zu ihm hinunter. »Hallo, Arthur«, rief Oswald. Sie umkreisten die Schiffsmasten und beobachteten die Angriffe der gespenstischen Armee an Deck. Oswald sah, dass sich eine Horde auf seinen Vater stürzte. Sie zielten mit gezückten Speeren auf sein Herz. Mit einem wütenden Schrei befahl der Albino seinen Freunden, tiefer zu fliegen. Sie tauchten ab, und dann ließ Oswald Eldritchs Fuß los und riss eine Pfote voll Pergament von seinem Mantel ab.

Der große Schwarm senkte sich auf das Schiff und die

Fledermäuse schlugen mit ihren Flügeln in die Gesichter der Geisterkrieger. Speere blitzten gefährlich und eine Fledermaus schrie auf, als sie getroffen wurde und auf das Deck stürzte. Hathkin schwebte über der Galionsfigur und hätte zu gern bei der Schlacht mitgemacht, doch mit Audrey im Schlepptau konnte er das nicht. Das Mädchen war von dem brutalen Gemetzel entsetzt. Trotz ihrer Vielzahl waren die Fledermäuse den Geistern unterlegen und konnten sich nicht gegen den Hagel aus Eisspeeren wehren. Ihre verwundeten Körper fielen wie Steine herunter und ihre Todesschreie waren erschütternd.

Audrey schauderte, als ein glitzernder Speer auf sie zuflog. Hathkin wich zurück und der Speer verfehlte sie um Haaresbreite.

Jacob Chitter und Meister Altschnauze warteten mit geschlossenen Augen auf den qualvollen Tod. Doch plötzlich tauchten Oswald und Orfeo aus dem Nichts auf und streiften im Flug die Ohren der Geister. Der Albino zerknüllte die Papierfetzen in seinen Pfoten und schleuderte sie auf die seelenlosen Krieger, die seinen Vater bedrohten. Die magischen Wurfgeschosse sausten durch die Luft und eines davon traf einen Geist an der Brust. Statt durch die Erscheinung hindurchzufliegen, schlug es ein und warf den überraschten Krieger auf die Seite. Er stolperte gegen den Segelkasten und stieß einen Schmerzensschrei aus. Das Papiergeschoss, das ihn getroffen hatte, ging in Flammen auf, und als der Geist sich von dem Schlag erholt hatte und rachsüchtig seine scharfen Krallen hob, knisterten sie und lösten sich auf. Das Ungeheuer kreischte entsetzt, während es vom Zauber verschlungen wurde. Die starken Arme aus toten Sehnen schmolzen bis zu den Achseln hinauf und der grausige Kopf heulte, während der Körper zischte, und dann löste auch er sich mitten in der Luft auf.

»Ha ha«, gluckste Oswald, als die Fledermäuse drehten und einen neuen Angriff flogen. Er riss weitere Blätter ab und warf sie auf eine Gruppe angstvoll stammelnder Geister. Auch sie schrien und lösten sich auf.

Oswald jubelte und Mr Chitter führte einen kleinen Freudentanz auf und winkte seinem Sohn stolz zu. »Juhu«, rief Meister Altschnauze dankbar und klatschte.

Thomas befand sich noch immer im Todeskampf mit seinem riesigen Angreifer; der Geist machte einen Satz nach vorn und riss ihm eine klaffende Wunde in die Brust.

»Du Hundesohn!«, schrie die Schiffsmaus erbost und stach dem Geist mit der Klinge durch den Kopf.

Mit einem verächtlichen Schnauben stürzte das Wesen sich wieder auf Thomas und verpasste seinem Arm, mit dem er das Schwert hielt, einen blutigen Schmiss. Die Schiffsmaus schwankte zurück; das Blut durchtränkte ihr Fell. Das teuflische Monster sprang hin und her, verhöhnte sie und griff wieder an. Thomas wurde von der heftigen Attacke zu Boden gerissen. Der Geist packte ihn am Hals, riss seine riesigen Kiefer auf und versenkte seine Fangzähne in Tritons Kehle.

»Oje!«, rief eine besorgte Stimme. Oswald kam mit einer Pfote voller Pergamentstücke angeflogen. Er stopfte sie in den offenen Mund des Geistes und verschwand wieder.

»Aaaahh!«, keuchte das Ungeheuer und bohrte die Krallen in seine eigene Kehle.

Thomas, der unter ihm lag, rollte weg und griff nach einem Papierstück, das sich vom Umhang des Albinos gelöst hatte. »Okay!«, schrie er wild. »Jetzt bist du dran, Kumpel!« Er steckte den Papierfetzen auf die Spitze seines Schwerts und stach mitten durch den Geist.

Der kreischte und zerfiel in zwei Teile. Die Augen der Schiffsmaus leuchteten gefährlich, als sie ihr Schwert zückte und sich auf das Geisterheer stürzte.

Arthur klammerte sich an den Mast. Seine beiden Verfolger tasteten sich zu ihm herauf. Ihre kalt funkelnden Eisspeere zielten auf seinen Bauch.

Plötzlich schoss ein Wirbelsturm aus Flügeln und weißem Fell herbei und feuerte kleine, zerknüllte Papierkugeln ab. Die Gespenster schrien entsetzt auf, als die Zauberflüche durch sie hindurchzischten. Sie schwankten, verloren das Gleichgewicht und stürzten hinab, doch bevor sie das Deck erreicht hatten, waren sie schon verschwunden.

»Meister Pinkauge«, rief Orfeo Oswald zu, »es reicht. Wir müssen jetzt den wahren Feind dieser Welt bekämpfen. Die Sonne geht unter.«

Doch Oswald hatte Spaß an der Sache gefunden. Gedankenlos verstreute er die kostbaren Pergamentstücke und fasste an seinen Umhang, um noch mehr abzureißen. Da entdeckte er, dass nur noch sehr wenige übrig waren. »Oje«, quiekte er, »schnell, Orfeo, trag mich hinauf.«

Sie stiegen hoch über die *Cutty Sark* und Eldritch stieß zu ihnen; Oswald packte wieder seinen Fuß, und dann rasten sie durch die Luft zum Planetarium.

An Deck kämpfte Thomas Triton heroisch mit den

Geistersoldaten. Er schwang sein Schwert in Bögen aus silbernem Licht und schnitt eine Schneise durch Jupiters Armee. Die Geister wichen vor ihm zurück und jammerten über das glühende Stück Pergament auf der spitzen Klinge. Doch dann wandten sie ihre Aufmerksamkeit den beflügelten Kreaturen zu, die über ihren Köpfen schwebten.

Der Fledermausschwarm griff weiterhin das Schiff an, doch es waren schon weniger geworden, und ohne Oswald stieg die Zahl der Gefallenen noch. Hathkin umkreiste mit Audrey das Schiff; er suchte einen sicheren Ort, an dem er das Mädchen absetzen konnte, damit er sich an der Schlacht beteiligen konnte.

»Wag es bloß nicht, mich abzusetzen!«, schrie Audrey wütend.

»Ich muss es, Madame«, rief Hathkin ihr zu. »Niemand kann behaupten, dass ich mich in der Stunde des Todes vor der Schlacht gedrückt hätte. Würdest du mir diese Schande bereiten?«

»Ich sag ja nicht, dass du dich davonmachen sollst«, erwiderte sie verdrossen. »Ich will bloß, dass du mich rasch zum Planetarium bringst.«

Hathkin sah erstaunt auf sie herab. »Du möchtest zu Ihm?« Lachend verwarf er die Idee. »Du verstehst nicht, mein Kind.«

Aufgebracht schrie Audrey: »Tu, was ich dir sage! Die Sternfrau befiehlt es! Bei der Macht meiner Vorfahren befehle ich dir, mich dorthin zu bringen!«

Die Fledermaus ließ sie vor Staunen beinahe fallen. Ihre Stimme hatte sich verändert und die Energie, die aus ihr sprach, brannte in seinen Ohren.

»Also gut«, rief er und schlug heftig mit den Flügeln, »wir fliegen zum Hügel.« Und sie wurden zu einem verschwommenen Schatten, der durch den Schnee sauste.

Die Kuppel des Planetariums bebte und verformte sich, als Jupiters massige Gestalt aus der wirbelnden Nebelwolke hinabstieg. Das Gebäude konnte ihn kaum tragen, doch seine eisernen Krallen klammerten sich an das Zwiebeldach und bohrten sich tief in die Mauersteine. Er überragte London und grinste verächtlich über die schwachen grauen Umrisse der Stadt am Horizont. In seiner verfluchten Jugend hatte er dort ein elendes Leben geführt. Mit eigenen Augen hatte er das große Feuer gesehen, das durch die schmutzigen, engen Gassen gefegt war und die Holzhäuser verschlungen hatte; er hatte gespürt, wie die Flammen sein rotes Fell versengt hatten, als er von seinem brutalen Besitzer weggerannt und an den Fluss geflohen war. Nein, Jupiter empfand keine Liebe für die Welt, und er fauchte die hohen Glastürme an, die sich über der Stadt erhoben: Bald würde jegliches Leben für immer enden.

Sein riesiges Maul öffnete sich und ein blauer Feuerstrahl schoss hinaus. Jetzt war er der Herr und jetzt mussten die anderen leiden. Das Sternglas schimmerte in seinen Krallen, ein winziges Ding, das in seiner Faust blitzte. Jupiter drehte es wie ein Spielzeug und warf es in die Luft. Das silberne Licht, das aus seiner Tiefe leuchtete, spann einen Heiligenschein über dem mächtigen Katzenkopf.

»Und jetzt, mein Kleines«, dröhnte er, »ist es an der Zeit, meinen Wunsch zu erfüllen.« Er hielt das Sternglas ausgestreckt vor sich und beschwor mit der Gewalt eines

Hurrikans seine Zauberkräfte: »Wolken, teilt euch und zeigt mir das Juwel des Tages!«

Die Wolkendecke riss auf, und mit einem Donnern, das bis an den westlichen Horizont zu hören war, teilte sich der blitzende Himmel. Die bleichen Finger des Nebels spreizten sich und in dem Spalt tauchte die blasse Sonne auf. Sie war noch nicht hinter der Stadt untergegangen und blickte wie ein ängstliches Auge auf das Planetarium hinunter.

Jupiter lachte sie aus. »Schau nur, du prächtiger Stern des Tages!«, dröhnte er. »Sieh dir den Überbringer deines Schicksals an!« Das Sternglas funkelte und der Katzengeist befahl ihm Gehorsam. »Bei allen magischen Kräften vergangener Zeiten rufe ich dich an!«, donnerte er. »Gib mir noch einmal deine Macht.«

Das Sternglas zitterte in seiner Pfote; das Licht schimmerte und unter heftigem Beben schoss ein silberner Feuerblitz aus seinem Herzen. Der grelle Strahl fuhr über Greenwich hinweg auf die Sonne zu. »Jetzt werde ich deine goldenen Strahlen auslöschen«, knurrte Jupiter, als der Zauber des Sternglases durch die Atmosphäre schnitt und schneller als Licht durch die Leere des Weltalls reiste.

»Lösche die Hitze des Rizul aus«, hallte seine triumphierende Stimme vom Planetarium, »stürze alles in ewige Finsternis!«

Der schimmernde Sonnenball wurde dunkelrot, dunkler als Blut, und die ganze Welt wurde in diesen blutigen Glanz getaucht.

Jupiter lachte laut und der Hügel unter dem Planetarium bebte. Verschneite Bäume splitterten und stürzten krachend um, der Boden riss auf und tonnenweise Erde wurde aufgewühlt.

Aus dieser Verwüstung stieg Oswald auf. Sein schmales Gesicht bekam einen steinharten Ausdruck, als der Berg, der Jupiter war, mitten im Schneesturm auftauchte. Der Albino hatte keine Angst mehr. Dies war sein Schicksal und er nahm es tapfer an.

Der Katzengott bemerkte die Fledermäuse nicht; er war zu sehr mit seinem teuflischen Werk beschäftigt. »Rizul, vergehe«, kicherte er, »bei Tormens Klinge mähe ich dich nieder. In meinem eigenen mächtigen Namen vernichte ich dich – wirf dich Jupiter zu Füßen!«

Orfeo und Eldritch schlugen unermüdlich mit den Flügeln und stiegen immer höher. Sie flogen bis an seinen schrecklichen Kopf heran. Schließlich bemerkte Jupiter sie und seine dämonische Rede brach ab. Die Fledermäuse wirkten im Vergleich zu ihm wie Fliegen, doch er beäugte unsicher die geheimnisvollen Papierfetzen, die an Oswalds Umhang flatterten, und sein stechender Blick durchbohrte die Maus.

»Was soll das?«, donnerte Jupiter wütend. Wie konnte jemand es wagen, ihn zu stören. »Weg mit euch, ihr Fliegen! Flieht, solange ihr könnt!« Und er stieß einen Tornado aus frostigem Feuer aus, der die drei Helden hilflos in der Luft zappeln ließ.

Die Fledermäuse kämpften sich durch den Eishagel, der auf sie niederprasselte, und Oswald verzog das Gesicht, als der Sturm seinen Körper beutelte. Mit großer Mühe befreiten sich Orfeo und Eldritch aus dem Eissturm und kreisten um die knisternde Krone aus Blitzen auf dem Kopf des Unbiests.

»Bist du soweit, Meister Pinkauge?«, rief Orfeo.

Oswald nickte entschlossen. »Ja«, brüllte er.

»Dann sei das Ungeheuer verflucht!«, schrie Eldritch im Sturzflug.

Jupiter drehte seinen massigen Nebelkörper, um zu sehen, was die nervigen Insekten vorhatten. Erstaunt und verärgert hielt er den Atem an, als er sie auf sich zusteuern sah. Die Papierfetzen auf Oswalds Umhang begannen zu glühen, als die Fledermäuse auf das teuflische Monster zuflogen, das misstrauisch fauchte.

Die Reste des Buchs von Hrethel gingen in goldenen Flammen auf, die Oswald einhüllten. Ihr strahlendes Licht schnitt durch den dichten Nebel, mit dem Jupiter sich umgab, und brannte in seinen kalten Augen. Die Fledermäuse flogen tiefer, und Oswald wurde in eine göttliche Gestalt verwandelt, als die Zauberkräfte die Macht in ihm übernahmen. »Stirb, Abschaum der Leere!«, befahl er. Wie ein brennender Pfeil rasten die Fledermäuse auf den mächtigen Feind zu und hinterließen einen Schleier aus glühenden Funken. Jupiters Herz war ihr Ziel.

Der riesige Geist kreischte, als sie in ihn hinein flogen. Goldene Blitze fuhren aus seiner Brust, und er schwankte gefährlich auf der verformten Kuppel.

»Ich kann nicht sterben!«, schrie er. »Ich bin Jupiter – der Herr des Todes!«

Die knisternden Lichtblitze wickelten sich um seinen Körper und quälten ihn mit ihrer Hitze. Augenblicklich endete die Schlacht auf der *Cutty Sark*, die Geister ließen ihre Waffen fallen und die Sternenfeuer in ihrer Brust verloschen. Thomas starrte atemlos auf den von Sturm umgebenen Hügel – das Schicksal der ganzen Welt hing davon ab, wie der Kampf dort oben ausgehen würde. Plötzlich flackerte das Sternenfeuer im Inneren der Krieger wieder auf und die Schiffsmaus verlor jede Hoffnung.

Jupiter fuhr sich mit den Krallen durch sein nebelhaftes Fell und die Flammen erstarben. Dann richtete er sich zu seiner vollen Größe auf und lachte boshaft. Das Buch des Hrethel war nicht mächtig genug gewesen.

Aus seiner Dunstmasse flogen zwei Gestalten mit brüchigen Flügeln. Orfeo und Eldritch waren mit Frost überzogen. Hilflos flatterten sie in der Luft. Oswald war nicht bei ihnen. Der Albino war von dem Abgrund der ewigen Leere verschluckt worden. Die Macht des Unbiests war zu stark und das Opfer der tapferen Maus war vergebens gewesen – der Angriff war fehlgeschlagen und Oswald war verloren.

Jupiter beobachtete die Fledermäuse, die ziellos umher flogen, und kicherte in sich hinein. Er hatte nun die süße Gewissheit, dass ihn nichts besiegen konnte. Eine tödliche Stille entstand. Er wandte sich wieder der blutroten Sonne zu und hob seine Klauen. Das Sternglas strahlte und der schreckliche Fluch wurde fortgesetzt. Der Himmel wurde bläulich, als die Sonne sich lila verfärbte. Jupiter hatte gewonnen.

DAS LETZTE GEFECHT

Hathkin kämpfte sich durch eiskalte Nebelschwaden. Er zog den Fuchskopf ein, während er blind gegen den Sturm flog. Audrey klammerte sich an der Fledermaus fest, als der Wind sie hin und her warf.

Plötzlich tauchten Orfeo und Eldritch in dem Dunst auf; ihre Körper waren total vereist. Mit steifen, knarrenden Flügeln taumelten die Brüder hilflos durch den Schneesturm. Ihre Augen waren weit aufgerissen und starr vor Entsetzen; in ihren Mienen zeigte sich blankes Entsetzen und sie wimmerten erbärmlich.

»Orfeo!«, rief Hathkin ihnen besorgt zu. »Eldritch, was ist passiert?«

Die schockierten Fledermäuse kreisten ungeschickt um ihn herum und kreischten verzweifelt. »*Er* hat gewonnen«, klagte Eldritch. »Das Unbiest hat Hrethels Macht besiegt.«

»Wir sind alle verloren«, weinte Orfeo hoffnungslos.

»Was ist mit Oswald?«, fragte Audrey. »Wo ist er?«

Sie schüttelten die Köpfe und Orfeo heulte: »Pinkauge ist weg. Das Tor zur ewigen Leere hat sich geöffnet und der Weiße wurde von uns weggerissen.«

»Er ist im Jenseits«, schluchzte Eldritch. »Er hat diese Welt für immer verlassen.«

Audreys Herz war voller Trauer und Schmerz. »Armer Oswald«, flüsterte sie.

»Aber wohin fliegt ihr?«, fragte Orfeo. »Doch sicher nicht zu Ihm?«

Eldritch flatterte entsetzt mit den vereisten Flügeln. »Ihr könnt da nicht hin«, warnte er. »Wir müssen fliehen, bevor die Dunkelheit einsetzt.«

»Wir fliegen weiter«, sagte Audrey entschlossen. »Es gibt für mich keinen Weg zurück – mein Schicksal ist mit Jupiter verbunden.«

»Dann möge die Lady dich beschützen«, stammelte Orfeo. »Ich würde mich nie wieder dorthin wagen.«

»Ich auch nicht«, sagte sein Bruder schaudernd.

Hathkin hörte den beiden ernst zu und schluckte schwer. »Madam«, begann er zweifelnd, »ich fürchte, sie könnten Recht haben, vielleicht sollten wir den Plan –«

»Wenn du zurückfliegen willst, dann tu's doch«, zischte Audrey. »Aber wohin? Bald wird es zu kalt zum Überleben sein. Renn weg, wenn du willst, aber setze mich vorher ab, denn ich tue es nicht. Ich muss Jupiter sehen, bevor alles zu Ende ist.«

Hathkin errötete. »Du beschämst mich, junge Dame«, sagte er. »Ich werde dich doch jetzt nicht im Stich lassen.« Er schlug mit den Flügeln und rief mit einem letzten Blick auf die Fledermäuse: »Lebt wohl, meine Brüder!« Dann flogen Audrey und er hinauf in den Nebel und verschwanden. Eldritch und Orfeo taumelten weiter und beteten für sie.

Das Planetarium erhob sich wie ein verschwommenes graues Schloss aus dem Nebel. Es war von dem riesigen Gebirge, das Jupiter darstellte, umgeben. Die Stille war eisig, und nur der Klang seiner kichernden Stimme zerschnitt die unheimliche Ruhe.

Er sprach den Fluch der Zerstörung – der Himmel war jetzt schwarz und die Sonne blass und gespenstisch. Die Welt schauderte, als die Dunkelheit über sie hereinbrach. Es war etwas Greifbares, das über das Land kroch und jeden Lichtschein verschlang. Jupiter jauchzte zufrieden.

Hathkin und Audrey flogen den Hügel hinauf über die umgestürzten Bäume und klaffenden Risse in der Erde, über das Geländer, das auf dem zerstörten Pfad lag, und über die umgefallene Statue, unter der Thomas und Arthur sich einmal versteckt hatten. Die Fledermaus starrte eingeschüchtert auf den mächtigen Jupiter; der riesige Geist war das Grauenvollste, was sie sich vorstellen konnte. Audrey sah das Unbiest an, doch sie blieb unbeeindruckt; sie hatte zu viel durchgemacht, um jetzt aufzugeben.

»Bring mich zu seinem Kopf«, wies sie Hathkin an.

Die Fledermaus schoss hoch über die Kuppel hinaus. Sie flogen an Jupiters wild zuckendem Schwanz vorbei und stiegen rasch höher.

Über ihnen schimmerte im Nebel ein blaues Licht. Bevor Hathkin wusste, wie ihm geschah, bohrte sich ein Eisspeer durch seinen Flügel.

»Aaaahh!«, schrie er und flatterte hilflos mit dem verletzten Flügel im Sturm. So wild er auch schlug, es nütze nichts. Sie verloren an Höhe. Der Wind heulte brutal in den Ohren der Maus und der Fledermaus, als sie sich in der Luft überschlugen. Audreys Magen drehte sich um und sie sah, dass der weiße Boden auf sie zu raste. Eine Fontäne aus Schnee spritzte hoch, als die beiden Gestalten auf dem Boden aufschlugen.

Audrey stöhnte. Der Aufprall war zwar von dem tiefen

Schnee abgemildert worden, doch ihr taten alle Knochen weh. »Hathkin?«, murmelte sie heiser. »Wo bist du?«

Ein ängstliches Wimmern antwortete ihr. Mühsam rappelte sie sich hoch und kroch über den Schnee zu der Stelle, wo die Fledermaus lag. Sein Körper war gegen einen Baumstamm geprallt. Verrenkt lag er auf dem Boden – Audrey erkannte, dass er sich das Rückgrat gebrochen hatte.

Ein trauriges Lächeln zuckte über sein gequältes Gesicht – er wusste über die Schwere seiner Verletzungen Bescheid. »Ich fürchte, ich bin nicht mehr der Schnellste«, sagte er mit schwacher Stimme. »Ich kann weder die Flügel noch die Füße bewegen.« Dann zuckte er plötzlich, und als er Audrey die Augen zuwandte, standen Tränen in ihnen. »Du musst mir vergeben, junge Lady, denn jetzt muss ich dich verlassen«, flüsterte er krächzend. »Mögen wir uns im grünen Jenseits wieder begegnen ...« Mit diesen Worten schlossen sich seine Augen und er ruhte in Frieden.

Audrey kniete sich neben ihn auf den Boden. »Tapferer Mondreiter«, sagte sie leise, »du hast wahrlich Ruhm erlangt.«

Hoch über sich hörte sie Jupiters Stimme, der sich an der Zerstörung erfreute, die er verursachte. Der drängende Wunsch, ihm gegenüberzutreten, stieg wieder in Audrey hoch und sie sprang auf. Mit einem letzten, traurigen Blick auf Hathkin rannte sie zum Planetarium und suchte nach einem Weg hinauf auf das Dach.

Arthur war das Tau hinuntergeklettert und entfernte sich langsam aus dem Kampfgetümmel, das immer noch fortdauerte. Die Fledermäuse waren unterlegen; ihre Körper häuften sich auf dem Deck und die Geister stachen weiterhin mit ihren Speeren zu und kratzten mit ihren Krallen. Arthur stieg auf die Reling. Von dort aus konnte er Mr Tritons blaue Wollmütze sehen. Thomas war von den gespenstischen Kriegern umringt und steckte mitten im Kampf. Sein Schwert schickte zwar viele der Geister zurück ins Grab, doch mit jedem Stoß schrumpfte das verzauberte Pergamentstück auf seiner Klinge. Die Geister wussten es und täuschten die Schiffsmaus, so dass sie ins Leere stieß. Sie schubsten Thomas in den Rücken und sprangen zur Seite, wenn er sich umdrehte. Das Papier glühte hell; es löste sich langsam auf und sie warteten gierig darauf, Thomas' Blut zu trinken.

Ein gellender Schrei lenkte Arthurs Aufmerksamkeit von der brutalen Schlacht ab. Das Kreischen war aus dem Schiffsbauch gekommen. Als Arthur sich über die Reling beugte, schrie er auf: Die Geister hatten die Seitenwände durchbohrt und krochen nun durch die Löcher. Noch ein schriller Schrei war zu hören – das war Mrs Chitters Stimme.

»Mr Triton!«, rief Arthur, so laut er konnte. Im Kreis der Geister, die mit jedem schwächeren Aufflackern des Pergaments näher rückten, hörte Thomas seinen Namen und blickte auf. »Sie sind in den Schiffsrumpf eingebrochen«, rief Arthur ihm zu.

Thomas machte ein entsetztes Gesicht. »Gwennie!«, rief er voller Angst. Er drehte sich um und raste mitten durch die Geister, wobei er einen von ihnen in zwei Stücke teilte. Er kämpfte sich aus dem Schlachtfeld heraus und rannte zur Luke. Arthur wartete dort schon auf ihn, und mit einem kurzen Blick zurück aufs Deck, wo der Todeskampf weiterging, stiegen sie hinunter in den dunklen Schiffsbauch.

»Mr Chitter und Meister Altschnauze sind schon runtergelaufen«, berichtete Arthur ihm eilig.

»Wenn diese Monster ihr auch bloß ein Haar krümmen«, zischte Thomas, während er die Stufen hinuntersprang. Er zückte sein Schwert und der winzige Pergamentschnitzel flackerte wie ein Glühwürmchen vor ihnen auf und ab.

»Ich hoffe, das Zeug hält noch eine Weile«, sagte Arthur nervös.

Gwen Brown starrte wie betäubt vor sich hin. Ein Spalt war in den Schiffsrumpf geschlagen worden, und dadurch strömten jetzt die gierigen Geister. Die Mäuse wichen zurück, doch sie waren gefangen. Mr Cockle und die anderen Ehemänner stellten sich schützend vor ihre Frauen, als die Truppe sich lauernd näherte und mit den Krallen fuchtelte. Mrs Chitter hatte aufgehört zu schreien; jetzt lehnte sie wimmernd und zitternd an Gwens Schulter. Die Raddle-Schwestern hielten sich umklammert und beteten, die Gesichter zur Decke gewandt. Die Geister schlurften immer näher; sie kicherten und zückten ihre glitzernden Eisspeere.

Plötzlich wurden Rufe hinter den dämonischen Soldaten laut. Mr Chitter und Meister Altschnauze kamen die Stufen hinuntergesprungen.

»Jacob«, keuchte Mrs Chitter, »so rette uns doch!«

Die Geister drehten sich um. Die beiden Mäuse blieben ängstlich stehen und starrten verzweifelt auf die Szene vor sich. »Schnell«, rief Meister Altschnauze. Er packte Jacob Chitter an der Pfote und zog ihn um die geifernde Truppe herum. Die beiden Mäuse rannten so schnell sie konnten und wichen den Krallen aus, die nach ihnen griffen, bis sie bei den anderen waren. Mrs Chitter umarmte ihren Mann und küsste ihn. »Wir werden gemeinsam sterben«, schluchzte sie.

Die Geister bereiteten sich auf den tödlichen Angriff vor. Mit einem markerschütternden Schrei stürzte sich ein Krieger auf Mr Cockle und warf ihn zu Boden. Das war das Zeichen – die anderen Geister kreischten und rannten los. Pfoten und Krallen kratzten und krallten, als die Geister die hilflosen Mäuse angriffen. Algy Kaltpfote war ihr erstes Opfer; er wurde zwischen zwei Gespenster eingeklemmt, die ihre Krallen spreizten und in seinen Bauch bohrten. Die Mäuse schrien in Todesangst und verteidigten sich mit allem, was sie hatten, doch die Geister lachten nur über ihre verzweifelten Bemühungen. Meister Altschnauze kämpfte wild entschlossen, um die belagerten Raddle-Schwestern zu verteidigen, doch einer der Geister nahm seinen Speer und rammte ihn dem armen Mäuserich herzlos in die Brust. Meister Altschnauze brach tot zusammen.

»Madenfutter!«, dröhnte eine Stimme mitten im Gemetzel. »Und wir kriegen euch doch!« Thomas und Arthur rannten in den Raum, stießen furchtbare Kampfschreie aus und stürzten sich mitten in die Truppe. Das Schwert der Schiffsmaus schnitt durch sie hindurch und die Geister heulten auf, während sie sich knisternd auflösten. Thomas griff an, stieß und hackte auf die grausige Bande ein und das Pergamentstück glühte. Immer wieder stach Thomas zu und durchbohrte die Geister, die stöhnend und wimmernd vor seinem schrecklichen Angriff zurückwichen. Sein Gesicht war Furcht erregend und in seinem Herzen glühte der blanke Hass. Unbarmherzig teilte er seine Hiebe aus und schlug eine Schneise durch das Geisterheer, bis Arthur und er die gefangenen und verletzten Mäuse auf der anderen Seite endlich erreicht hatten.

Arthur rannte zu seiner Mutter und Tritons Klinge ließ das Monster verschwinden, das mit gezücktem Speer über ihr stand. Gwen seufzte erleichtert, als sie sah, dass sowohl ihr Sohn als auch die Schiffsmaus noch lebten. Sie klagte nicht über die ihre Wunden, doch sie weinte um Algy und Meister Altschnauze, als sie deren leblose Körper sah.

Thomas stürzte sich auf die Geister, die immer noch die Mäuse bedrohten. Er senkte den Arm und sie verschwanden. Wie ein Besessener kämpfte er weiter, doch dann passierte das Unvermeidliche: Mit einem letzten Funken Energie löste sich das glühende Pergamentstück auf und sein Schwert fuhr durch die seelenlosen Krieger, als wären sie Luft.

»Teufel noch mal«, murmelte Thomas, während die Geister ihn auslachten und die Mäuse wieder einkreisten.

Die Sonne verging zischend am schwarzen Himmel und Greenwich wurde in eine alles erstickende Finsternis getaucht. Audrey streckte die Hand aus und ihre Finger tasteten nach etwas, an dem sie sich festhalten konnte, während sie auf die Wände des Planetariums hinunter sah, die sich unter ihr erstreckten. Das Eis und die scharfen Kanten abgebrochener Mauersteine schnitten ihre

Pfoten blutig, doch sie hatte den Balkon, der um den Fuß der Kuppel führte, fast erreicht. Sie streckte sich und biss die Zähne zusammen; dann zog sie sich über den Rand und wälzte sich erschöpft auf den Rücken.

Ihre Augen starrten hinauf in den pechschwarzen Himmel, wo Jupiters riesige Umrisse drohend über ihr aufragten. Seine aufgedunsene Form streckte sich bis ins Universum, Nebelwolken umhüllten wie eine königliche Robe seine fernen Schultern und die Blitze, die um seine Stirn zuckten, flackerten wie das Licht eines gespenstischen Leuchtturms, der auf einem riesigen Berg stand. Dem Mäusemädchen wurde allein beim Anblick dieses Giganten der Nacht schwindlig.

Das Unbiest wandte sich nach Westen, wo die sterbende Sonne unterging. Er konzentrierte sich so sehr darauf, dass er die winzige Gestalt, die unter seinen Füßen keuchend um Atem rang, nicht bemerkte. Seine Krallen umklammerten grimmig die Kuppel; sie waren größer als Walfischknochen und schärfer als die Speere seiner Untergebenen. Große Risse klafften in dem Gebäude und die Kuppel war so vollkommen zerstört, dass sie nicht wiederzuerkennen war. Das hatte sein Gutes, denn wenn sie unversehrt geblieben wäre, hätte Audrey unmöglich an ihren glatten, gewölbten Wänden hochklettern können. Sie rappelte sich auf und holte tief Luft. Dies war für sie das Ende – sie wusste, dass sie dem Katzengott gegenüber treten musste, und war bereit, dafür zu sterben. Sie musste Jupiter noch ein letztes Mal sehen und ihn mit all ihrer Kraft verfluchen. Der zersplitterte Balkon knackte unter ihren Füßen, als sie um die Kuppel herum ging.

»Ssssshhh!«, zischte eine Stimme in der Dunkelheit.

Audrey zögerte. Ein blasses Schimmern kroch um die Ecke. Es war das Licht eines Sternenfeuers – einer von Jupiters Geistern war hier oben bei ihr! Das Licht wurde stärker, der Geist näherte sich ihr. Als das Licht sein Gesicht beleuchtete, schrie Audrey vor Überraschung auf – es war Piccadilly.

Der Geist der Stadtmaus sah beängstigend aus. In seinem Haar klebte schwarzes Blut und die Augenhöhlen in seinem Gesicht waren leer. Seine Lippen waren über die Zähne zurückgezogen, die jetzt spitze Fangzähne waren, und in den Pfoten trug er einen Eisspeer. Er schlich über den Balkon und kroch näher an Audrey heran, die zu entsetzt und erschrocken war, um sich zu rühren.

»Sssss«, zischelte der Geist.

»Piccadilly«, brachte sie mühsam heraus, »ich bin's, Audrey.«

Er hörte sie nicht und sog den Speichel ein, während er seinen Speer hob.

»Piccadilly!«, schrie sie. »Hör auf, bitte!«

Doch der Geist kam näher, und dann schleuderte er seinen Speer. Audrey duckte sich, aber die Spitze streifte ihren Kopf, verwickelte sich in ihrem Haar und nagelte sie unbarmherzig am Geländer fest. Sie versuchte sich loszureißen, doch die Eisspitze hatte sich tief in die Balustrade gebohrt.

Piccadillys Geist schnaubte wütend und stürzte sich auf die Maus. Weinend wehrte Audrey sich, doch seine kalten Pfoten fanden ihre Kehle. Sie sah in die schwarzen, leeren Höhlen, wo seine Augen gewesen waren, und schluchzte: »Bitte, Piccadilly, lass mich los.« Die eiskalten

Finger drückten langsam ihre Kehle zu, und ein hartes Lachen ertönte aus dem Mund des Geistes.

»Bitte«, flehte das Mäusemädchen, »bitte tu's nicht.« Das Gespenst drückte fester und bohrte seine Nägel tief in ihr Fleisch. Audrey würgte und rang nach Atem. Das Gesicht des Geistes senkte sich zu ihr hinunter. Aus den leeren Augenhöhlen fielen Tränen und tropften auf die Wange des Mädchens. »Bekämpfe das Böse, Piccadilly«, flehte sie.

Plötzlich ließ der Geist sie los und schwankte, als sei er von einem unsichtbaren Schlag getroffen worden. Wankend wich Piccadillys Geist zurück und legte die Pfoten auf sein betroffenes Gesicht. Audrey sah, wie er sich gegen das ihn beherrschende Sternenfeuer wehrte, das zornig flackerte und knisterte. Sie zog an ihrem Haar und löste es von dem Eisspeer.

»Du schaffst es, Piccadilly!«, rief sie. »Erinnere dich an den, der du warst, erinnere dich an Holeborn, erinnere dich an Oswald!«

Das Sternenfeuer erlosch, und als der Geist die Pfoten vom Gesicht nahm, leuchteten dort zwei helle Augen. »Audrey?«, flüsterte Piccadillys Gestalt.

Das Mädchen nickte und lächelte durch seinen Tränenschleier hindurch. »Ach, Piccadilly«, weinte es.

Traurig sah er Audrey an, und sie ließ den Kopf hängen. »Es tut mir so Leid«, sagte sie unglücklich. »Ich ... ich hab dich so geliebt. Vom ersten Moment an, als ich dich sah. Ach, hätte ich es dir doch bloß gesagt!«

Piccadilly antwortete nicht, denn in diesem Augenblick rief eine Stimme, die beiden vertraut war, von der anderen Seite: »Hey, Dilly, Dilly!«

Audrey blickte auf und schüttelte den Kopf. »Vater«, stammelte sie verwirrt.

Ein Licht tauchte über dem Balkon auf; es wurde größer und ein wunderschönes Schimmern strömte von ihm aus. Ein blauer Umriss flackerte mitten in dem Licht auf, und dann tauchte Albert Browns lächelndes Gesicht auf. »Es wird Zeit, dass du zu mir kommst, Piccadilly«, sagte er mit gütiger Stimme. »Komm, ich führe dich noch einmal, und diesmal wirst du deinen Frieden finden. Nimm meine Pfote.«

Audreys Herz drängte zu dem Geist ihres toten Vaters hin. »Geh nicht weg«, rief sie, »bitte, ich vermisse dich so!«

Albert wandte sich an seine Tochter und die Wärme seiner Liebe drang bis in ihre müden Knochen. »Audrey, mein Liebling«, sagte er sanft. »Ich bin so stolz auf dich, meine schöne kleine Tochter.« Das Licht, das ihn einrahmte, wurde langsam schwächer. »Sag deiner Mutter, dass ich ihre Liebe verstehe und ihr Glück wünsche, und gib Arthur einen Kuss von mir. Ich muss jetzt gehen, Liebling, aber eines Tages werden wir uns wiedersehen – ich verspreche es dir.«

Audrey konnte den Abschied nicht ertragen; Tränen strömten ihr die Wangen hinunter und ihr Kopf dröhnte von dem Schmerz in ihrem Inneren.

»Audrey«, ertönte Alberts immer leiser werdende Stimme, »erinnere dich an das Frühlingsfest.« Und damit schwebte er zurück in den Lichtschimmer, der immer mehr verblasste.

Piccadilly wandte sich an das schluchzende Mädchen. »Leb wohl«, sagte er. Als sie das Gesicht hob, schien das gesegnete Licht des Jenseits in seinen Augen. Sie konnte nicht antworten, denn die Gefühle erstickten ihre Stimme. Audrey nickte nur.

Der Geist warf einen raschen Blick auf den allmählich verschwindenden Albert Brown und rannte dann mit seinem typischen frechen Grinsen zu ihr hinüber. »Audrey«, sagte er ernst, »ich habe dich auch geliebt.« Er presste seine Lippen auf ihren Mund und sagte ihr mit diesem Kuss mehr, als Worte es jemals hätten ausdrücken können. Sie lösten sich voneinander, und während er ihr tief in die Augen sah, wurde er eins mit dem Licht aus dem Jenseits und verschwand. Das Mäusemädchen berührte ihre Lippen, auf denen immer noch der zärtliche, flüsternde Kuss lag, und sank auf die Knie.

Der Balkon war dunkel und leer, der Wind heulte und Audrey war allein – eine kleine Maus am Rande des Abgrunds.

Die Sonne flackerte ein letztes Mal auf und verschwand mit einem gewaltigen Knall. Weit über ihr warf Jupiter siegessicher den Kopf zurück und grölte. Die Welt bebte, Gebirge stürzten ein, Meere überfluteten das finstere Land und Flüsse überschwemmten ihre Ufer. Die Erde versank im Chaos und die bittere Kälte des Abgrunds strömte hinunter.

Audrey spürte, wie der Balkon unter ihr splitterte und knackte, während das Unbiest frohlockend brüllte und seine Blitze triumphierend durch die ewige Nacht zuckten. Die Plattform knarrte und ein Stück löste sich von der Wand. Audrey hob den Kopf – etwas musste sie noch tun. Das riesige Ungeheuer, das dort oben in den Wolken jubelte, hatte alle Chancen auf Glück zerstört, die sie je gehabt hatte, und ihre Sehnsucht und der Schmerz des Verlustes waren in eiskalte Wut und Hass umgeschlagen.

Plötzlich brach der Balkon und hing nur noch mit einer Ecke am Gebäude. Audrey sprang auf und raste die schwankende Plattform entlang. Mit einem großen Satz brachte sie sich in Sicherheit. Gleich drauf krachte der Balkon in die Tiefe. Sie klammerte sich an der Kuppel fest und hob den Kopf; der Sturm riss und zerrte an ihr, doch sie hielt sich fest und rappelte sich mühsam hoch.

Jupiter schüttelte sich vor Lachen, als die Welt von der ewigen Leere verschlungen wurde; er hob die Krallen und das Sternglas schimmerte schwach.

»Dreh dich um und sieh mich an!«, rief Audrey mit aller Kraft, die sie aufbringen konnte; ihr Haar hing ihr wild ins Gesicht, als sie zu ihm hinauf sah. Ihre Stimme dröhnte wie Donner am leeren Himmel und hallte in Jupiters Ohren wider.

Sein düsteres Gelächter verstummte und er schaute auf die nichtige Kreatur zu seinen Füßen hinunter. Seine schrecklichen Augen verengten sich, als er sie, die Mörderin seines Körpers, wiedererkannte. Dann breitete sich ein teuflisches Grinsen auf seinem Gesicht aus. Weißes Feuer flackerte aus seinen Nasenlöchern und verbrannte die Erde um das Planetarium. »Warum bist du gekommen?«, fragte er und sein Atem prasselte auf sie herab.

Doch Audrey ließ sich davon nicht einschüchtern. Die Tränen in ihren geröteten Augen waren getrocknet und sie starrte den zerstörerischen Albtraum mutig an, der herunterstieg und sie verächtlich angrinste. Tapfer trat sie ihrem Dämon gegenüber und sagte herausfordernd:

»Ich bin gekommen, um mein Schicksal zu verfluchen – und dieses ist groß und gefährlich!«

Jupiter kicherte über die lächerliche Gestalt. »Wahrlich werde ich dir dein Schicksal zuteil werden lassen – auch wenn du schwach und nutzlos bist.«

Audrey wich nicht von der Stelle und rief: »Möge der Wille der Grünen Maus geschehen!«

Das Unbiest schnaubte verächtlich. »Ha! Hört, hört, wie sie von der Grünen Maus quiekt! Wo ist denn dein mächtiger Held, du jämmerliches Insekt? Warum rollt er die Sonne nicht wieder an den Himmel, wenn seine Macht wirklich größer ist als Jupiters?« Es reichte ihm und er beschloss, das Leben der Maus auszulöschen.

Sie lehnte sich gegen den Sturm, als sein aufgerissener Rachen sich ihr näherte, und holte schnell etwas aus ihrem Rockbund. Die kleine grüne Knospe, die sie in der Asche des Feuers für die Sternfrau gefunden hatte, bewegte sich im Atem, als das Mäusemädchen sie dem Dämon entgegenstreckte, der sich zu ihr herunterbeugte. Die winzige Pflanze entfaltete sich in ihrer Pfote und eine zarte weiße Blüte öffnete ihre Blätter. Es war ein Schneeglöckchen – Vorbote des Frühlings und Symbol des Todes zugleich, doch gemessen an Jupiters gewaltiger teuflischer Macht nur ein winziges Staubkorn. Audrey zog den Arm zurück und schleuderte die zarte Blüte in den dunklen Rachen, der sie zu verschlingen drohte.

Ein grünes Feuer entzündete sich und barst aus der winzigen Blume, als sie in Jupiters höhlenartige Kehle fiel. Die geballte Kraft des Frühlings steckte in den Flammen, und sie strahlten fröhlich, während das helle, flackernde Feuer in die Tiefe seines Magens stürzte.

Jupiter brüllte und seine Schreie erschütterten die Schöpfung. Er wich zurück und grelle grüne Lichtstrahlen schnitten durch sein Höllenfell. »Hexe!«, kreischte er. »Was hast du getan?«

»Ich verdamme dich mit aller Kraft des Lebens!«, antwortete Audrey feierlich.

Die Krone aus Blitzen verschwand, aus Jupiters Ohren schossen Flammen und er spuckte Wirbelstürme aus smaragdgrünem Rauch und Funken. Der große, sich windende Schwanz begann zu glimmen, das Nackenfell sträubte sich und wurde grüner als Frühlingsgras. Entsetzt starrte Jupiter auf seinen Schwanz und klopfte damit auf die Flammen, die sein Fell versengten. Der zuckende Schwanz schlug gegen die umgestürzten Bäume, und sofort schmolz der Schnee auf ihren Ästen und sie trieben Blüten.

»Das kann nicht sein!«, dröhnte er gequält, als die Flammen um ihm herum tanzten und siedend heiße Lava aus seiner Nase quoll. »Ich bin Jupiter, mächtiger als der Tod!«

»Ich habe dich nicht zum Tode verurteilt«, gab Audrey zurück, »sondern mit dem Fluch des Lebens belegt!«

Auf der Spitze des Planetariums brachen Flammen aus, als der riesige Geist auf der Kuppel wankte und noch größere reinigende Hitze ihn geißelte. Das Sternglas fiel aus seinen eisernen Krallen und stürzte in die Tiefe. »Neeiiin!«, schrie Jupiter, doch es war schon zu spät. Mit lautem Klirren schlug es auf dem Boden auf und zerbarst in tausend Scherben.

Ein dröhnendes Rumoren erschütterte die Welt, als die Kraft der gefangenen Sterne entwich. In einem Feuerwerk aus gleißendem weißem Licht schossen die himmlischen Lichter durch die Nacht, füllten die Leere und brachten den Himmel wieder zum Strahlen.

Jupiter schrie gellend, als die Flammen ihn einhüllten und verbrannten. Sein gespenstisches Fell verwandelte sich in ein grelles Grün und goldene Blüten sprossen aus seiner winterlichen Haut. Jammernd zerrte er an seinem schimmernden Fell. »Ich werde mich befreien!«, brüllte er. »Das werde ich!«

Audrey beobachtete ihn mit ernster Miene. »Du kannst ihm nicht entkommen«, quälte sie ihn, »denn du hast bewiesen, dass du nicht sterben kannst. Ewige Folter ist dein verdientes Schicksal, Jupiter.«

Dem teuflischen Geist wurde klar, dass dies das Ende war – die Maus hatte ihn besiegt. Er war dazu verdammt, bis ans Ende aller Zeiten vom Feuer des Frühlings entflammt zu werden, ohne jemals daran zu verbrennen. Er verwandelte sich in ein loderndes, knisterndes Meer aus Flammen und wurde zu einer riesigen Feuerstatue; dann schoss er heulend in die Luft. Er stieg immer höher in die eiskalten Sphären des Weltalls hinauf und kreischte vor Wut und Schmerz. Wie ein grüner Komet schoss er hinauf, von den Kräften des Lebens durch das Universum gejagt, bis er nur noch ein verschwommener Umriss zwischen den Sternen war. In das Vakuum des Alls geschickt, litt er für alle Ewigkeiten an den Schmerzen des Frühlings.

Audrey sank erschöpft und kraftlos auf den Boden. Ein rosiges Licht schimmerte am Horizont, als ein neuer Tag dämmerte. Die goldenen Strahlen der wiedergeborenen Sonne schienen durch die Wolken, die sich auflösten, und erstreckten sich über das Land. Sie kündigten einen herrlichen Morgen an.

Rasch erwachte die Welt. Der Schnee schmolz und Grasbüschel mit Schneetupfen tauchten auf. Keimendes Grün überflutete den Park, die vereisten Bäume tauten auf und schimmernde Blüten entfalteten sich in strahlenden Farben. Ein lauter Chor dankbarer Vögel flog auf und stieg in den blassen blauen Himmel hinauf. Alle Jahreszeiten waren vertreten. Die Sommerrosen erblühten und reicherten die Brise mit ihrem Duft an. Obst schwoll an blütenreichen Ästen und goldene Herbstblätter glänzten in der süßen Luft.

Es war ein Anblick, der einen taumeln ließ, und Audrey nahm ihn atemlos in sich auf. Die Erde dankte ihr und huldigte ihr mit all ihren köstlichen Schätzen. Die Maus verbeugte sich und weinte.

Auf der *Cutty Sark* hatten die Mäuse Jupiters gequältes Dröhnen mitbekommen. Das Schiff schaukelte gefährlich und die Geister zitterten. Als das Sternglas zerschlug, schoss das Sternenfeuer aus ihrer Brust und in den Himmel hinauf. Die Geister schwankten einen Augenblick lang willenlos, dann heulten die grauenhaften Ungeheuer, begannen zu knistern und verschwanden.

Thomas starrte sie mit offenem Mund an. Über sich an Deck hörte er die überlebenden Fledermäuse jubeln. Die Mäuse umarmten einander und weinten vor Erleichterung. Arthur klammerte sich an seine Mutter und sie küsste ihn. Das Licht des neuen Tages strömte durch die Löcher in den Schiffsbauch. Alle senkten die Köpfe und beteten voller Dankbarkeit.

Die Verwundeten wurden liebevoll versorgt. Die Leichen von Meister Altschnauze, Algy Kaltpfote und den anderen, die gefallen waren, wurden respektvoll hinaus in die warme Frühlingssonne getragen, und die Mäuse trauerten gemeinsam mit den Fledermäusen um ihre Opfer. Doch der Tag war so herrlich, dass niemand seine Freude über Jupiters Ende verbergen konnte. Orfeo und Eldritch fühlten, wie die Sonnenstrahlen die furchtbaren Geschehnisse aus ihren Köpfen vertrieben, und erholten sich langsam wieder.

Ashmere, dessen bärtiges Gesicht geschunden und voller blauer Flecken war, schickte zwei seiner Brüder zum Planetarium, um Audrey in Ehren zurückzubringen. »Denn die neue Gehilfin des Orion ist die Größte aller Zeiten«, sagte er.

Plötzlich unterbrachen die Raddle-Schwestern die Feier, die an Deck stattfand. Sie waren im Rumpf geblieben und rannten nun voller Aufregung die Stufen hinauf. »Kommt herunter, kommt herunter«, quiekten sie einstimmig und fuchtelten wild mit den Pfoten.

Verwirrt, doch belustigt gingen die Mäuse die Treppe hinunter, und auch die Fledermäuse kamen hinterher geflattert.

»Ach, Thomas«, fragte Gwen ungläubig, »ist es wahr?«

»Ja, mein Mädel«, erwiderte die Schiffsmaus staunend.

Ein einzigartiger Anblick bot sich ihnen: Der Schiffsbauch war mit saftigem Grün gefüllt, und lieblich duftende Blumen strahlten wie die Sonne. Funkelnde Lichter schimmerten über den glänzenden Blättern, die sich um die Galionsfiguren wanden. Ganze Reihen goldenes Korn wogte auf dem Boden. Der Rumpf war ein Feld aus

Kupfergold und Smaragdgrün, und in der Mitte stand die Grüne Maus.

Alle schlugen staunend die Pfoten vor den Mund, als sie den Grünen sahen.

Er trug eine Krone aus Blättern und Weizen, und in seinen Augen schimmerte die Wärme sonniger Lichtungen. Der Grüne lächelte und sein weiter Blättermantel rauschte, als er sie begrüßte. »Tretet ein«, sagte er mit tiefer, samtiger Stimme, »kommt alle herein.«

Mit überraschten Mienen näherten sich die Mäuse und verbeugten sich vor der Grünen Maus. Als der heilige Geist des Frühlings und des Sommers strahlte, wurde der Schiffsrumpf mit Wärme überflutet. Die Fledermäuse flatterten die Stufen hinunter und er sagte zu ihnen: »Die Lady wird euch zweifellos heute Abend besuchen, ihr würdigen Nachtflügel.«

Orfeo und Eldritch humpelten vor und verbeugten sich. Die Grüne Maus wischte ihre Furcht mit seinem Strahlen weg und fragte sanft: »Wo sind die Eltern des Albinos?«

Mr und Mrs Chitter hoben traurig den Blick; sie wussten, was Oswald zugestoßen war. Der Grüne sah sie an und eine magische Kraft strömte aus seinen Augen. »Trauert nicht zu lange«, sagte er und nahm eine brennende Blume aus seinem Mantel, die auf seiner Pfotenfläche auskühlte. Es war ein Mäusemedaillon. »Nehmt das als Gedenken an euren Sohn, der dieses Medaillon in diesem Jahr erhalten hätte.«

Jacob Chitter trat vor und nahm das kostbare Geschenk entgegen: das Zeichen für Mut und Kühnheit. Oswald hatte es sich wirklich verdient.

»Er war ein sehr tapferer Junge«, sagte die Grüne Maus. »Behaltet ihn mit dem größten Stolz in eurer Erinnerung.« Mr und Mrs Chitter nickten und schlichen in eine Ecke, in der sie gemeinsam den Tod von Oswald betrauerten.

Die Grüne Maus drehte sich um und schaute durch den Riss im Rumpf hinaus. Der Himmel war strahlend blau, und hoch oben flogen drei Punkte schnell auf das Schiff zu. Unter Flattern und Flügelschlagen erschien Audrey mit zwei Fledermäusen.

»Gelobt seien die Mondreiter«, sagte der Grüne zu den Fledermäusen bei ihrer Ankunft. »Und nun muss ich dir Tribut zollen«, wandte er sich an Audrey, als sie durch das Loch hineinkroch. Er verneigte sich ehrfürchtig vor ihr, und seine grüne Mähne fiel ihm dabei über die Schultern. Audrey war sprachlos und warf ihrer Familie einen verstohlenen Blick zu. Gwen platzte fast vor Stolz und Arthur blinzelte ihr zu.

»Du bist sehr groß geworden, meine Kleine«, sagte der Mäusegott, »und unendlich weise. Ich schaue zu dir auf, denn dir allein habe ich diesen glücklichen Tag und meine Erlösung zu verdanken.« Er streckte Audrey seine Pfote hin und sie ging zu ihm. Wieder neigte er den Kopf und küsste sie.

Audrey hielt sich überrascht die Pfoten ans Herz und schüttelte den Kopf. »Ich war es nicht«, widersprach sie. »Eigentlich war es die Sternfrau. Ich glaube, sie hat sich geopfert, damit das Schneeglöckchen wachsen konnte.«

Die tiefen, unergründlichen Augen, an die sie sich noch gut erinnern konnte, zwinkerten. »Du, sie, ihr«, kicherte er, »ihr seid jetzt eins, deshalb danke ich dir.«

Das Mädchen sah ihn verwirrt an, dann lächelte es. »Ja«, sagte es.

Danach schaute Audrey lächelnd ihre Mutter und Thomas an. »Ich weiß, was ihr fühlt. Vater weiß es auch und er wünscht euch beiden Glück. Ihr gehört jetzt zusammen.«

Gwen sah erst Thomas, dann Audrey an und fragte sie verwundert: »Woher weißt du, was ich ...?« Sie errötete und starrte auf ihre Füße.

Der Grüne lachte. »Kommt, ich gebe euch meinen Segen.« Er wandte sich an Thomas und sagte: »Sie können sich glücklich schätzen, Seefahrer.«

Thomas blinzelte und wurde auch rot. »Ich glaube schon«, murmelte er verlegen.

Und so traute die Grüne Maus Gwen und Thomas, und die herrliche Sonne des Frühlings füllte den Schiffsbauch und lebte in den Herzen des Paares bis zu ihrem Ende.

DER RUF DES SILBERS

Die herrliche Zeit hielt viele Monate an, und in jenen glücklichen Tagen blieben die Mäuse auf der *Cutty Sark* und richteten sich dort bequem ein. Meister Altschnauze, Algy Kaltpfote und die anderen Mäuse, die gefallen waren, wurden unter einem Hagedornbusch im Park begraben, und das Gras, das über sie wuchs, war das ganze Jahr über voller Blumen.

Die Fledermäuse hatten ihre Toten mitgenommen, um sie feierlich zu begraben, doch Hathkin errichteten sie auf dem Hügel des Planetariums ein kleines Monument in Form eines silbernen Halbmonds, der in dunklen Winternächten schimmerte, um den müden Reisenden Hoffnung zu geben. Die Freundschaft zwischen den Mäusen und den Fledermäusen war stärker als je zuvor, und keine der beiden Seiten vergaß, welche Rolle die andere bei Jupiters Sturz gespielt hatte.

Nachdem ein paar Wochen vergangen waren, kehrten mehrere Mäuse, von Arthur geführt, in das leere Haus in Deptford zurück. Doch die Zerstörung, die Jupiters Armee angerichtet hatte, ließ sich nicht mehr reparieren. So mussten sie alles Nützliche, was sie finden konnten, in Säcke laden und auf das Schiff zurückkehren.

Audrey war mitgekommen, und während Arthur und die anderen die Ruine untersuchten und über das Ausmaß der Schäden die Köpfe schüttelten, schlich sie in den Keller und suchte, bis sie das gefunden hatte, was sie brauchte.

In einer mondlosen Mainacht, als die Sterne am Himmel funkelten, verließ sie ihre Familie und ging den Hügel hinauf zu den überwucherten Kammern der alten Eichhörnchenkolonie. Während das Sternlicht auf ihre Stirn schien, nahm sie einen kleinen Anhänger aus ihrer Rocktasche und streckte ihn den himmlischen Gestirnen entgegen. Ihr weißes Feuer flackerte über die silberne Eichel in Audreys Pfote. Das Mäusemädchen hängte sich die Eichel um den Hals, und danach war ihre Schönheit aus einer anderen Welt. Mit einem etwas wehmütigen Lächeln auf den Lippen wurde sie die neue Sternfrau, die Gehilfin des Orion.

Der Beginn des großen Abenteuers ...

Teil 1
Das düstere Portal
ISBN 3-440-08857-X

In den Abwasserkanälen Londons verbirgt sich ein unheimliches Wesen: Jupiter, der Herr der Ratten. Er lebt in absoluter Finsternis: Niemand hat ihn je gesehen, alle fürchten ihn.

Eines Tages wagt sich eine kleine Maus neugierig durch das düstere Portal in Jupiters Reich. Sie ahnt nicht, dass damit der Clan der *Mäuse von Deptford* in eine Kette unheilvoller Ereignisse verstrickt wird. Ein gefährlicher Kampf gegen die Mächte der Unterwelt beginnt. Mit Hilfe ihrer Freunde rüstet sich die Maus Audrey mutig gegen den Herrscher der Finsternis. Aber Jupiters Zaubermacht ist stärker als die Mäuse von Deptford ahnen ...

Ein gefährlicher Sommer auf dem Lande!

Teil 2
Das Kristallgefängnis
ISBN 3-440-08858-8

Mondlicht taucht den Wald und das Kornfeld in silbernen Glanz. Ein Eulenruf schallt durch die nächtliche Stille. Da raschelt es zwischen den Getreideähren – eine unheimliche Gestalt geistert durch das Feld. Die Mäuse von Fennywolde laufen um ihr Leben ...

Eine Serie tödlicher Anschläge schreckt die Feldmäuse auf und alle suchen fieberhaft nach dem Täter. Zunächst verdächtigen sie Audrey, eine der neu zugezogenen Mäuse aus Deptford. Doch keiner ahnt, dass zum zweiten Mal Jupiter, der Herrscher der Finsternis, seine Finger im Spiel hat ...

Mit einer Coverillustration, einem Vorsatzpapier und 14 Vignetten von Michael Ruppel, Wuppertal.

Titel der englischen Originalausgabe:
The Deptford Mice 3: The Final Reckoning

First published in the UK in 1990 by Macdonald Young Books, now part of Hodder Children's Books

Dieses Buch folgt den Regeln der neuen Rechtschreibung.

Die Deutsche Bibliothek – CIP-Einheitsaufnahme:
Ein Titelsatz für diese Publikation ist bei der Deutschen Bibliothek erhältlich.

ISBN 3-440-08859-6
Lektorat: Carola Henke
Redaktion: Cordula Gerndt
Gesamtherstellung: Buch & Konzept, München
Layout und Satz: Buch & Konzept, Annegret Wehland, München
Reproduktion: Buch & Konzept, München
Druck und Bindung: FINIDR, s.r.o., Český Těšín
Printed in Czech Republic